Über die Autorin:
Aufgewachsen in einer österreichischen Kleinstadt, verspürte Susanne Morel früh den Drang, das Land ihrer Vorfahren zu erkunden: Frankreich. In den Weinbergen ihres Großvaters findet sie immer wieder ganz zu sich und verspürt dort eine ungemeine Quelle an Schaffenskraft, die sich in ihren Geschichten widerspiegelt. Bevor sie sich mit der Verwirklichung ihres ersten Buches auseinandersetzte, lebte sie ihre Kreativität als Kostümbildnerin an namhaften Opernhäusern Wiens aus. Heute wohnt sie mit ihrem Mann und ihren beiden Kindern auf dem Land, wo sie die stete Ruhe und die Nähe zur Natur genießt.

SUSANNE MOREL

DIE PFIRSICHBLÜTEN SCHWESTERN

ROMAN

Besuchen Sie uns im Internet:
www.knaur.de

Aus Verantwortung für die Umwelt hat sich die Verlagsgruppe Droemer Knaur zu einer nachhaltigen Buchproduktion verpflichtet.
Der bewusste Umgang mit unseren Ressourcen, der Schutz unseres Klimas und der Natur gehören zu unseren obersten Unternehmenszielen.
Gemeinsam mit unseren Partnern und Lieferanten setzen wir uns für eine klimaneutrale Buchproduktion ein, die den Erwerb von Klimazertifikaten zur Kompensation des CO_2-Ausstoßes einschließt.
Weitere Informationen finden Sie unter:
www.klimaneutralerverlag.de

Originalausgabe Mai 2022
Knaur Taschenbuch
© 2022 Knaur Verlag
Ein Imprint der Verlagsgruppe Droemer Knaur GmbH & Co. KG, München
Alle Rechte vorbehalten. Das Werk darf – auch teilweise – nur mit
Genehmigung des Verlags wiedergegeben werden.
Redaktion: Silvia Kuttny-Walser
Covergestaltung: Guter Punkt, München
Coverabbildung: Collage von »Der Gute Punkt« unter Verwendung von
Motiven von iStockphoto, iStock / Getty Images Plus, Arcangel Images Limited.
Satz: Adobe InDesign im Verlag
Druck und Bindung: GGP Media GmbH, Pößneck
ISBN 978-3-426-52682-8

2 4 5 3

*Dieses Buch widme ich meinem Mann und
meinen Kindern Vinzent und Bernadette –
weil jeder Tag mit euch ein Geschenk ist.*

TEIL 1

Kapitel 1

München, im Januar 1932

Es war, als hätte die Stadtvilla die Stille der gesamten Welt in sich aufgesogen. Das sonst so imposante Gebäude wirkte hilflos klein und schien von der Dämmerung des kalten Winterabends verschluckt zu werden. In den Fenstern spiegelten sich die Schatten der aufkommenden Nacht, und die Bäume des weitläufigen Parks verharrten wie in Totenstarre.

In den Räumen der Villa hatte sich eine trostlose Einsamkeit hartnäckig festgekrallt, als wollte sie mit aller Kraft jede Erinnerung an Kinderlachen und frohes Stimmengewirr vertreiben.

Pauline lauschte dem Schweigen und der Leere des Hauses. Sie lag im Bett und starrte zur Decke, die trotz des warmen Kerzenscheins kalt und erdrückend wirkte.

»Woran denkst du?«, flüsterte Konstanze und blickte besorgt in das blasse Gesicht ihrer Schwester, das sich im weichen Daunenkissen fast verlor.

»Ich frage mich gerade ...«, hauchte sie leise und schloss dabei die Augen. »Ich frage mich gerade, welcher Tag der schlimmste in meinem Leben war.«

Konstanze seufzte und rückte näher an Pauline heran. Ihr war danach, sie an sich zu drücken, zu halten und ihr Kraft zu geben.

»Vor drei Jahren war ich der Meinung, dass nach Vaters Tod mein gebrochenes Herz nie wieder heilen würde. Dennoch haben wir es geschafft, Stanzerl, wir hatten uns und Mama.«

»Ja, die hatten wir.«

»Aber jetzt liegt sie neben Papa in der Gruft. Kalt, leblos, blutleer. Tot.« Tränen perlten sanft über Paulines Wangen, als wollten sie sie streicheln und ihr Trost spenden. »Fast möchte ich sie hassen für das, was sie getan hat. Warum hat sie sich uns nicht anvertraut?«

»Ich weiß es nicht.« Konstanzes Stimme zitterte, während sie ihre Hände wie zum Gebet faltete.

»Könnten wir doch nur die Zeit zurückdrehen. Schon ein paar Tage würden genügen. Alles würde ich anders machen, Stanzerl, alles.« Pauline griff nach dem Arm ihrer Schwester. »An das, was uns morgen bevorsteht, will ich gar nicht erst denken.«

Konstanze biss sich auf die Lippen und nickte Pauline verständnisvoll zu. »Lass uns nicht davon sprechen. Diese eine letzte Nacht wollen wir so tun, als ob es morgen nicht gäbe, ja?«

Pauline rückte an die Bettkante und hob die Decke an. Ohne ein weiteres Wort legte Konstanze sich neben ihre Schwester und umarmte deren vor Kälte zitternden Körper.

Oder war es die Angst vor der Ungewissheit, die sie derart frösteln ließ?

»Wollen wir dankbar sein, dass man uns diese letzte Nacht im Elternhaus gönnt.«

»Ist es denn überhaupt noch ein Elternhaus, wenn Vater und Mutter tot sind und das Haus schon immer der Kirche gehört hat? Waren wir nicht bereits nach Vaters Tod nur noch geduldet?«, fragte Pauline, ohne eine Antwort zu erwarten.

»Denk nicht so schlecht. Wollen wir lieber hoffen, dass Tante Gunde, Tante Josette und Onkel Gustav es gut mit uns meinen. Und jetzt träum schön, mein geliebtes Paulchen.« Mit diesen Worten hauchte sie ihrer Schwester einen Kuss auf die Wange und lauschte ihrem gleichmäßigen Atem. Konstanze selbst fand bis zum Morgengrauen keinen Schlaf. Sie beobachtete das Flackern der Kerze, die Stunde um Stunde schrumpfte, bis ihr Licht ganz erlosch. Und während sie wartete, auf die Morgendämmerung und ihren Lebensmut, hielt sie Pauline fest im Arm und schnupperte den Duft ihres seidigen Haares. Mit ihren siebzehn Jahren war sie noch nicht so weit, sich für immer von ihrer kaum zwei Jahre jüngeren Schwester zu trennen. Nach Mutters Tod hatte Tante Gunde sich bereit erklärt, sie, Konstanze, bei sich aufzunehmen und ihr eine gesicherte Zukunft zu bieten. Pauline hatte nicht so viel Glück gehabt. Mutters kinderlose Cousine wollte sie zu sich in die Provence holen.

Bei dem Gedanken an den bevorstehenden Abschied schluchzte Konstanze laut in den leeren Raum hinein. Sämtliche Möbel hatte man am Vormittag abtransportiert. Nur das Bett hatte man ihnen gelassen – und diese letzte gemeinsame Nacht hier in der elterlichen Villa. Ihr kleiner Bruder war sofort nach dem Begräbnis mit Onkel Gustav ins Allgäu abgereist. Lorenz' verzweifeltes Weinen hallte noch immer in ihrem Herzen nach. Der arme Junge würde mit seinen gerade mal neun Jahren die Mutter und die Heimat am meisten vermissen.

Er wird es schaffen, dachte sie bei sich, *er muss.* Dann stand sie auf und machte sich fertig für den Tag, den sie am liebsten schon hinter sich gehabt hätte.

»Konstanze, Pauline, kommt ihr?« Es war am frühen Vormittag, als Tante Gundes Ruf durch die leer geräumte Stadtvilla hallte wie ein kräftiger Windstoß, der jeden einsamen Winkel zu erreichen versuchte. Konstanze stand mit hängenden Schultern mitten im Raum und nahm den Ruf trotz seiner Hartnäckigkeit kaum wahr. Ihr müder Blick wanderte über den Parkettboden aus edlem Palisanderholz. Dabei dachte sie an ihr französisches Himmelbett mit den duftigen Spitzenvorhängen, das noch bis zum Vortag hier gestanden hatte. Die weiß gekalkten Wände waren kahl, nur an manchen Stellen erinnerten Staubränder an die Ölgemälde, die dem Raum einst farbenfrohes Leben eingehaucht hatten. Der Stuck rankte verlassen an der Decke entlang und verlief sich in der trostlosen Leere. Konstanze schloss die Augen und sog den

Duft ein, der ihrem Zimmer anhaftete. Es roch nach ihrer Kindheit, ihrem Lachen und Weinen, ihrer Kleidung, den Büchern, Abenteuern, Träumen und Hoffnungen. Vor allem aber roch es nach Vertrautheit.

»Ich will hier nicht weg«, flüsterte sie und ließ sich auf die breite Fensterbank sinken. Kraftlos lehnte sie sich an die kühle Wand und rieb sich die markanten Augenbrauen.

»Bist du so weit?« Pauline stand im Türrahmen, die Augen verweint und geschwollen.

»Nein, bin ich nicht. Ich will mich nicht verabschieden müssen. Nicht von dem Haus und schon gar nicht von dir.« Konstanze ging zu ihrer Schwester. Die Absätze ihrer schwarzen Stiefel aus weichem Rehleder klackten bei jedem Schritt. Vor Pauline blieb sie stehen, legte eine Hand an ihre Wange und blickte ihr tief in die Augen. »Was soll ich nur ohne dich machen?«, flüsterte Konstanze und schnürte ihren leichten, hellgrünen Wollmantel enger um die Taille.

Pauline zuckte verloren mit den Schultern.

»Nun kommt schon, sonst verpasst Pauline ihren Zug«, rief Tante Gunde eindringlich.

Konstanze nickte und schloss die Tür zu ihren Kindheitserinnerungen. Gesenkten Hauptes schritt sie zum letzten Mal die geschwungene Marmortreppe in die Eingangshalle hinab, Seite an Seite mit ihrer jüngeren Schwester. Das Licht der Wintersonne flutete durch die Dachfenster und ließ Konstanzes kastanienfarbenes Haar in feurigen Rottönen auffunkeln.

Tante Gunde nahm die beiden mit einem verständnisvollen Lächeln in Empfang und seufzte, als sie sie zur Eingangstür geleitete – und hinaus in die Winterkälte. Mit tiefen Atemzügen sog Konstanze die eisige Luft ein und hoffte, dass die Kälte den Schmerz in ihrem Brustkorb zu betäuben vermochte.

Wenige Minuten später saßen die Frauen schweigend in Tante Gundes Automobil. Das Geknatter des Motors dröhnte in Konstanzes Kopf. Schneller, als ihr lieb war, näherten sie sich dem Bahnhof, wo sie sich von ihrer Schwester verabschieden musste. Innig drückte sie Paulines behandschuhte Finger und ließ dabei den Blick auf dem vertrauten Gesicht ruhen. Jeden Zug, jede Lachfalte, jede dunkelblonde gelockte Haarsträhne, die unter dem bordeauxroten Hut hervorlugte, wollte sie sich einprägen, damit sie die Erinnerung daran zurückholen konnte, wenn sie nachts wach lag und um ihre Familie weinte.

»Ihr seid stark, ihr schafft das«, versicherte Gunde, die um die Ängste ihrer Nichten zu wissen schien, und tätschelte Konstanze wohlwollend den Handrücken. »Und noch heute beziehst du dein neues Zimmer bei mir in der Villa. Es wird dir gefallen, wirst sehen. Deine Cousine Charlotte freut sich schon darauf, endlich nicht mehr allein mit ihren alten Eltern zu sein. Ah, da sind wir ja schon.«

Der Fahrer machte vor dem Bahnhofsportal halt und half den Damen aus dem Automobil. Der kalte Wind jagte die Frauen über die Straße wie vertrocknetes Laub. Mit einem Ruck öffnete Konstanze die schwere Tür zur Bahnhofshalle und tauchte gemeinsam mit Tante und Schwester in das laute Stimmengewirr ein. Als Konstanze die vielen Menschen zu den Schaltern und Bahnsteigen eilen sah, war sie froh, dass sie hier in München bei ihrer Tante bleiben durfte und nicht wie ihre Geschwister anderswohin ziehen musste. Mit zusammengekniffenen Augen beobachtete sie die hin und her eilenden Reisenden.

Es dauerte nicht lange, da erblickte sie Tante Josette, die bereits mit dem Gepäck wartete. Pauline würde ihren Weg gehen und sich rasch in der Provence einleben, hoffte Konstanze und lächelte ihrer Schwester aufmunternd zu.

»Wir schreiben uns jede Woche mindestens einmal, versprochen? Und ich komme dich im Sommer besuchen. Schließlich will ich deine neue Heimat kennenlernen und mit dir im Meer baden.« Konstanze versuchte sich an einem gespielten Lächeln und hauchte ihrer Schwester einen Kuss zu.

»Ohne dich wird es unerträglich.«

»Kommt, Mädchen, Josette wartet. Und sie wartet nicht gerne, glaubt mir.« Tante Gunde blickte mit erhobenem Kinn durch die Wartehalle und winkte der zierlichen Französin zu.

»Ist sie denn streng?« Paulines Augen füllten sich mit Tränen.

»Streng?«, wiederholte Gunde abwägend. »Sagen wir, sie hat so ihre Prinzipien«, fuhr sie ausweichend fort und sah dabei auf die große Uhr, die hoch über den Gleisen am Kopf des Sackbahnhofs hing.

»Ich verstehe sie nicht einmal!«, jammerte Pauline. »Stanzerl, stell dir vor, ich muss in ein Land, in dem kein Mensch meine Sprache spricht.« Pauline vergrub das Gesicht in den Händen.

»Mir wäre auch lieber, wenn wir zusammenbleiben könnten – so kurz nach Mutters Tod. Tante Gunde hätte uns liebend gerne beide aufgenommen, aber du weißt ja, wie unnachgiebig Tante Josette darauf bestanden hat, die Fürsorge für dich zu übernehmen.« Konstanze nahm ihre Schwester in den Arm. Pauline hatte schon immer ihren Beschützerinstinkt geweckt, und das nicht nur, weil sie jünger und ein Stück kleiner war als sie. »Du bist stärker, als du denkst. Wirst sehen, in wenigen Wochen fühlst du dich dort wie zu Hause und hast das trübe Deutschland mit seinem politischen Wanderprediger, den Uniformen und Hakenkreuzen an jeder Straßenecke schon vergessen.« Mit einem aufgesetzten Lachen hoffte sie, ihre Schwester aufmuntern zu können. *Wenn dieser schreckliche Abschied doch nur schon hinter uns läge,* dachte Konstanze.

»Sprich nicht so über Hitler! Wenn dich jemand hört ...«, flüsterte Pauline hinter vorgehaltener Hand. »Trotz der Veränderungen, die hier in Deutschland stattfinden, haben Lorenz und du es gut – ihr müsst das Land wenigstens nicht verlassen.«

»Sag das nicht, der arme Lorenz wird im Allgäu hart schuften müssen auf Onkel Gustavs Hof.« Bei dem Gedanken an ihren kleinen Bruder atmete sie tief durch. Wie gerne würde sie die Zeit zurückdrehen und Lorenz aus dem harten Griff des Onkels befreien. Wie einen Leibeigenen hatte er ihn hinter sich hergezerrt und schien kein Mitleid übrig zu haben für die Tränen des verwaisten Jungen.

»*Vite, vite, notre train part immédiatement!*« Statt einer Begrüßung hatte Josette nur einen prüfenden Blick für ihre Nichten übrig und musterte vor allem Pauline, als wäre sie Stückgut.

»Was sagt sie?«, fragte Pauline und runzelte die Stirn.

»Keine Ahnung. Aber ihrem Gefuchtel nach zu schließen, habt ihr es eilig«, meinte Gunde trocken.

Pauline und Konstanze sahen einander an, keine brachte ein Wort über die Lippen. Mit einem Mal war das Stimmengewirr um sie herum verstummt, und selbst die Bahnhofsuhr schien gnädig ihre Zeiger anzuhalten. Für einen kurzen Moment gab es nur noch sie beide, jede besorgt um die andere und ängstlich wegen des Lebens, das sie fortan getrennt voneinander führen sollten. Fest schlang Konstanze die Arme um ihre Schwester und wiegte sie sanft, als wäre sie ein Säugling, der beruhigt werden musste.

»Weißt du noch, als wir klein waren und Mutter uns Märchen vorgelesen hat?«, fragte Konstanze. Pauline nickte schluchzend. »Mein Kopf hat auf ihrem Brustkorb geruht, ich lauschte dem gleichmäßigen Pochen ihres Herzens beinahe mehr als der Geschichte. Wenn ich die Augen schließe, höre ich es auch heute noch, das kräftige Klopfen, das mir mit jedem Schlag versicherte, dass ich geliebt wurde.« Konstanze nahm das verweinte Gesicht ihrer Schwester in beide Hände und sah sie eindringlich an. »Die Märchen waren mir egal, die interessierten mich nicht. Es war die

Zeit mit Mutter und dir, die ich so sehr genossen habe. Glaub mir, Paulchen, es spielt keine Rolle, wie weit du von mir entfernt bist, weil mich auch dein Herzschlag bei jedem Schritt begleiten wird.«

Pauline nickte heftig und presste sich eng an Konstanze.

»*Vite, vite*«, wiederholte Josette schrill und zerrte mit ihren langen Fingern an Paulines Ärmel.

Mit einem zustimmenden Nicken löste Konstanze die feste Umarmung.

Alles wird gut!, sagte sie tonlos.

»*Merci pour tout et au revoir*«, meinte Josette, winkte Konstanze und Tante Gunde frohgemut zu und zog Pauline wie ein kleines Mädchen hinter sich her. Diese drehte sich nach ihrer Schwester um, warf ihr verzweifelte Blicke zu und streckte die Hand Hilfe suchend nach ihr aus. Doch ehe Konstanze reagieren konnte, war Pauline bereits im Gewirr der Menschen verschwunden. Nur der bordeauxrote Hut war noch hier und da zu sehen, doch auch er wurde viel zu schnell vom bunten Treiben verschluckt. Ungläubig schüttelte Konstanze den Kopf. Es war unmöglich zu fassen, dass sie von nun an ihre gesamte Familie würde entbehren müssen.

»Komm, es ist Zeit«, sprach Gunde beruhigend auf ihre Nichte ein und griff nach ihrer kühlen Hand. Gemächlich verließen sie die Bahnhofshalle. Konstanze hatte dabei das Gefühl, einen Teil ihrer selbst in der Menge fremder Passanten zurückzulassen.

Als sie wenig später vor Gundes Stadtvilla stand, war Konstanze trotz der widrigen Umstände beeindruckt. Das Haus war umgeben von hochgewachsenen Birken und Eichen, die Einfahrt war fein gekiest und von Rosenrabatten gesäumt, die im Sommer gewiss ein prächtiges Farbenspiel boten. Das Alter der Villa konnte Konstanze schwer schätzen, war sich aber fast sicher, dass sie im barocken Stil erbaut worden sein musste. Mit ihren drei Etagen wirkte sie pompöser als das Elternhaus, die Fenster waren größer und ließen gewiss reichlich Licht in die Räume einfallen. Obwohl Tante Gunde an ihrer Seite war, steigerte sich Konstanzes Aufregung beim Betreten des Hauses. In der Eingangshalle der Villa hielt Konstanze dann einen Augenblick inne und versuchte, ihr neues Zuhause vorsichtig zu erspüren. Noch während sie aus ihrem knielangen Wollmantel schlüpfte und ihn dem Dienstmädchen reichte, schloss sie die Augen, um den Geruch des Hauses besser wahrzunehmen. Es roch nach Jasmin – ein Duft, der ihr bereits an Tante Gunde aufgefallen war. Zudem drängte sich ihr eine wärmende Mischung aus Zedernholz und einem Hauch von Vanille auf.

»Komm, ich zeige dir das Haus«, riss die Tante sie aus ihren Gedanken. »Dörte, du servierst uns einstweilen Tee im Salon. Konstanze und ich können dringend etwas Wärme von innen vertragen, habe ich recht?« Mit einem Zwinkern ging Tante Gunde durch die Eingangshalle, deren Größe beinahe an ein Schloss erinnerte. Beim Anblick der unzähligen Türen und Flure war Konstanze unsicher, ob sie sich hier jemals zurechtfände. Vor allem aber fragte sie sich, ob sie – umgeben von so viel Prunk – je heimatliche Gefühle würde entwickeln können.

»Warte ein paar Tage, dann kennst du jeden Winkel unseres kleinen Domizils.«

Konstanze lächelte erleichtert. Tante Gunde schien tatsächlich jeden ihrer Gedanken erraten zu können. *Vielleicht ist es doch möglich, sich hier einzuleben*, dachte sie und folgte Gunde, die flotten Schrittes die geschwungene Treppe hochstieg.

»Das hier ist ab heute dein Bereich. Meine Tochter Charlotte hat eigens darauf geachtet, dass die Zimmer ähnlich gestaltet wurden wie in deinem Elternhaus. Einige deiner geliebten Möbel haben wir hierhertransportiert, wie du weißt. Schau, dein Himmelbett steht direkt neben dem Fenster, so wirst du jeden Morgen von der

Sonne geweckt. Sollte etwas nicht nach deinem Geschmack sein, kannst du natürlich Änderungen vornehmen, nur bitte informiere mich, bevor du Mauern einreißen lässt.« Gunde schenkte ihr ein Lächeln, das sie herzerwärmend an das ihrer Mutter erinnerte.

»Warum hat sie das nur getan?«, fragte Konstanze und setzte sich müde auf die Kante ihres frisch bezogenen Himmelbetts.

Tante Gunde seufzte tief und nahm eng neben ihrer Nichte Platz. »Deine Mutter ist seit jeher ein schwermütiger Mensch gewesen. Schon als Kind hat sie versucht, sich ihre Melancholie nicht anmerken zu lassen, aber mir konnte sie nichts vormachen. Ich habe es an ihren Augen erkannt, die sich immer trübten, wenn sie in düstere Stimmung verfiel.«

»Ich habe es nicht gesehen. Ich habe ihrem aufgesetzten Lachen Glauben geschenkt.« Konstanze senkte den Kopf, um die aufsteigenden Tränen vor ihrer Tante zu verbergen.

»Der Tod deines Vaters hat sie in ein tiefes Loch gestoßen. Niemand hätte sie da herausholen können. Du kannst mir glauben, dass auch ich von Selbstvorwürfen geplagt werde. Die vielen Jahre, die wir uns aus den Augen verloren haben und die ich nicht wieder rückgängig machen kann. Meine Güte, Kind, du warst ein kleines Mädchen mit Zöpfen, als ich dich das letzte Mal gesehen habe. Die Zeit spielt uns einen Streich – ständig flüstert sie uns ins Ohr, dass sie unvergänglich sei, um uns wenig später mit dem Tod zu verhöhnen. Nein, du trägst nicht die Schuld am Selbstmord deiner Mutter. Diese Entscheidung hat sie ganz allein getroffen.« Mit diesen Worten stand Gunde auf und ging zur Tür. »Mach dich frisch und komm dann zu mir in den Salon – falls du ihn findest. Dörtes marokkanischer Minztee wärmt nicht nur den Körper, sondern auch die Seele.« Mit einem breiten Lächeln verabschiedete sie sich fürs Erste und schloss die Tür hinter sich.

Konstanze saß noch immer auf dem Bett und blickte sich verloren um. Ihre Tante hatte recht, die Möbel und Bilder waren tatsächlich ähnlich angeordnet wie im Elternhaus. Sie stand auf und schritt ihr viel zu großes Zimmer ab. Vorbei an ihrem Sekretär, auf dem liebevoll Briefpapier bereitgelegt worden war, und vorbei am Pianino, auf dem ihre Mutter ihr Unterricht gegeben hatte. Auf dem Kanapee hatte man bestickte Kissen drapiert, und in einem Wandschrank waren all ihre Bücher ordentlich eingeräumt worden. Vor dem bodentiefen Spiegel blieb sie stehen und betrachtete ihre Erscheinung. Konstanze fand, dass sie älter aussah als noch vor ein paar Wochen. Und dünner. Fast durchsichtig kam sie sich vor, aber das lag vermutlich an den vielen Abschieden, die ihr alle Kraft geraubt hatten. Das gewellte Haar fiel stumpf über ihre Schultern, und die grünen Augen hatten jeden Glanz verloren. Mit ihren Fingern strich sie über ihren Hals und dachte dabei unweigerlich an ihre Mutter, die sie erst vor wenigen Tagen im Treppenhaus erhängt aufgefunden hatte. Sie hatte sogar den Strick erkannt: Papa hatte damit vor Jahren eine rechteckige Rasenfläche abgesteckt, auf der später das Gewächshaus seinen Platz gefunden hatte. Mamas Gewächshaus, in dem sie jedes Jahr wunderbar aromatische Tomaten gezogen hatte, Kürbisse, Gurken und Erbsen ... Manchmal hatte Konstanze den Eindruck gehabt, dieser Ort wäre der einzige, an dem ihre Mutter Ruhe finden konnte. Konstanze schüttelte sich. Sie musste diese schrecklichen Bilder verdrängen, wenn sie weiterleben wollte. Hier war nun ihre Zukunft, und sie hätte es weiß Gott schlechter treffen können. Tante Gunde war freundlich, das Haus übertraf jede Erwartung und lag zudem in der Nähe ihrer Schule. Konstanze hob das Kinn und straffte den Rücken.

»Du musst stark sein!«, ermutigte sie sich und setzte ein Lächeln auf, das wenig überzeugend wirkte. »Geh und trink eine Tasse marokkanischen Minztee, dann fühlst du dich bestimmt besser!«, befahl sie ihrem Spiegelbild. Dann machte sie sich auf den Weg zu Gunde.

Kapitel 2

Jouques, Provence, im Januar 1932

Pauline vermochte nicht zu sagen, wie lange sie schon im Zug saß, aber anhand ihres schmerzenden Hinterteils musste es sich um eine Ewigkeit handeln. Der Zug blieb immer wieder stehen, Menschen stiegen zu, andere stiegen aus, und Pauline fragte sich, zu welchen Zielen sie wohl unterwegs waren. Verreisten sie, weil sie jemanden besuchten, oder hatten sie berufliche Gründe? Sie war wohl in jedem Fall die Einzige, die in diesem Zug saß, um in eine neue Heimat aufzubrechen. Wehmütig blickte sie aus dem Fenster und betrachtete die Landschaft, die draußen vorbeizog, sich stetig veränderte und ihr Bestes zu geben schien, um sie von ihren trüben Gedanken abzulenken.

Sie fragte sich, wie es wohl ihrem Bruder Lorenz erging, der von nun an bei Onkel Gustav im Allgäu leben musste. Pauline gab sich Mühe, konnte sich aber dennoch nicht erinnern, jemals zuvor von diesem Onkel Gustav gehört zu haben. Gewiss gab es einen Grund, warum die Mutter ihren Bruder niemals erwähnt hatte. Mürrisch hatte er an Mutters Grab gestanden und sich lautstark die Nase geputzt. Seine Kleidung war nicht annähernd dem Anlass gemäß gewesen und hatte nach Kuhstall gerochen. Über all das hätte sie freilich hinwegsehen können, aber die Art, wie er Lorenz am Oberarm gepackt hatte, war grob gewesen und hatte den verstörten Jungen noch mehr verzweifeln lassen.

»*Dans environ une heure, nous devons changer.* Umsteigen, wir müssen bald umsteigen.« Josettes Stimme riss Pauline aus ihren Gedanken. Mit großen Augen starrte sie ihr bildhübsches Gegenüber an und fragte sich, wie sie diese komplizierte Sprache jemals erlernen sollte.

»Du musst Französisch lernen. *Rapidement!*«, sprach Josette weiter und lächelte Pauline strahlend an. Wie schön sie doch war, ihre Tante. Aufrecht saß sie da und vermittelte auch nach den endlosen Reisestunden eine beneidenswerte Leichtigkeit. Ihr heller Teint ließ ihre reine Haut wie Porzellan wirken, und das rötliche Haar, das in sanften Wellen ihr Gesicht umspielte, bot den perfekten Kontrast dazu. Pauline suchte vergebens nach einer Ähnlichkeit mit ihrer Mutter, die ja immerhin ihre Cousine gewesen war. Aber die beiden Frauen hätten nicht unterschiedlicher sein können, fand Pauline, während sie das Alter der zierlichen Frau schätzte.

»Du musst Französisch lernen!«, wiederholte Josette in gebrochenem Deutsch. »Und zwar schnell.«

»Kannst du es mir beibringen?«, fragte Pauline hoffnungsvoll.

»*Non, impossible.* Ich spreche kaum deine Sprache, aber meine Köchin Martha ist Deutsche und wird mit dir üben.«

»Dann wird Martha wohl meine beste Freundin werden, nicht wahr?«, meinte Pauline lächelnd und lehnte sich ein wenig entspannter zurück.

Nach einer endlos scheinenden Fahrt erreichten sie den Bahnhof von Aix-en-Provence. Pauline war steif vom langen Sitzen und hatte Probleme, über die hohen Stufen des Waggons hinunter auf den Bahnsteig zu gelangen, weswegen sie die Hilfe eines Schaffners in Anspruch nahm – im Gegensatz zu Josette, die ihren Rock anhob und geradezu schwungvoll aus dem Zug hüpfte. Pauline blickte betreten zur Seite und fühlte sich neben ihrer Tante wie eine alte Frau. Josette sprach mit dem Schaffner, und weil sie dabei auf den hinteren Teil des Waggons zeigte, nahm Pauline an, dass es um ihr Gepäck ging.

»Wir müssen warten«, erklärte Josette mit rollendem R und vertrat sich ein wenig die Beine. Als Pauline allein am Bahnsteig stand, wurde ihr bewusst, dass sie sich nun auf französischem Boden befand und ihre Heimat so weit weg war wie nie zuvor. Sie nestelte an der Stoffkante ihres Mantels, während sie sich umblickte und erkannte, dass die Menschen hier in gewisser Weise anders aussahen. Die feinen Nasen, die ausgeprägte Stirnpartie, die elegante Haltung – alles sah so ... undeutsch aus, stellte Pauline fest. Die Architektur der Bahnhofshalle ähnelte der in München, aber sonst fühlte sie sich wie in einer fremden Welt. Nur die Tauben, dachte sie, die sehen wohl überall gleich aus. Verstört blickte sie auf die Zeitungen an einem Kiosk, deren Schlagzeilen denen in Deutschland nicht unähnlich waren. Uniformierte Truppen marschierten im Stechschritt vor Hitlers Ehrentribüne, ihre starren Blicke erinnerten an gefühllose Maschinen. Als sie versuchte, die Schrift zu entziffern, machte sie sich mit Grauen bewusst, wie viel Arbeit vor ihr lag, bis sie die Sprache ihrer neuen Heimat sprechen, lesen und schreiben könnte. Entmutigt folgte sie Josette, die zielstrebig den Bahnhof verließ und draußen auf auf eine Droschke an der gegenüberliegenden Straßenseite zeigte.

»Es dauert nicht mehr lange, bis wir da sind«, erklärte sie und ließ Pauline als Erste in das klapprige Gefährt einsteigen.

Noch weiter weg von München, dachte Pauline und blickte über die Schulter. Wenn doch nur Konstanze da wäre, ging es ihr durch den Kopf. Sie setzte sich auf die harte, mit Leder bezogene Bank und war beinahe froh, dass der schmerzende Hintern sie sogleich wieder von ihren trüben Gedanken ablenkte.

Es dauerte nicht lange, da wurde die Landschaft karger, und die Häuser wurden weniger. Pauline fragte sich, in welch trister Einsamkeit sie ihre Zukunft wohl zu verbringen hätte. Sie dachte an das rege Leben in München, an das Stimmengewirr in den Straßen, das Gelächter, die Besuche im Theater und der Oper. Die weite Einöde hier erweckte nicht den Anschein, als ob sie dergleichen zu bieten hätte.

»Da, Lavendelfelder.« Josette zeigte aus dem Fenster.

»Da ist nur Schnee«, erwiderte Pauline und rieb sich fröstelnd die Oberarme.

»Natürlich, wir haben doch Winter, *mon cœur*. Aber im Sommer wird hier alles voller Lavendel sein. Es ist herrlich, glaub mir. Der Duft, die Farben, ich liebe es.« Mit einem zufriedenen Seufzer lehnte Josette sich zurück und blickte verträumt aus dem Fenster.

»Lavendel«, wiederholte Pauline leise und erinnerte sich an das leicht bittere Aroma von Mutters italienischer Lavendelseife. Erwischte sie hier einen Zipfel von zu Hause? »Hast du auch Lavendel?«, fragte Pauline, nicht zuletzt um das Gespräch in Gang zu halten.

»Ja, aber nur im Garten.« Josette lachte auf. »Du weißt wirklich gar nichts von mir, oder?«

»Verzeih, nein.« Pauline schluckte kräftig. »Nur dass du die Cousine meiner Mama bist.« Sie fühlte sich wie ein dummes Schulmädchen, das schlecht auf den Unterricht vorbereitet war.

»Schon gut, sei nicht traurig wegen deiner Maman, *ma fille*. Dir wird es bei mir gefallen. Wir werden zusammen auf meiner *plantation de pêche* arbeiten.«

»*Pêche?*« Pauline legte ihre Stirn in Falten.

»Pfirsich.« Josettes Strahlen ließ keinen Zweifel daran, wie stolz sie auf ihre Plantage war. »*Arrêtez, s'il vous plaît!*«, rief sie dem Kutscher zu, der das Pferd so unvermittelt anhielt, dass Josette beinahe von der glatten Bank gerutscht wäre. »Nächstes Mal fahren wir mit einem Automobil, das ist bequemer, findest du nicht auch?« Der Kutscher hielt ihr die Hand entgegen und half ihr über den Ausstieg. »Komm, ich zeige dir etwas!«, sagte sie energisch und strich sich die Knitterfalten aus dem Rock. Während Pauline ihrer Tante hinterhereilte, fragte sie sich, was es in dieser Einöde schon zu besichtigen geben mochte.

»Das alles«, begann Josette im Flüsterton und machte mit beiden Armen weit ausholende Bewegungen. »Das alles gehört mir – und eines Tages dir, *mon cœur*.«

»All das gehört dir?«

»Ja, ist das nicht wunderbar?«

Nein, Pauline fand es nicht wunderbar, sondern vielmehr beängstigend. Wie sollte es möglich sein, eine derart große Anzahl von knorrigen Bäumen zu pflegen und abzuernten? Pauline schüttelte den Kopf und blickte über die weich geschwungenen Hügel, die über und über mit gleichmäßig angepflanzten Reihen von Pfirsichbäumen bewachsen waren. Die Sonne verschwand langsam am Horizont und tauchte die überzuckerte Natur in kräftiges Rosa.

»Das, *mon cœur*, ist meine Pfirsichplantage. Jeder einzelne Baum, den du siehst, macht uns einmal im Jahr ein großes Geschenk. Mit seinen saftigen Früchten sichert er uns ein Leben in Wohlstand. Es steckt eine Menge Arbeit dahinter, aber glaub mir, wenn ich sage, dass es sich lohnt. Keine Bange, wir haben viele Arbeiter mit flinken Händen.« Josette strich beruhigend über Paulines Rücken und kam ihr so nahe, dass ihre Schultern sich berührten. »Du bist nicht allein, du wirst in deine Aufgabe hineinwachsen, und solange ich kann, stehe ich an deiner Seit.«

»Seite«, verbesserte Pauline ihre Tante augenzwinkernd.

»*Oui, oui,* und Französisch lernst du auch ganz schnell.«

»Was passiert mit den vielen Pfirsichen?«

»Die werden verkauft. An Fabriken, um Säfte und Marmeladen herzustellen. Und du darfst den ganzen Winter eingeweckte Pfirsiche essen.« Josette legte den Kopf in den Nacken und lachte auf. Wieder musterte Pauline die zierliche Frau und wunderte sich über die unbändige Stärke, die sie ausstrahlte. Bei all der Freundlichkeit, die sie ihr bislang entgegengebracht hatte, war dennoch klar zu erkennen, dass es ihr bei gegebenem Anlass nicht an Strenge fehlen würde.

»Komm, fahren wir heim. Du bist bestimmt erschöpft von der langen Fahrt«, meinte Josette und tätschelte Pauline die Wange. Ja, Pauline war müde und wünschte sich mehr als alles andere, endlich heimzukehren. Aber nicht in dieses fremde Zuhause hier in Frankreich, sondern nach München. Dorthin, wo es nach Mutters selbst gebackenen Zimtplätzchen roch, wo aus dem Nebenzimmer Konstanzes Pianino ertönte und wo Lorenz mit dem Hund durch den Garten tobte. Hier würde nie ihr Zuhause sein, das konnte sie tief in ihrem Innern fühlen. Sie gehörte nicht in die Provence zu Lavendelfeldern und eingeweckten Pfirsichen. Mit hängendem Kopf folgte sie Josette in die Droschke und wickelte sich den Wollmantel eng um den Körper. Doch die schmerzhafte Kälte im Innern blieb.

Ein paar Jahre nur, dachte sie bei sich. *Ein paar Jahre muss ich durchhalten. Wenn ich erst erwachsen bin, kann ich zurück nach Deutschland. In meine Heimat.*

Pauline war es einerlei, dass Tränen über ihre Wangen liefen. Sollte Josette nur sehen, wie unglücklich sie war und wie unrecht sie gehandelt hatte, sie in dieses fremde Land zu entführen. Sie schloss die Augen, um den Anblick der endlos scheinenden Felder nicht länger ertragen zu müssen. Während das monotone Geklapper der Pferdehufe sie einlullte und ihre Erschöpfung verstärkte, wanderte sie in Gedanken zu dem Tag, an dem sie sich in einer Droschke durch die Straßen von München kutschieren ließe – den Kopf an Konstanzes Schulter gelehnt, zufrieden, glücklich, angekommen.

»Du musst aufstehen!« Mutters Stimme klang weit entfernt, wie durch dichten Nebel in Paulines Unterbewusstsein.

»Gleich, Mama, nur noch ein bisschen …« Für einen Augenblick glaubte Pauline, Mutters zarten Duft nach Lavendelseife zu riechen und ihre warme Hand an der Wange zu spüren.

»Es ist schon spät, komm!«

»Ich bin so müde«, raunte Pauline und zog sich die Decke über den Kopf.

»*Non, non,* jetzt. Sofort!«

Pauline hielt erschrocken den Atem an. Das war nicht Mutters Stimme. Ruckartig schlug sie die Decke zurück und blickte in Josettes ebenmäßiges Gesicht. Ihre Frisur saß perfekt, die Wangen waren leicht gepudert, und die Bluse saß wie maßgeschneidert an ihrem schmalen Oberkörper.

»Ich gebe dir zehn Minuten, dann erwarte ich dich beim Frühstück.« Josette klopfte auf die Matratze und wies mit dem Kinn zum Badezimmer. »Wir haben heute jede Menge vor, du und ich«, meinte sie und eilte mit hastigen Schritten über den cremefarbenen Steinboden.

Pauline ließ ihre Blicke durch den Raum wandern. Bei Tageslicht wirkte alles so viel anders als gestern, bei ihrer abendlichen Ankunft. Die weißen Vorhänge an den ungewöhnlich hohen Fenstern erhellten den Raum. Die leicht unebenen Wände waren in zartem Beige getüncht und bis auf einen in Gold gefassten Spiegel kahl. Auf einer Kommode aus Zedernholz stand eine mit getrocknetem Lavendel gefüllte violette Keramikvase. Die Einrichtung, der Geruch – alles machte einen sehr ländlichen und dennoch wertvollen Eindruck. Fröstelnd tappte sie über den kalten Steinboden zum Fenster und zog die dünnen, fast durchsichtigen Vorhänge beiseite. Unter ihr eröffnete sich ein Ausblick auf die breite Marmortreppe, die mit wenigen Stufen hinab zur Auffahrt führte. Der großzügig breite Weg war gesäumt von hochgewachsenen Pinien, der Morgenfrost glitzerte auf dem Gras, und die Blumenrabatten waren für den Winter zurechtgestutzt und mit Ästen bedeckt. Unmittelbar nach der Auffahrt erstreckten sich die endlosen Pfirsichgärten, die ihr Josette am Vortag voller Stolz gezeigt hatte.

»Pfirsiche«, flüsterte Pauline und wandte sich vom Fenster ab. Ein leises Klopfen an der Tür erregte ihre Aufmerksamkeit. Tante Josette konnte es nicht sein, die wäre vermutlich einfach ins Zimmer gestürmt und hätte mit ihrem kecken »*vite vite*« den Raum mit Leben erfüllt.

»Ja, bitte?«, hauchte Pauline und blieb wie angewurzelt stehen. Leise knarrend öffnete sich die Tür aus gebeiztem Eichenholz. Durch den Spalt lugte erst ein blond gelockter Schopf, dann ein Gesicht, das vor Fröhlichkeit strahlte.

»*Puis-je entrer?*«, fragte die junge Frau mit heller Stimme und zeigte mit dem Finger in Paulines Zimmer. Diese antwortete mit einem Nicken und sah zu, wie die Unbekannte sich emsig daranmachte, ihre Kissen aufzuschütteln und die Decke mit geübten Griffen glatt zu streichen.

»*Puis-je?*« Sie zog ihre fein gezupften Augenbrauen hoch und deutete auf das Gepäck, das man am Vorabend einfach neben dem Bett abgestellt hatte. Bevor die Fremde in ihren Kleidern und persönlichen Gegenständen zu wühlen beginnen würde, hatte Pauline das dringende Bedürfnis, sich vorzustellen. Sie ging einen Schritt auf die zierliche Frau zu und streckte ihr die Hand entgegen.

»Pauline«, meinte sie und zeigte mit dem Finger auf sich.

»*Oui. Je m'appelle Éva.*« Éva reichte ihr die Hand, die überraschend warm war. Pauline lächelte freundlich und versuchte zu verschleiern, dass sie aus dem französischen Geschnatter keinen Namen herausfiltern konnte. Trotzdem fühlte sie eine gewisse Verbundenheit mit der quirligen Frau, deren Alter schwer zu schätzen war. Mit einem Lied auf den Lippen öffnete Éva einen der abgewetzten Lederkoffer und begann, die Kleider sorgsam, aber flott in den Kleiderschrank zu räumen. Als Éva den Koffer geleert hatte, bedachte sie Pauline mit einem prüfenden Blick. Erst da wurde ihr bewusst, dass sie nach wie vor nur mit einem

Nachtgewand bekleidet war und dass Josette sie schon längst zum Frühstück erwartete. Und als ob sie ihre Gedanken lesen könnte, reichte Éva ihr einen groben braunen Wollrock und die roséfarbene Bluse mit den kleinen goldenen Knöpfen. Pauline eilte hinter den dreiteiligen Paravent, der üppig mit Blumenmustern verziert war, und kleidete sich an. Anschließend half Éva ihr beim Hochstecken des Haars und plauderte dabei in einem fort. Pauline mochte die junge Frau, sie war so unkompliziert, und genau das brauchte sie jetzt mehr als alles andere.

»Danke«, sagte Pauline, nachdem sie ihre Frisur im Spiegel begutachtet hatte. »Verzeihung, ich meinte natürlich *Merci*.« Die beiden lächelten einander zu, dann machte Pauline sich auf den Weg zu Tante Josette. Vielleicht war doch nicht alles schlecht in diesem Land.

Kapitel 3

Buchenberg, Allgäu, im Januar 1932

Das ist ab jetzt deine Kammer«, brummte Onkel Gustav und präsentierte Lorenz einen fensterlosen, muffigen Raum.
»Aber ... sie ist so klein«, entfuhr es Lorenz.
»Zu klein ist sie ihm, aha.« Gustav rieb über sein schlecht rasiertes Kinn.
»Und was ist mit Stella?«
»Der verlauste Kläffer?« Gustav runzelte die Stirn und sah auf den Jungen hinab, der von nun an seiner Gewalt und seinen Launen ausgeliefert war. »Der schläft da, wo er hingehört, nämlich draußen in der Hundehütte.«
»Aber es ist kalt, Stella wird frieren!« Lorenz dachte daran, dass Mutter seinen Tränen nie hatte widerstehen können und er Stella letztendlich immer mit auf sein Zimmer hatte nehmen dürfen, also hoffte er inständig, dass Onkel Gustav ebenso nachgiebig reagieren würde.
»Meinetwegen wachsen deinem Köter Eiszapfen aus den Nasenlöchern.« Im fahlen Kerzenschein wirkte Onkel Gustav noch älter als am Vormittag bei Mutters Begräbnis. Tiefe Furchen zeichneten seine Wangen, wie Kerben in einem Stück Holz.
»Aber ...«, wimmerte Lorenz, doch da hatte Gustav bereits die Tür hinter sich zugeschlagen. »Aber ...«, wiederholte Lorenz und blickte sich verängstigt in der stickigen Kammer um. Das Bett war klein, die Strohmatratze durchgelegen, dem Nachtkästchen fehlte die Schublade, und die Wände waren teils mit Schimmel überzogen. All das hätte er hingenommen, wenn er nur Stella an seiner Seite gewusst hätte. Er konnte sich an keine Nacht erinnern, in der er von ihr getrennt gewesen war. Mit hängenden Schultern

setzte er sich auf die Bettstatt und wickelte sich in die Daunendecke ein. Er würde warten, bis Onkel Gustav und dessen Frau Gertrude schliefen, dann würde er hinausgehen und Stella aus ihrer Hundehütte befreien. Das war sein Plan, und den galt es durchzuführen, wenn er nicht auch noch den letzten Rest seines früheren Lebens verlieren wollte.

Fröstelnd verharrte er eine endlos scheinende Zeit und lauschte in das alte Bauernhaus hinein. Von unten aus der Stube drangen gedämpft die Stimmen von Gustav und seiner Frau zu ihm hoch. Lorenz schloss die Augen und betete, dass es Stella gut ging und sie sich nicht von ihm verraten fühlte, draußen in der Kälte.

»Gleich bin ich bei dir, Stella«, flüsterte er und hielt den Blick auf die schrumpfende Kerze auf dem Nachttisch gerichtet. Nicht mehr lange, dann säße er hier in völliger Dunkelheit, und Lorenz wusste, was das bedeutete. Dann würde er sie hören, die Stimmen, die Schritte, das Atmen, und er würde sich zu Tode fürchten, die ganze Nacht. So klein die Kammer ihm vorher erschienen war, so groß und bedrohlich wirkte sie nun im letzten Flackern des Kerzenscheins.

»Bitte nicht!«, formten seine Lippen tonlos, und noch bevor der Schrecken sich in ihm ausbreiten konnte, war die Flamme erloschen. Lorenz atmete tief ein, so wie seine Mutter es ihm gezeigt hatte.

»Schließ die Augen und stell dir vor, du stehst mitten auf einer sonnenbeschienenen Blumenwiese«, hatte sie gesagt. »Fühl die warmen Sonnenstrahlen auf deinem Gesicht, hol Luft und atme langsam wieder aus.« Für einen Moment glaubte er, ihre tröstende Hand auf seinem Rücken spüren zu können. »Die Stimmen sind nicht wirklich da, du bist in Sicherheit, denk daran.«

Ich versuche es ja, aber es geht nicht, Mama, ich kann die Sonnenstrahlen nicht fühlen. Sein gesamter Körper begann zu zittern, erst leicht, dann immer stärker, bis schließlich der ganze Raum mit ihm zu beben schien.

»Stella«, rief er mit zugekniffenen Augen und kämpfte sich trotz seiner Panik vom Bett hoch, tastete sich Schritt für Schritt vorwärts, bis er die Tür erreicht hatte. Ihm war egal, ob Onkel Gustav ihn hörte, er drückte die rostige Klinke nach unten und öffnete die knarrende Tür. Auf Zehenspitzen tappte er aus seiner Kammer, leise, unentdeckt. Das Haus lag in völliger Dunkelheit, und Lorenz hatte schwer gegen seine Angst zu kämpfen – und gegen seine Orientierungslosigkeit. Vorsichtig stieg er die steile Holztreppe hinab und hielt bei jedem Schritt angespannt die Luft an. Erst als er an der Haustür stand, wagte er es, erleichtert auszuatmen. Gleich wäre er bei Stella, und dann würde alles gut werden.

Die Kälte draußen war erbarmungslos und bei Weitem unerträglicher als in München, wo die eng aneinanderstehenden Villen den Wind davon abhielten, sich in Gesicht und Kleidung festzukrallen. Lorenz schlang seine marineblaue Strickjacke eng um den Oberkörper und stapfte tapfer durch den mondbeschienenen Innenhof. Er war erst vor ein paar Stunden hier angekommen und hatte sich weiß Gott noch nicht viel umsehen können, aber den Standort der Hundehütte fände er selbst mit verbundenen Augen wieder.

»Stella, mein Mädchen, ich komm ja schon!«, flüsterte Lorenz besänftigend, als er das verzweifelte Winseln seiner Hündin vernahm. »Ich bin schon da. Komm her, lass dir die Kette abnehmen.« Stella kam aus ihrer Hütte gekrochen, zitternd, winselnd, und doch erkennbar glücklich darüber, Lorenz zu sehen. »Ich nehm dich mit auf meine Kammer, aber wir müssen leise sein, hörst du?« Er hob seine Hündin hoch, während er ihr seinen Plan erklärte. »Wenn Onkel Gustav uns erwischt, dann ...« Er beendete den Satz nicht und wollte auch nicht wissen, was ihm in so einem Fall drohte. Er öffnete seine Weste und drückte den Hund an seinen Oberkörper. Das Fell war feucht und kalt, aber daran störte Lorenz sich nicht, ihm war nur wichtig, dass er Stella wieder bei sich hatte.

Zurück auf dem Zimmer, kuschelte er sich mit ihr ins Bett und hatte trotz der unbequemen Matratze für einen kurzen Augenblick ein Gefühl von daheim. Und während er Stellas Bauch kraulte und an das Schlaflied seiner Mutter dachte, fiel er in einen erschöpften Schlaf.

»Du dummer Bub, was hast du dir nur dabei gedacht?« Es war Gertrudes Stimme, die Lorenz am nächsten Morgen aus den Träumen riss. Er schlug die Augen auf und blickte direkt in das viel zu kleine Gesicht seiner Tante. In der Kammer war es düster, dennoch erkannte Lorenz ihren finsteren Blick – und ihre Angst.

»Der Bauer hat gesagt, dass der Hund seinen Platz draußen hat, und daran hast du dich zu halten.« Die abschätzige Art, wie Gertrude *der Bauer* gesagt hatte, ließ Lorenz aufhorchen. »Aber Stella ist so klein, sie wäre in der Hundehütte erfroren«, versuchte er seine Tat zu rechtfertigen. Noch ehe er ein weiteres Wort der Erklärung über seine Lippen brachte, ließ eine kräftige Ohrfeige ihn zurück auf sein Kissen fallen. In seinem Kopf dröhnte es, und seine linke Wange brannte wie Feuer.

»Schscht! Ich will keine Ausreden hören, dummer Bub. Bring den Hund sofort raus, und dann komm zum Frühstück. Beeil dich, der Bauer kommt jeden Moment.«

Ohne ein weiteres Wort der Widerrede nickte Lorenz, hob Stella auf und hastete nach draußen.

Bei der Hundehütte angekommen, kniete er sich nieder, setzte Stella vorsichtig auf den hart gefrorenen Boden und legte ihr die schwere Kette an. Während er das kalte rostüberzogene Eisen in der Hand hielt, fragte er sich, wie viele Hunde wohl schon ihr

Leben traurig und einsam in der zugigen Hütte zugebracht hatten.

»Es tut mir leid«, flüsterte er Stella zu, als sie winselnd zurück auf seine Oberschenkel kriechen wollte. »Nein, Stella, das geht nicht, du musst hierbleiben, sonst gibt es Ärger mit dem Bauern. Schau«, sagte er und zog die Strickweste aus, die ihm Mutter letzten Herbst in unzähligen abendlichen Arbeitsstunden am Kamin angefertigt hatte. »Die wird dich wärmen.« Sorgfältig breitete er die Weste in der Hundehütte aus. »Aber jetzt muss ich gehen.« Lorenz seufzte schwer, als er aufstand. »Ich komme bald wieder und kümmere mich um dich.« Dann marschierte er eilends zurück zum Bauernhaus und griff sich dabei an die schmerzende Wange.

»So, jetzt erzähl doch mal, was dir meine verwöhnte Schwester alles beigebracht hat.« Gustav schlürfte einen Löffel seiner Milchsuppe. »Hat sie dir erzählt, dass sie mich und die Eltern hinterhältig im Stich gelassen hat? Dass sie bei Nacht und Nebel den Hof verlassen und sich nie wieder bei uns gemeldet hat?«

Lorenz dachte an die schmerzhafte Ohrfeige von Gertrude und konnte die Entscheidung seiner Mutter, diesen Verhältnissen entfliehen zu wollen, durchaus nachvollziehen.

»Sie war sich zu gut für die Arbeit im Stall.« Gustav wischte sich mit dem Ärmel seines braun karierten Hemds den Mund sauber und legte den Löffel beiseite. »Aber dir werd ich schon beibringen, was es heißt, mit beiden Händen zuzulangen. Wenn du den Hof eines Tages übernehmen willst, dann ist es an der Zeit, dir Beine zu machen.«

»Aber ich ...«

»Schscht! Der Bauer hat dich nichts gefragt, also halt dein Maul«, fauchte Gertrude und griff nach Lorenz' Hand, um sie mit aller Kraft zu drücken. »Hast du verstanden?«, fragte sie mit

Nachdruck. Lorenz schluckte fest und nickte. Ja, er hatte verstanden, dass es im Moment sinnlos war, seine Bedenken und Wünsche zu äußern. Ja, er hatte verstanden, dass sein Leben sich für immer verändert hatte. Und ja, er war vielleicht erst neun Jahre, dennoch hatte er verstanden, dass seine glücklichsten Tage bereits hinter ihm lagen.

»Und jetzt schau, dass du deine Suppe isst, dann gehen wir in den Stall.«

»Aber ich habe noch gar nicht meine Zähne geputzt.« Lorenz hielt den Atem an und blickte über den Tisch zu seinem Onkel.

»Hä?«, meinte dieser und legte die Stirn in Falten.

»Mama hat immer gesagt, dass man seine Zähne gut pflegen muss.«

Gustav schüttelte beinahe angewidert den Kopf und wandte sich an seine Frau. »Der ist doch nicht ganz dicht, oder?« Wieder an Lorenz gerichtet, meinte er: »Das Beste wird sein, du vergisst alles, was deine Mutter dir eingebläut hat. Ab sofort gelten andere Regeln.«

»Aber ...«

»Einmal noch!« Gustavs Stimme klang wie das wütende Brüllen eines Bären und ließ die düstere Stube erbeben. »Einmal noch, wenn ich dieses dämliche *Aber* hör, dann setzt es ein paar kräftige Ohrfeigen.«

Lorenz griff sich an die Wange, auf der er nach wie vor Gertrudes Hand zu fühlen glaubte, und nickte. Um den Bauern nicht mit seinen Tränen zu verärgern, senkte er den Kopf und rührte in seiner Suppenschüssel.

»... will sich die Zähne putzen, dieser saudumme Kerl.« Mit diesen Worten schob Gustav seinen Stuhl polternd zurück und verließ den Esstisch. Lorenz blieb zurück und wagte es nicht, zu Gertrude hinüberzusehen, die zaghaft ihre bereits erkaltete Milchsuppe schlürfte. Sein Körper und sein Denken waren wie gelähmt. Gestern erst hatte man seine Mutter beerdigt, und er hatte seine Heimat verlassen. Und nun sollte er sich damit abfinden, dass sein Platz bei Menschen war, die ihn nicht liebten – schlimmer noch: die ihn zu hassen schienen. Weder wusste er, wie er sich zu verhalten hatte, noch, wen er danach fragen durfte. Und die Einzige, die ihm in diesen trostlosen Tagen Sicherheit hätte geben können, lag angekettet in der Hundehütte. Onkel Gustav hatte wohl recht: Hier draußen war es völlig egal, ob die Zähne glänzten oder verfaulten, hier spielte nichts eine Rolle – und das machte Lorenz am meisten Angst.

Kapitel 4

München, im März 1932

»Und? Ist heute Post für mich gekommen?« Konstanze kam in Gundes Salon geeilt, die Wangen vom stürmischen Frühlingswetter gerötet, die Frisur zerzaust, und noch nicht einmal ihren handbestickten Crêpemantel hatte sie abgelegt. Gunde saß an ihrem antiken Schreibtisch, dessen Messingbeschläge ebenso opulent waren wie die Schnörkel an sämtlichen Türklinken, Wasserhähnen und Spiegeln. Gunde hatte eine unübersehbare Vorliebe für Verzierungen und Kringel jeder Art.

»Konstanze, ich muss doch sehr bitten.« Gunde musterte ihre Nichte und erschrak angesichts des durchnässten Schuhwerks und der zerrissenen Strumpfhose. »Du solltest dich erst umziehen, bevor du …«

»Ach, Tante Gunde, spann mich bitte nicht auf die Folter! Ist ein Brief von Paulchen gekommen?«

Gunde brauchte nicht zu antworten, ihr mitleidiger Blick reichte Konstanze vollkommen, um zu wissen, dass sie umsonst im Laufschritt von der Schule nach Hause geeilt war. Mit hängenden Schultern ließ sie ihre Schultasche aus schwarzem Hirschleder zu Boden fallen und trottete zum damastbezogenen Fauteuil, um sich wenig damenhaft darauf niederzulassen.

»Konstanze, nein, so geht das nicht! Kommst mit den schmutzigen Schuhen in den Salon, wirfst mit der Tasche um dich und setzt dich mit dem feuchten Mantel auf mein teures Mobiliar. Was ist nur los mit dir?« Gunde legte ihre Lesebrille auf den abgearbeiteten Briefstapel und wandte sich ihrer Nichte zu. »Ich weiß, dass du es nicht leicht hattest in den letzten Wochen, aber langsam solltest du dich wieder auf die Schule konzentrieren. Und auf dein

Klavierspiel – Fräulein von Burgstetten meinte, dass sie sehr enttäuscht von dir ist und dich nicht länger unterrichten wird, wenn deine Leistungen weiterhin derart zu wünschen übrig lassen.«

»Fräulein von Burgstetten.« Konstanze rümpfte angewidert die Nase. »Was weiß die schon vom Leben.«

»Ich bezahle sie nicht, weil sie etwas vom Leben weiß, sondern weil sie deine Fingerfertigkeit am Klavier vorantreiben soll.«

»Und was, wenn meine Finger gar nicht dazu bestimmt sind, über langweilige Tasten zu klimpern?«

»Was meinst du damit?« Gunde legte die Hände in den Schoß und die Stirn in Falten.

»Ich mag das Klavierspiel nicht, mochte es noch nie, ich habe mich nur Mamas Wunsch untergeordnet. Sie hat mich unterrichtet, das war die Zeit, die nur uns beiden gehörte, verstehst du?«

»Ja und nein. Worauf willst du hinaus?«

»Lorenz, ja, der hätte alles für Musikunterricht gegeben, aber ich …« Konstanze drehte eine Haarsträhne um den Zeigefinger. »Mama hatte für jeden von uns ihren Plan. Für mich war es die Musik, für Pauline die Poesie und Lorenz, der sollte in jeder freien Stunde über irgendwelchen Büchern büffeln.«

Gunde horchte auf. »Das klingt nach großer Unzufriedenheit.«

»Nein, wir haben Mutters Pläne für uns respektiert und unser Bestes gegeben. Doch nun …«

Gundes Gesichtszüge wurden weich. »Wonach strebt dein Herz? Zu einem anderen Instrument? Oder auch zur Poesie? Du musst wissen, dass ich dir alles ermöglichen möchte. Zweifelsohne bist du eine talentierte Pianistin, dennoch wäre jeder Ton vergeudet, wenn er nicht mit Leidenschaft gespielt wird. Wie also sehen deine Wünsche aus?«

»Du hättest nichts dagegen, wenn ich den Klavierunterricht vorerst zurückstelle? Obwohl Mama …«

»Deine Mutter hat ihr ganzes Leben lang irgendwelche Pläne

verfolgt, aber glücklich gemacht hat sie das nicht, oder?« Gunde versuchte zu übersehen, dass Konstanze auf ihrer gezwirbelten Haarsträhne herumkaute.

»Malerei, das ist es, wofür mein Herz brennt.« Konstanze traute sich kaum aufzuschauen, aber sie spürte die Erleichterung, die sie nach diesem ausgesprochenen Satz ergriff, und fuhr mutig fort: »Ich will Künstlerin werden. Aquarelle, Landschaften – mein größter Traum ist es, mit Pinsel und Farben zaubern zu können.«

Gunde wandte sich von Konstanze ab, setzte sich wieder ihre Lesebrille auf die Nase und griff nach dem nächsten ungeöffneten Brief. »Tja, dann sollten wir nach einem passenden Kurs für dich Ausschau halten, oder?« Gunde blickte über die Schulter und lächelte ihrer Nichte zu. »Aber erst sieh zu, dass du aus den feuchten Kleidern kommst und die Schultasche aus meinem Salon bringst – die müffelt wie ein nasser Hund.«

Unweigerlich dachte Konstanze an Lorenz und seine Stella. Wie es ihnen wohl erging? Als Nesthäkchen der Familie war ihr kleiner Bruder Mamas Liebling gewesen. Jeden Wunsch hatte sie ihm erfüllt, ihn ständig an sich gedrückt und ihm das seidenweiche blonde Haar gestreichelt. Er war dem Vater wie aus dem Gesicht geschnitten, vielleicht hatte die Mutter deshalb so oft das Bedürfnis gehabt, ihn zu umarmen und zu liebkosen. Ohne es zu wollen, verspürte Konstanze eine gewisse Erleichterung, dass sie die Eifersucht auf ihren kleinen Bruder nicht länger ertragen musste und sein lautes Gezeter nun andere Nerven strapazierte.

Tatsächlich ermöglichte Gunde ihrer Nichte bereits wenige Wochen später privaten Unterricht bei einem angesehenen Kunstprofessor. Geld spielte für Gunde keine Rolle. Die Knopffabrik, die ihr Gatte Ludwig bereits in dritter Generation betrieb, warf ein größeres Vermögen ab, als sie je hätten ausgeben können. Um das Familienerbe zu sichern, arbeitete sich inzwischen sogar

Charlotte mit großer Wissbegierde durch Akten, Maschinenbaupläne und Modezeitschriften. Die bereits erwachsene Tochter war Gundes ganzer Stolz und würde in wenigen Jahren die Leitung der Fabrik übernehmen. Gunde hingegen widmete sich mit Inbrunst dem Gesellschaftsleben und dem Kauf von unnötigen Kleidungs- und Dekorationsstücken.

»Die Fabrik war nichts für mich«, hatte Gunde ihrer Nichte bei einem gemütlichen Spaziergang durch den villeneigenen Park erzählt. »Mein Mann kümmert sich seit jeher um alles, ich brauchte nur hübsch zu sein und Charlotte zu umsorgen, als sie noch klein war – und wenn wir ehrlich sind, musste ich nicht einmal das.« Gunde lachte herzhaft und blickte zufrieden zu den Wipfeln des alten Baumbestandes hoch. »Glaube bitte nicht, dass ich faul bin oder die Arbeit scheue. Nun ja, ich weiß mein fleißiges Personal durchaus zu schätzen.« Gunde zog ihre cremefarbene Stola enger um die schmalen Schultern und seufzte tief. »Ich bin sehr dankbar für alles, was das Leben mir geschenkt hat – damit meine ich auch dich, meine Liebe.« Gunde ging so eng neben Konstanze, dass sich ihre Oberarme berührten. »Deine Anwesenheit hier erfüllt mich mit unsagbarer Freude. Und ich habe das Gefühl, dass du dich bereits ein wenig eingelebt hast, oder?«

Konstanze senkte den Blick und beobachtete ihre Schuhspitzen, die sie sich bei jedem Schritt aufs Neue in den feinen Kies gruben. Sie mochte das Geräusch unter ihren Sohlen, es passte so gut zur Dämmerung, die außer dem emsigen Treiben der Vögel zum Schweigen neigte. Vielleicht konnte sie es sich nur schwer eingestehen, aber sie fühlte sich hier tatsächlich wohl. Sie mochte die großzügige Stadtvilla, den Park und die Möglichkeiten, die Gunde ihr bot. Wäre da nicht der schmerzliche Verlust ihrer Mutter und ihrer Geschwister, sie hätte kaum zufriedener sein können.

»Alles wäre wunderbar, wenn ich nur wüsste, wie es Paulchen geht. Seit beinahe zwei Wochen habe ich keinen Brief mehr von ihr erhalten, obwohl wir uns versprochen hatten, uns regelmäßig zu schreiben.«

»Sieh es als Zeichen, dass ihr Leben sich entspannt. Sie ist sechzehn, nicht wahr? Wer weiß, womöglich hat ihr bereits ein junger Franzose den Kopf verdreht.«

»Das glaube ich nicht. In jedem ihrer Briefe hat sie berichtet, wie einsam sie sich fühlt und wie sehr Tante Josette sie zur Arbeit auf der Plantage drängt.«

»Ich bin mir sicher, sie macht ihren Weg.«

»Du kennst sie nicht, sie ist so zerbrechlich, so hilflos, bescheiden und schüchtern.« Konstanzes Schritte wurden langsamer.

»Zerbrechlich – wie ihre Mutter«, murmelte Gunde. »In wenigen Monaten besuchst du sie, dann weißt du mehr. Aber vorher verlange ich einen ordentlichen Schulabschluss von dir, hörst du?«

Konstanze nickte. Sie konnte es kaum erwarten, ihre erste Reise in die Provence anzutreten. Zwar hatte Pauline ihr in einigen Briefen die Landschaft zu schildern versucht, dennoch wollte Konstanze den entmutigenden Worten ihrer Schwester keinen Glauben schenken und konnte sich nicht vorstellen, dass die endlosen Pfirsichfelder einen Ausbund an Trostlosigkeit darstellten. Am liebsten hätte sie auf der Stelle die Koffer gepackt und sich in das Abenteuer gestürzt, aber Gunde hatte recht, es gab noch eine Menge zu lernen und einige Arbeiten zu schreiben, bevor sie dem Ruf der Provence folgen durfte.

»Und Lorenz?«, fragte Gunde.

»Was ist mit ihm?«

»Immerzu sprichst du von Pauline. Was ist mit Lorenz? Möchtest du ihn nicht auch besuchen?« Gunde zog die Augenbrauen hoch, was ihrem Gesicht eine ungewohnte Strenge verlieh.

»Lorenz besuchen?«, meinte Konstanze und fuhr sich durchs Haar. »Natürlich werde ich ihn besuchen.« Sie strich den Stoff ihres Rockes glatt. »Wenn sich hier alles gerichtet hat.«

Gunde blieb stehen und wandte sich Konstanze zu. »Mach nicht den gleichen Fehler wie ich. Geschwister sollten sich umeinander kümmern, denn eines Tages könnte es zu spät sein. Für manche Dinge gibt es keine zweite Chance.« Gunde kam Konstanze so nahe, dass der Duft von Jasmin sie einhüllte. »Dass deine Mutter und ich uns im Streit getrennt haben, werde ich mein Leben lang bereuen.«

Konstanze nickte und fuhr mit ihren Blicken die silbernen Strähnen in Gundes Frisur nach.

»Du bist ein gutes Kind, und du wirst wissen, was du zu tun hast.« Mit diesen Worten schlenderte Gunde zurück zum Haus. Konstanze verweilte noch einige Augenblicke im Park und sah zu, wie die Silhouette ihrer Tante kleiner und das Knirschen unter ihren Schuhsohlen immer leiser wurde. Vielleicht hatte Gunde recht und sie sollte auch ins Allgäu fahren, um nach Lorenz zu sehen. Die Zugfahrt nach Kempten nähme kaum drei Stunden in Anspruch, aber dann galt es noch, den beschwerlichen Weg zu diesem verlassenen Bergbauernhof auf sich zu nehmen. Den Rückweg würde sie nicht am selben Tag schaffen, was hieß, dass sie bei Onkel Gustav übernachten müsste, umgeben vom Gestank der Kühe und mit einem jammernden kleinen Bruder, der ihre mühsame Anreise nicht zu schätzen wüsste. Konstanze atmete tief durch und nahm sich vor, Lorenz möglichst bald einen Brief zu schreiben. Vielleicht sollte sie ihn zu sich nach München einladen? Aber würde er nach dem Besuch in der alten Heimat nicht voller Kummer zurück ins Allgäu reisen? Mit einem weiteren Seufzer machte sich Konstanze auf den Weg in die Villa. Die Dämmerung war fortgeschritten, und die Vögel waren verstummt. Also wäre es nur rechtens, wenn auch sie sich nicht länger den Kopf zerbrechen, sondern sich ihrer abendlichen Malstunde widmen würde.

Sie liebte es, mit Pinsel und Farben ein leeres Blatt Papier zum

Leben zu erwecken und ihren Gefühlen Ausdruck zu verleihen. Ihr Kunstprofessor Herbert von Kohlhagen lobte sie für ihr Feingefühl und ihre beachtliche Kreativität. Dabei entging Konstanze nicht, dass Professor von Kohlhagen neben ihrer Pinselführung auch ihren Ausschnitt im Auge behielt. Gewiss trennten sie einige Jahre, trotzdem fühlte Konstanze sich geschmeichelt von seinem offenkundigen Interesse. Sie zählte zwar noch keine achtzehn Jahre, dennoch wusste sie um ihre Reize und setzte sie bei Bedarf gekonnt ein.

Ob Tante Gunde wohl recht hatte, wenn sie sagte, dass Paulines ausbleibende Briefe der Liebschaft mit einem Mann zuzuschreiben waren?

Sie würde es bald erfahren, dachte sie und blickte hoch zum Himmel, wo der Abendstern bereits die Nacht erwartete.

Kapitel 5

Jouques, Provence, im März 1932

Ist es nicht herrlich? Ja, es ist herrlich! Die schönste Zeit im ganzen Jahr!« Josette tanzte förmlich zwischen den aufblühenden Pfirsichbäumen herum, hüpfte und blieb nur stehen, um den Duft einer üppigen Blüte zu inhalieren. »Diesen März blühen sie besonders prächtig.«

Seit jeher war Rosarot Paulines Lieblingsfarbe gewesen, dennoch konnte sie dem Blütenmeer hier nichts abgewinnen. Zudem kannte sie Josette inzwischen gut genug, um zu wissen, dass ihre Laune großen Schwankungen ausgesetzt war. In einem Moment kicherte sie noch wie ein junges Mädchen, und im nächsten mimte sie die gestrenge Lehrerin und verbot jeden weiteren Spaß. Überhaupt schien ihre Liebe allein den Pfirsichen zu gelten, für Pauline hatte sie nur dann nette Worte übrig, wenn sie ihre Arbeit auf der Plantage ordnungsgemäß erledigt hatte.

»Darf ich dich etwas fragen?«

»Aber natürlich, *mon cœur*, immer und alles. Und wenn du mich in so schönem Französisch fragst, dann sowieso.« Josette zeigte bei ihrem strahlenden Lächeln die ebenmäßigen weißen Zähne.

»Warum ...« Pauline stockte. Sie wusste nur zu gut, dass die folgenden Worte den Zorn ihrer Tante reizen konnten. Dennoch musste sie diese Frage stellen, die ihr seit dem Tag der Abreise aus München auf der Zunge brannte. »Warum war es dir so wichtig, dass ich zu dir nach Frankreich komme? Warum hast du mich nicht bei meiner Schwester und Tante Gunde gelassen?«

»Das waren jetzt aber zwei, nicht wahr?«

»Josette, bitte.« Pauline legte Tempo zu, um ihre Tante einzuholen. Dabei zwangen sie einige tief hängende Äste, sich zu bücken.

»Du stellst manchmal unmögliche Fragen.« Josette schüttelte verärgert den Kopf und suchte Ablenkung bei einem geknickten Zweig, den sie abzubrechen versuchte.

»Warum willst du mir nicht antworten? Habe ich nicht ein Recht darauf, zu erfahren, warum ich mein Leben fern der Heimat zubringen muss?«

»*Muss?* Du solltest dich glücklich schätzen, hier in dieser wunderbaren Landschaft sein und die Erbin meiner prächtigen Plantage werden zu dürfen.«

»Warum ich? Du hast doch sicher Verwandte in Frankreich.«

»Niemanden, dem ich dieses wunderschöne Fleckchen Erde gönnen würde.« Josette hob ihr Kinn und warf den abgebrochenen Zweig in die Wiese.

»Woher willst du wissen, dass ich es verdiene?«

Unvermittelt blieb Josette stehen und straffte ihre Schultern.

»Deine Mutter und ich waren Cousinen. Bei der alljährlichen Deutschlandreise meiner Familie haben wir uns stets gesehen und sehr gemocht. Vater sprach nur in den höchsten Tönen von seinen deutschen Wurzeln und wurde an manchen Tagen von der Sehnsucht nach München und seiner Familie heimgesucht. Als ich vom tragischen Schicksal deiner Mutter erfahren habe, fand ich, ich sei es ihr schuldig, mich eines ihrer Kinder anzunehmen, findest du nicht?«

»Warum ich? Warum nicht Konstanze oder Lorenz?«, fragte Pauline und runzelte die Stirn.

»Das war weiß Gott nicht meine Entscheidung.« Die Art, wie Josette das sagte, ließ Pauline vermuten, dass ihre Tante mit der Wahl, die man für sie getroffen hatte, nicht glücklich war.

Paulines Schultern wurden schwer. Nach Mutters Tod war alles so schnell gegangen. Niemand hatte sie und ihre Geschwister in die Entscheidung eingebunden. Man hatte sie einfach hin- und hergeschoben wie Schachfiguren.

»Die Sache ist doch die, dass ich einen Erben brauche und du ein Zuhause.«

»Der Gedanke, dass ich die Plantage eines Tages allein leiten soll, macht mir Angst.«

»Allein? Nein, das könntest du nicht, und davon war auch nie die Rede, oder? Ich werde bald sechzig, und auch wenn ich mich noch bester Gesundheit erfreue ...« Josette blickte Pauline geradewegs in die Augen, »... braucht dieser Hof ein starkes Regiment und frisches Blut, und du wirst selbstverständlich heiraten und gemeinsam mit deinem Mann die Plantage vorantreiben.«

»Heiraten?« Pauline wich einen Schritt zurück.

»Meine Güte, *mon cœur*, natürlich wirst du heiraten – und ich weiß auch schon, wen.«

Paulines Augen weiteten sich mit jedem Wort, das ihre Tante von sich gab. Sie verstand inzwischen überraschend gut Französisch, im Moment war ihr jedoch, als spräche Josette in Rätseln.

»Ich bin noch keine siebzehn!«

Josette lachte lauthals auf. »Keiner spricht von morgen, aber der Mensch muss immer gut vorbereitet sein, glaub mir. Er wird dir gefallen. Sein Name ist Philippe Durand, ein sehr charmanter junger Mann. Seine Eltern sind Großgrundbesitzer, ihr Land grenzt östlich an unsere Pfirsichfelder. Gemeinsam mit Philippe kannst du die Plantage erweitern und ihr zu weit mehr Erfolg verhelfen, als ich es je geschafft habe. In ganz Frankreich wird man nur noch von meinen Früchten sprechen, sie werden in aller Munde sein – ist das nicht lustig? Meine Pfirsiche werden in aller Munde sein!« Josette lachte, kicherte, hielt sich den Bauch und schien so fröhlich wie selten. Pauline öffnete den Mund und wollte ein vehementes »Nein!« über die rosarot geblümten Baumkronen hinausschreien, doch kein einziger Ton kam aus ihrer Kehle.

Rückwärtsstolpernd schüttelte sie den Kopf und versuchte sich einzureden, dass alles nur ein schlechter Traum war und sie jeden Moment aufwachte – zu Hause in München.
Ich muss hier weg. Dieser Satz wirbelte in ihrem Kopf umher, pochte an die Schläfen und wurde mit jeder Sekunde lauter, bis Pauline schließlich wegzulaufen begann. Sie rannte vorbei an den verhassten Pfirsichbäumen, die ihren Pfad säumten wie Soldaten, dann durch das schmiedeeiserne Tor, fort vom Landhaus, in das man sie einsperrte wie in einen Käfig, und wo man jetzt auch noch eine Verbindung mit einem Mann plante, den sie nicht kannte und den sie ebenso wenig mochte wie Croissants, diese schreckliche Sprache und diese endlose Einöde.
Frau eines Großgrundbesitzers – Pauline spürte heiße Tränen über ihre Wangen laufen. Es waren Tränen der Wut, der Verzweiflung, der Ausweglosigkeit und der Trauer. Sie dachte an das liebevolle Miteinander ihrer Eltern, an ihre Umarmungen, die vertrauten Blicke und die Gewissheit, dass sie einander bis ans Ende ihrer Tage lieben würden. Die kalten Winterabende hatten sie gemeinsam am offenen Kamin verbracht, Vater in der Zeitung blätternd und Mutter an einer Decke häkelnd, dabei hatten sie geplaudert, ganz leise, um das Knistern des Feuers nicht zu übertönen. Trotz der immer gegenwärtigen Schwermut ihrer Mutter hatte die elterliche Beziehung für Pauline eine Harmonie ausgestrahlt, die sie sich auch für ihre eigene Ehe wünschte. Und nun sollte sie ihre Tage an der Seite eines Franzosen verbringen, der vermutlich wie alle anderen eine dieser lächerlichen Filzmützen auf dem Kopf trug und über das unausweichliche Nahen eines Krieges in Europa predigte. Pauline wollte sich verkriechen, in einem tiefen Loch einbuddeln, in dessen Dunkelheit sie nicht einmal der süße Duft der Pfirsichblüten erreichte.
»Mama!«, rief sie schluchzend und rannte zur Rückseite des Landhauses. Dort blieb sie stehen, blickte zum Horizont und at-

mete erleichtert auf, als sie feststellte, dass kein einziger Pfirsichbaum zu sehen war, der sie an ihr Schicksal zu erinnern versuchte. Und ihr wurde bewusst, dass sie dem schmalen Weg, der zu ihren Füßen lag, noch nie gefolgt war. Den Blick auf den ausgetretenen Pfad gerichtet, setzte sie einen Fuß vor den anderen. Uralte Magnolien standen kurz vor der Blüte und warteten nur darauf, die Welt mit ihrer Schönheit zu verzaubern. Ein kleiner Bach plätscherte zu ihrer Linken und begleitete sie ein Stück ihres Weges. Ein sanfter Hügel lag vor ihr und schien ihr zuzuflüstern, dass er auf der anderen Seite eine Überraschung für sie bereithielt. Mit dem Handrücken wischte sie sich die Tränen von den Wangen und stieg zielstrebig die Anhöhe hinauf. Oben angelangt, hielt sie einen Moment inne. Der Blick auf die weichen Hügel beruhigte sie. Ein kleines Dorf breitete sich in einer schmalen Senke aus, jedes Haus terrakottafarben gedeckt, die Gebäude scheinbar willkürlich und chaotisch aneinandergereiht. Sonnenstrahlen wärmten Paulines Haut und ihr Gemüt. Und während sie den Hügel hinablief, hatte sie für einen kurzen Augenblick das Gefühl, die Last der Pfirsichplantage hinter sich lassen zu können. Mit kindlicher Neugierde lief sie planlos durch die Gassen des verschlafenen Dorfs. Erst als ihr der herrliche Duft von frisch gebackenem Brot in die Nase stieg, hielt sie inne und spürte mit einem Mal das aufdringliche Knurren ihres Magens. Zielstrebig folgte sie dem unwiderstehlichen Geruch.

Schließlich stand sie vor dem Haus, nach dem sie gesucht hatte. Es war kleiner als die anderen, die verglaste Tür lud ein, einen Blick ins Innere zu wagen. Pauline drückte ihre Nase gegen die Scheibe und schielte in den schlecht beleuchteten Innenraum. Da gab es Regale an der Wand, auf denen verschiedene Brotsorten fein säuberlich aufgereiht lagen, davor ein schlichter Verkaufstresen. Als Pauline die Tür öffnete, ertönte das Bimmeln einer Glocke über ihrem Kopf.

»Komme gleich!«, rief jemand aus der hinteren Stube.

Pauline ging in der kleinen Bäckerei auf und ab, besah sich die liebevolle Dekoration am Fenster und genoss den herrlichen Duft des frischen Brotes.

»*Bonjour, Demoiselle,* was kann ich für Sie tun?« Als Pauline sich umdrehte, stand hinter dem Tresen ein junger Mann, schmächtig und blass, aber mit einem Glanz in den Augen, den sie anziehend fand.

»Ich möchte bitte ein Baguette.«

»Ein Baguette – kommt sofort.« Der Bäcker wandte sich schwungvoll von ihr ab, wischte sich die Hände an seiner weißen Schürze sauber und griff dann nach einem Gebäck, um es in ein Stück Papier zu rollen. Dabei pfiff er ein fröhliches Lied, das ebenso reizvoll war wie seine Ausstrahlung. »*Voilà*, einmal Baguette für das hübsche Fräulein.« Das Lächeln des jungen Bäckers war ansteckend, und als er Pauline das Baguette über den Tresen reichte, berührten sich zufällig ihre Finger. Erschrocken zog sie die Hand zurück und wich dem offenen Blick ihres Gegenübers beschämt aus.

»Oh, ich habe kein Geld dabei.« Pauline spürte, wie sie errötete und ihr Puls zu rasen begann.

»Das ist nicht gut«, sagte er und lächelte verschmitzt.

»Was machen wir denn da?«, fragte Pauline zaghaft.

»Tja, was machen wir denn da?«, wiederholte der junge Bäcker die Frage und grinste breit. Sein Lächeln war noch charmanter als die weiße Mütze, die er schräg in die Stirn gezogen trug.

»Dann muss ich es wohl hier zurücklassen«, meinte Pauline und reichte die Baguettestange zurück über den Tresen.

»Oder Sie kommen gleich morgen wieder.«

»Gut, ich komme morgen wieder, um meine Schulden zu begleichen.« Pauline nickte dankbar und wandte sich zur Eingangstür.

»Sind Sie die Deutsche, die drüben bei der griesgrämigen Delune eingezogen ist?«

»*Die griesgrämige Delune* kann durchaus sehr nett sein«, verteidigte Pauline ihre Tante. »Allerdings nur, wenn man ein Pfirsich ist.« Sie lachte und hoffte, dass ihr Französisch fehlerfrei war. »Aber ja, ich bin *die Deutsche*. Mein Name ist Pauline Dannenberg.«

»Dannenberg«, wiederholte er mit französischem Akzent. »Angenehm, Henri Bonnet, meinen Eltern gehört die Bäckerei.«

Für Pauline klang der Name nach Musik, nach einem zärtlichen Gedicht, nach dem Flattern eines Schmetterlings.

»Dann bis morgen, Henri Bonnet.« Pauline wandte sich ab und ließ die Glöckchen über der Tür kräftig bimmeln. Ohne es selbst wahrzunehmen, lächelte sie auf dem gesamten Rückweg und summte leise ein Lied, so wie sie es früher oft getan hatte. Das Baguette unter ihrem Arm hatte sie völlig vergessen, obwohl es herrlich ofenfrisch duftete.

»Na, hat dich der Spaziergang ein bisschen zur Vernunft gebracht?«, fragte Josette beim Abendbrot am rustikalen Esstisch, der nur für sie beide gedeckt war. »Das freut mich, Kindchen. Glaub mir, ich wünschte weiß Gott, in meinem Leben hätte je ein Mensch so für mich vorgesorgt, wie ich es für dich tue.« Pauline legte ihren Löffel beiseite und tupfte sich die Mundwinkel mit der Serviette trocken, bevor sie zu ihrer Antwort ansetzte.

»Wovon sprichst du?«

»Na, wovon wohl, von deiner Verbindung mit Philippe Durand. Im ersten Moment schien es, als seist du nicht recht glücklich damit, aber jetzt scheint sich deine Laune gebessert zu haben.«

Pauline schluckte heftig und schob den vollen Suppenteller von sich. »Du willst mich wirklich zu dieser Heirat zwingen?«

»*Zwingen* ist so ein negatives Wort, findest du nicht, *mon cœur*?

Wir sind morgen zu einem kleinen Umtrunk bei den Durands eingeladen, dann wirst du sehen, dass von Zwang keine Rede sein kann. Philippe ist gut erzogen, attraktiv und wohlhabend – kurz und gut, er hat alles, was ein Mädchen sich wünscht.«

»Und was, wenn meine Wünsche anders aussehen?« Plötzlich glaubte Pauline, Henris warme Fingerspitzen auf ihren zu fühlen, und ihr ganzer Körper schien erfüllt von einem erregenden Prickeln. Henri Bonnet war vermutlich nicht gerade das, was die meisten heiratswilligen Damen sich unter einem Traumgatten vorstellten, und doch sah Pauline immer wieder seine haselnussbraunen Augen vor sich, den verschmitzten Zug um seinen Mund. »Was, wenn sich mein Herz für einen anderen Mann entscheidet?«

»Die Herzen junger Frauen pflegen selten die Wahrheit zu sprechen. In solchen Dingen solltest du mir vertrauen. So, und nun iss deine Suppe, anschließend erwartet dich Martha zu eurer abendlichen Französischstunde. Deine Fortschritte sind außerordentlich, du scheinst mir ein wahres Sprachgenie zu sein, mein Kind.« Josette legte den Kopf schief und betrachtete ihre Nichte.

»Wenn du meinst«, hauchte Pauline und legte den Löffel lustlos in den Teller mit der erkalteten Kartoffelsuppe.

An diesem Abend saß Josette länger als gewöhnlich am Fenster ihres Schlafzimmers. Sie brauchte vor der Nachtruhe den Blick in die Ferne, und sei es noch so dunkel. In diesen Momenten ließ sie ihre Gedanken durch den ausklingenden Tag schweifen. Unwillkürlich kam ihr das erschrockene Gesicht ihrer Nichte in den Sinn. War es richtig, sie in die Ehe mit Philippe zu drängen? Ach, natürlich war es das, sie, Josette, meinte es schließlich nur gut mit dem Mädchen und der Zukunft der Plantage. Pauline würde das eines Tages schon verstehen und ihr dankbar sein. Die Kleine war unerfahren und benötigte eine starke Hand, die ihr die Richtung wies. Ein Lächeln huschte über Josettes Gesicht – oder war es nur ein Schatten der Vergangenheit?

Mit einem tiefen Seufzen dachte sie zurück an die Zeit, als sie jung war und naiv. Und verliebt. Sie erinnerte sich an Juliens blonde Locken, in denen sie sich festgekrallt hatte, während ihre Körper miteinander verschmolzen waren. Und sie erinnerte sich an seine weichen Lippen, die ihr die süßesten Liebesschwüre ins Ohr geflüstert hatten. Damals war Josette der Meinung gewesen, dass ihr Glück von immerwährender Dauer sein müsse und ihre Körper auf ewig nacheinander verlangten. Ja, damals war sie der Meinung gewesen, dass das Leben ihr alles schenkte, wonach sie verlangte. Die Eltern hatten nach reiflicher Ausbildung voller Stolz die Leitung der Plantage an sie übergeben, hatten ihr nach wie vor mit Rat und Tat zur Seite gestanden und waren begeistert gewesen von ihren Ideen, mit denen sie das Familienerbe weiter ausbauen wollte. Hart hatte sie kämpfen müssen, um sich in der von Männern dominierten Geschäftswelt behaupten zu können. Aber sie hatte dieses Ringen um Anerkennung geliebt und war mit jeder neuen Aufgabe über sich hinausgewachsen.

Juliens Liebesschwüre allerdings waren mit einem Mal verstummt. Im Dorf hatte man sich erzählt, er habe eine bessere Partie gefunden. In dem einen Moment hatte sie noch seine drängende Umarmung gefühlt, und schon im nächsten war er aus ihrem Leben verschwunden gewesen. Josette erinnerte sich nur zu gut an die Wochen und Monate des Hoffens und der Verzweiflung. Sie hatte sich geschworen, nie wieder so töricht zu sein und einen Menschen an sich heranzulassen oder ihr Herz für jemanden zu öffnen. Und bis zum heutigen Tag hatte sie sich daran gehalten, war allein geblieben und dachte nur noch selten an Julien. Nach dem Ableben ihrer Eltern war ihr das Landhaus zu groß erschienen, aber nun, da Pauline sich die Einsamkeit mit ihr teilte, fühlte sie sich dem Leben wieder etwas mehr gewachsen. Und das würde sie nicht mehr hergeben. Koste es, was es wolle.

Die Erfahrungen, die sie selbst gemacht hatte, würde sie dem Mädchen ersparen. An ihrer Seite sollte ein Mann sein, auf den Verlass war, der zu ihr stünde und mit dem sie eine Familie gründete. Vielleicht konnte Pauline ihr Drängen zu dieser Ehe heute noch nicht verstehen, in einigen Jahren jedoch würde sie ihr dankbar sein dafür, da war Josette sich sicher.

Müde zog sie die braun gestreiften Vorhänge zu und schloss die Dunkelheit der Nacht aus. Sie schlüpfte unter ihre kühle Decke, drehte sich zur Seite und fragte sich, warum das Zimmermädchen das Kissen auf der anderen Bettseite Woche für Woche frisch bezog, wo doch ohnehin nie jemand seinen Kopf darauf bettete. Josette war, als wollte Éva sie wegen ihrer Einsamkeit verhöhnen, die sie nur vergaß, wenn sie über die weiten Pfirsichfelder spazierte und sich im Duft der Blüten verlor.

»Na los, lauft, ihr beiden!« Philippe stand hinter den Pferdestallungen und warf seinen Rüden Stöckchen, welchen die zwei mit übergroßem Eifer nacheilten, um sie wieder ihrem Herrchen zu übergeben. Lachend blickte der junge Mann ihnen hinterher und war wie immer beeindruckt von der Kraft und der Lebenslust, die die schwarzen Briards an den Tag legten. »Gut gemacht!«, lobte Philippe die beiden, als sie hechelnd vor ihm saßen und jeder stolz seinen Stock vor ihm ablegte. »Kommt, für heute ist es genug.« Mit diesen Worten klopfte er auf seinen Oberschenkel und ging zurück zum Haus. Es war ein wunderschöner Frühlingstag, und eigentlich sollte Philippe ihn in vollen Zügen genießen. Dennoch war sein Herz mit Sorge beladen. In etwa einer Stunde würde Josette Delune zum Kaffee erscheinen, um ihm seine zukünftige Frau vorzustellen. Philippe blieb stehen und legte den Kopf in den Nacken. Er dachte an das Gespräch, das er mit seinem Vater wenige Tage zuvor geführt hatte und wie sehr ihn dessen plötzlicher Wunsch überrascht hatte.

»Du würdest eines Tages Besitzer der großen Pfirsichplantage, ein Mann von Ruhm und Ehre. Bedenkt man unsere wirtschaftliche Situation, könnte dir nichts Besseres passieren als die Übernahme dieser alteingesessenen Plantage, deren Früchte sogar im Ausland noch einen guten Preis erzielen«, hatte er gesagt. »Du wärst dein eigener Herr und nicht nur von deinem Bruder hier auf dem Gestüt geduldet.«

Geduldet ... Vaters Worte hallten in seinem Kopf. Bis gestern hatte er sich hier nie geduldet gefühlt, obwohl sein älterer Bruder Vincent schon vor ein paar Jahren sein Erbe und somit die Leitung des Gestüts übernommen hatte. Philippe war stets der Meinung gewesen, dass es genügte, wenn er jeden Tag hart arbeitete, aber wenn er den Worten seines Vaters Glauben schenkte, blieb er weiter nur ein geduldeter Angehöriger der Familie. Philippe wusste, dass der Stolz seines Vaters seit jeher Vincent gegolten hatte. Vincent, der sich mit einer spielerischen Leichtigkeit alles binnen kürzester Zeit aneignen konnte – sei es die Jagd, das Reiten oder Wissen über Politik, Geschichte und Pferdezucht. Vater und er glichen einander in Aussehen und Auftreten, da war es kein Wunder, dass er, der Jüngere, mit seiner leiseren Art ihm nie das Wasser hatte reichen können. Vielleicht war die Heirat mit der Erbin der Pfirsichplantage doch seine Chance, um sich zu beweisen.

»Bist du aufgeregt?« Eine Hand legte sich sanft an seine Wange. Philippe schloss die Augen. Er liebte diese Berührung, die ihm seit seiner Kindheit Trost und Freude gewesen war.

»Nein, Mama, sollte ich denn?«, fragte er und bedeckte ihre zierliche Hand mit seiner.

»Wenn du sie nicht heiraten willst, dann werde ich mit deinem Vater reden, das verspreche ich dir.«

»Solange sie keine solche Hexe ist wie die Delune, kann ich damit leben. Mach dir keine Sorgen, Mama, ich werde Vater nicht enttäuschen. Und es gibt nichts, das gegen eine Verbindung mit dieser Pauline Dannenberg spricht, oder?« Philippes Mundwinkel zitterten leicht, doch die Hoffnung, seinen Vater mit Stolz zu erfüllen, verlieh ihm Kraft.

»Ich bin sehr stolz auf dich, und ich wünschte, dein Vater könnte dich mit meinen Augen sehen. Aber nun gut, zieh dir ein sauberes Hemd an, und dann wollen wir unsere Gäste in Empfang nehmen.«

Als wenig später das Automobil der Delune über die Auffahrt rollte, war Philippe wie erstarrt. War er vor einem Moment noch überzeugt gewesen, dass er dem Wunsch seines Vaters entsprechen wollte, so fieberte er nun mit größter Verunsicherung dem Aufeinandertreffen mit der Fremden entgegen. Seine Mutter schien die Anspannung zu spüren und stellte sich schützend neben ihn. Das Geknatter des Motors hallte in seinem Kopf wider, und als das Automobil endlich vor ihnen anhielt, hatte Philippe Mühe, zu atmen. Der Fahrer half zuerst Madame Delune aus dem Gefährt. Diese sprang jugendlich und selbstsicher aus dem Gefährt und lächelte sogleich der Familie Durand entgegen. Dann stieg ein zierliches Mädchen aus, ihr dunkelblondes Haar hatte sie zu einem Knoten hochgesteckt, um Hals und Schultern trug sie eine fliederfarbene Stola, die sie locker über den dünnen Wollmantel drapiert hatte. Auf den ersten Blick wirkte sie anmutig wie eine Fee, ihre Bewegungen waren grazil und strahlten eine gewisse Unnahbarkeit aus. Er atmete tief ein und hoffte, dass der Wunsch des Vaters ihn nicht ins Unglück führte. Und Pauline desgleichen.

Paulines Herz schlug kräftig in ihrer Brust, als sie aus dem Automobil ausstieg und im Schatten ihrer Tante auf die Familie Durand zuging, die sie bereits erwartete.

»Guten Tag, Monsieur Philippe, vielen Dank für die Einladung. Darf ich Ihnen meine zauberhafte Pauline vorstellen? Ihr Französisch ist noch lückenhaft, aber sie lernt schnell. Nicht wahr, Pauline?« Josettes Stimme war viel zu hoch, wie immer, wenn sie jemandem gefallen wollte. Als Philippe auf Pauline zuging, um ihr die Hand zu reichen, fühlte sie den Drang, einen Schritt zurückzuweichen. Es war ein innerer Kampf, ein Ringen zwischen Anstand und Fluchtgedanken.

»Guten Tag«, flüsterte sie schließlich und reichte ihm die Hand zum Gruß. Philippe ergriff sie, ganz sanft und warm.

»Wie geht es Ihnen, Mademoiselle Pauline?«, fragte er höflich. Pauline blickte in die Augen des Mannes und fand darin beides: einen Anflug von Angst und dennoch Unbekümmertheit. Vielleicht ging es ihm genau wie ihr und er war dieser bevorstehenden Verbindung ebenso hilflos ausgeliefert wie sie? Wenn dem so war, dann bestünde noch Hoffnung. Philippe hielt noch immer ihre Hand und schien auf Antwort zu warten. Doch alles, wozu sie fähig war, war ein bedrücktes Nicken. Sie fühlte die neugierigen Blicke der Durands auf sich ruhen und hatte nur den dringenden Wunsch, dieser Situation zu entfliehen. Nachdem alle Hände geschüttelt und oberflächliche Begrüßungsfloskeln ausgetauscht waren, ging man gemeinsam ins Haus, wo an einer prächtig gedeckten Tafel bereits Kaffee, Tee und kleine Torten aufgetragen worden waren. Das weiße Porzellan war mit feinem Golddekor verziert, und in einer passenden Vase hatte man einen duftenden Blumenstrauß drapiert. Ein Diener rückte den Damen die Sessel zurecht und goss je nach Wunsch Kaffee oder Tee in die Tassen. Der Nachmittag verging ungewöhnlich schnell. Josette unterhielt die Gesellschaft mit Geschichten über ihre Plantage und Lobeshymnen auf Pauline, die, obwohl sie heute eine für sie unübliche Schüchternheit an den Tag legte, an Geschick nicht zu übertreffen war und gewiss eine wunderbare Ehefrau abgeben würde. Pauline war peinlich berührt von der Art, wie Josette sie vor der Familie Durand anpries, und hätte sich am liebsten in Luft aufgelöst. Immer wieder fühlte sie Philippes Blicke auf sich und starrte dabei angespannt auf das Teeservice vor sich.

»Haben Sie sich schon eingelebt, Mademoiselle Pauline?«, fragte er vorsichtig, doch alles, was er auf seine Frage erntete, war ein erschrockener Blick, ein kurzes Nicken und ein aufgesetztes Lächeln. Hier an der runden Tafel fühlte sie sich der Aufmerksamkeit der anderen schutzlos ausgeliefert und wünschte sich mehr denn je zurück in ihr altes Leben.

»An manchen Tagen spielt das Leben dein Lieblingslied«, hatte Mutter ihr vor Jahren ins Ohr gehaucht, als sie gemeinsam an Vaters Grab gestanden hatten. »Und an manchen Tagen bringt es nur ein jämmerliches Wehklagen zustande.« Damals war Pauline noch zu klein gewesen, um den Sinn dieser Worte zu erfassen. Aber jetzt kannte sie es, dieses jämmerliche Wehklagen, das verzweifelt nach ihrer Familie rief.

»Demoiselle Dannenberg, mit Ihnen hatte ich nicht gerechnet. Ich war mir sicher, dass Sie mir das Geld für das Baguette auf ewig schuldig bleiben.«

Pauline lächelte. Sie musste zugeben, dass ihr Herz sich einige Male überschlagen hatte, als sie ihre Bernsteinohrringe angesteckt, die Wangen leicht gepudert, ihre hellblaue Seidenbluse zugeknöpft hatte und in ihren wadenlangen Rock aus feinstem Wollstoff mit Fischgrätmuster geschlüpft war. Sie wollte hübsch sein für Henri, und sie gestand sich ein, dass ihr ein solches Begehren völlig neu war – und doch erfüllte es sie mit einer sanften Glückseligkeit. Diese zarten Bande, die ihr Herz bereits knüpfte, schenkten ihr ein Gefühl von Heimat. Einer Heimat, die sie dringend nötig hatte. Immer wieder kreisten ihre Gedanken um Philippe und seine Familie. Zugegeben, er machte einen sehr zuvorkommenden Eindruck und schien ehrlich bemüht um sie gewesen zu sein. Trotz seiner Nettigkeit konnte sie ihr Herz jedoch nicht für ihn erwärmen. Dennoch beharrte Josette auf dieser Heirat und sprach nur noch davon, wie gut aussehend und charmant er doch sei, dieser Philippe Durand. Pauline fühlte sich auf unangenehme Weise bedrängt und in eine Richtung gestoßen, in die sie nicht gehörte. Und vielleicht war genau das der Grund, warum Henris reines Lächeln und seine zuvorkommende Art ihr halfen, ihre Sorgen ein Stück weit zu vergessen. In seiner Nähe fühlte sich ihr Leben leicht an, wie ein Gedicht von Philippe Soupault.

»Sie haben also an meinem Ehrgefühl gezweifelt, Monsieur Bonnet? Hier, bitte, Ihr Geld und noch einmal dieselbe Summe für ein weiteres Baguette.« Pauline lächelte kokett.

»Dann hat es geschmeckt?«

»Ja, sehr.«

Sein Blick schien jedes Detail ihres Gesichts zu streicheln. Sie spürte, wie er über ihre vollen, tiefroten Lippen wanderte, die langen Wimpern entlangfuhr, die fein gezupften Augenbrauen, das schmale Kinn und die Grübchen in den Wangen wahrnahm. Ihr war, als berührte er all diese Stellen mit seinem Mund, als fühlte sie seinen Atem im Nacken und die warmen Hände um ihre Taille.

»Demoiselle Dannenberg, darf ich Ihnen eine Frage stellen?«

Pauline nickte.

»Wenn ich Sie um einen kleinen Spaziergang durch das Dorf bitte – nur Sie und ich –, und wenn ich die Bäckerei einfach für eine halbe Stunde schließe, damit ich mit Ihnen draußen in der Frühlingssonne den Duft der Pfirsichblüten genießen könnte, würden Sie Ja sagen?«

Seine braunen Augen weiteten sich und spiegelten seine Angst vor ihrer Ablehnung.

»Ich liebe den Duft der Pfirsichblüten«, hauchte sie und meinte es in diesem Moment genau so.

Kapitel 6

Buchenberg, Allgäu, im April 1932

Es war inzwischen zu einer Art Ritual geworden, abzuwarten, bis im Haus Stille eingekehrt war, dann leise über die Treppe hinab und in den Hof zu huschen, um unentdeckt zur Hundehütte zu gelangen. Stellas Freude über das Wiedersehen war jeden Tag aufs Neue herzzerreißend, ebenso wie der Abschied, der nach unzähligen Umarmungen und Küssen unausweichlich bevorstand.

»Stella, meine Stella!« Lorenz benetzte das krause Fell des Hundes mit seinen Tränen, die einfach nicht versiegen wollten. Anfangs roch Stella noch nach dem Elternhaus, nach Mutters Gewürztee und ihrem zarten Parfum, aber auch nach seinem Bett, welches vom Dienstmädchen stets mit Rosenseife gewaschen worden war. Inzwischen haftete an Stella nur noch der Geruch von Schmutz, Kuhstall und Verderben. Abgemagert war sie, und ihren fröhlichen Blick hatte sie schon lange verloren. Täglich schmuggelte Lorenz heimlich eine Scheibe Brot für sie nach draußen, mehr war allerdings unmöglich. Der Bauer ließ ihn nicht aus den Augen, schließlich freute er sich über jedes noch so kleine Versagen, das er mit Beschimpfungen und Tritten bestrafen konnte. O ja, Lorenz wusste inzwischen nur zu gut, wie sich die schweren Stiefel des Bauern auf seinem Rücken und seinen Oberschenkeln anfühlten. Anfangs hatte er laut aufgeschrien, dann aber schnell bemerkt, dass sein Wehklagen den Bauern nur zusätzlich anstachelte. Jetzt schwieg er, wenn Onkel Gustav seine Wut, die von einem anderen Ort zu kommen schien, an ihm entlud. Lorenz hatte in den Wochen, die er mittlerweile hier am Hof war, das Lachen verlernt. Aber im Ertragen, darin war er gut geworden. Mit geschlossenen Augen und in Gedanken ganz weit weg bei seiner Mama erduldete er jeden Tritt und hatte dabei das Gefühl, er beobachte sich selbst dabei, wie er zusammengekrümmt im Dreck lag.

Seine Mutter hatte so viele Pläne für seine Zukunft gehabt. »Eines Tages, wenn du groß bist, wirst du eine bedeutende Persönlichkeit sein, glaub mir«, hatte sie ihm gesagt und dabei ganz fest die Hände gehalten. Alles, was ihn als Mensch ausgemacht hatte, war nun zusammengeschrumpft zu einem Häuflein Elend, das nicht einmal wagte, nach einem Schluck warmer Milch zu fragen.

»Mehr habe ich leider nicht«, flüsterte Lorenz, nachdem er an Stella die übliche Scheibe Brot verfüttert hatte. »Ich werde morgen versuchen, ein Stück Speck für dich abzuzweigen. Nur ein ganz winziges, damit der Bauer es nicht bemerkt.« Stella drängte sich eng an ihn und winselte. Lorenz hätte schreien mögen – er war doch verantwortlich für seinen Hund, der nun hungern und frieren musste. »Ich wünschte, unser Leben wäre wie früher.« Mit aller Kraft kämpfte er gegen die Verzweiflung an, die ihn zu überwältigen drohte. »Weißt du noch, unser gemütliches Bett und das viele Essen? Und Mama? Wenn sie doch nur noch lebte.« Mit dem Handrücken wischte er die Tränen von den Wangen und die Nase sauber. Es war, als ob es sein früheres Leben nie gegeben hätte, als ob alles nur ein Traum gewesen wäre. Lorenz kauerte sich neben die Hundehütte. Es war eine kalte Nacht im April, dennoch fühlte es sich hier bei Stella wärmer an als drinnen im Haus.

»Heute schlafe ich bei dir«, meinte Lorenz, und als ob sie ihn verstanden hätte, kuschelte sie sich eng an ihn.

»He, aufstehen!«, rief der Bauer am nächsten Morgen und versetzte Lorenz einen kräftigen Tritt in den Hintern.

Der Schmerz durchfuhr Lorenz' Glieder. Hatte er nicht eben noch geträumt? Von aufgeschlagenen Eiern mit Zucker im Glas? Und dem wohligen Geruch von warmem Kakao? Verschlafen richtete Lorenz sich auf. Sein Rücken schmerzte von dem harten Steinboden. Langsam versuchte er, seine steifen Glieder zu lockern, und rieb sich den Nacken.

»Jetzt spinnst du völlig, was? Schläfst neben der Hundehütte.« Lorenz blickte schüchtern auf und erwartete einen weiteren Tritt. »Was willst du bloß von diesem verlausten Köter?« Der Bauer starrte beinahe angewidert auf Stella hinab. Lorenz kannte den Blick nur zu gut. Diesen Ausdruck, der verriet, dass er sich eine neue Bosheit ausdachte.

»Bitte tu ihr nichts. Ich werde auch nicht mehr draußen schlafen.«

»Warum solltest du nicht draußen schlafen? Vielleicht gehörst du ja in den Dreck, du fauler Saubub.«

Lorenz biss sich auf die Lippen, um eine Widerrede zu unterdrücken. Denn wenn er eines nicht war, dann faul. Morgens stand er meist als Erster auf, fütterte die Kühe und mistete den Stall aus. Und wenn beim Frühstück eine Tasse verwässerter Milch und zwei Scheiben Brot für ihn abgefallen waren, machte er sich auf den Weg zum Schulunterricht. Die Zeit, die er für den Marsch vom Bauernhof hinunter ins Dorf brauchte, war für ihn die schönste eines jeden Tages. Vom Tal herauf stieg der Nebel und hüllte die Welt in diese unvergleichliche Stille, die nur das Gezwitscher der Vögel zu durchdringen vermochte. Mit Gustavs Hof im Rücken fühlte er sich am wohlsten und stellte sich dabei nur zu gerne vor, dass er für immer und ewig nur in diese eine Richtung zu wandern brauchte und nie wieder hinaufmusste zu diesem schrecklichen Menschen. Wenn er Glück hatte, konnte er den Nebelschwaden dabei zusehen, wie sie langsam in die Lüfte stiegen und sich auflösten. Dann hatte er freie Sicht auf das verschlafene Dorf und genoss für eine kurze Weile das Gefühl, Herr über sein Leben zu sein. Stella trottete bei seinen täglichen Märschen treu an seiner Seite. An guten Tagen war sie zum Spielen aufgelegt und brachte Lorenz Stöckchen. An schlechten Tagen humpelte sie, und Lorenz hasste den Bauern dafür.

»Wenn ich könnte, Stella, dann würde ich mich auf eine Nebelschwade setzen – gemeinsam mit dir. Wir würden aufsteigen in den Himmel und uns mit ihr in der Luft auflösen. Stell dir vor, wir wären unsichtbar – für den Onkel Gustav und seinen Zorn.« Mit einem Lächeln legte er den Kopf in den Nacken und beobachtete die Vögel, die über ihm ihre Kreise zogen. »Ja, da oben wären wir frei, Stella«, meinte er und setzte zum Laufschritt an, um pünktlich zum Unterricht zu gelangen.

»Du bist spät dran, Lorenz.« Pfarrer Rötting stand bereits an der Tafel und schrieb Rechnungsaufgaben auf. Die anderen Schüler saßen auf ihren Plätzen und kratzten mit Kreide die Ergebnisse auf ihre Schiefertafeln. Lorenz selbst lag nicht viel am Schulunterricht. Ihm war nicht klar, warum er seinen Verstand anstrengen sollte, wenn seine Zukunft aus Kühen und Fußtritten bestand. Dennoch versuchte er, nicht aufzufallen und den Forderungen des Pfarrers Genüge zu tun.

»Ist alles in Ordnung, Lorenz?«, fragte Pfarrer Rötting zur Mittagsstunde, als alle anderen Kinder bereits die Klasse verlassen hatten.

»Ja, freilich, Herr Pfarrer, mir geht es gut.«

»Du weißt, dass du mit mir über alles reden kannst? Du bist erst seit kurzer Zeit hier bei uns und benötigst sicher eine Weile, um dich einzugewöhnen. Die Lebensumstände hier sind gewiss völlig anders als die in München.«

»Ja, wahrscheinlich brauche ich einfach noch eine Weile«, meinte Lorenz, während er seinen abgetragenen Schulranzen packte.

»Und ich kann mir auch vorstellen, dass ein Zusammenleben mit dem Gustav nicht immer problemlos ist, habe ich recht?«

Lorenz schwieg.

»Wenn es Schwierigkeiten gibt, dann sag es mir, und ich rede mit ihm.«

Lorenz lachte kurz auf. Der Gedanke, dass ein freundliches Gespräch zwischen seinem Onkel und dem Pfarrer etwas ändern könnte, belustigte ihn auf tragische Weise.

»Ich fürchte, mit dem Bauern kann man nicht reden, Herr Pfarrer.«

»Ist das so?« Pfarrer Rötting legte seine Brille beiseite und rieb sich die Augen. »Du bist doch ein kluges Bürschchen. In München hast du bestimmt den besten Unterricht erhalten. Durftest du denn auch ein Instrument lernen?«

»Mama wollte das nicht. Sie meinte, ein Junge sollte seine Zeit für Nützlicheres verwenden.«

»Dann war sie eine strenge Mutter?«

»Nein!«, rief Lorenz. »Nein, war sie nicht.« Er hätte gerne davon erzählt, wie Mama mit ihm durch den Garten gelaufen war und mit ihm Verstecken gespielt hatte, dass sie ihm jeden Abend ein Schlaflied gesungen hatte und dass ihr gellendes Gelächter geklungen hatte wie der Ruf eines Grünspechts. Wenn er weinen musste, hat sie ihn umarmt und ihm gesagt, wie lieb sie ihn hat. All das hätte er gerne erzählt, aber er behielt es lieber für sich. Er wusste, dass seine Stimme an den Worten zerbrechen würde und ihn nackt zurückließe.

»Wenn deine Mutter es dir erlaubt hätte, auf welches Instrument wäre deine Wahl gefallen?«

»Auf das Klavier.« Lorenz brauchte nicht lange zu überlegen, er erinnerte sich zu gut daran, wie sehr ihn das Musizieren seiner Schwester Konstanze stets fasziniert hatte. Wie sie mit den Fingern gekonnt über die Tasten huschte und das große Instrument alles machte, was sie wollte.

»Tatsächlich? Dann freut es dich vielleicht, dass ich drüben im Pfarrhof eines stehen habe.«

Lorenz zuckte mit den Schultern. Ihm war nicht klar, warum er sich über das Klavier des Pfarrers freuen sollte.

»Du darfst darauf spielen, wenn du magst. Ich werde es dir beibringen.«

»Das erlaubt mir der Bauer bestimmt nicht.«

»Das braucht er auch nicht zu erfahren, *der Bauer*.« Pfarrer Rötting hob eine Augenbraue und wartete gespannt auf die Reaktion des Jungen.

»Vor dem kann man nichts verheimlichen, der weiß alles.«

»Nein, so schlau ist der nicht, der Gustav.« Rötting schmunzelte. »Mach dir da mal keine Sorgen, Bub. Komm morgen wieder und sag mir dann Bescheid.« Rötting zwinkerte ihm aufmunternd zu und erhob sich von seinem Lehrerpult.

Auf dem Heimweg brauchte Lorenz gar nicht lang zu überlegen, ob er das Klavierspiel lernen wollte oder nicht. Er grübelte lediglich, wie er den Bauern täuschen konnte.

»Warum ist der Kerl so gut gelaunt? Trude, weißt du, warum der so blöd grinst?«, fragte Gustav beim kargen Abendmahl in der düsteren Stube. Lorenz zog den Kopf ein, er musste vorsichtiger sein, sonst wären seine Pläne bereits im Vorfeld zum Scheitern verurteilt. Das durfte nicht passieren, dafür fieberte er seiner ersten Klavierstunde bei Pfarrer Rötting zu sehr entgegen.

»Lass ihn doch, den Buben«, meinte Gertrude ruppig, ohne ihren Blick vom Teller zu heben. Für einen kurzen Augenblick hoffte Lorenz, in ihr doch noch eine Verbündete zu finden, doch wenn sie erst die nächsten Schläge eingesteckt hatte, dann schwieg sie sich wieder für mehrere Tage aus.

»Du sagst mir nicht, was ich zu tun hab, dummes Weib.« Gustav nahm einen großen Schluck Bier aus seinem Krug und wischte sich den Mund am Hemdsärmel ab. »Vielleicht hat ihm ja die Nacht in der Hundehütte gutgetan? Wer weiß.«

Weder Gertrude noch Lorenz äußerten sich. Beide stierten auf ihre Teller, und jeder schien damit beschäftigt, dem Bauern keinen Grund für einen Zornesausbruch zu geben. Die Stille in der Stube wurde laut, unerträglich sogar.

Der Bauer richtete einen missbilligenden Blick auf seine Frau. Das Weib hatte in den Jahren gelernt, sich unsichtbar zu machen. Aber das schürte seine Wut ja nur noch mehr an. Er würde ihr schon noch zeigen, was es hieß, um Gnade zu betteln.

Und während Gustav ein Zwiegespräch mit seinem Zorn führte, schweiften die Gedanken von Lorenz in seine Vergangenheit.

In München war er ein lautes Kind gewesen, er hatte gelacht, gesungen, getobt. Es war sauber gewesen dort und behütet. Mutter hatte ihm den Rücken mit Seife gewaschen und das feuchte Haar mit einem Kamm ordentlich gescheitelt. Gelächelt hatte sie, wenn er frisch gebadet und in ein Handtuch eingewickelt vor ihr gestanden hatte. Wie war es möglich, dass das Schicksal sich so rasch derart tiefgreifend ändern konnte? Er versuchte, seine behütete Vergangenheit auszublenden. Lieber konzentrierte er sich auf die Töne, die in seinem Kopf eine leise Melodie spannen und die er morgen auf dem Klavier des Pfarrers Rötting zum Leben erwecken wollte.

Lorenz atmete durch. Er war ein guter Junge. Er hatte nichts Böses getan. Das hier passierte einfach. Aber es würde vorbeigehen. Er war ein guter Junge.

Mama ...

Kapitel 7

München, im Juli 1932

»Was für ein außerordentliches Talent du doch hast.« Professor von Kohlhagen rückte seinen Stuhl näher an Konstanze, um sie, wie so oft, ganz beiläufig berühren zu können.

»Sie schmeicheln mir, Professor«, erwiderte sie, ohne ihren konzentrierten Blick von der Staffelei abzuwenden.

»Wenn du mich nur endlich Herbert nennen würdest.«

Konstanze mischte mit einem ihrer feinen Pinsel einen Grünton, um die Schattierungen einer Waldlichtung auszuarbeiten. Sie senkte ihr Kinn, um ihre erröteten Wangen vor dem Professor zu verbergen. »Ich denke nicht, dass ich das sollte. Sie sind mein Professor, und nichts liegt mir ferner, als diese respektvolle Beziehung zu beschmutzen.«

»Ach, als ob ein nett gemeintes *Du* und ein paar Komplimente unser Verhältnis trüben könnten.« Herbert von Kohlhagen strich sich durchs volle braune Haar, das ihm zerzaust in die Stirn hing. Einige ergraute Strähnen zeugten davon, dass er nicht mehr in dem Alter war, in dem er sich gerne sehen würde. Er war schlank und gut aussehend, eitel und ein klein wenig zu stolz. Er schien daran gewöhnt, dass seine Studentinnen ihn vergötterten und kichernd erröteten, wenn er ihnen Schmeicheleien ins Ohr flüsterte. Konstanze war anders, sie war ehrgeizig und arbeitete hart für seine lobenden Worte. Sie war eine Begabung, das stand außer Frage. Und ihrer Tante Gunde verdankte sie es, dass sie im Herbst ihr Kunststudium antreten durfte. Dann wäre sie nicht länger angewiesen auf die privaten, abendlichen Stunden bei ihm – und niemand bedauerte dies mehr als er selbst. Die Zeit drängte, wenn er die harte Nuss knacken wollte, um sie einzureihen in seine zahllosen Eroberungen.

»In den nächsten Wochen werde ich nicht kommen können, Herr Professor. Ich besuche meine Schwester in Frankreich.«

»Tatsächlich? Dann nimm dir unbedingt Papier und Bleistift mit.«

»Ob ich da Zeit finden werde, um Skizzen anzufertigen?«

»Meine Liebe, du würdest es bereuen, wenn du es nicht tätest. Frankreich ist ein Land des Lichts und der Farben, ein Land für die Sinne …«

Konstanze lachte auf und wischte sich eine kastanienbraune Haarsträhne aus der Stirn.

»Warte, ich helfe dir. Nicht, dass du dein hübsches Gesicht mit deinen moosgrünen Fingern verschmierst.« Professor von Kohlhagen betrachtete das Profil seiner Schülerin und musste sich zum wiederholten Mal eingestehen, dass sie weiß Gott keine Schönheit war. Ihre Nase war eine Spur zu lang, und ihre Oberlippe empfand er als zu schmal. Ihr Hals hätte seiner Meinung nach ein wenig kürzer und die Augenbrauen etwas geschwungener sein dürfen. Überhaupt fragte er sich, was ihn so sehr an ihr reizte. Vermutlich war es ihre Aura der Unnahbarkeit, die ihn derart anstachelte.

»Ich könnte deine Werke in jeder Galerie der Stadt unterbringen, meine Liebe.«

»Aber?«, fragte Konstanze und legte ihren Pinsel beiseite.

»Hm, im Leben ist das so eine Sache: Es ist ein Geben und ein Nehmen.« Von Kohlhagen bedachte ihr Dekolleté mit einem vielsagenden Blick und verschränkte die Arme vor der Brust.

»Ich glaube, wir sind für heute fertig, Herr Professor.« Rasch wischte sie ihre Pinsel an einem Baumwolltuch sauber, verstaute die Farben in ihrem schwarzen Lederetui, das mit goldenen Ornamenten verziert war, legte die Schürze ab und stand auf.

»Vielleicht ist es besser, wenn wir unseren gemeinsamen Unterricht dauerhaft beenden. Meine Tante ermöglicht mir ab Herbst ein Kunststudium an der Hochschule.« Verunsichert senkte sie ihren Blick und nestelte am schwarzen Lederetui, das sie in den Händen hielt.

»Du willst unseren Unterricht beenden? Wo du doch so große Fortschritte machst? An der Hochschule wirst du eine von vielen sein. Hier bei mir erhältst du volle Aufmerksamkeit.« Er kam einen Schritt auf sie zu und legte seine Hand auf ihre.

»Bitte, ich möchte das nicht.« Sie biss sich auf die Lippe, so als hätte sie etwas Verbotenes gesagt.

»Wie du meinst«, erwiderte Kohlhagen und zuckte mit den Schultern. »Wenn du aus Frankreich zurückkommst, kannst du immer noch entscheiden, was du willst.« Er geleitete sie zur Tür seines Ateliers und verabschiedete sie mit einem freundlichen, aber angespannten Lächeln.

Draußen an der frischen Luft atmete Konstanze tief durch. Sie war aufgewühlt, fühlte sich auf unangenehme Weise bedrängt und nicht ernst genommen. Sie hatte an sich und ihr Talent geglaubt, und dann kam dieser Kohlhagen und machte ihr klar, dass der Eintritt in die großen Galerien nur über sein Bett zu erreichen war. Ihre Wangen glühten, und ihr Puls pochte in den Schläfen.

Es war ein milder Sommerabend, deshalb beschloss Konstanze, auf die Straßenbahn zu verzichten und einen kleinen Umweg über den Englischen Garten zu machen, um ihre Gedanken zu ordnen. Als sie ihr Weg durch die Kaufingerstraße in Richtung Marienplatz führte, rissen sie plötzlich aufgebrachte Männerstimmen aus ihren Gedanken. Sie hielt inne und sah sich nach dem Zentrum des Tumults um. Ihr Herz setzte für ein paar Schläge aus, als sie in einiger Entfernung eine Truppe Uniformierter ausmachte, die vor einem Geschäft laute Parolen skandierten. Konstanze schluckte schwer und überlegte, ob sie kehrtmachen sollte, oder ob es genügte, wenn sie die Straßenseite wechselte. Tante

Gunde hätte ihr gewiss geraten, sich von den SS-Leuten abzuwenden und das Weite zu suchen, Konstanze aber wollte sich nicht einschüchtern lassen. Was sollte ihr schon passieren? Einer deutschen Frau würden sie doch nichts tun. Sie atmete tief ein, straffte ihre Haltung und wechselte die Straßenseite. Den Blick nach vorne gerichtet, so als ob das Geschrei sie nichts anginge, marschierte sie flott und zielstrebig weiter. Einige Menschen hatten sich bereits eingefunden, sammelten sich um die uniformierte Truppe, gafften, flüsterten, entsetzten sich oder waren belustigt. Erst als Konstanze das Geschehen unmittelbar erreicht hatte, sah sie, dass die Männer sich vor dem Geschäft eines Schmuckhändlers eingefunden hatten und dessen Hausmauer beschmierten. Sosehr Konstanze sich auch bemühte, sie konnte ihren Blick nicht länger nach vorne gerichtet halten, die Männer auf der anderen Straßenseite zogen sie auf beängstigende Weise magisch an. *Achtung Jude!* stand in großen Buchstaben neben der Eingangstür, darunter hatten sie mit groben Strichen den Judenstern geschmiert.

»Drecksjude!«, schrien sie, und: »Weg mit dem Schmock!«

Ein eiskalter Schauder durchfuhr Konstanze, und sie verwünschte den Augenblick, in dem sie sich dazu entschlossen hatte, nicht kehrtzumachen. Sie fiel in ein schnelleres Tempo, bald hätte sie es geschafft. Angst – mit einem Mal überkam sie eine ungeahnte Angst. Was waren das für Männer, die vor fremdem Eigentum keinen Respekt hatten und andere Menschen auf übelste und schrillste Weise verspotteten? Was war das nur für eine schreckliche Zeit? Konstanze hoffte, dass der Geschäftsinhaber nicht zugegen war und vom Spott der Uniformierten verschont blieb.

Erst als Konstanze den Lärm der Männer weit hinter sich gelassen hatte, verlangsamte sie ihre Schritte und legte eine Verschnaufpause ein. In ihrem Kopf dröhnte noch das Echo der Parolen. »*Drecksjude!*« Mit einem Mal verspürte Konstanze den dringenden Wunsch, sich auf den Heimweg zu machen und den Spaziergang durch den Englischen Garten zu streichen. Aber wäre das nicht ein falsches Zugeständnis? Sollte sie sich tatsächlich von so ungenierten Männern einschüchtern lassen? Zum zweiten Mal an einem Tag. Verärgert dachte sie an Kohlhagens gierige Blicke auf ihren Ausschnitt, und rasch zog sie ihre Stola enger über der Brust zusammen. Nein, sie hatte keine Lust, ihr Leben nach den Parolen und Blicken von Männern auszurichten. Sie war jung, und sie war frei, und das bedeutete auch, dass sie heute Abend ihren Spaziergang durch den Englischen Garten wie geplant unternehmen würde. Flotten Schritts marschierte sie los. Als sie endlich in die Ruhe des Parks eingetaucht war und das einzige Geräusch von den quakenden Teichenten kam, hatte sie den Zwischenfall schon fast wieder vergessen. Ihr Weg führte sie direkt hoch zum Monopteros, wo sie an eine Säule gelehnt den Ausblick über die grün bewachsene Weite genoss. Sie liebte diesen Ort, hier konnte sie stets mit sich ins Reine kommen – weitab von Lärm, Menschengewirr und Hektik. Hier gab es nur die Bäume, die ihre Blätter im sanften Wind tanzen ließen, Vogelgezwitscher und den Himmel. Konstanze schloss die Augen und horchte in sich hinein. Da war so viel Aufruhr, von dem sie nicht wusste, wie sie mit ihm umgehen sollte. Natürlich war sie Tante Gunde unglaublich dankbar für ihre Güte und Aufgeschlossenheit. Würde Mutter noch leben, hätte sie den Weg in die Kunst nie beschreiten dürfen, dennoch gäbe sie alles, wenn sie nur ein letztes Mal an Mutters Seite am Pianino üben dürfte. Zu viel hatte sich verändert, zu viel hatte man ihr genommen. Sie dachte an Pauline und ihr herzerwärmend schönes Lächeln, das sie an Morgentau auf weißen Rosen erinnerte. Kein Brief der Welt konnte die vertrauten Gespräche ersetzen. Wie sehr sie sich doch freute, dass sie in zwei Tagen im Zug nach Frankreich säße, um dem Wiedersehen mit ihrer Schwester entgegenzufiebern. Ihre Handflächen wurden feucht vor Aufregung. Wie würde es sich anfühlen, Pauline nach einem halben Jahr endlich wieder im Arm zu halten? Ob sie sich verändert hatte? Und ob sie inzwischen ihr Glück in der Provence gefunden hatte? Ihre Briefe klangen schwermütig, einsam, verzweifelt. Sie beide vermochten die Zeit nicht zurückzudrehen, aber sie mussten doch nach vorne blicken und hoffen, dass das Leben es letztlich gut mit ihnen meinte.

»Was kann man denn da machen? Da muss man doch etwas machen können! Ludwig, hörst du mir nicht zu?« Gunde war nach Konstanzes Bericht von dem Vorfall in der Kaufingerstraße derart in Sorge, dass sie sogar ihre geliebten Frühstückseier unberührt ließ. Ludwig senkte seine Morgenzeitung und lugte über die Lesebrille hinweg zu seiner Frau.

»Wovon sprichst du eigentlich?«

»Wovon ich spreche? Meine Güte, bekommst du denn überhaupt nichts mit? Mitten in München werden Juden beschimpft und am helllichten Tag auf offener Straße Parolen gebrüllt und junge Frauen eingeschüchtert. Wie sollen wir unsere Töchter denn noch unbesorgt und ohne Schutz in die Stadt lassen?« Gunde legte die Hand auf den Brustkorb und spielte nervös mit ihrer zweireihigen Perlenkette, die sie über einer mintfarbenen Seidenbluse trug. Ludwig legte seine Zeitung beiseite und blickte in die Runde. Charlottes Blick ruhte ebenso auf dem freundlichen Gesicht ihres Vaters wie der von Gunde und Konstanze.

»Meine lieben Mädchen, meine liebe Frau«, begann er und zupfte an den Spitzen seines ergrauten Schnurrbarts. »Vielleicht mag es nicht immer so aussehen, aber die Männer in ihren Uniformen sorgen für Ordnung, und solange ihr nichts Unrechtes anstellt, wird euch auch nichts geschehen. Weder sind wir Juden, noch haben wir – bis auf unser Dienstmädchen – mit ihnen zu tun. Wenn ihr mich fragt, ob sich der Ernst der momentanen Situation verschärfen wird, dann muss ich euch leider sagen: Ja, das wird er, und es mag sein, dass Zeiten kommen, in denen wir die Straßen der Stadt lieber meiden. In zwei Wochen ist ein großer Aufmarsch der SS in der Widenmayerstraße geplant. Hitler höchstpersönlich wird zugegen sein – den Aufruhr, den dieses Spektakel mit sich bringen wird, will ich mir gar nicht erst ausmalen. Gut, dass Konstanze dann bei ihrer Schwester in Frankreich ist, dann bleibt wenigstens sie verschont von der ganzen Aufregung.« Ludwig griff wieder nach seiner Zeitung und hielt sie so hoch, dass sein Gesicht dahinter verschwand. Zurück blieben die drei Frauen samt ihrer Verunsicherung. Konstanze rührte Milch in ihren Kaffee und reiste in Gedanken bereits weit fort in die Provence.

»Wir sollten auf jeden Fall Ihren neuen Badeanzug einpacken, meinen Sie nicht?«, fragte Esther, die einige Kleidungsstücke für die Reise aus dem Schrank räumte. »Vielleicht fährt Ihre Schwester mit Ihnen einmal an die Küste.«

Konstanze stand neben dem jungen Dienstmädchen und betrachtete es eingehend. Esther war ziemlich klein und hatte eine auffallend schmale Taille. Ihr Haar war stets zu einem ordentlichen Knoten gebunden, und ihre Fingernägel waren kurz abgeknabbert.

»Du kennst dich gut aus in Erdkunde«, meinte Konstanze und setzte sich neben die zurechtgelegten Kleidungsstücke auf das Bett.

»Für ein Dienstmädchen, meinen Sie?«

Konstanze nickte beschämt – ja, das meinte sie. »Hat Tante Gunde dir von dem Vorfall in der Kaufingerstraße erzählt?«

»Die gnädige Frau würde wohl kaum mit mir über solche Vorkommnisse sprechen. Aber ich habe gehört, wie sie dem gnädigen Herrn davon erzählt hat.« Esther wagte es nicht, von ihrer Arbeit hochzusehen. Vermutlich war es ihr unangenehm, dass sie hier offen zugab, Gespräche der Herrschaften belauscht zu haben.

»Hast du denn keine Angst vor dem Wahnsinn, der sich in unseren Straßen ausbreitet?« Konstanze war nicht sicher, ob sie mit ihrer direkten Frage zu weit gegangen war. Dennoch musste sie zugeben, dass sie in Sorge um das jüdische Dienstmädchen war.

»Nein, habe ich nicht. Hier im Haus der gnädigen Herrschaften kann mir doch nichts passieren.« Als Esther lächelte, verriet das Zucken ihrer Mundwinkel, dass sie gelogen hatte. Natürlich hatte sie Angst, wie sollte es auch anders sein.

»Verzeih, ich bin dir zu nahe getreten«, meinte Konstanze und legte eine Hand auf die des Dienstmädchens.

»Ich werde Ihnen noch ein paar sommerliche Kleider zurechtlegen und Ihre Sandalen, wenn Sie möchten«, schlug Esther vor.

»Ich dank dir, Esther.« Als die Blicke der beiden Frauen sich trafen, glomm in Konstanze Wut auf, weil es Menschen gab, die Esther für ihre Religion verurteilten. Sie war tatsächlich froh, dass sie die nächsten Wochen in der fernen Provence verbringen durfte. Und wer weiß, vielleicht war der Spuk schon vorbei, wenn sie wieder zurückkehrte.

Als Konstanze zwei Tage später endlich mit dem Zug durch die Provence ratterte, konnte sie ihren Augen kaum trauen. Wie gebannt hing sie am Fenster des Waggons und sog die weite Landschaft mit all ihren Sinnen in sich auf. Noch nie – da war sie sich sicher – hatte sie etwas Vergleichbares gesehen. Die Lavendelfelder standen in voller Blüte und versprühten ein Feuerwerk an violetter Lebenskraft. Konstanzes Wangen begannen vom vielen Lächeln unangenehm zu prickeln, dennoch konnte sie nicht aufhören, sich an der Schönheit zu erfreuen. Ihr war, als ginge ihr die tiefviolette Farbe des Lavendels direkt ins Herz. Am liebsten hätte sie den Zug angehalten, um auszusteigen und die duftende Pracht zu umarmen. Für sie war es plötzlich unvorstellbar, dass Pauline sich hier nicht wohlfühlte, hier, fernab von uniformierten und grölenden SS-Leuten und Flaggen mit Hakenkreuzen in zu vielen Fenstern. Hier schien das Leben noch ohne Parolen zu funktionieren und ohne einen Hitler, der das deutsche Volk bei jeder sich bietenden Gelegenheit mit seinem »inhaltslosen Geschrei« – wie Onkel Ludwig es nannte – zur Ordnung aufrief. Hier schien auf den ersten Blick alles so friedlich und so rein. Wie sollte man sich hier nicht wohlfühlen? Vielleicht hatte ihre kleine Schwester ja einfach übertrieben. All die Briefe, in denen sie von ihrem schmerzlichen Heimweh und der Sehnsucht nach München berichtet hatte, erschienen Konstanze mit einem Mal vollkommen haltlos.

Als sie schließlich in den Bahnhof von Aix-en-Provence einfuhren, raste Konstanzes Herz vor Aufregung. Pauline hatte im letzten Brief geschrieben, dass sie direkt auf dem Bahnsteig auf sie warten würde. Konstanze erinnerte sich an den roten Hut, den Pauline bei der Abreise in München getragen hatte, und hielt auf dem Bahnsteig danach Ausschau. Und während sie noch suchte, fiel ihr Blick plötzlich auf das vertraute Gesicht, das sie so sehr liebte. »Paulchen«, hauchte sie tonlos und fühlte eine seltsame Mischung aus Freude und Trauer in sich aufsteigen. Alle Erinnerungen an den Abschied waren mit einem Mal so präsent, als wäre es erst gestern gewesen, dass sie Tränen auf Paulines Wangen getrocknet und ihr Mut zugesprochen hatte.

Konstanze sprang förmlich aus dem Zug und rannte zu ihrer Schwester.

»Paulchen!«

»Stanzerl!«, rief Pauline und schlang ihre Arme so fest um ihre Schwester, dass die kaum noch Luft bekam. »Ich hab dich so vermisst!«

»Jetzt bin ich ja hier«, hauchte Konstanze ihr ins Ohr und küsste sie auf Wangen, Stirn und Mund. »Lass dich ansehen.« Sie ging einen Schritt zurück und musterte Pauline, ohne dabei ihre Hände loszulassen. »Du bist so erwachsen geworden.« Konstanze war tatsächlich erstaunt über die Reife, die ihre Schwester an den Tag legte. In ihrer Erinnerung sah sie noch immer das Mädchen, das durch den Garten gelaufen war wie eine kleine Elfe und dabei die Nase in irgendeinen Gedichtband gesteckt hatte. Jetzt hatte sie plötzlich diesen ernsten Zug um die Augen, der von Sorgen und Kummer zeugte.

»Du siehst umwerfend aus. Ist das ein neues Kleid? Du wirkst auf mich wie eine Künstlerin«, meinte Pauline bewundernd.

»Charlotte hat es mir geschenkt. Ach Paulchen, es tut so gut, dich endlich wiederzusehen«, meinte Konstanze und drückte Pauline erneut an sich.

»Komm, ich muss noch einen Träger für dein Gepäck organisieren, dann machen wir uns auf die Fahrt zu Tante Josette.«

Wenig später saßen sie auf der mit Leder bezogenen Rückbank von Josettes Automobil und ließen sich vom Fahrer nach Jouques bringen. Konstanze musste sich eingestehen, dass es nicht einfach war, nach einem halben Jahr an die Vertrautheit von früher anzuknüpfen. War Pauline früher lustig und beschwingt gewesen, so wirkte sie jetzt nachdenklich und blickte schweigsam aus dem Fenster.

»Hier ist es wunderschön«, sagte Konstanze, um ein Gespräch in Gang zu bringen.

»Wirklich?«, erwiderte Pauline mit ungewohnter Härte. »Ich finde es einfach nur trist.«

Verunsichert lachte Konstanze auf. »Aber sieh doch nur, diese Weite, dieses Himmelsblau. Da geht einem doch das Herz auf.«

»Mir scheint, Tante Josette hat sich wohl für die falsche Schwester entschieden.«

»Du wirkst verbittert, Paulchen. Das kann doch nicht allein an dem Land liegen. Ist da etwas, das du mir erzählen möchtest? In den wenigen Briefen, die ich in den letzten Wochen erhalten habe, warst du auffallend zurückhaltend.«

»Tatsächlich gibt es Neuigkeiten, aber die wollte ich dir nicht in einem Brief mitteilen. Lass uns später darüber reden.« Pauline wies mit dem Kinn auf den Fahrer, und Konstanze verstand, dass ihrer Schwester nicht danach war, in dessen Gegenwart ihr Innerstes preiszugeben. Mit einem Seufzer lehnte Pauline sich an ihre Schulter, und Konstanze hoffte, dass – was immer es auch war – sie es gemeinsam durchstünden.

»Das ist tausend Mal schöner, als ich es mir vorgestellt habe.« Konstanze stand fassungslos vor der Treppe aus naturfarbenem Marmor, die zum Eingang ins Landhaus führte. »Du hast mir nie geschrieben, wie traumhaft es hier ist. Allein die Luft«, Konstanze atmete tief durch, »ist so klar, so lebendig.«

Pauline starrte erst ihre Schwester verwirrt an, dann das Gebäude, das sich wie eine Festung vor ihr aufbaute.

»Das ist doch nur ödes Land, mit ein paar krüppeligen Bäumen, die viel Arbeit machen, und ein Haus ohne den gewohnten Komfort.« Pauline schüttelte den Kopf. »Aber ich freue mich, dass es dir gefällt, du sollst ja schließlich eine schöne Zeit hier verleben und am Ende womöglich gar nicht mehr wegwollen.« Im Haus angekommen, wies sie Konstanze lächelnd an, die Treppen zu den Schlafzimmern hochzusteigen. Im Gästezimmer schloss Pauline dann die Tür hinter sich.

»Schreibst du denn noch Gedichte?«, fragte Konstanze und erinnerte sich daran, dass Pauline ihrer Mutter täglich welche vortragen musste.

»Nein, und du: Nimmst du noch Klavierunterricht?« Pauline setzte sich neben Konstanze aufs Gästebett.

Konstanze schüttelte den Kopf. »In den letzten Monaten hat sich wohl so ziemlich alles verändert in unserem Leben.«

»Ja, das hat es. Und es wird sich noch viel mehr ändern, fürchte ich.«

»Wovon sprichst du?«

»Tante Josette erwartet von mir, dass ich die Leitung der Pfirsichplantage übernehme.«

»Das klingt doch wunderbar.«

»Wunderbar für jemanden, der hier nicht sein will?« Pauline schnalzte verächtlich mit der Zunge. »Es kommt aber noch schlimmer: Ich soll das Erbe an der Seite meines Mannes antreten.«

»Deines *Mannes*?« Konstanze riss ihre Augen auf und starrte ihre Schwester ungläubig an. »Du hast nie einen Mann erwähnt, und wenn du nun aber verliebt bist, warum dann diese Bitterkeit?«

»Weil ich nicht verliebt *bin*. Dieser Mensch ist grässlich, schauderhaft, genau wie dieses trostlose Land.«

Konstanze legte beschützend ihren Arm um die Schultern ihrer aufschluchzenden Schwester.

»Es fühlt sich an, als bestünde mein Leben aus Sand, und von Minute zu Minute rinnt mir mehr davon durch die Finger. Ich suche nach einem geeigneten Behältnis dafür, aber das gibt es nicht. Alles, was ich tun kann, ist zuzusehen, wie man mir Sandkorn für Sandkorn entreißt.«

»Tante Josette wird dich nicht zu einer Ehe mit einem Mann zwingen, den du nicht willst. Das würde sie dir doch nie antun.«

Pauline rieb sich nachdenklich die Stirn. »Da kennst du sie aber schlecht.«

»Dann komm mit mir zurück nach München. Ich bin mir sicher, Tante Gunde würde Verständnis für deine Lage aufbringen.«

»So einfach ist das aber nicht.«

Fragend sah Konstanze sie an.

»Sosehr ich Frankreich auch hasse, aber ich kann hier nicht mehr weg.«

Konstanze runzelte die Stirn.

»Es gibt da einen Mann … Er heißt Henri Bonnet, und seine Küsse sind süßer als die süßesten Macarons.«

»Küsse?«

»Schscht.« Pauline legte den Zeigefinger auf den Mund. »Das darf niemand hören.«

»Aber dann ist doch alles gut. Du heiratest einfach Henri.«

»Das klingt nach einem guten Plan. Und wäre Henri der Sohn eines reichen Großgrundbesitzers, dann würde Josette sich gewiss einverstanden zeigen.«

»Es wird sich eine Lösung finden, da bin ich mir sicher. Wozu hätte man sonst eine große Schwester?«

Konstanze schmiegte sich an Paulines Schulter, und erstmals seit ihrer Ankunft spürte sie diesen engen Zusammenhalt, der sie in den vergangenen Jahren wie ein unsichtbares Netz getragen hatte.

Kapitel 8

Jouques, Provence, im Juli 1932

Sie fühlte sich wie ein Geist, der durch die Nacht schwebt – lautlos und unentdeckt. Der Sommer lag in der Luft und betörte ihre Sinne beinahe ebenso sehr wie das bevorstehende Treffen mit Henri. Pauline huschte durch die mondbeschienene Wiese und hüpfte über den Bach, der lebhaft murmelnd die Geschichte seiner Reise zum Meer erzählte.

Es waren genau diese Momente, in denen sie sich am glücklichsten wähnte. Auf dem Weg zu ihrem geheimen Treffpunkt mit Henri fühlte sie sich näher bei sich als die restlichen Stunden des Tages. Die Aussicht, ihm, dem sie so zugetan war, wieder nahe sein zu dürfen, ließ ihr Herz um Takte schneller schlagen. Beim Gang durch die nachtkühle Wiese vergaß sie ihre Sorgen um den Tod ihrer Mutter, das Unwohlsein in der neuen Heimat oder die geplante Heirat mit diesem Philippe Durand.

Paulines Miene erhellte die dunkle Nacht, als sie unter der alten Magnolie Henris Umriss wahrnahm.

»*Ma beauté*, da bist du ja«, flüsterte er und eilte ihr entgegen.

Paulines Schritte wurden länger und schneller, sie breitete die Arme aus und atmete tief seinen vertrauten Geruch ein, den ihr die leichte Sommerbrise entgegentrug.

»Ja, hier bin ich«, hauchte sie und drückte sich eng an ihn.

»Ich habe etwas für dich.« Er griff in seine Brusttasche und holte ein besticktes Stofftuch hervor.

»Hier«, meinte er und reichte es ihr.

Pauline lächelte. Zärtlich strich sie über das Baumwolltuch und fühlte dabei einen Rest von Henris Körperwärme. Vorsichtig schlug sie eine der mit Spitze eingefassten Stoffkanten zurück.

»Was ist das?« Sie befühlte den Inhalt des Tuches mit den Fingerspitzen. »Eine getrocknete Blume?«

»Nicht irgendeine Blume, sondern bayrisches Löffelkraut.«

»Was? Wo hast du das denn her?« Als Pauline an der Trockenblume roch, war ihr, als öffnete der zarte Duft ein Tor in die Vergangenheit. »Als Kind war ich oft bei Großmutter auf dem Land – dort blühte es am Bachrand.« Vorsichtig barg sie das Geschenk an ihrem Herzen und strahlte Henri dankbar an.

»Wo hast du das nur her? Ich dachte, das gibt es nur in Bayern?«

»So ist es auch.« Henri schmunzelte geheimnisvoll.

»Nun sag schon.«

»Selbst der kleinste Bäckerjunge hat seine Geheimnisse.«

»Du willst es mir nicht verraten?« Sie stupste seine Nasenspitze zärtlich mit ihrer an und schloss dabei die Augen, um sich ihm noch näher zu fühlen.

»Nein, ich möchte nur, dass du ein Stück aus deiner alten Heimat hier bei dir hast.«

»Ich vermisse meine Familie, mein Zuhause, meine Freundinnen, mit denen ich stundenlang durch die Einkaufsstraßen gebummelt bin und in Cafés feine Torten verspeist habe. Ich vermisse München so sehr.«

Henri strich Pauline durchs offene Haar und küsste sie auf die Stirn. Als er sie sanft mit seinen Lippen berührte, fühlte Pauline ihr Herz schweben. Sie wollte nichts mehr, als in der Nähe dieses Mannes zu sein, und doch wurde der Ruf nach München immer lauter. Und während Henri seine weichen Lippen von ihren löste, überkam sie das sichere Gefühl, dass sie die Freude in ihrem Leben nur zurückgewann, wenn sie es selbst in die Hand nahm. Sie durfte nicht die anderen über ihr Schicksal bestimmen lassen. Konstanzes Anwesenheit ließ sie Hoffnung schöpfen. Ihre Schwester hatte sich im Lauf der Monate, in denen sie bei ihrer

Tante Gunde gelebt hatte, verändert. Sie war stark geworden, seitdem sie aus Mutters Schatten hatte hervortreten müssen. Pauline bewunderte sie für ihr Durchsetzungsvermögen und den Mut, ein Kunststudium zu beginnen. Ja, Konstanze lebte ihren Traum, und genau das wollte sie auch. Aber wie sollte sie sich befreien aus Josettes Fängen und Plänen, die bereits in Stein gemeißelt schienen?

»Wir müssen weg von hier!«, flüsterte Pauline und drückte Henris Hände mit aller Kraft.

»Ich verstehe nicht.« Henri legte seine Stirn in Falten.

»Es gibt keine andere Lösung. Oder ist es dir egal, dass ich meine Tage an der Seite eines anderen zubringen soll? Und meine Nächte ...«

»Es ist mir nicht egal.« Henris Stimme war so leise, dass sie beinahe vom Rascheln der Magnolienblätter übertönt wurde. »Aber ich kann meine Heimat nicht verlassen und nach Deutschland gehen.«

»Dann bleiben wir in Frankreich, oder gehen nach Italien oder Spanien. Es ist mir egal, Hauptsache, weg von hier – mit dir.« Pauline war dankbar für die Dunkelheit der Nacht, die ihre Tränen verschleierte.

»Das ist alles nicht so einfach.«

Doch, das ist es!, hätte Pauline gerne gerufen, doch sie schwieg, wie so oft, und spürte dabei eine unendliche Traurigkeit in sich aufsteigen, die sich erdrückender anfühlte als der Moment an Mutters Grab. Warum wollte er nicht mit ihr fliehen? War sie ihm nicht genug?

»Ich muss jetzt gehen.« Mit diesen Worten löste sie sich aus Henris Umarmung.

»Wir sehen uns morgen wieder, ja?«, fragte Henri. Pauline nickte nur stumm und strich ihm zum Abschied über seine raue Wange.

Als sich Pauline zurück ins Haus schlich, fühlte sie dieses dumpfe Stechen in ihrem Brustkorb, das ihr jeden Tag aufs Neue sagte, dass sie nicht hierhergehörte. Sie drückte das Tuch mit der getrockneten Blume sanft an sich und versuchte, an Henris Liebe zu glauben. Am Ende würde sich ihr Schicksal zum Guten wenden, da war sie ganz sicher. Henri brauchte nur Zeit, das war alles.

Die Dielen im Flur knarrten unter ihren Füßen, ächzten, als ob sie es müde wären, die ewigen Tritte ertragen zu müssen. Vor ihrem Zimmer legte sie die Hand auf die Türklinke und zögerte. Sie wollte heute Nacht nicht allein sein und dem endlosen Kreisen ihrer Gedanken lauschen. Ihr Herz drängte sie, ein paar Schritte weiter zu gehen, um sich an ihre geliebte Schwester zu schmiegen und den Kummer wenigstens für ein paar Stunden in deren schützender Umarmung zu vergessen.

»Es wird sich eine Lösung finden, da bin ich mir sicher. Wozu hätte man sonst eine große Schwester?« Das waren Konstanzes Worte gewesen. Pauline wollte daran glauben. Leise huschte sie ins Gästezimmer und schloss die Tür hinter sich.

»Wer ist da?«

»Keine Bange, ich bin es nur«, flüsterte Pauline.

»Kannst du nicht schlafen?«

»Nein.«

»Na, dann komm.«

Pauline hörte, wie ihre Schwester raschelnd die Daunendecke anhob.

»Morgen am Nachmittag kommt uns Philippe besuchen. Ich muss mich jetzt schon für sein rüpelhaftes Benehmen entschuldigen. Er hat ganz offensichtlich keine Ahnung, wie man eine Dame behandelt. Stell dir vor, bei unserem ersten Treffen waren auf seiner Hose dreckige Abdrücke von Hundepfoten«, flüsterte Pauline, nachdem sie sich eng an Konstanze gekuschelt hatte.

»Seit wann legst du solchen Wert auf Äußerlichkeiten?«

Pauline schwieg. Sie fand nicht die richtigen Worte, um ihrer Schwester verständlich zu machen, warum sie diesen Philippe so überhaupt nicht leiden konnte und warum der Gedanke an eine Ehe mit ihm ihr den Magen zuschnürte. Bei den wenigen Treffen mit ihm machte er den Eindruck von Gleichgültigkeit. Seine Eltern dagegen schienen dieser Verbindung ebenso positiv entgegenzublicken wie Josette. Letztendlich ging es allen nur um Geld, um Besitz, um die Pfirsichplantage und deren Erweiterung. Und sie, Pauline, war der perfekte Spielball. Einzig der Ausblick auf eine Flucht mit Henri half ihr, den Lebensmut nicht zu verlieren. Bald schon würde er einsehen, dass ein gemeinsamer Neubeginn die einzige Lösung war. Sie würde ihre kleine Reisetasche mit dem Nötigsten packen. Ein paar Kleider, Schmuckstücke, die Fotografie von Mama und Papa, die Briefe von Konstanze und den roten Hut, den Mutter ihr damals zum Geburtstag geschenkt hatte. Mehr würde sie nicht brauchen. Ganz im Geheimen würden sie abreisen, am besten bei Nacht und Nebel. Sie würde seine Hand nehmen und nie mehr loslassen. Nie wieder.

»Tante Josette hat ihn zum Kaffee eingeladen, dann darfst du dir ein eigenes Urteil bilden.«

»Ich kann es kaum erwarten«, meinte Konstanze mit süffisantem Unterton.

Obwohl es warm war, zog Pauline sich die Decke hoch bis zum Kinn. Es fühlte sich gut an, Konstanze neben sich zu wissen, ihre Fürsorge und ihren Atem zu spüren.

»Wie es wohl Lorenz geht?«, fragte Pauline und rückte noch enger zu ihrer Schwester. »Hast du ihn inzwischen besucht?«

Konstanze schluckte. Es fiel ihr schwer, zu antworten. Nein, sie hatte Lorenz nicht besucht, hatte noch nicht einmal viele Gedanken an ihn verschwendet. Sie wollte sich nicht verantwortlich fühlen für ihn und wusste dennoch, dass sie sich nicht ewig drücken konnte.

»Wenn ich wieder zurück bin, werde ich zu ihm fahren, versprochen.«

»Früher bin ich ihm aus dem Weg gegangen, dem kleinen Quälgeist, aber nun vermisse ich ihn ganz schrecklich. In meiner Erinnerung sehe ich seinen blonden Lockenschopf durch den Garten hüpfen – Stella immer an seiner Seite. Eigentlich war er ein lieber Bub, er wollte immer dazugehören, zu uns. Wir hätten netter zu ihm sein müssen, Stanzerl.«

»Ja, das hätten wir«, meinte Konstanze. »Ich werde mich um ihn kümmern. Aber jetzt schlaf gut, Paulchen.«

»Du auch.«

»Paulchen? Ich finde es ganz wunderbar hier.«

Dann kehrte Stille ein.

Kapitel 9

Buchenberg, Allgäu, im Juli 1932

Er ist so ein Talent, euer Lorenz. Ihr müsst sehr stolz auf ihn sein.«

Gustav sah hinab auf die kleinwüchsige Erna Hellig, die ihr Kopftuch so eng um das Gesicht gebunden hatte, dass ihre Wangen unter dem Stoff hervorquollen. Er mochte die Erna nicht, so wie er auch keinen anderen seiner Mitmenschen mochte. Nur seine Ruhe, an der war ihm sehr gelegen.

»Keine Ahnung, wovon du sprichst, Erna Hellig.« Gustav rümpfte die Nase und legte all seine Verachtung in seinen Blick.

»Na, da wohnt der Bub seit Monaten bei dir am Hof, und du bist der Letzte, der erfährt, dass er eine musikalische Begabung ist.«

»Musik? Was redest du denn?« Gustav kratzte sich sein schütteres Haar. Am liebsten wäre er einfach gegangen und hätte die schrumplige Erna mit ihrem dummen Gerede sich selbst überlassen, allerdings ließ sich das nicht mit seiner Neugierde vereinbaren. Da musste er jetzt durch, wenn er erfahren wollte, was die alte Hellig meinte.

»Weißt du es denn wirklich nicht? Meine Güte, hoffentlich habe ich mich jetzt nicht verplappert.«

»Ist schon gut, Erna, kannst es mir schon erzählen. Bleibt ja unter uns.« Er klopfte der alten Frau etwas zu fest auf den Rücken und legte bei einem aufgesetzten Lächeln seine schlechten Zähne frei.

»Der Pfarrer unterrichtet den Lorenz am Klavier.«

»Klavier?« Größer hätten Gustavs Augen nicht werden können.

»Ja, freilich, weil er doch so ein Talent dafür hat.«

»Nach der Schule?«

»Wann denn sonst? Ich hör ihm so gerne zu, dem Lorenz, da macht mir die Putzerei im Pfarrhof gleich doppelt so viel Freud.« Die vom Kopftuch eingerahmten Wangen liefen rot an.

»So ist das also«, murmelte Gustav und wandte sich ohne ein Wort des Grußes von Erna Hellig ab. Die stand noch lange da und blickte ihm nach, dem seltsamen Gustav, der nur herunter ins Dorf kam, wenn sein geliebter Tabak zur Neige ging.

Der Hof fühlte sich anders an, wenn Gustav nicht da war. Alles schien aufzuatmen und eine tiefe Sehnsucht nach Ruhe zu stillen. Selbst Gertrude war wie verwandelt, wenn sie nicht den Zorn ihres Gatten zu fürchten hatte. Dann entspannten sich ihre verhärmten Züge etwas und erlaubten sogar den Anflug eines Lächelns.

»Komm, setz dich zu mir, Bub.« Gertrude saß auf der Holzbank im Obstgarten und reckte ihr Gesicht der Sonne entgegen. Lorenz, der gerade den Kuhmist aus der klapprigen Karre entleerte, kam der Aufforderung gerne nach. Auf dem Weg zu Gertrude massierte er seinen schmerzenden Nacken. An die schwere Arbeit hatte sich sein Körper auch nach vielen Wochen noch nicht gewöhnt.

Wortlos nahm er auf der Holzbank Platz und wusste nicht so recht, was seine Tante von ihm erwartete.

»Der Bauer ist im Dorf, um ein paar Besorgungen zu machen«, meinte sie, ohne ihr Gesicht von der Sonne abzuwenden. »Diese Zeit sollten wir nutzen, um Kraft zu tanken, meinst nicht?«

Lorenz nickte.

»Früher war der Gustav ein ganz anderer Mensch«, erzählte Gertrude. Lorenz war nicht klar, worauf sie hinauswollte.

»Aber dann kamen meine Totgeburten, und mit jeder von ihnen ist auch ein Stück seiner Lebensfreude gestorben.«

Lorenz konnte sich nicht vorstellen, dass tote Kinder aus einem freundlichen Mann ein Monster zu machen vermochten. Vielmehr glaubte er, dass Gustav schon immer ein böser Mensch gewesen war und Gertrude es nur nicht gleich erkannt hatte.

»Ich war unfähig, ihm Kinder zu schenken, deshalb ist er so voller Zorn, verstehst du?« Lorenz nickte stumm. Er hatte in den Wochen hier am Hof gelernt, dass es besser war zu schweigen, als wegen einer eigenen Meinung Prügel zu kassieren.

»Wir waren uns so sicher, dass dein Einzug bei uns alles bessern würde – seinen Zorn und meine Traurigkeit. Aber du bist nun mal nur das Balg seiner Schwester.«

Ja, das war er, aber Lorenz wusste nicht, warum ihn genau diese Tatsache mit Schuld beladen sollte. Niemand hatte Gustav und Gertrude gezwungen, ihn zu sich zu holen. Er hätte bestimmt eine andere Bleibe bekommen – und jede wäre besser gewesen als dieser verdorbene Ort. Der Ausblick vom Hof hinab ins Tal konnte noch so berauschend sein und die Luft noch so klar, für Lorenz blieb dieser Hof die Hölle. Ihm war, als wollte ihn das Leben für etwas bestrafen, das er nie getan hatte.

»Sei nur immer fleißig und halt den Mund, dann lässt er dich schon in Ruh, wirst sehen.«

Lorenz nickte. Das war also sein Schicksal. Stumm sollte er sein und sich den Rücken krumm arbeiten, damit man ihn verschonte und nicht die Hand gegen ihn erhob. Lorenz wusste es besser – der Bauer brauchte keinen Grund, er schlug ihn auch auf den Mund, wenn er all seine Worte verschluckt hatte. Die einzigen Töne, die Lorenz von sich gab, waren die wunderbaren Klänge am Klavier des Pfarrers. Es war eine Wohltat, wenn die Musik seine Gefühle spiegelte. Rötting zeigte sich begeistert von seinen raschen Fortschritten und hatte ihm angeboten, mehrmals in der Woche zum Unterricht zu kommen.

Nein, hatte Lorenz gesagt, das gehe nicht, die viele Arbeit am Hof habe Vorrang – für den Bauern zumindest. Aber Lorenz gab sich zufrieden mit dieser einen Stunde, die ihn wieder etwas fühlen ließ, ihm Kraft gab und ihn in eine ferne Welt trug. Dabei war es ihm einerlei, dass das Klavier verstimmt war oder Rötting ihm auf die Finger sah. In dieser Stunde gab es nur ihn und die Musik, die ihn – vorbei an den flatternden Gardinen und hinaus durch die offenen Fenster – bis zu den Wolken zu tragen schien.

»Er kommt. Mach dich geschwind an die Arbeit.« Gertrude weckte Lorenz mit einem kräftigen Rempler aus seinen Tagträumen. So schnell er konnte, hastete er zu seiner Karre und spurtete damit zum Misthaufen.

»Da ist er ja, unser talentierter Klavierspieler.«

Lorenz erstarrte. Mit geschlossenen Augen lauschte er den lauter werdenden Schritten des Bauern.

»Ich red mit dir!« Gustav stand unmittelbar hinter ihm. Lorenz glaubte, sein wütendes Schnauben im Nacken zu fühlen. Ein unkontrollierbares Zittern überfiel seinen schmächtigen Körper. Woher wusste der Bauer von seinen Klavierstunden? Warum hatte er sich auch darauf eingelassen?

»Dreh dich um, wenn ich mit dir red!«

Langsam, so als könne die Zeit ihn retten, drehte er sich um. Noch bevor er dem Bauern in die Augen sehen konnte, wurde er von einer kräftigen Ohrfeige zu Boden geschmettert. Lorenz griff sich an die Wange und setzte sich auf.

Nicht weinen, ging es ihm durch den Kopf, *sonst wird es noch schlimmer.* Gustav rammte dem Jungen seinen Stiefel in die Hüfte. Lorenz bog sich vor Schmerz, dennoch kam ihm kein Wehklagen über die Lippen.

»Denkst du, ich geb dir ein Dach über dem Kopf, damit du lustig Musik machen kannst? Du bist hier, um zu arbeiten!« Ein weiterer Tritt rüttelte Lorenz' gepeinigten Körper.

»Red mit mir!« Gustav schrie so laut, dass sich sogar die Hühner nach ihm umdrehten.

»Gustav, bitte, so beruhig dich doch!«, flehte Gertrude leise, dann verschwand sie im Haus, noch bevor er sich zu ihr umgedreht hatte.

»Du undankbarer Lümmel.« Ein nächster Stoß gegen den Oberschenkel. Lorenz keuchte auf, biss sich fest auf die Lippen, damit sie verschlossen blieben.

»Du bist schlimmer als die Pest!« Gustav verpasste Lorenz einen letzten Hieb auf den Rücken, dann wandte er sich ab und wankte erschöpft ins Haus.

Lorenz ließ sich in den Dreck sinken, krümmte sich, hielt sich, schluchzte, weinte. Sein ganzer Körper tobte unter den Schmerzen und der Ungerechtigkeit.

»Ich will nach Hause! Bitte!«, wimmerte er und verwünschte Gustav und seinen nach Dreck stinkenden Hof. Erst als Stella ihm sanft über die Wange leckte, öffnete er die Augen.

»Lass mich!«, schrie er und stieß die Hündin von sich. Stella schien nicht zu verstehen und kam geduckt zu Lorenz zurück, setzte sich neben ihn und leckte seine Hand.

»Du sollst mich in Ruhe lassen!«, schrie Lorenz noch lauter und stand mühsam auf. »Warum kannst du nicht einfach gehorchen, du dummer Hund!« Unter Schmerzen richtete er sich zu seiner vollen Größe auf und ging einen Schritt auf Stella zu. Sie sah schrecklich aus, völlig abgemagert, das Fell verfilzt und mit Dreck verkrustet. Trotzdem wedelte sie mit dem Schwanz, als Lorenz auf sie zuging.

»Hab ich nicht gesagt, du sollst mich in Ruhe lassen?«, schrie er, und noch ehe er wusste, was er tat, holte er mit seinem Fuß aus und hieb den Hund kräftig in den Bauch. Stella jaulte, machte sich klein und rannte ein paar Schritte weg. Lorenz folgte ihr und trat sie erneut.

»In Ruhe will ich gelassen werden! Verstehst du das nicht?« Stella zog die Rute ein, versuchte zu fliehen, doch Lorenz war schneller, er verfolgte sie, völlig ohne Sinn und Verstand und trat und hieb, sooft er nur konnte. In seinem Kopf war dieses laute Dröhnen, das mit jedem Tritt unerträglicher wurde. Vergessen waren seine eigenen Schmerzen und der Kummer über die Ungerechtigkeit der Welt. In seinem Körper pulsierte nur noch dieser unbändige Zorn, der mit jedem Schlag auf den wehrlosen Hund ein wenig erträglicher wurde. Es war, als vermochte seine Gewalt die klaffenden Wunden seiner Seele zu schließen. Erst als er völlig erschöpft war, ließ er von Stella ab, fiel auf die Knie und rang nach Luft. Das Dröhnen in seinem Kopf war erloschen, er hörte nur noch das laute Winseln seines Hundes.

»Stella!«, flüsterte er und sah zu, wie sich der Hund im Schuppen verkroch. Zurück blieb Lorenz, dessen Tränen heißer waren als je zuvor und der zu verstehen versuchte, was gerade eben mit ihm passiert war.

»Stella!«, keuchte er noch einmal, doch seine Hündin kam nicht, und er wusste, dass er sie für immer verloren hatte. Auf dem Rückweg zum Haus war er nicht sicher, wer das größere Monster war: Onkel Gustav oder er selber.

Von nun an würde er allein ins Dorf zur Schule gehen müssen, ohne Stella an seiner Seite. Er würde sie vermissen und sich auf ewig dafür hassen, was er ihr angetan hatte.

Kapitel 10

Jouques, Provence, im Juli 1932

Na, *mes filles*, wie habt ihr geschlafen?« Josette saß bereits am Frühstückstisch, als Konstanze und Pauline das Esszimmer betraten. »Pauline, du hättest dir weiß Gott ein schöneres Kleid anziehen können – immerhin kommt heute dein Verlobter zu Besuch.«

»Er ist nicht mein Verlobter.«

»Wie man es nimmt.« Josette legte ihre Serviette beiseite und bedachte Pauline mit einem strengen Blick.

»Liebe Tante, darf ich dir sagen, wie wunderschön es hier ist?«, meinte Konstanze in der Hoffnung, einem aufkeimenden Streit entgegenzuwirken. »Wie stolz du doch auf deine Plantage sein musst.«

Wie erwartet hellte sich Josettes Miene auf. »Gerne mache ich mit dir nach dem Frühstück einen kleinen Rundgang. Was hältst du davon? Pauline, du kümmerst dich einstweilen um die Post. Außerdem stellen sich heute ein paar neue Pfirsichpflücker vor, und ich möchte, dass du sie genau unter die Lupe nimmst. Im Vorjahr hatten wir einige schwarze Schafe, die Unmengen an Obst abgezweigt haben und leicht angefaulte Früchte, die man gut und gerne noch für Konfitüre hätte verwenden können, einfach entsorgt haben wie Müll.« Josette rümpfte die Nase.

»Aber woran erkenne ich so ein schwarzes Schaf?«

»Meine Güte, *ma chère*, es ist an der Zeit, dass du in das Geschäftsleben hineinwächst, und Menschenkenntnis ist dafür unabdingbar. Wegen der Armut in ihrer Heimat kommen seit einigen Jahren immer mehr Polen, Portugiesen und Spanier. Sieh zu, dass du gute und billige Männer bekommst, dann bleibt mehr

Geld für uns«, meine Josette mit einem verschlagenen Lächeln und wandte sich dann Konstanze zu. »Bist du bereit für einen kleinen Spaziergang?« Sie zwinkerte ihrer Nichte zu. »Pauline lassen wir hier. Die weiß die Schönheit hier ohnehin nicht zu schätzen.«

Unter einem nicht enden wollenden Redeschwall machten sich die beiden auf den Weg. Josette erklärte Konstanze den Beschnitt der Bäume, die besondere Zucht ihrer Früchte, spazierte mit ihr durch das Haus, den Park und die Nebengebäude. Konstanze war beeindruckt, wie viel Wissen und Arbeit in der Plantage steckten und welche Verantwortung Pauline eines Tages übertragen würde – und das, obwohl sie selbige ganz offensichtlich verabscheute.

»Wer ist dieser Philippe Durand, den Pauline heiraten soll?«, fragte Konstanze möglichst beiläufig, um das Gespräch in die gewünschte Richtung zu treiben.

»Er ist ein außergewöhnlicher Mann, und er ist die beste Entscheidung für meine Plantage.« Josette lächelte und blickte zufrieden über die lang gezogenen Pfirsichfelder mit ihren heranreifenden Früchten.

»Die beste Entscheidung für die Plantage?« Konstanze blieb stehen und legte die Stirn in Falten. »Und was ist mit der besten Entscheidung für Pauline?«

Josette drehte sich um, die Schultern nach hinten gedrückt und das Kinn hochgereckt. Mit einem Mal verstand Konstanze, wovon Pauline sprach, wenn sie sagte, dass die Liebe ihrer Tante sehr einseitig gelagert war. »Die Plantage ist seit Generationen im Besitz meiner Familie, und so soll es auch bleiben. Deine Schwester wird einen Mann an ihrer Seite brauchen, um der Aufgabe hier gerecht zu werden.«

»Verzeih, liebste Tante Josette, du hast doch auch keinen Mann.«

»Nein, den habe ich nicht, und den brauchte ich auch nie, aber wir beide kennen deine Schwester und sind uns gewiss einig, wenn ich sage, dass ihr die Leitung dieser Plantage über den Kopf wachsen würde, oder?« Josette stemmte ihre Hände in die schmale Taille, die sie zusätzlich mit einem gelben Gürtel aus Samt betonte. Konstanze wich dem spitzen Blick ihrer Tante aus und starrte hinab auf ihre Schuhspitzen. Natürlich hatte Josette recht. Pauline wäre der Aufgabe nicht gewachsen.

»Mit dir an ihrer Seite könnte sie gewiss in ihre Aufgabe hineinwachsen. Ich will doch nur, dass sie glücklich wird. Sie hatte es noch nie leicht im Leben.«

»Wer hat es schon leicht im Leben?«

Wieder musste Konstanze ihrer Tante recht geben.

»Die Heirat ist beschlossene Sache, und sie ist zum Besten für deine Schwester und die Plantage. Philippe kommt heute am Nachmittag zu uns, dann wirst du schon sehen, was ich meine. Nun musst du mich entschuldigen, die Arbeit ruft.«

Konstanze blieb zwischen den Pfirsichbäumen stehen und blickte ihrer Tante nach. Und sie musste sich eingestehen, dass sie gegen die selbstbewusste Kämpferin keine Chance hatte. Sie konnte nur hoffen, dass Josette recht behielt und Philippe ein ehrenwerter Mann war. Letztendlich hatten sie alle drei ihre Schicksale. Pauline hier in der Provence, Lorenz auf dem Bauernhof im Allgäu und sie …? Konstanze blieb stehen, ließ ihren Blick über den wolkenlosen Horizont streifen und fragte sich, an welchen Ort sie das Schicksal treiben würde. Mit einem tiefen Seufzer wandte sie sich dem Landhaus zu und marschierte gemächlichen Schrittes zu Pauline.

»Und, hat dir der Rundgang gefallen?« Pauline saß am Sekretär ihrer Tante und sah dabei so verloren aus, dass es Konstanze beinahe das Herz brach.

»Ja, es war ganz wunderbar.«

»Das freut mich. Ich muss hier nur noch ein paar Kostenvoranschläge überprüfen, dann nehme ich mir Zeit für dich. Tante Josette möchte die Plantage immer nur vergrößern – um Bestand zu haben, müssen wir aber unbedingt modernisieren, mit Erntemaschinen zum Beispiel. Davon will sie allerdings nichts hören. Aber gut, das sollte nicht mein Problem sein, oder?« Den letzten Satz murmelte sie kaum hörbar und wandte sich wieder ihrer Arbeit zu. »Josette weigert sich auch nach wie vor gegen die Anschaffung eines Telefons. Sie ist der Meinung, dass nichts über einen handgeschriebenen Brief geht, und wer sie persönlich zu sprechen wünscht, der ist herzlich eingeladen, sich einen Termin mit ihr zu vereinbaren.« Pauline lachte kurz auf und schüttelte den Kopf.

Konstanze war erstaunt über das Wissen ihrer Schwester über Modernisierung. Vielleicht hatten Josette und sie ihr unrecht getan und sie wäre sehr wohl in der Lage, die Plantage zu führen. Ohne ein weiteres Wort nahm Konstanze auf einem mit hellbraunem Damast bezogenen Ohrensessel direkt am Fenster Platz. Der Blick hinaus bot Aussicht auf den Park, der üppig mit Blumen bepflanzt war. Mehrere Steinskulpturen zwischen den Rabatten und Bäumen verliehen der Anlage etwas Geheimnisvolles. Vögel flatterten um den kleinen Brunnen unter einer Magnolie, und Schmetterlinge tanzten von einer Blüte zur nächsten. Durch das geöffnete Fenster trug eine leichte Brise den Duft von Sommer ins Haus und hüllte Konstanze zur Gänze mit dem herrlich französischen Flair ein. Und wenn es nicht schon längst geschehen war, dann spätestens in diesem Augenblick: Konstanze verliebte sich in das Land, das ihrer Schwester so verhasst war. Sie wünschte sich nichts mehr, als dass die Zeit gnädig wäre und sie für immer in genau diesem Moment verweilen dürfte. Sie brauchte nichts mehr, nur diesen Ausblick, der ihr Herz berührte, die reine Luft zum Atmen und ihre Schwester neben sich.

»Und hast du mit Josette über mich und Philippe geredet?«, fragte Pauline.

»Ja, das habe ich.«

Pauline nickte. Die brüchige Stimme ihrer Schwester sagte wohl mehr als tausend Worte. Bedrückt griff sie nach dem Füllfederhalter und beugte sich über ihre Akten.

»Es tut mir leid«, flüsterte Konstanze und blickte wieder in den Park, als könne sie dort die Lösung aller Probleme finden.

»Das war nicht anders zu erwarten. Ich bin dir nicht böse. Komm, lass uns nach draußen gehen«, schlug Pauline vor und schenkte ihrer Schwester ein wenig überzeugendes Lächeln.

Mit Decken bepackt machten sie sich auf den Weg in den Park, wo sie es sich unter einer alten Pinie gemütlich machten. Die Äste des Baumes schirmten wie ein Fächer die heiße Nachmittagssonne ab. Pauline trug das rote Sommerkleid mit dem breiten Gürtel, das Mutter vor Jahren für sie gekauft hatte und von dem sie sich einfach nicht trennen konnte, obwohl die Kanten zerschlissen und die Farbe ausgewaschen war. Konstanze hatte ihren breitkrempigen Strohhut tief ins Gesicht gezogen und kraulte eine von Josettes Katzen, die es sich auf ihrem Bauch bequem gemacht hatte. Ohne das Gespräch ein weiteres Mal auf Philippe zu lenken, verbrachten sie die frühen Nachmittagsstunden plaudernd und dösend.

»*Mes filles, vite vite!*« Josettes schrille Stimme riss die beiden aus ihrem Dämmerschlaf. Beide waren sie eingenickt, die Katze schlief immer noch auf Konstanzes Bauch.

»*Mes filles!* Hört ihr schlecht?« Josettes Stimme überschlug sich. »Unser Besuch ist da!« Josette klatschte in die Hände und verschwand aufgeregt in ihrem Salon, um wenige Augenblicke später durch den Hintereingang in den Park zu hasten. »Was trödelt ihr beide herum, Philippe sitzt bereits im Salon und erwartet euch.« Die Schwestern erhoben sich und eilten über die Wiese zu ihrer Tante. Gemeinsam gingen sie ins Haus, verlangsamten ihre Schritte und tupften sich mit dem Handrücken den Schweiß von der Stirn.

Die Tür zum Salon war leicht angelehnt. Paulines Schritte wurden zögerlicher, so als kosteten sie sie immense Kraft.

»Du schaffst das, ich bin bei dir«, flüsterte Konstanze ihr zu, dann durchschritten sie die Tür in den Salon. Es roch nach frisch gebrühtem Kaffee und warmem Dessert. Die geschlossenen Fenster sperrten die sommerliche Hitze aus, und der naturfarbene Marmorboden sorgte für eine angenehme Raumtemperatur. Konstanze fühlte eine seltsame Aufregung durch ihren Körper kribbeln, als sie einen Mann am liebevoll gedeckten Tisch sitzen sah. Sie konnte es kaum erwarten, endlich diesen zukünftigen Bräutigam von Pauline kennenzulernen. Als Philippe die Damen hörte, stand er auf und kam nach einer leichten Verbeugung auf sie zu.

»Demoiselle Josette, vielen Dank für die Einladung!« Er griff galant nach ihrer Hand und hauchte einen Kuss auf den Handrücken.

»Meine liebste Pauline«, meinte er freundlich lächelnd und wiederholte sein Begrüßungsritual. Danach richtete er sich an Konstanze, begrüßte sie ebenfalls und stellte ihr ganz offensichtlich eine Frage. Ihre Wangen liefen rot an, sie fühlte sich aufgrund der Sprachbarriere schrecklich unwohl und konnte sich beim besten Willen nicht erklären, wie es Pauline möglich gewesen war, sich innerhalb so kurzer Zeit ein beinahe fließendes Französisch anzueignen. Als Philippe nach ihrer Hand griff, überkam sie ein wohliges Gefühl. Seine Haut war warm, der Händedruck vermittelte einen Eindruck von Aufrichtigkeit. Dieser Mann hatte so gar nichts mit dem ungehobelten Kerl zu tun, den ihre Schwester in den negativsten Tönen beschrieben hatte. Sein Gesicht war markant geschnitten, die Augenbrauen gerade, die Nase schmal und das Kinn kantig. Seine Augen strahlten wie zwei eisblaue Sterne, und sein dunkles Haar trug er ordentlich geschnitten und mit nicht zu viel Pomade nach hinten gekämmt. Einzelne Strähnen fielen ihm in die Stirn, wobei Konstanze nicht sicher war, ob es gewollt war oder nicht.

»Setzen wir uns doch«, schlug Josette vor und wies den drei jungen Leuten ihre Plätze zu.

»Wie gefällt Ihnen Frankreich?«, fragte Philippe in seiner Muttersprache und lächelte Konstanze charmant an. Ihr Herz pochte, sie fühlte sich zunehmend unwohl. Sie war sich selbst nicht sicher, ob das an Philippes Gegenwart oder dem Klang der fremden, aber doch melodischen Sprache lag, von der sie kein Wort verstand.

»Wäre die Pfirsichblüte im nächsten Jahr nicht ein wunderbarer Termin für die Hochzeit? Was meinst du, Konstanze?«, fragte Josette, während sie ihrem Gast ein Stück Dessert reichte.

»Was ich meine?«, fragte Konstanze und fühlte, wie ihre Wangen sich tiefrot färbten. Sie blickte zwischen Philippe und Pauline hin und her. »Ich denke, diese Entscheidung sollten die beiden treffen, nicht wahr?«

»Wir sollten uns auf die Pfirsichblüte einigen, aber ich werde baldmöglichst mit Philippes Eltern darüber reden.«

Konstanze sah zu ihrer Schwester. Mit hängenden Schultern und müdem Blick saß sie zwischen ihrer Tante und ihrem Zukünftigen, dem sie jedes Wort übersetzte und dessen Freude über das Thema Hochzeit sich ebenfalls in Grenzen zu halten schien.

Es herrschte eine betretene Stimmung im Salon, und Konstanze wünschte sich wieder zurück in den Park, wo sie noch vor wenigen Minuten die Stille und die Landschaft genossen hatten.

»So schlimm ist er doch gar nicht, dieser Philippe«, meinte Konstanze, als sie am Abend neben Pauline auf der großzügigen Terrasse saß und mit ihr den Sonnenuntergang beobachtete.

»Du machst Witze. Er ist schrecklich.« In Paulines Augen glänzten aufsteigende Tränen.

»Ist er nicht, und das weißt du. Kann es sein, dass du dein Herz nicht für ihn öffnen kannst, weil es bereits besetzt ist?«

»Was spielt das für eine Rolle, welche Gründe ich für meine Gefühle habe? Würdest du dich einem Mann öffnen, den dir Tante Gunde einfach so vorsetzt?«

Konstanze musste zugeben, dass ihr diese Vorstellung Beklemmungen verursachte. Sie selbst empfand sich als selbstbewusste Frau, und als solche wollte sie durchs Leben gehen. Da war kein Platz für Zwänge.

»Stanzerl?«

»Ja?«

»Ich glaube fast, das Leben hat unsere Rollen vertauscht.« Tränen rannen über Paulines Wangen, die sich im Licht des Sonnenuntergangs unnatürlich rot gefärbt hatten.

»Wie meinst du das?«

»Du liebst dieses Land, das mir wie eine untragbare Bürde erscheint. Ich sehne mich zurück nach meinem München, du hingegen scheinst dich hier wohlzufühlen. Und du magst Philippe. Ich habe es dir angemerkt.«

Konstanze zuckte zusammen. Hatte ihre Schwester recht? Mochte sie den jungen Franzosen? Sie dachte an den innigen Blick, mit dem er sich von ihr verabschiedet hatte, an sein warmes Lächeln und den herzlichen Händedruck. Ja, sie mochte ihn, und sie freute sich auf ein Wiedersehen. Warum nur hatte sie das Gefühl, dass sie Pauline gegenüber besser nichts darüber erwähnte? Ihre Schwester erwartete schließlich, dass sie Philippe gemeinsam verabscheuten – ihn und die Ehe, die zur nächsten Pfirsichblüte geschlossen werden sollte. Konstanze blickte hinüber zu ihrer Schwester und fühlte bei deren Anblick ein seltsames Gefühl in sich hochsteigen. Konstanze konnte es nur schwer benennen. Auf gewisse Weise war es Neid, weil Pauline dieses wunderbare Land eines Tages ihr Eigen würde nennen dürfen. Zugleich fühlte sie einen Funken von Zorn in sich auflodern, weil Pauline dieses Geschenk nicht annähernd zu schätzen wusste.

»Seit ich hier auf dieser Plantage wohne, habe ich das Gefühl, das Land beraubt mich meiner Energie. Aber wenn ich dich ansehe, dann scheint mir, dass es dich erblühen lässt.«

Pauline hatte recht, noch nie zuvor war ihre Haut blasser gewesen. Sie wirkte dünn, ausgezehrt, zerbrechlich.

»Komm mit mir zurück nach München, Paulchen, hier gehörst du nicht her.«

»Als ob das so einfach wäre«, seufzte sie und dachte an Henri.

Kapitel 11

Marseille, im Juli 1932

Seit einer gefühlten Ewigkeit saß Pauline nun schon auf ihrer Decke am Strand von Marseille und blickte hinaus aufs weite Meer. Oder waren es erst Minuten? Pauline konnte es nicht mit Gewissheit sagen, nur dass sie das Gefühl hatte, eins zu sein mit den Wellen und dem gleichmäßigen Rauschen des Wassers. Das Stimmengewirr der Badegäste um sie herum hörte sie nicht. Sie fühlte nur den warmen Sand zwischen ihren Fingern, die Sonne, die ihre Haut erhitzte, und den Wind, der sie streichelte, als wäre er ihr Geliebter. Und genau in diesem Augenblick überkam sie so etwas wie innerer Frieden und Gelassenheit. Das Meer schien ihr etwas zuteilwerden zu lassen, das ihre Seele berührte. Sie schloss die Augen und sah nur dieses wunderbar weiße Licht, das jedes dunkle Gefühl durchflutete. Warum war sie nicht schon viel früher hierhergekommen an diesen wundersamen Ort? Wie schön es erst sein müsste, wenn Henri hier neben ihr säße oder sie gemeinsam am Strand spazieren gingen, Hand in Hand. Ein Lächeln erhellte ihre Züge und brachte selbst ihr Gemüt zum Strahlen. Für einen Augenblick war sie Josette dankbar für den Vorschlag, mit Konstanze für ein paar Tage nach Marseille zu reisen und sich gemeinsam die Stadt anzusehen. Alles könnte so schön sein, wäre da nicht Philippe, der sich auf Bitten von Josette der kleinen Reisegesellschaft angeschlossen hatte – als ob sie nicht alt genug wären, um auf sich selbst achtzugeben. Und schließlich war da auch noch das Dienstmädchen Éva, das sich um das Wohl der Schwestern kümmerte. Éva war in Marseille aufgewachsen und kannte sich bestens aus. Die Begleitung von Philippe war demnach völlig überflüssig. Aber Pauline wusste es besser, sie kannte ihre Tante inzwischen gut genug, um zu wissen, dass jeder ihrer Vorschläge einen Hintergedanken hatte. Vermutlich erhoffte sie sich von der gemeinsamen Reise, dass Pauline ihr Herz für ihren Künftigen öffnete und der baldigen Eheschließung etwas gesonnener entgegenblickte. Aber da irrte sie sich, da irrte sie sich sogar gewaltig. Je mehr Zeit sie mit Philippe zubringen musste, desto mehr wurde ihr bewusst, dass eine Ehe mit ihm ihr Unglück bedeutete. Gewiss war er kein schlechter Mensch, dennoch fehlte es an Gemeinsamkeiten und an Zuneigung. Wenn er ihr gegenüberstand, hatte Pauline das Gefühl, dass eine tiefe Kluft sich zwischen ihnen auftat, die für beide unüberbrückbar war. Vermutlich sollte sie mit ihm klare Worte wechseln, ihn bitten, dieses Arrangement zu lösen und sie freizugeben für einen anderen. Pauline stellte sich vor, wie eine Zukunft mit Henri aussehen könnte. Würde er gemeinsam mit ihr die Pfirsichplantage leiten? Oder würde sie sich von Josette befreien und in die kleine Wohnung von Henris Eltern über der Bäckerei ziehen? Tief in ihrem Innern wusste Pauline, dass keine der beiden Möglichkeiten realistisch war. Sie wollte nicht länger ihr Gemüt mit der quälenden Frage um ihre Zukunft beschweren. Heute saß sie am zauberhaften Strand von Marseille, und sie wollte die letzten Tage mit Konstanze in vollen Zügen genießen.

»Da vorne kommen Konstanze und Philippe. Was machen die zwei? Muscheln sammeln?« Éva saß auf der grünen Baumwolldecke neben Pauline und war damit beschäftigt, die Strandbesucher und vor allem deren Bademode zu inspizieren. »Das kann ja ein heiteres Miteinander sein, wenn keiner die Sprache des anderen spricht«, meinte Éva ein klein wenig gehässig.

»Das sind nur Worte, Éva, und die braucht kein Mensch, um eine ordentliche Unterhaltung zu führen. Weißt du nicht mehr, als ich vor ein paar Monaten in Jouques angekommen bin und wir uns auf Anhieb verstanden haben? Damals klang Französisch für mich wie Buchstaben in einem Nudelsieb – nun ist es auch meine Sprache.«

Éva schmunzelte und lehnte sich kurz gegen die Schulter ihrer Herrin – oder waren sie Freundinnen?

Pauline musste zugeben, dass das Bild ihrer Schwester und ihres Verlobten einen ausgesprochen vertrauten Eindruck vermittelte. Und sie musste zugeben, dass sie nicht wusste, was sie davon halten sollte. Freilich lag ihr nichts an diesem Mann, dennoch war er ihr versprochen und hatte sich dementsprechend zu verhalten. Mit einem tiefen Seufzer dachte sie erneut, dass das Schicksal die Rollen in ihrem Leben vertauscht hatte.

Das glückselige Lächeln, mit dem Konstanze und Philippe auf sie zukamen, empfand Pauline als Zumutung, und fast hätte sie damit gerechnet, dass die beiden einander die Hände reichten wie ein Liebespaar.

»Ach, hier in Frankreich ist das Leben zu Hause!« Konstanze strahlte. »Schaut, was wir gefunden haben.« Die beiden nahmen auf der Decke neben Pauline und Éva Platz und zeigten ihnen die kleine Ausbeute an Muscheln und Steinen.

»Hattest du einen schönen Spaziergang?«, fragte Pauline eine Spur zu kühl.

»Ja«, antwortete Konstanze kurz und wandte sich rasch wieder den Muscheln zu.

»Ich kann es noch gar nicht fassen, dass du in wenigen Tagen die Rückreise nach München antreten sollst.« Pauline griff nach der Hand ihrer Schwester. Sie war unerwartet kühl. Der Wind trieb ihr ein paar Haarsträhnen ins Gesicht, trotzdem konnte Pauline die leichte Wehmut auf ihren Zügen erkennen.

»Als Kinder haben wir die Sommertage an Großvaters Fischweiher verbracht, weißt du noch?«

»Ja, und abends haben wir gestunken, als hätten wir in Fischsuppe gebadet.«

»Du wolltest doch mit mir im Meer baden. Komm!«

»Jetzt?«

»Natürlich!«

»Und Philippe?«, fragte Konstanze hinter vorgehaltener Hand.

»Was soll mit ihm sein? Dann sieht er eben zwei junge Damen im Badeanzug. Na los, gehen wir uns umziehen.«

»Ich weiß nicht.«

»Meine Güte, sei nicht so verklemmt.« Pauline stand auf und zog Konstanze an beiden Händen hoch.

»Hast recht, ich wollte schon immer einmal im Meer baden.«

Kichernd eilten sie an Éva und Philippe vorbei über den heißen Sand zu den Kabinen und kleideten sich um.

»Wie findest du mich?«, fragte Pauline und drehte sich vor ihrer Schwester im Kreis.

»Wunderschön«, antwortete Konstanze und ließ ihre Blicke bewundernd über die wohlgeformten Brüste, die schmale Taille und die straffen Schenkel wandern.

»Ich bin Erste!« Mit diesen Worten rannte Pauline los, unbeschwert wie ein Kind, gedankenlos und frei.

»Ich komme schon!«, rief Konstanze und tat es ihr gleich. Kreischend und jauchzend rannten sie über den Strand und hüpften ins Wasser, bespritzten einander und lachten, als hätte es die letzten Monate der Entbehrung nicht gegeben.

»Ich habe euch beobachtet«, flüsterte Pauline später im Hotelzimmer. Es war schon Nacht, Philippe hatte sich bereits vor Stunden verabschiedet und war auf sein Zimmer gegangen, und Éva hatte sich in den Nebenraum zurückgezogen. Nur die beiden Schwestern kamen nicht zur Ruhe. Konstanze stand am Fenster und blickte hinab auf das Nachtleben von Marseille. Menschen tummelten sich in den gepflasterten Straßen, die Frauen trugen viel zu kurze Sommerkleider und lachten eine Spur zu laut. Der Mond tauchte den Turm der Kirche Notre-Dame-de-la-Garde in kaltes Licht, und das helle Funkeln der Sterne erinnerte an Diamanten.

»Wen hast du beobachtet?« Konstanze setzte sich zu ihrer Schwester ans Bett und strich ihr ein paar Haarsträhnen hinters Ohr. Ihre Haut war feucht und die Luft im Zimmer so stickig, dass jeder Atemzug schwerfiel.

»Dich und Philippe.« Paulines Stimme zitterte. »Ihr seid sehr vertraut, findest du nicht?«

Konstanze lachte auf und schüttelte verwirrt den Kopf. Das Nachtkleid klebte an ihrem Rücken. »Ich kenne ihn kaum und kann kein Wort Französisch.«

»Du weißt, was ich meine.«

»Bist du eifersüchtig?« Konstanze stand auf und ging zurück zum Fenster, die Arme vor ihrem Brustkorb verschränkt und die Stirn nachdenklich in Falten gelegt.

Pauline nestelte am Spitzenbesatz ihrer Ärmel, und wenn sie ehrlich war, dann hatte sie keine Antwort auf Konstanzes Frage. War sie eifersüchtig? Wenn ja, warum sollte sie? Sie konnte Philippe doch kaum leiden. »Ich habe das Gefühl, die Kontrolle über mein Leben zu verlieren. Seit Mutters Tod läuft alles verkehrt. Ich will, dass es wieder wird wie früher. Du und ich und Lorenz und Mama, in unserer Stadtvilla. Ich möchte wieder zur Schule gehen und nicht den ganzen Tag in Josettes Arbeitszimmer sitzen, um mir unnützes Wissen über Pfirsiche anzueignen. Ich möchte wieder mit meinen Freundinnen lachen, Lorenz an den Ohren ziehen, wenn er frech war, und Mutter auf ihre weichen Wangen küssen. Das Leben war doch gut! Warum musste alles anders werden?«

»Weil das Leben nicht fragt, deshalb.«

Für einen Moment glaubte Pauline, dass es Konstanze wieder zu ihr ans Bett drängte, um sich zu ihr zu setzen. Doch der Moment verstrich, und Konstanze verharrte weiter am Fenster.

»Wir werden niemals mehr Mamas Duft riechen.«

»Nein, das werden wir nicht.« Konstanze drehte sich um und blickte wieder aus dem Fenster. Die Lichter der vorbeifahrenden Automobile erhellten immer wieder ihr Gesicht. Es wirkte ernst und nachdenklich.

»Wir könnten heute einen Ausflug ins Musée des Beaux-Arts machen, was meint ihr?«, fragte Konstanze am nächsten Tag nach dem Frühstück.

»Ins Museum? Ist das dein Ernst? Warum nicht einfach wieder ans Meer, das war doch gestern wunderschön«, meinte Pauline.

»Ja, gestern, aber wir sind in Marseille, und das hat so viel mehr zu bieten als nur das Meer.«

»Wovon redet sie?«, fragte Philippe, an Pauline gewandt. In einem kurzen Wortaustausch erklärte ihm Pauline die verschiedenen Vorschläge für den kommenden Tag. »Na bitte, Philippe möchte mit dir ins Museum.«

Konstanzes Herz setzte ein paar Schläge aus, und sie hatte alle Mühe, sich ihre Aufregung nicht anmerken zu lassen. »Aber ich kann doch nicht mit ihm allein...«

»Stimmt, das könnt ihr nicht«, erwiderte Pauline barsch.

Konstanze versuchte, aus der Miene ihrer Schwester schlau zu werden – und aus ihren eigenen Gefühlen. Philippe war Paulines Verlobter, und als solcher konnte er unmöglich den Tag mit Konstanze allein verbringen. Aber warum wurde sie das Gefühl nicht los, dass Pauline sich an dem engen Kontakt störte? Sollte sie nicht viel eher froh sein, dass Philippe sie den ganzen Tag nicht belästigen konnte?

»Und wenn Éva uns begleitet?«, schlug Konstanze vor.

Pauline blickte zwischen ihrer Schwester und ihrem Verlobten hin und her und zuckte dann kühl mit den Schultern. »Du könntest auch mit Éva allein gehen, oder?«, meinte Pauline. Konstanze fehlten die Worte. Mit großen Augen blickte sie über den Tisch zu ihrer Schwester, die ihr noch nie zuvor fremder erschienen war als in diesem Augenblick.

»Also gut, dann gehe ich mit Éva.« Mit diesen Worten stand sie vom Frühstückstisch auf und ging in ihr Zimmer, um sich für den Ausflug vorzubereiten. Während sie die Treppen hochstieg, hatte sie Mühe, Luft zu bekommen, und das lag nicht an den steilen Stufen. Was war nur mit Pauline passiert? An Härte und Kälte glich sie in manchen Augenblicken ihrer Tante Josette. Konstanze hatte das Gefühl, ihre kleine Schwester beschützen zu müssen vor dem Einfluss, den das Land auf sie auszuüben schien. Nur wie? Pauline entfernte sich immer mehr von ihr. Mit einem tiefen Seufzer stieg Konstanze die Treppe weiter hoch und hoffte insgeheim, dass Pauline sich noch umentschied und sie ins Museum begleitete.

Als Konstanze vor dem Spiegel stand und ihren breitkrempigen Strohhut aufsetzte, hörte sie hinter sich die Tür aufgehen.

»Paulchen?«, fragte Konstanze und drehte sich um.

»Es tut mir leid«, hauchte diese und biss sich auf die Lippe. Verlegen rieb sie ihre Oberarme und wich Konstanzes Blick aus.

»Schon gut«, log Konstanze. Nichts war gut, das konnte sie deutlich fühlen. »Komm doch mit uns ins Museum. Lass uns den Tag gemeinsam verbringen.«

Pauline schüttelte den Kopf. »Geht ihr ruhig. Philippe ließ es sich nicht nehmen, euch zu begleiten, aber ich verbringe den Tag lieber am Meer. Dort fühle ich mich so ...«

»Wie fühlst du dich denn?«

»Dort habe ich nicht das Gefühl, entzweigerissen zu werden. Verstehst du das?«

Konstanze verstand nicht, begriff aber, dass ihre kleine Schwester labiler war, als sie angenommen hatte. »Ich bleibe bei dir.«

»Nein, ich möchte allein sein. Sei mir nicht bös, Stanzerl.«

»Das bin ich nicht ... war ich nie«, versicherte Konstanze. »Versprichst du mir etwas, Paulchen?«

Pauline nickte.

»Dass wir einander nicht verlieren, ganz egal, was kommen wird?«

Pauline zögerte einen Moment. »Ich verspreche es.« Sie lief zu Konstanze und drückte sich an sie.

Wenig später machte sich Konstanze mit Philippe und Éva auf den Weg zum Musée des Beaux-Arts. Konstanze war froh über die rege Betriebsamkeit, die auf den Straßen herrschte, sodass sie sich kaum gezwungen sah, mit den beiden ein Gespräch zu beginnen, das sich ohnehin nur in emsigen Gebärden und einer wirren Zeichensprache erschöpft hätte. Das lebhafte Marseille schien alles zu tun, um Konstanzes bedrückte Laune zu heben. Straßenmusikanten sorgten für beschwingte Stimmung, aus den Geschäften drangen verschiedene Gerüche, Lachen und Stimmengewirr. Die Sonne wärmte ihre Haut, und Konstanze war froh, dass sie sich heute Morgen für ein leichtes Kleid aus gekreppter Seide entschieden hatte. Der zarte Roséton bildete einen wunderbaren Kontrast zum kräftigen Rotschimmer ihrer Haare, fand sie, und sie hatte sich eine feingliedrige Halskette mit einer eingefassten Naturperle umgelegt.

»Da drüben!« Philippe zeigte mit dem Finger auf ein prunkvolles Gebäude.

»Das Museum?«, fragte Konstanze, und Philippe nickte. Sein Lächeln raubte ihr ebenso den Atem wie das beeindruckende Bauwerk vor ihnen. Der Blickfang des halbkreisförmigen Gebäudes waren die Statuen dreier Frauen, zu deren Füßen sich die Körper von Stieren aufbäumten und zwischen denen sich wiederum das Wasser eines Springbrunnens ergoss. Ein pompöser Säulengang verband die beiden Hauptgebäude, die man nur über breite

Treppen erreichte. Üppige Verzierungen verliehen jedem Fenster, jeder Tür und jeder Säule den Glanz von unsterblichem Reichtum.

Philippe bot ihr seinen Arm an. Ohne zu zögern und als wäre es das Normalste auf der Welt, hakte sie sich bei ihm unter und spazierte gemeinsam mit ihm die letzten Schritte zum Ziel. Seine Nähe durchflutete Konstanze mit einem ungeahnten Feuerwerk an Gefühlen, das sie schwer zuzuordnen vermochte. Sie wusste nur, dass sie gut daran täte, seinen Arm wieder loszulassen.

Vor dem Wasserfall, der sich zwischen den Stierstatuen ergoss, blieben sie stehen.

»Es ist fabelhaft.« Sie strahlte und wusste, dass Philippe keine Übersetzung nötig hatte, er verstand auch so, dass sie beeindruckt war – und glücklich. Während sie beide am Brunnen verweilten, flanierte Éva durch den angrenzenden Park, dessen altgewachsene Bäume jede Menge Schatten boten.

Ohne auf das Dienstmädchen zu warten, nahm er Konstanze lächelnd an der Hand und ging mit ihr gemeinsam in Richtung Eingang.

»Und Éva?« Konstanze versuchte, Philippe zu bremsen, doch der zwinkerte ihr nur verschwörerisch zu und zog sie sanft ins Innere des Gebäudes.

Dort angekommen, wurde Konstanze bewusst, dass sie sich der Kunst noch nie so nahe gefühlt hatte wie in diesem Museum. Die hohen lichtdurchfluteten Räume schienen einzig dafür erbaut worden zu sein, um den herrlichen Gemälden ein Zuhause zu geben. Mit einem Mal wurde für sie deutlich, dass sie eines Tages eine bedeutende Künstlerin sein wollte – mehr noch als alles andere. Was müsste das für ein Gefühl sein, eines ihrer Werke in den Hallen dieses Museums zu wissen. Sie wandte sich zu Philippe, der ihr lautlos gefolgt war, um sie nicht zu stören. Er kam ihr so nahe, dass sie glaubte, seine Nasenspitze an ihrer Stirn zu fühlen, dann schloss sie die Augen und ließ die Kraft dieses Augenblickes auf sich wirken. Mit tiefen Atemzügen sog sie Philippes Geruch ein, und den der Meisterwerke, von denen sie umringt waren. Sie musste diesen Geruch für immer in sich aufbewahren, durfte ihn nie vergessen, denn das war der Duft ihrer Träume.

»Komm«, sagte sie und fasste Philippe an der Hand.

Gemeinsam flanierten sie von einem Kunstwerk zum nächsten, wobei Konstanze nicht sicher war, ob Philippe die Gemälde mit demselben Interesse betrachtete wie sie. Oder galten seine Blicke etwa ihr? Nein, sie wollte sich nicht weiter mit diesen aussichtslosen Gefühlsverstrickungen beschäftigen. Und warum auch sollte Philippe sich für sie interessieren? Pauline war doch die Hübschere von ihnen beiden und zog mit ihren dunkelblonden Haaren und dem grazilen Gang alle Blicke auf sich. Und doch war es, als strahlte die Nähe dieses Mannes mehr aus als nur freundschaftliches Interesse. Konstanze tat, als gäbe es keine Sprachbarriere, die sie voneinander trennte, und erklärte ihm, wie der Maler Farben und Licht eingesetzt hat, um die Menschen damit in seinen Bann zu ziehen. Obwohl Philippe kaum ein Wort verstand, lauschte er ihr geduldig und nickte immer wieder zustimmend. Gemeinsam schritten sie durch die verschiedenen Ausstellungsräume und vergaßen dabei die Zeit, die darauf drängte, sie beide wieder voneinander zu trennen.

Es dämmerte bereits, als sie das Museum verließen, um sich auf den Rückweg ins Hotel zu machen. Und mit einem Mal war es, als hätte die Realität eine unüberbrückbare Wand zwischen ihnen hochgezogen. Weder bot Philippe ihr seinen Arm an, noch genoss Konstanze die Stille zwischen ihnen. Schweigsam, jeder in seine Gedanken vertieft, gingen sie bedrückt nebeneinanderher.

Konstanze dachte an Éva, die den Rückweg vermutlich schon lange vor ihnen angetreten hatte. Was sie wohl Pauline erzählt hatte? Geplagt von Gewissensbissen, verstärkte sie das Tempo ihrer Schritte. Es zog sie förmlich zurück zu Pauline, der sie sich erklären wollte – oder sie belügen, indem sie ihr vorgaukelte, dass alles ein Versehen gewesen war, dass sie Éva aus den Augen verloren hatten, dass es nicht ihre Absicht gewesen war, den Nachmittag allein mit Philippe zu verbringen. Um ihrer geschwisterlichen Beziehung willen würde sie lügen – und hoffen, dass Pauline ihr Glauben schenkte.

Die Stimmung am nächsten Tag beim Frühstück war gedrückt. Konstanze fühlte sich beobachtet, wusste nicht, wie sie Philippe ansehen oder ignorieren sollte. Pauline stocherte lustlos in einem Schälchen mit Honig, und Philippe schlürfte angespannt seine Schale Milchkaffee.

»Paulchen, ich habe mir Gedanken gemacht.« Konstanze schluckte und fuhr nur zögernd fort: »Was hältst du davon, wenn ich direkt von Marseille aus nach Deutschland zurückfahre?«

»Was?« Pauline ließ ihren Silberlöffel scheppernd auf den Teller fallen. Philippe schreckte hoch und blickte alarmiert zwischen den Schwestern hin und her.

»Warum willst du abreisen?«, fragte Pauline eine Spur zu laut und zog die Blicke einiger Hotelgäste auf sich.

»Es ist das Beste, glaub mir. Ich habe euren Alltag lange genug durch meine Anwesenheit strapaziert.«

»Ich dachte, du liebst Frankreich. Wir sitzen hier in einem der prunkvollsten Hotels von Marseille, und du willst weg? Das ergibt keinen Sinn.«

»Was ist los?«, fragte Philippe Pauline und legte seine Hand auf ihren Unterarm.

»Ich weiß es nicht! Frag sie doch selbst!« In Paulines Augen loderte verzweifelter Zorn, und dennoch wusste Konstanze, dass sie die richtige Entscheidung getroffen hatte. Sie ertrug diese schlechte Stimmung nicht länger. Das Land war herrlich, jeden Atemzug hier hatte sie genossen. Aber der Zwiespalt, in den ihre Gefühle sie trieben, schnürte ihr mehr und mehr die Kehle zu.

Das Leben fragt nicht, waren Konstanzes eigene Worte gewesen – und das war auch gut so, denn sie hätte keine Antwort gefunden.

Philippe hätte nicht mit Sicherheit sagen können, warum Konstanze verfrüht zurück in ihre Heimat reisen wollte. Er wusste nur, dass die Stimmung zwischen den Schwestern in den letzten Tagen zunehmend angespannt war. Anfangs hatte er befürchtet, dass es an seiner Begleitung lag. Vielleicht wären die beiden lieber allein nach Marseille gereist. Aber warum hatte Josette Delune ihm dann so dringend nahegelegt, die jungen Frauen nicht allein fahren zu lassen? Sie wäre in Sorge, wenn die Schwestern ohne männlichen Schutz unterwegs wären, hatte Josette gesagt und ihm das Versprechen abgenommen, sich um die Sicherheit und das Wohlergehen seiner Verlobten und ihres Gastes zu kümmern. Ein bisschen hatte er sich von der gemeinsamen Reise auch erhofft, Pauline näherzukommen, eine Gesprächsbasis mit ihr zu finden. Nähergekommen war er dann allerdings Konstanze – und das war weiß Gott nicht seine Absicht gewesen. Und doch hatte schnell festgestanden, dass er sich ihr nicht entziehen konnte. Konstanze faszinierte ihn, an ihrer Seite fühlte er sich angekommen. Die Ausgeglichenheit und die Zufriedenheit, die sie ausstrahlte, waren ansteckend. Ihre Liebe zur Kunst, ihre Haltung, wenn sie vor einem Gemälde stand und darin so viel mehr sah als er. Die Art, wie sie sich um Pauline kümmerte, getrieben von dem Wunsch, sie glücklich zu sehen. Die Unbeschwertheit, mit der sie sich stets passend kleidete, ihre wohlklingende Stimme und ihr klarer Blick – all das verzauberte ihn, zog ihn immer mehr in den Bann der falschen Schwester. Spätestens nach dem gemeinsamen Besuch im Museum war ihm klar gewesen, dass sein Herz zu weit gegangen war. Doch was sollte er tun gegen die Gefühle, die in seinem Innersten keimten und nur darauf warteten, entfesselt zu werden? Was, wenn Konstanze ebenso empfand? Was, wenn er im Begriff war, den größten Fehler seines Lebens zu machen? Aber wie sollte er erfahren, wie es um Konstanzes Gefühlswelt beschert war? Er konnte weder ihre Sprache, noch würde er es wagen, ihr zu nahe zu treten. Würde er auch nur ansatzweise andeuten, dass er sich einer Eheschließung mit Pauline verweigerte, wären nicht nur seine Eltern enttäuscht, sondern auch Josette. Pauline würde ihn hassen, und Konstanze sähe sich in ihrer loyalen Art dazu verleitet, sich auf die Seite ihrer Schwester zu schlagen und ihn zu verachten. Nein, das würde er nicht ertragen. Besser wäre es, zu schweigen, seine Gefühle zu ignorieren und bei der nächsten Pfirsichblüte Einzug auf der Plantage zu halten – ganz so, wie es die Familie für ihn und Pauline vorgesehen hatte.

Dieser Plan mochte vernünftig klingen, dennoch fühlte er einen schmerzhaften Stich in seiner Brust, als Konstanze ihm am Bahnsteig die Hand zum Abschied reichte. Tränen glitzerten in ihren Augen und erinnerten ihn an den Morgentau auf der weiten Wiese hinter seinem Elternhaus. Ihre Schultern hingen, und ihr Blick schien geradezu darum zu flehen, dass jemand sie von der Abreise abhielt. Jemand? Er? Nein, er würde sich förmlich von ihr verabschieden und ihr eine gute Heimreise wünschen. Danach würde er seine Hand um Paulines Taille legen, als Zeichen, dass sie beide zusammengehörten. Konstanze würde in den Waggon steigen und ihnen aus dem geöffneten Fenster zuwinken, bis der Zug laut pfeifend den Bahnhof verließe. Jedes Mal, wenn Konstanzes Gesicht vor seinem inneren Auge auftauchte und sein Herz mit ihrem Lächeln wärmte, würde er sich daran erinnern, dass seine Hand einer anderen versprochen war. Und er würde sich daran erinnern, dass es im Leben Pflichten gab, die man für nichts in der Welt missachten durfte.

Nachdem der Zug in der Ferne verschwunden war und Stille um sie herum eingekehrt war, bemerkte Philippe, wie verloren Pauline dastand. Sie hatte beide Arme um ihren Oberkörper geschlungen, so als versuchte sie, der letzten Umarmung ihrer Schwester nachzuspüren. Sie wirkte kleiner als sonst – und schrecklich allein.

»Möchtest du noch in Marseille bleiben? Wir könnten noch ein oder zwei Tage am Meer verbringen – das hat dir doch so gut gefallen«, fragte er sie vorsichtig, in dem innigen Wunsch, sie zu trösten.

»Das Meer war eigentlich nur schön, solange Stanzerl ein Teil davon war«, antwortete sie verträumt.

»Dann willst du lieber abreisen?«

Pauline nickte und ließ zu, dass er seinen Arm um ihre Schulter legte.

»Ich vermisse sie jetzt schon.«

»Ich weiß.«

Kapitel 12

Buchenberg, Allgäu, im September 1932

Die Herbstsonne wärmte Lorenz' Rücken durch das dunkelblaue, zerschlissene Hemd. Seit Stunden rechte er das Gras, ohne die so dringend benötigte Stärkung oder ein paar Minuten Pause. Es war eine kräftezehrende Tätigkeit, und ein Blick über die lang gezogene Wiese, die noch vor ihm lag, erschwerte jeden Handgriff obendrein. Die Haut an seinen Händen war übersät von Schwielen, und die Rückenschmerzen waren nur zu ertragen, wenn er die Arbeit in leicht gebückter Haltung verrichtete. Der Bauer stand abseits der Wiese an den Holzschuppen gelehnt, während er die Schneide seiner krummen Sense mit dem Schleifstein bearbeitete. Gedankenverloren blickte er dabei hinab ins Tal und machte beinahe einen friedlichen Eindruck. Aber Lorenz wusste es besser, hinter dieser entspannten Fassade dachte er sich bereits voller Vorfreude neue Bosheiten aus, mit denen er Gertrude und ihm das Leben schwer machen konnte.

»Bauer, dahinten kommt jemand!«, rief Lorenz. Erst bei genauerem Hinsehen erkannte er, dass es sich bei der leicht korpulenten, hochgewachsenen Silhouette um Pfarrer Rötting handelte. Lorenz richtete sich auf und stützte sich erschöpft an den Stiel des Rechens, während er mit zusammengekniffenen Augen jeden Schritt des Pfarrers beobachtete.

»Saubub, mach dich wieder an die Arbeit!« Gustav lehnte die Sense an die Wand des Schuppens, wischte sich mit dem Handrücken den Schweiß von der Stirn und ging dem ungebetenen Besucher entgegen – nicht ohne mit einem Blick über die Schulter zu kontrollieren, ob Lorenz sich wieder an die Arbeit gemacht hatte.

»Was willst?« Lorenz hörte die raue Stimme seines Onkels und konnte sich die dazugehörige grimmige Miene bildhaft vorstellen.

»Grüß Gott, Gustav, was für ein herrlicher Tag, findest du nicht auch?«, antwortete Rötting mit milder Stimme.

Aus den Augenwinkeln konnte Lorenz beobachten, wie Gustav sich vom Pfarrer abwandte, zurück zum Schuppen ging und dort geschäftig nach seiner Sense griff.

Rötting räusperte sich verlegen und zog sich den zu engen Kragen seines Talars zurecht.

»Nun denn, Gustav, es gibt einen Grund, warum ich mich zu dir an den Hof hochgequält habe.«

Gustav brummte.

»Wir müssen eine bestimmte Angelegenheit besprechen.«

Schweigen. Nur das scharfe Wetzgeräusch des Schleifsteins durchbrach die Stille zwischen den Männern.

»Gustav, jetzt mach es mir doch nicht so schwer. Als Kinder waren wir Freunde, und heute willst du dich weigern, mir in die Augen zu sehen. Findest du das nicht etwas übertrieben? Schau, je schneller wir die Sache vom Tisch haben, desto schneller bist du mich wieder los.«

Gustav seufzte auf und ließ seine rechte Hand sinken.

»Was willst?«, fragte er noch einmal barsch.

»Schau, als Lehrer habe ich eine Verantwortung für die Kinder, und der Lorenz fehlt nun schon seit Wochen im Unterricht.«

»Wir haben viel Arbeit, und ich brauche den Bub am Hof, das siehst du doch.« Gustav nickte mit dem Kinn in Lorenz' Richtung. Dieser fühlte sich ertappt und wandte sich erschrocken ab.

»Nein, Gustav, so geht das nicht. Ich erlaube nicht, dass das Kind hier oben verkommt.« Die Stimme von Rötting wurde leise, und Lorenz hatte alle Mühe, jedes Wort zu verstehen.

»Verkommt? Meinst, dass ich mich nicht ordentlich kümmere?« Gustav bäumte sich zu seiner vollen Größe auf und ging drohend einen Schritt auf Pfarrer Rötting zu. Lorenz war klar, dass Gustav sich derlei Vorwürfe nicht gefallen ließe. Mehr als einmal hatte er voller Überheblichkeit erläutert, dass es keine Selbstverständlichkeit gewesen sei, dem Waisenjungen ein Dach über dem Kopf gegeben zu haben. Das Leben sei nicht leicht, so Gustav, und das solle so ein verwöhnter Lümmel wie er am besten gleich kapieren. Hier auf dem Land bekam man keine Marmelade aufs Brot geschmiert, hier gab es weder ein warmes Bad noch saubere Kleider, Bücher oder einen Gutenachtkuss. Er würde aus ihm einen Mann machen, einen, der zupacken konnte und der den Hof eines Tages übernehmen und ordentlich weiterführen würde.

»Es gibt eine Schulpflicht, Gustav, und daran hast selbst du dich zu halten.«

»Sonst...? Willst mir drohen? Womit? Ich habe nichts verbrochen.«

»Dann lass den Buben wieder runter ins Dorf.«

»Damit er wieder bei dir Klavier spielen kann, während er eigentlich den Stall ausmisten soll?«

»Er wird mein Klavier nicht wieder zu Gesicht bekommen, versprochen. Aber ich könnte ab und an seine Hilfe im Pfarrhof brauchen.«

»Wenn du Hilfe benötigst, dann bezahl dir jemanden.«

»Natürlich bekäme er Geld von mir.«

»Aha!« Mit einem Mal hatte der Pfarrer die ungeteilte Aufmerksamkeit des ruppigen Bauern. Lorenz spitzte die Ohren, um kein Wort zu überhören. »Von wie viel Geld reden wir da?« Gustavs Augen waren nur noch schmale Schlitze, er legte den Kopf schief und kratzte sich am Kinn.

»Das Geld soll dem Lorenz gehören, Gust, und nicht dir!«, meinte Pfarrer Rötting und straffte den Rücken.

Lorenz verlangsamte seine Handgriffe und schielte aufgeregt zu den beiden Männern. Er wusste nicht so recht, welchen Plan

Rötting verfolgte. Ging es ihm wirklich darum, dass er kleine Dienste für ihn erledigte, oder wollte er ihm eine gewisse Freizeit für die Klavierstunden ermöglichen? Lorenz fühlte sein Herz höherschlagen. Was würde er dafür geben, wenn er wieder in die Schule und zu Rötting dürfte. Vor einigen Wochen hatte Gustav beim Frühstück verkündet, dass die Arbeit am Hof Vorrang habe. Um den Hof zu übernehmen, bräuchte er nicht schreiben oder rechnen zu können, da genügten zwei starke Hände, die zuzupacken wussten. Lorenz hatte im morgendämmrigen Licht am Esstisch zu Gustav hinübergelugt und kräftig geschluckt. Gesagt hatte er nichts. Wozu auch, Gustav war hier oben der Befehlshaber und konnte verlangen, was immer er wollte.

»Kann ich nun mit Lorenz rechnen, wenn ich seine Hilfe brauche?«

Lorenz konnte vor Aufregung kaum atmen.

Gustav antwortete mit einem gleichgültigen Schulterzucken.

»Dann erwarte ich Lorenz morgen wieder im Unterricht, und im Anschluss soll er mir im Garten das Laub rechen.«

Gustav nickte stumm, und Lorenz hätte am liebsten laut gejubelt vor Freude. Bis jetzt hatte Rötting dem Jungen keine Beachtung geschenkt und seine volle Aufmerksamkeit auf den Bauern gerichtet. Doch jetzt, als er sich von Gustav abgewandt hatte, lächelte er Lorenz verschwörerisch zu. Beide, Lorenz und Gustav, blickten dem untersetzten Pfarrer noch eine Weile nach, als dieser sich auf den Rückweg ins Dorf machte.

»Fast hätte ich den Brief vergessen!« Rötting machte auf den Hacken kehrt und fasste sich an den Kopf.

»Post? Für mich?«, fragte Gustav.

»Nicht für dich. Wer soll dir schon schreiben?« Rötting griff in die Innentasche seines Mantels und zog ein leicht verknittertes Kuvert hervor. »Lorenz, komm her!« Rötting winkte den Jungen zu sich.

»Her damit!«, raunte Gustav und riss dem Pfarrer den Umschlag aus der Hand. Er drehte und wendete ihn und schien die Schrift entziffern zu wollen. Seine verschmutzten Finger hinterließen Spuren auf dem cremefarbenen Kuvert, und noch bevor Rötting eingreifen konnte, riss Gustav den Umschlag auf.

»Gust, was soll das! Das gehört nicht dir.«

»Was steht da?«

»Herrgott im Himmel, dieser Mann ist zu nichts zu gebrauchen«, wetterte Rötting und nahm seinem Gegenüber den Brief aus der Hand. »Lorenz, da bist du ja«, meinte Rötting und überreichte unter Gustavs grimmigen Blicken den Brief seinem rechtmäßigen Empfänger.

»Der ist aus München«, jauchzte Lorenz, »von meiner Schwester Konstanze.« Lorenz' Herz pochte bis zum Hals. Am liebsten hätte er alle Buchstaben auf einmal verschlungen. Mit einem Mal fühlte er sich so munter, als könnte dieses Stück Papier sein Leben retten.

»Lies vor, oder du kannst das mit der Schule morgen gleich wieder vergessen.«

»Nun lass ihn doch.«

Selbst wenn Lorenz gewollt hätte, in diesem Moment hätte er keinen Laut über die Lippen gebracht. Beim Lesen des Briefes glaubte er, die sanfte Stimme seiner Schwester im Kopf zu hören.

»Stanzerl«, flüsterte er mit zitternden Lippen und erinnerte sich mit einem Mal wieder an die Zeit, die sie gemeinsam verbracht hatten und eine Familie gewesen waren. Heute, hier oben auf dem Bergbauernhof kam ihm dieses Leben seltsam weit entrückt vor, so als hätte er nur irgendwann davon geträumt, als hätte es das Lachen, die Wärme und die Liebe nur in Gedanken gegeben, und niemals in Wirklichkeit. Beschämt wischte er sich die tränennassen Wangen und die Nase sauber.

»Sie will wissen, wie es mir geht, ob ich mich schon eingelebt habe.« Unter hochgezogenen Augenbrauen blickte Lorenz zu seinem Onkel. »Und sie schreibt, dass sie Paulchen in Frankreich besucht hat.« Lorenz fühlte eine stechende Eifersucht in seiner Brust brodeln. Er stellte sich vor, wie die beiden kichernd und tuschelnd beisammensaßen und froh darüber waren, dass sie die Tage ungestört, ohne ihn, den kleinen Störenfried, verbringen durften. Warum hatte Konstanze ihn nicht mitgenommen nach Frankreich? Und warum hatte sie nicht auch ihn besucht, hier oben im Nirgendwo, inmitten von Dreck und Gewalt? Schniefend stellte er sich ihre verächtlichen Blicke vor, wenn sie ihn in seinem abgewetzten Hemd und den ungepflegten Haaren sehen könnte.

»Pauline wird im Frühling heiraten«, fuhr er mit zitternder Stimme fort. »Und Konstanze möchte, dass ich sie nach Frankreich begleite, um bei der Hochzeit dabei zu sein, schreibt sie.«

»Was sollst du in Frankreich? Ich brauch dich hier am Hof!«

»Schscht!«, zischte Rötting und legte den Zeigefinger auf die Lippen. »Natürlich fährt der Bub mit seiner Schwester nach Frankreich.«

»Spinnst du? Am Ende muss ich ihm noch neue Kleider kaufen!«

»Am Ende steht die gesamte Verwandtschaft hier am Hof und will von dir wissen, warum du den Buben nicht für ein paar Tage freigibst!«

Lorenz blickte zwischen den Männern hin und her. Die angespannte Stimmung knisterte förmlich. Und dann geschah etwas, womit Lorenz und vermutlich auch Rötting nicht gerechnet hatten. Gustav brummte: »Na gut, wenn du meinst, dann fährt er eben.« Er bedachte Lorenz mit einem Blick, der sagte, dass er das würde büßen müssen – den Besuch des Pfarrers, den Brief, die bevorstehende Fahrt zur Hochzeit, einfach alles. Dann packte er Sense und Schleifstein und verschwand damit im Schuppen.

Rötting lächelte siegessicher, und Lorenz lächelte zurück.

»Wird schon alles gut, Bub. Und nun mach dich an die Arbeit. Wir sehen uns morgen in der Schule. Sei pünktlich, hörst du?« Rötting klopfte ihm leicht auf die Schulter, und Lorenz nickte eifrig.

Wird schon alles gut, diese Worte hatte er sich in den ersten Tagen nach seiner Ankunft im Allgäu immer wieder laut vorgesagt. Doch irgendwann hatte er sie verdrängt, weil er sich von ihnen verspottet gefühlt hatte. Heute allerdings fühlten sie sich richtig an. Sie ließen ihn erleichtert aufatmen und verscheuchten seine Schmerzen im Rücken und an der Seele.

An diesem Abend lag Lorenz trotz seiner körperlichen Erschöpfung hellwach im Bett und starrte in die Dunkelheit seiner Kammer. Inzwischen hatte er keine Angst mehr vor der Nacht – vielleicht, weil dies die Zeitspanne war, die ihn von Gustav erlöste? Mit beiden Händen klammerte er sich an Konstanzes Brief, der ihm ein Stück seines alten Lebens zurückgebracht hatte. Er fühlte sich nicht mehr innerlich tot, sondern spürte eine sanfte Flamme in sich lodern, die sich nährte an seiner Freude und seiner Erleichterung.

Wie gerne hätte er diese Freude mit jemandem geteilt. Stella! Lorenz setzte sich ruckartig in seinem Bett auf. Er musste zu ihr, hatte sie schon viel zu lange ihrem Schicksal überlassen. Seit seinem Gewaltausbruch mied sie ihn, rannte mit eingezogener Rute davon und verkroch sich in der Dunkelheit des Schuppens. Mehrmals hatte er versucht, sie mit einem Stück Brot zu sich zu locken, doch irgendwann musste er sich eingestehen, dass er ihr Vertrauen zu Recht verloren hatte. Aber nun war alles anders, die Aussicht auf die Reise mit seiner Schwester Konstanze machte ihm Hoffnung. Wenn auch nur für einen kurzen Zeitraum, so könnte er dennoch dem Wahnsinn hier bei Onkel Gustav entfliehen. Hastig und mit dem Brief in der Hand rannte er über die Treppe, stahl sich in der Küche eine harte Scheibe Brot und schnitt eine kleine Ecke vom Speck. Beide Hände voll bepackt, ging er hinaus in den Hof, der in völliger Dunkelheit vor ihm lag. Langsam, ganz sachte, näherte er sich dem Schuppen, in dem er Stella vermutete, und hockte sich vor den kleinen Spalt im Tor, durch den sie sich immer verkroch.

»Stella! Stella, mein Mädchen!« Lorenz schloss die Augen und lauschte. Hörte er da ein Geräusch aus dem Schuppen? »Komm zu mir, mein Mädchen!« Stille. »Ich brauch dich doch so sehr. Bitte verzeih mir.« Seine Stimme war leise und sanft. Er wusste, dass er geduldig sein musste, dass er nicht das Recht hatte, zu fordern – nicht nach dem, was er ihr angetan hatte. Verzweifelt schüttelte er den Kopf und stellte sich wiederholt die Frage, wie es so weit hatte kommen können. Stella war sein Ein und Alles, er liebte sie, sie war seine beste Freundin, und doch hatte er sie an jenem Nachmittag beinahe totgeprügelt.

»Ich hab dir was mitgebracht.« Er schob das Stückchen Speck unter dem Tor hindurch und wartete. Es dauerte eine Weile, dann hörte er leises Schnüffeln. Es folgten gierig schmatzende Kaugeräusche, die Lorenz Freudentränen in die Augen trieben.

»Stella!«, hauchte er und schob auch das Stück Brot unter dem Tor hindurch. »Heute kam Post für mich von Konstanze. Kannst du dich noch daran erinnern, wie sie dir das Fell gekrault und gemeint hat, dass Hunde nichts unter dem Esstisch verloren hätten, nur um dir dann heimlich ein Stück vom Schinken zuzuschieben?« Selig lächelnd lehnte er sich an den Schuppen und drückte den Umschlag fest an die Brust. Wenn es möglich war, dass ein unscheinbarer Briefumschlag seine Einstellung zum Leben veränderte, dann musste es auch möglich sein, das Vertrauen seiner geliebten Stella zurückzugewinnen. Er würde alles daransetzen, würde jede Nacht hier draußen schlafen, bis sie sich wieder in seine Nähe wagte und sich an ihn schmiegte – wie früher.

Sie würden wieder gemeinsam hinunter ins Dorf zur Schule gehen und Freunde sein. Vielleicht würde es noch Wochen dauern, dennoch wusste Lorenz in diesem Moment, dass selbst an den dunkelsten Tagen alles erreichbar war, wenn man nur daran glaubte.

Kapitel 13

München, im September 1932

Konstanze öffnete die Augen. Mit ihren Blicken fuhr sie die leichten Risse im Stuck an der Decke nach. Verzweigt wie feine Äderchen schienen sie sich täglich weiter auszubreiten. Die Sonne strahlte bereits hell durch die Fenster, dennoch fühlte sie sich erschöpft und unfähig aufzustehen. Müde rieb sie sich die Augen und überlegte, wann sie zu Bett gegangen war. Vermutlich hatte sie wieder bis spät in die Nacht gearbeitet, so wie sie es seit Wochen zu tun pflegte. Seit ihrer Rückkehr aus der Provence arbeitete sie täglich bis zur Erschöpfung an neuen Aquarellen. In ihrem Kopf waren so viele Bilder, Farben und Eindrücke, die vom Papier geradezu aus ihren Gehirnwindungen gesaugt wurden. Sie wurde nicht müde zu malen, in ihren Händen steckte eine ungeahnte Schaffenskraft, die sie unmöglich unterbinden konnte.

Mit einem tiefen Seufzer dachte sie an die herrliche Zeit in der Provence, an die weitläufige Pfirsichplantage, das unbeschreibliche Licht, welches das Land in Nuancen erstrahlen ließ, die sie in München noch nie zuvor gesehen hatte. Sie erinnerte sich an die Wärme auf ihrer Haut, den zarten Duft, den ihre Kleidung angenommen hatte, wenn sie den Nachmittag im Park verbracht hatte. Sie dachte an Pauline, die in ihrer neuen Heimat so unglücklich war, aber sich dennoch gegen Konstanzes Vorschlag, mit ihr nach München zurückzukehren, entschieden hatte. Wehmütig schloss sie die Augen und sah Philippes Lächeln vor sich – das Lächeln ihres künftigen Schwagers. Was war es nur, womit dieser Mann in ihr ein Gefühl wie von Frühlingstau entfachte? Sie kannte ihn doch kaum und hatte sich bis vor Kurzem kein bisschen für das andere Geschlecht interessiert, und doch ließ dieser Philippe sie nicht los, hatte sich verfangen in ihren Gedanken und schien ihr in ihren Träumen zuzuflüstern und über die Wange zu streicheln. Nach ihrer Rückkehr hatte Konstanze geglaubt, dass dieses Gefühl, diese Zuneigung mit der Zeit schwinden würde, doch inzwischen musste sie sich eingestehen, dass die Trennung ihren Zustand nur noch verschlimmerte. Egal, was sie tat, stets war sie in Gedanken bei Philippe und hatte dabei das Gefühl, dass auf ihrer Brust eine ungeahnte Last anschwoll. Sie wollte ihn wiedersehen, ihn reden hören, auch wenn sie kein Wort verstand. Sie wollte sich in seinen Augen verlieren und die ausstrahlende Wärme seines Körpers fühlen. Ja, sie würde ihn wiedersehen, allerdings erst auf seiner Hochzeit mit Pauline. Konstanze schüttelte den Kopf und setzte sich ruckartig in ihrem Bett auf. Ihr Zimmer war überfüllt mit Aquarellen, von jeder Wand blickte ihr die Küste von Marseille entgegen, die Pfirsichfelder, das herrliche Landhaus und die alten Magnolien im Park. Selbst an ihren Händen klebten Reste von den Farben der Provence. Fernweh. Konstanze wurde erfüllt davon. Könnte sie doch nur die Zeit zurückdrehen und wieder Muscheln sammeln – Seite an Seite mit Philippe. Was er wohl von ihr dachte? Ihre Abreise war überstürzt gewesen, ihr Abschied emotionslos – zumindest nach außen. Innerlich hatte es ihr das Herz zerrissen. Bevor sie in den Zug gestiegen war, hatte sie Pauline fest an sich gedrückt und sie auf die tränennasse Wange geküsst. Philippe hatte sie die Hand gereicht und ihm dabei nur kurz in die Augen gesehen.

Träge stand Konstanze von ihrem Bett auf und ging auf das Bild zu, das sie gestern gemalt hatte. Es zeigte den Strand von Marseille. Der Sonnenuntergang färbte Sand und Wasser blutrot, sodass man nur schwer zu sagen vermochte, wo das Meer begann und der Strand endete. Beim Betrachten ihres Werkes glaubte Konstanze, das Rauschen des Wassers und das Geschrei der hungrigen Möwen zu hören und das salzige Aroma auf ihrer Zunge zu schmecken. Viel würde sie dafür geben, wenn sie genau jetzt dort stehen dürfte und nicht hier im grauen München, in dessen Straßen die Parolen der Judenhasser nachhallten. Nein, sie hallten nicht nach, sondern wurden immer lauter und verbreiteten Angst und Schrecken auf der einen Seite und entfachten Hass auf der anderen. Am meisten bedrückte Konstanze die Tatsache, dass der erschreckende Wandel nicht nur auf politischer Ebene stattfand, sondern auch ihr nahes Umfeld betraf. Menschen, von denen sie dachte, sie wären ihre Freunde, entpuppten sich als glühende Anhänger Hitlers, gingen für ihn auf die Straße, bespuckten Juden und boykottierten deren Geschäfte. Konstanzes Blick verfinsterte sich, und sie wünschte sich einmal mehr zurück in die Provence. Kopfschüttelnd wandte sie sich von dem Bild ab, kleidete sich für den kommenden Tag an, bürstete ihr kräftiges Haar, schulterte ihre Ledertasche mit den Malutensilien und huschte über die Treppe hinab.

»Du siehst schrecklich aus!« Tante Gunde blickte ihrer Nichte besorgt entgegen. »Du solltest mehr auf dich achten, mehr schlafen und nicht die halbe Nacht den Pinsel schwingen.«

»Ich kann nicht anders, die Bilder – sie fließen aus meinem Kopf, durch die Hände direkt auf das Papier.« Konstanze stellte ihre Ledertasche ab und hauchte ihrer Tante einen Kuss auf die Wange. Die Haut roch wie immer sanft nach Jasmin. »Noch nie fühlte ich mich so ... so voller Schaffenskraft.«

»Aber während du die Papierbögen mit Farbe füllst, scheint deine Haut sie zu verlieren, meine Liebe. Du wirst immer blasser. Komm, setz dich, iss wenigstens einen kleinen Happen.«

»Ich habe keine Zeit, Professor von Kohlhagen erwartet mich.«

»Professor von Kohlhagen.« Gunde räusperte sich verächtlich. »Hätte ich gewusst, dass er dich derart vereinnahmt, hätte ich dir das Kunststudium rigoros verweigert.«

»Du klingst wie Mutter.«

»Die Strenge deiner Mutter war vermutlich nicht unangebracht. Das Klavierspiel, das du so achtlos aufgegeben hast, hätte dir besser getan als die Arbeit bei diesem hochmütigen Kohlhagen.«

»Er ist nur mein Professor, und so wird es auch bleiben.«

»Bekäme ich von ihm die gleiche Antwort?«

Konstanze schwieg. Sie wusste nur zu gut, mit welcher Verbissenheit Kohlhagen sie begehrte und dass es mit jedem Mal schwerer wurde, seine Blicke und Annäherungsversuche abzuwehren.

»Ich weiß schon, was ich tu!«, meinte Konstanze und bückte sich nach ihrer Tasche.

»Mir scheint das ganz und gar nicht so. Du hast den Blick für die wichtigen Dinge verloren. Was ist mit deinem Bruder? Wolltest du ihn nicht längst besuchen?« Gunde straffte den Rücken.

»Ich habe ihm einen Brief geschrieben.«

»Einen Brief, dass ich nicht lache. Der arme Junge hat seine gesamte Familie verloren, und alles, was er bekommt, sind ein paar lieblose Zeilen von seiner Schwester. Du solltest dich schämen.«

Konstanze enthielt sich einer Antwort. Sie hatte die Vorwürfe ihrer Tante satt und wollte sich nicht in die Verantwortung für Lorenz drängen lassen. Sie holte ihren weinroten Herbstmantel aus der Garderobe und setzte ihr olivgrünes Barett auf das offene Haar. Nach einem letzten Blick in den Spiegel griff sie nach ihrer Tasche und verließ mit einem kurzen Abschiedsgruß – »Ich muss jetzt los« – das Haus. Schon nach wenigen Schritten wuchs in ihr ein graues Gefühl. Sie fühlte sich schlecht – wie immer, wenn sie sich gegen Tante Gunde aufgelehnt hatte. Sie schlug ein rasches Tempo an, um die Strecke zu Kohlhagen hinter sich zu bringen. Ein kalter Wind pfiff ihr um die Ohren, als sie über den Marienplatz marschierte und hochblickte zur Uhr am Rathaus. Rings um sie herrschte reges Treiben, Damen eilten auf hohen Absätzen mit lautem Geklapper an ihr vorbei, Männer politisierten oder steckten ihre Nasen in die Tageszeitung, die schon lange nichts Gutes mehr zu berichten hatte. Als ihr Weg sie durch die Kaufingerstraße führte, dachte Konstanze an den Tumult, der hier im Juli stattgefunden hatte – an die Uniformierten, die laut grölend den Laden des jüdischen Schmuckhändlers mit Parolen beschmiert hatten, und an die Angst, die sie damals empfunden hatte. Der Laden war inzwischen verwaist, die Fensterscheiben eingeschlagen, und nur noch wenige leere Vitrinen erinnerten an das einst so üppig ausstaffierte Schaufenster. Konstanze wandte sich ab, sie wollte nicht wahrhaben, dass Onkel Ludwig recht behielt und etwas Schreckliches im Gange war in diesem Land.

»Da bist du ja endlich, ich habe schon auf dich gewartet.« Herbert von Kohlhagen schloss die Tür hinter Konstanze – nicht ohne beiläufig über ihren Hals und ihr Dekolleté zu streicheln. Konstanze ignorierte es und ging zielstrebig in das von Licht durchflutete Atelier. Draußen mochte der Tag noch so grau sein, hier in diesem Raum hatte sie stets das Gefühl von Frühling, und das lag mit Gewissheit nicht an den zärtlichen Annäherungsversuchen des Professors.

»Du duftest so herrlich nach Jasmin«, hauchte Kohlhagen ihr ins Ohr, während sie ihre Malutensilien aus der Ledertasche kramte.

»Wie schön, dass dich das Parfum meiner Tante Gunde derart betört. Soll ich ein geheimes Treffen mit ihr arrangieren?«

Kohlhagen wich zwei Schritte zurück und schüttelte den Kopf. »Noch nie in meinem Leben bin ich einer so kalten Frau begegnet wie dir.« Mit diesen Worten ging er zu seiner Staffelei und rührte eine Farbe für seine Landschaftsmalerei. Konstanze blickte ihrem Professor schwer atmend auf den Rücken. Hatte er recht? Wirkte sie kalt, unnahbar, distanziert? Was, wenn Philippe genauso von ihr dachte? Konstanze biss sich auf die Lippen, bis sie auf ihrer Zunge Blut schmeckte.

»Ich bin nicht kalt!«, wisperte sie in einer Mischung aus Wehmut und Zorn. »Ich bin nicht kalt!«, wiederholte sie dann noch einmal lauter und ging forsch auf Kohlhagen zu. Ihre Stimme zitterte, und in ihrem Blick loderte eine Verzweiflung, die den Professor überrascht aufhorchen ließ. »Ich bin nicht kalt!« Konstanze klang fordernd, schlang ihre Hände um Kohlhagens Nacken und presste ihre Lippen auf seine. Und während sie in sich nach einer Gefühlsregung suchte, war alles, was sie spürte, der Griff von Kohlhagens Händen, die gierig ihre Taille und ihre Brüste umfassten. Keuchend erkundete er mit seiner Zunge ihren Hals und das Dekolleté, während er sie energisch auf den Werkstatttisch drängte. Tief in sich fühlte Konstanze den Drang, den Raum zu verlassen, sich für einen anderen Mann aufzuheben. Und doch fand sie die Leidenschaft, die sie in Kohlhagen entfachte, reizvoll. Seine Berührungen ließen ein Feuer in ihr auflodern, das übermächtig wurde. Willenlos und voll brennender Neugierde, welche Gefühle der offensichtlich erfahrene Liebhaber in ihr wachrufen würde, schloss sie die Augen und räkelte sich auf dem harten Tisch, den Kohlhagen für sie ausgewählt hatte. Konstanze glaubte, Kohlhagens Hände und Lippen auf ihrem gesamten Körper zu spüren. Er zeigte sich bemüht und rücksichtsvoll im Umgang mit seiner unerfahrenen Geliebten, der Schmerz überkam Konstanze dennoch mit Schrecken und schien sie innerlich zu zerreißen.

Wenig später löste sich Kohlhagen von ihr, schloss seine Hose und bedachte seine Schülerin mit einem Blick, der zu sagen schien, dass er letztendlich immer bekam, was er begehrte. Zufrieden lächelnd strich er mit beiden Händen sein silbern meliertes Haar aus der Stirn und wandte sich den Entwürfen am Fenster zu.

»Frankreich hat dir gutgetan, Liebes.«

Liebes – durch Konstanze schoss ein eiskalter Blitz. Rasch erhob sie sich vom Tisch, schloss ihre cremefarbene Bluse und ordnete die Kellerfalten ihres blauen Rocks.

»Was meinst du damit?« Konstanze fühlte sich verunsichert. Wie sollte sie sich nun Kohlhagen gegenüber verhalten? War er nach wie vor ihr Professor oder doch eher ihr Liebhaber? Sollte sie seine Nähe suchen oder auf Distanz bleiben, so wie ihr Herz es ihr befahl?

»Deine letzten Arbeiten sind ganz unglaublich. Deine Pinselführung und der gekonnte Einsatz der Farben ... Deine Kunst scheint mir ein Stück erwachsener geworden zu sein.« Kohlhagen rieb sich die Wange und legte den Kopf schief. »Es müsste mit dem Teufel zugehen, wenn mein guter Freund Emmerich dich nicht für seine Galerie unter Vertrag nehmen wollte.«

»Emmerich? *Der* Emmerich? Ihr seid befreundet?« Ein unangenehmes Gefühl beschlich Konstanze. Ein Gefühl, dass sie sich verkauft hatte. Vielleicht war das die Chance auf ihren Durchbruch als Künstlerin, dennoch wusste sie, dass sie sich den Rest ihres Lebens fragen würde, ob der Erfolg ihr auch vergönnt gewesen wäre, wenn sie sich dem Professor nicht hingegeben hätte.

Unter dem Vorwand, sich unwohl zu fühlen, packte sie ihre Malutensilien, ohne einen einzigen Pinselstrich getan zu haben, wieder in ihre Tasche. Kohlhagen hauchte ihr zum Abschied einen beiläufigen Kuss auf die Wange und wünschte ihr rasche Besserung. Während Konstanze durch die Straßen lief, versuchte sie, ihre Gedanken und Gefühle zu sortieren. Alles war so schnell gegangen. Kohlhagen hatte ihren Körper zum Beben gebracht, seine Berührungen hatten sie in Ekstase versetzt und sie willenlos seinen Wünschen unterworfen. Was Mutter wohl gesagt hätte, wenn sie davon gewusst hätte? Enttäuscht wäre sie gewesen, weil sie ihren Töchtern stets vermittelt hatte, dass körperliche Nähe den Segen Gottes voraussetzte.

Mutter. Konstanze blieb stehen und atmete tief durch. Ihr Leben hatte ihr in den letzten Monaten kaum eine Verschnaufpause gegönnt, und nun war es auch ihr Körper, der eine unumkehrbare

Veränderung erfahren hatte. Was war nur geschehen, dass sie in Kohlhagens Atelier ihre Überzeugungen über Bord geworfen hatte? Hatte sie sich nicht aufheben wollen für den einen, den Richtigen, die große Liebe?

Mehrere Tauben flatterten vor Konstanze hoch. Sie legte den Kopf in den Nacken und blickte den Vögeln nach, die immer höher stiegen und sich dann auf den schmalen Fenstersimsen festkrallten. Die Herbstsonne strahlte vom Himmel und färbte die Fassaden der Häuser golden. Ein sanfter Wind strich ihr durchs Haar und trug einige Blätter vom Park herüber durch die Straßen. Das Farbenspiel, das sich Konstanze bot, war bezaubernd, und kurz war ihr danach, den Zeichenblock aus der Tasche zu holen und sich auf einer Bank niederzulassen, um die Eindrücke durch ihre Hände aufs Papier fließen zu lassen. Doch sie ging weiter, wollte nach Hause, in ihr Zimmer, wo sie sich vor ihren Gedanken verstecken konnte.

Nachdem sie den ausgedehnten Marsch von Kohlhagens Atelier zur Stadtvilla von Tante und Onkel endlich hinter sich gebracht hatte, stürmte sie hoch in ihr Zimmer. Dort schloss Konstanze die Augen und lehnte die Stirn gegen das kühle Holz der Tür. Wieder glaubte sie, die kräftigen Hände Kohlhagens auf ihren Brüsten zu fühlen. Beschämt legte sie die Hand auf das tief geschnittene Dekolleté und wünschte sich einmal mehr an die Seite ihrer Schwester. Pauline würde ihr zuhören, ihren Arm um sie legen und ihr beruhigend übers Haar streichen. Vermutlich wäre sie entsetzt über die Geschehnisse dieses jungen Vormittages, dennoch würde sie sich verständnisvoll zeigen und ihr mit einem milden Lächeln versichern, dass alles gut würde, dass sie eine moderne junge Frau sei und es völlig in Ordnung sei, sich mit einem Mann einzulassen, auch wenn er keine Absichten zeigte, sie zu heiraten.

Ja, sie war eine moderne junge Frau. Warum also fühlte sie sich innerlich derart zerrissen? Aber vielleicht war diese Zerrissenheit ein Stück weit normal, wenn man neue Wege beschritt und erwachsen wurde. Sie würde eine berühmte Künstlerin werden, ihre Bilder würden Bewunderung finden und in den großen Galerien Deutschlands die Wände zieren. Spielte es da wirklich eine Rolle, dass sie für ihren Ruhm Kohlhagens Liebesgespielin war? Langsam ging sie auf eines ihrer letzten Werke zu und strich sanft über die männliche Silhouette, die am Ufer des Meeres das Spiel der Wellen zu beobachten schien.

»Philippe«, hauchte sie und schluckte schwer. Und mit einem Mal wusste sie, warum sie sich so zerrissen fühlte.

»Entschuldigen Sie, gnädiges Fräulein, ich wusste nicht, dass Sie daheim sind.« Es war Esther, die ins Zimmer gestürmt war, ohne anzuklopfen. In ihrer Hand hielt sie einen Eimer, in dem heißes Wasser dampfte.

»Komm ruhig rein, Esther«, meinte Konstanze, ohne den Blick von ihrem Bild zu wenden. »Ich weiß doch, dass du die Böden schrubben musst. Schließlich ist heute Donnerstag, nicht wahr?« Konstanze wandte sich dem jungen Zimmermädchen zu und lächelte Esther verschmitzt an.

»Ja, Ihre Tante legt großen Wert auf Einhaltung des Putzplans.« Esther senkte beschämt den Kopf, so als wüsste sie, dass sie die Wünsche ihrer Herrin nicht ansatzweise infrage zu stellen hatte.

»Schon gut, wir sind ja unter uns.« Konstanze mochte Esther mit ihrer ruhigen Art und den viel zu üppigen Rüschen an den gestärkten Blusen.

»Geht es Ihnen gut, Fräulein Konstanze? Sie wirken so betrübt.«

»Alles ist bestens«, antwortete Konstanze zögerlich. »Esther, darf ich dich etwas fragen?«

»Aber natürlich, gnädiges Fräulein.« Die Miene des Dienstmädchens hellte sich auf.

»Hast du …« Nein, es war nicht angebracht, Esther nach ihren Erfahrungen mit Männern zu fragen – schließlich war sie keine Freundin, sondern gehörte zum Personal. In dieser Angelegenheit musste sie mit sich selbst ins Reine kommen. »Ach, nichts«, meinte sie dann nachdenklich und griff nach ihrem Pinsel.

Während Esther fröhlich summend den Boden schrubbte, begann Konstanze sorgsam, die Farben der Provence anzurühren. Und als sie mit vorsichtigen Pinselstrichen die sanfte Gischt des Meeres nachempfand, rückten die platschenden Geräusche des Putzlappens, der in regelmäßigen Abständen auf den Boden geworfen wurde, in den Hintergrund, und sie glaubte, das friedvolle Spiel der Wellen zu hören. Mit einem Mal schien sie mit dem Bild vor sich zu verschmelzen, und sie vermochte nicht mehr zu sagen, wo der Pinsel aufhörte und ihre Kunst begann. Immer tiefer wurde sie in ihr eigenes Werk hineingezogen. Die Möwen schrien, hinter ihr plapperten gut gelaunte Strandbesucher, neben sich fühlte sie Philippes Schulter. Und Konstanze wusste nicht, ob das Gefühl, das in ihr keimte, tröstlich war oder ihr Verderben bedeutete. Sie wusste nur, dass sie in diesem Moment nirgendwo lieber wäre als genau dort – am Strand von Marseille, neben Philippe.

Kapitel 14

Jouques, Provence, im März 1933

Angespannt stand Pauline am Fenster von Josettes Arbeitszimmer und starrte hinaus auf die endlos scheinenden Pfirsichbaumreihen. Sie waren ihr von Anfang an verhasst gewesen, diese knorrigen Dinger, die seit ihrer Ankunft in Frankreich ihr Leben bestimmten. Aber in den letzten Tagen hatte sich die Abneigung noch einmal gesteigert. Die Knospen, die bislang die zarten Blüten in sich verborgen hatten, öffneten sich langsam und färbten die Pfirsichfelder mit einem Hauch von Leben. Pauline verschloss krampfhaft die Augen vor dem hellen Rosa, das unaufhaltsam an Intensität gewann.

»Ist es nicht wunderbar? Die schönste Zeit des Jahres.« Josettes Stimme überschlug sich förmlich vor freudiger Aufregung. »Und wie wunderbar, dass die Pfirsichblüte pünktlich zu deiner Hochzeit in drei Tagen ihren Höhepunkt erreicht haben wird.« Josette stand direkt hinter Pauline und blickte gemeinsam mit ihr hinaus zu den weiten Feldern, die allesamt ihr gehörten. »Komm, es gibt noch viel zu tun! *Vite, vite!*« Josette klatschte aufgekratzt in die Hände und eilte zurück zu ihrem Arbeitstisch.

Pauline ließ sich vom Eifer ihrer Tante nicht beeindrucken und verharrte weiterhin am Fenster. Warum sollte sie sich noch um die Pfirsichplantage scheren, wenn in wenigen Tagen ihr Gatte im Landhaus Einzug hielt, um in Zukunft sämtliche Geschäfte selbst abzuwickeln.

»Die letzten Monate lief doch eigentlich alles ganz gut, oder?« Mit diesen Worten drehte sie sich um, lehnte sich vorgeblich entspannt an die Fensterbank und verschränkte die Arme vor der Brust.

»Wovon sprichst du?« Josettes scharfer Blick verriet, dass sie Paulines Anliegen bereits erahnte.

»Wir beide sind doch ein perfektes Gespann. Du hast mich wunderbar in sämtliche Geschäftsangelegenheiten eingearbeitet, und den Rest werde ich mir in den nächsten Jahren spielend aneignen.« Pauline spürte, wie unter Josettes strenger Miene ein Kloß in ihrem Hals anschwoll. Seit Monaten fühlte sie diesen Druck in ihrer Kehle, in ihrem Brustkorb, in ihrem Bauch. Jeder Körperteil litt unter der immer näher rückenden Hochzeit. »Ich brauche keinen Philippe, um die Plantage zu leiten.« Die letzten Worte schaffte sie gerade noch, dann brach ihre Stimme und offenbarte ihre Schwäche. Pauline hasste sich für ihre Machtlosigkeit. Wenn sie nur so stark wäre wie Konstanze oder Josette, dann brächte sie es fertig, mit der Faust auf den Tisch zu schlagen und für ihre Wünsche zu kämpfen. Doch sie war zerbrechlich wie vertrocknetes Laub unter den schweren Stiefeln eines Plantagenarbeiters. Sie dachte an Henri und daran, wie ähnlich er ihr war. Sie beide waren wie Federn, die es nicht wagten, den Wind zu fragen, wo er sie hintrug. Schlimmer noch, sie war feige. Erbärmlich feige.

»Darüber haben wir gesprochen – mehr als einmal sogar. Du kennst meine Meinung zu dieser Ehe und wie wichtig sie für mich und die Plantage ist. Und letzten Endes ist sie auch für dich wichtig und richtig – du wirst schon sehen.« Josette widmete sich wieder ihren Schreibarbeiten. Für sie war das Thema erledigt, es gab nichts mehr zu bereden, außer die Sitzordnung der Gäste und die letzte Besprechung des Menüs. Pauline ballte die Fäuste und wandte sich wieder zum Fenster. Hinter ihr Tante Josette, vor ihr die verdammten Blüten der Pfirsichbäume, und in drei Tagen eine Heirat, der sie nicht entrinnen konnte. Sie schluckte heftig und blickte hinab auf die Einfahrt.

Ein schwarzes Automobil fuhr just in diesem Augenblick den

gekiesten Weg entlang zum Haus. Von Neugier gepackt, vergaß Pauline für einen Moment ihre Sorgen und verfolgte gebannt das dunkle Gefährt mit ihrem Blick.

»Erwarten wir Besuch?«, fragte sie Josette.

»Noch nicht. Deine Schwester wird erst morgen anreisen, oder nicht?«

Der Wagen hielt vor der Treppe, ein in Schwarz gekleideter Herr mit Chauffeursmütze stieg aus und öffnete die linke hintere Tür. Ein zotteliger blonder Schopf kam zum Vorschein. Pauline fragte sich, wer dieser ungepflegte Junge sein konnte. Er drehte sich um die eigene Achse, blickte sich neugierig um. Erst als er zu Paulines Fenster hochsah, erkannte sie ihn.

»Lorenz!«, rief sie und fasste sich an die Brust. Nun stieg auch Konstanze aus dem Automobil. Ihr kastanienfarbenes Haar war ordentlich am Hinterkopf hochgesteckt. Mit beiden Händen strich sie die Knitterfalten aus ihrem braunen Rock und legte einen Arm schützend um die Schultern ihres Bruders.

Stanzerl!, ging es ihr beglückt durch den Kopf. Für einen Moment vergaß sie den Grund für den Besuch ihrer Geschwister und erfreute sich einfach nur an deren Anblick. Ihr Herz hüpfte vor Freude, als sie die Treppe hinabeilte und zum Eingang hastete. Jauchzend stürzte sie sich in die Umarmung ihrer Schwester.

»Mit euch hatte ich noch gar nicht gerechnet!« Paulines Stimme überschlug sich, und sie fühlte sich wie elektrisiert, so als wäre ihr Körper nach einem viel zu langen Winterschlaf endlich wieder zum Leben erweckt worden.

»Lorenz, lass dich ansehen«, meinte sie vorsichtig an ihren kleinen Bruder gewandt und musste feststellen, wie ungewohnt es sich anfühlte, sich in ihrer Muttersprache auszudrücken. »Groß bist du geworden und ...« Pauline brach den Satz ab und blickte besorgt zu ihrer Schwester, die zu seiner Linken stand. Konstanze legte die Stirn in Falten und nickte Pauline verhalten zu.

»Sag, wie ist es dir ergangen?«, fragte Pauline und strich ihrem Bruder über die kühle Wange. Sie hatte alle Mühe, ihr Entsetzen für sich zu behalten. Der Stoff seiner Jacke war abgewetzt und verströmte einen penetranten Geruch nach Kuhdung.

Und so hast du mit ihm die weite Fahrt im Zug gemacht?, fragte ihr Blick, während sie kaum erkennbar den Kopf schüttelte. Konstanze schien die Miene ihrer Schwester richtig zu deuten und zuckte mit den Schultern.

»Du siehst hungrig aus, kleiner Lorenz. Schnell, lauf mit Éva in die Küche und nimm dir ein paar ofenwarme Croissants.« Pauline gab ihrem kleinen Bruder einen sanften Klaps auf den Rücken und wies das Dienstmädchen an, mit dem Jungen in die Küche zu gehen. Nachdem die beiden im Haus verschwunden waren, nahm Pauline ihre Schwester an der Hand und zog sie weg vom Wagen, damit der Fahrer ungestört das Gepäck ausladen konnte.

»Erzähl mir alles«, meinte Pauline und brauchte nicht näher zu erläutern, was sie zu wissen begehrte. Konstanze schlenderte etwas steif von der langen Reise neben ihr her und nahm einige tiefe Atemzüge.

Pauline legte den Arm fürsorglich um ihre Schulter und erfreute sich am Anblick ihres scharf geschnittenen Profils.

»Lorenz sieht erbärmlich aus«, sagte Pauline und blieb stehen.

»Gestern sah er noch viel schlimmer aus, glaub mir. Tante Gunde hat unzählige Male gepredigt, dass ich nach ihm sehen solle, und doch habe ich es unterlassen.«

Pauline konnte die bedrückende Mischung aus Zorn und schlechtem Gewissen, die in ihrer Schwester brodelte, förmlich nachfühlen. Und ja, Gunde hatte recht gehabt, schließlich hatten sie Onkel Gustav auf Mutters Begräbnis gesehen und seine Bosheit gespürt, als sie seine Hand zum Abschied geschüttelt hatten. Und dennoch hatten sie Lorenz mit ihm ziehen lassen.

»Und hätte ich Gundes Vorschlag, einen Tag früher abzureisen, nicht befolgt, so hätte man die erbärmliche Wahrheit womöglich vor uns vertuscht. Verwahrlost war er, der Lorenz, abgemagert und verängstigt. Und ich, die große Schwester, die ihn hätte vor allem Übel beschützen müssen, habe versagt und mich meinem Selbstmitleid hingegeben.«

»Selbstmitleid? Wovon sprichst du?«

Konstanze schwieg.

»Wir müssen dafür sorgen, dass er nie wieder zu Onkel Gustav zurückmuss«, sagte Pauline mit einer Selbstverständlichkeit, die Konstanze aufatmen ließ.

»Nie wieder. Das sind wir ihm schuldig.« Für einen Moment wirkte Konstanze verzweifelt.

»Komm, lass uns zu ihm gehen«, meinte Pauline und fasste ihre Schwester an der Hand.

»Und dir, wie geht es dir? Die Hochzeit ...« Konstanze hielt inne, schließlich wusste sie, wie schmerzlich dieses Thema für Pauline war.

»Darüber reden wir heute Abend im Bett.« Auf die gemeinsamen Nächte, in denen sie stundenlang ungestört plaudern konnten, freute sie sich am allermeisten. Es würde fast so sein wie früher in München.

Als sie das Esszimmer betraten, saß Lorenz, eingewickelt in eine Wolldecke, auf der mit gelbem Samt bezogenen Récamiere am Fenster und verspeiste genüsslich schmatzend ein Croissant. Josette war zum Glück nicht im Raum, ansonsten hätte sie Lorenz mit einer Predigt über Essmanieren eingeschüchtert. Pauline und Konstanze nahmen ihren Bruder in die Mitte, legten ihre Arme um seine Schultern und versuchten, ihm das Gefühl von Familie zu vermitteln, das er in den letzten Monaten vermutlich von ihnen allen am meisten vermisst hatte. Über seinen Kopf hinweg tauschten die Schwestern besorgte Blicke aus.

»Lorenz, hör mir jetzt bitte genau zu, ja?« Konstanze strich durch sein zerzaustes Haar. »Ich muss erst noch mit Tante Gunde darüber reden, aber ich möchte gerne, dass du in Zukunft bei mir in München lebst.«

Lorenz sah zu seiner großen Schwester auf und starrte ihr ungläubig in die Augen. »Ich muss nicht zu Onkel Gustav zurück?«

»Nein, musst du nicht. Es war ein großer Fehler, dass wir ihm erlaubt haben, dich zu sich zu holen. Ich wusste es nicht besser, und das tut mir leid. Es tut mir sehr leid, Lorenz, hörst du?« Konstanze war bemüht, Haltung zu bewahren, und strich ihrem Bruder liebevoll über die Wange.

»Was immer dir dort widerfahren ist, es ist nun vorbei. Vergiss deine Zeit im Allgäu, ja?«, meinte Pauline und wusste, dass die Sache mit dem Vergessen ein Ding der Unmöglichkeit war. Wie sollte ein Kind, das offensichtlich vernachlässigt, geprügelt und gedemütigt worden war, an einen normalen Alltag anknüpfen und die Last der Vergangenheit einfach abschütteln? Es würde Zeit benötigen, bis er sich von diesen Gräueln erholt hatte – und vielleicht war selbst alle Zeit der Welt nicht genug. Pauline senkte den Kopf und dachte an ihre bevorstehende Hochzeit, der sie nicht mehr entgehen konnte. War es gerecht, dass sie dieses Schicksal zu tragen hatte? Oder musste sie angesichts Lorenz' großem Leid dankbar sein, dass sie weder Hunger noch Gewalt zu erdulden hatte? Alles, was das Leben ihr abverlangte, war die Ehe mit einem Mann, den sie nicht liebte. Philippe war kein schlechter Mensch, er würde sie nicht schlagen oder beleidigen, das wusste sie. Was sie erwartete, war eine Ehe ohne Liebe – eine Ehe ohne Henri. Pauline hob den Kopf und wandte sich an Lorenz. Er wirkte so zerbrechlich wie eine angeschlagene Scheibe Glas. Von dem lebhaften, vorwitzigen Jungen war nichts übrig. Was heute frierend und hungernd neben ihr saß, war ein Häufchen Elend.

»Alles wird gut, glaub mir. Jetzt bist du erst einmal hier bei mir und kannst dich erholen«, versprach Pauline und legte die Decke enger um seine Schultern.

»Stella«, sagte Lorenz mit vollem Mund.

»Stella? Dein Hund?«, fragte Konstanze. »Was ist mit Stella?«

»Stella muss auch weg vom Bauern.«

»Natürlich. Stella wird gemeinsam mit dir in die Stadtvilla zu Tante Gunde ziehen. Es ist schön dort, es wird euch beiden gefallen.« Konstanze zwinkerte ihrem Bruder aufmunternd zu, doch Pauline konnte sie nichts vormachen, sie spürte, dass sich ihre ältere Schwester Sorgen machte – und zwar nicht nur wegen Lorenz.

»Wir haben hier auch Hunde, willst du sie sehen?«, fragte Pauline und strich Lorenz durch das zerzauste Haar. »Oder möchtest du vorher ein heißes Bad nehmen und frische Kleider anziehen?« Lorenz' Augen wurden weit, als ob er unter dem Christbaum vor unzähligen Geschenken säße.

»Ein heißes Bad wäre gut. Ich glaube, ich stinke ganz schön.« Verschmitzt zog er seine Augenbrauen hoch und blickte zwischen seinen Schwestern hin und her.

»Und ob du stinkst!«, meinte Konstanze und begann zu lachen.

Während Éva sich um das Bad von Lorenz kümmerte, zogen sich Pauline und Konstanze ins Gästezimmer zurück.

»Musst du heute nicht arbeiten?«, fragte Konstanze und drückte die zarte Hand ihrer Schwester.

Diese schüttelte den Kopf. »Nein, warum sollte ich? In wenigen Tagen hält Philippe hier Einzug. Soll der sich doch um den ganzen Kram kümmern.«

»Du klingst verbittert.«

»Ich klinge verbittert, weil es das ist, was ich bin, Stanzerl. Mein gesamtes Leben ist bereits niedergeschrieben – und es sind keinerlei Änderungen mehr möglich.«

»Doch, Paulchen, die sind immer möglich, man muss nur daran glauben.«

»Dann mach, dass ich diesen Philippe nicht heiraten muss. Mach, dass ich nicht in diesem schrecklichen Haus mit den grässlichen Pfirsichen meine Tage fristen muss. Ich will hier weg. Lieber heute als morgen.« Paulines Gesicht wirkte schmerzverzerrt.

»Du bist nicht allein. Ich bin hier und halte deine Hand.« Konstanze drückte die kalten Finger ihrer Schwester.

»Du kannst meine Hand nicht ewig halten. In wenigen Tagen reist du wieder ab und lässt mich zurück mit dieser verbissenen Josette und einem Ehemann, den ich nie wollte.«

»Dann lauf weg. Geh dorthin, wo dein Herz höherschlägt. Ich kann dir Geld schicken. Tu es, Paulchen, werde glücklich.«

Pauline wandte sich von Konstanze ab und blickte hinüber zur Kommode, auf der laut tickend eine Uhr stand. Bei genauerer Betrachtung fühlte Pauline sich wie das Pendel der Uhr, das jede Sekunde eine andere Richtung einschlug, unaufhörlich, innerlich zerrissen, nicht wissend, wo es hingehörte. Könnte die Uhr doch einfach stehen bleiben, um ihr einen Moment des Verharrens zu gönnen. Dann würden sich ihre Gedanken vielleicht klären und ihr einen Weg weisen, der zu ihrem Glück führte. Die Uhr blieb nicht stehen, der Tag der Hochzeit rückte näher, und Henri entfernte sich unaufhaltsam von ihr.

»Wir reden viel zu viel von mir, was tut sich denn in München?«

Konstanzes Miene wurde ernst. »Du würdest dein lebhaftes München nicht wiedererkennen, glaub mir. Es ist schrecklich, und Onkel Ludwig prophezeit jeden Morgen beim Frühstück, dass es noch schlimmer werden wird. Immer mehr Uniformierte marschieren durch die Straßen, kontrollieren die Pässe, beschmieren die Häuser und Geschäfte von Juden, grölen, lachen viel zu schrill, verbreiten Angst und Schrecken, und das mit größter Freude. Nein, Paulchen, die Straßen unserer Heimat sind nicht mehr so friedlich wie vor einigen Monaten. Anscheinend soll Hitler unsere letzte Rettung sein – so steht es zumindest auf Plakaten und in Zeitungen –, aber ich bin mir nicht sicher, ob ich solchen Parolen glauben will.« Die letzten Worte flüsterte Konstanze hinter vorgehaltener Hand. Pauline blickte ihre Schwester prüfend an. Sie konnte sich nur schwer vorstellen, dass ihre Heimatstadt an Charme eingebüßt haben sollte – nur wegen ein paar Uniformierten und ein paar Parolen, die irgendwelche Strolche an Hauswände schmierten. Was gäbe sie nur dafür, wenn sie genau jetzt an ihrer geliebten Frauenkirche vorbeiflanieren dürfte, den Blick an die halbrunden Turmhauben geheftet, die sie schon als kleines Mädchen fasziniert hatten. »Die sehen aus wie halbierte Knödel«, hatte sie zu ihrer Mutter gesagt und mit dem Finger hochgezeigt. Und Mama hatte lachend den Kopf in den Nacken geworfen und sie an sich gedrückt, wie sie es immer getan hatte, wenn sie glücklich war.

Tief seufzend schloss sie die Augen und stellte sich vor, wie sie gemeinsam mit Henri ihre Heimat erforschte, wie sie durch die schmalen Straßen schlenderten, Arm in Arm und sich innig küssend, sobald sie sich allein wähnten. All das würde nie passieren, und das wusste sie. Dennoch waren es genau diese Gedanken, die sie für einige Augenblicke vergessen ließen, dass im Ankleideraum ihr Hochzeitskleid hing, bereit für den großen Tag, den sie nicht mit Henri beschreiten sollte.

»Gib die Hoffnung nicht auf, vielleicht meint es das Leben gar nicht so schlecht mit uns«, hauchte Konstanze. Pauline lächelte gespielt und nickte.

Ein lautes Klopfen an der Tür riss die beiden Schwestern aus ihrer Zweisamkeit.

»Ja!«, erwiderte Pauline forsch.

»Hier bist du! Ich habe nach dir gesucht!« Josettes Stimme klang hart. »Der dumme Bauer hat nur die Hälfte der vereinbarten Menge an Stallmist geliefert. Ich möchte, dass du hinuntergehst und ihm zu verstehen gibst, dass wir mehr Dung brauchen. Und zwar am besten morgen.«

»Du siehst aber doch, dass ich Besuch habe.« Pauline straffte ihre Schultern.

»Kein Besuch der Welt ist so wichtig wie das Gedeihen unserer Bäume da draußen.« Josette zeigte mit dem Finger zum Fenster.

Du irrst dich, hätte Pauline gerne erwidert, *deine Bäume bedeuten mir gar nichts*. Beim Anblick von Josettes bebenden Nasenflügeln und ihrem Brustkorb, der sich zornig hob und senkte, beschloss sie, dass es besser war, zu schweigen. So wie immer.

»Ich wollte ohnehin nach Lorenz sehen«, sagte Konstanze zu Pauline.

»Du bist eine sehr vernünftige Frau, Konstanze, im Gegensatz zu deiner Schwester.« Josettes Ton war kalt und ihr Gesicht so starr, dass es an eine Marmorstatue erinnerte.

Pauline fühlte sich wie ein kleines Schulmädchen, als sie vor dem großen, massigen Bauern stand und ihm zu erklären versuchte, dass er sein Geld erst erhielte, wenn er den gesamten Umfang von Josettes Bestellung angeliefert hatte. Die Wangen des Mannes liefen ebenso tiefrot an wie seine vom Alkoholkonsum gezeichnete Nase. Sein Blick wurde finster, und die Flüche, die er ihr entgegenspuckte, hatte sie in ihrer Zeit in Frankreich noch nie gehört. Schulterzuckend ließ sie das Gezeter über sich ergehen und war froh, als er sich endlich auf seinen Kutschbock schwang und seinen beiden Rappen die Gerte gab.

Der folgende Abend verlief ruhig. Josette blätterte zufrieden in einem Modemagazin, Lorenz döste auf der Récamiere neben dem offenen Feuer, die Hände auf den vollen Bauch gelegt, und die Schwestern beschlossen, sich in Paulines Gästezimmer zurückzuziehen. Konstanze setzte sich vor den Schminktisch, der im Jugendstil gehalten war, und ließ sich von Pauline das offene Haar bürsten. Pauline beobachtete über den ovalen Spiegel Konstanzes entspannten Gesichtsausdruck. Die Liebe zwischen ihnen war unverändert, das konnte sie spüren. Und doch stand seit jenen Tagen in Marseille etwas zwischen ihnen.

»Ich habe mich gewundert, dass Philippe gar nicht hier war«, meinte Konstanze in die Stille hinein.

»Ich habe ihn nicht vermisst, du etwa?«, fragte Pauline scherzhaft. Konstanze lachte übertrieben laut und schüttelte den Kopf.

»Ich wiederhole mich nur ungern, Paulchen, aber es ist noch nicht zu spät. Ich gebe dir Geld, damit du anderswo ein neues Leben beginnen kannst – ohne Philippe und Josette.«

»... und ohne Henri.«

»Dann nimm ihn mit!«

»Das geht nicht, Stanzerl, das ist alles nicht so einfach, wie du dir das vorstellst. Henri kann nicht weg von hier, und ich kann nicht ohne ihn ...« Pauline legte die Bürste zurück auf den Schminktisch und verschränkte ihre Arme.

»Ist ja schon gut, ich werde dich nicht mehr bedrängen.« Konstanze wich dem Blick ihrer Schwester aus.

»Das Schicksal lässt uns beiden keine Wahl, nicht wahr?«, fragte Pauline und achtete sehr genau auf Konstanzes Reaktion.

»Dennoch ist es keine Lösung, den falschen Mann zu heiraten, Paulchen.«

»Das weiß niemand besser als ich«, antwortete Pauline und drückte ihrer Schwester einen Kuss auf den Scheitel. Dann verließ sie das Gästezimmer und tappte im Finstern die Treppen hinab, schlüpfte in ihren leichten Frühlingsmantel aus bedruckter Baumwolle und huschte hinaus in die Nacht. So oft war sie diesen Weg gegangen, dass sie ihn mit geschlossenen Augen gehen könnte, ohne über eine Wurzel zu stolpern oder sich an einem Ast zu stoßen. Und jedes Mal hatte ihr Herz getobt vor Aufregung und Vorfreude.

»Ich hatte Angst, du kommst heute nicht«, flüsterte Henri ihr ins Ohr, als er sie zur Begrüßung fest in den Arm nahm.

»Natürlich komme ich. Die Hoffnung hat mich hergetragen«, antwortete sie und wagte es nicht, ihm in dieser mondbeschienenen Nacht in die Augen zu blicken. »Morgen ist meine Hochzeit, Henri.«

»Ja«, erwiderte er wortkarg.

»Es ist noch nicht zu spät ...«

Henri schüttelte den Kopf und wich einen Schritt zurück. Sofort hatte Pauline das Gefühl, nicht das Recht zu haben, ihn zu bedrängen. Schließlich hatte er mehr als einmal seine Beweggründe offengelegt. Sein Vater war krank, und seine Mutter war auf Henris Hilfe in der Bäckerei angewiesen. Er konnte das Dorf nicht einfach so verlassen, ohne den Rest seines Lebens von Gewissensbissen gequält zu werden. Er stand zwischen seinem Traum, mit Pauline zu leben, und der Realität – ebenso wie sie. Und an diesem Abend vor der Heirat war es an der Zeit, dass sie beide ihre Träume für immer begruben.

»Ich werde jeden Abend hier unter unserer Magnolie stehen und auf dich warten, meine Liebe.«

»So willst du dein Leben verbringen? Hier stehen und warten?« Paulines Stimme klang vorwurfsvoll. Henri schwieg. »Ich muss zurück, meine Schwester wartet auf mich, und morgen wird ein anstrengender Tag.«

Henri nickte. Er schien zu überlegen, welche Worte in dieser Situation angebracht waren.

»Gute Nacht, Henri«, flüsterte Pauline und hauchte ihm einen Kuss auf die Wange. Sie hatte sich schon von ihm abgewandt, da griff Henri nach ihrer Hand und zog sie an sich. Pauline wünschte sich einen leidenschaftlichen Kuss, einen Liebesschwur und ein Versprechen, dass er noch heute Nacht mit ihr Jouques verlassen würde. Doch nichts davon kam ihm über die Lippen.

»Es tut mir leid, dass ich nicht der Mann bin, den du verdient hast«, sagte er leise.

»Wir haben einander verdient, Henri, aber das Schicksal hat uns übersehen.« Pauline versuchte zu lächeln, dann riss sie sich von ihm los und rannte zurück zum Haus. Eine laute Stimme in ihr flehte sie an, stehen zu bleiben und sich zu ihm umzudrehen, doch Pauline wusste es besser, sie würde es nicht ertragen, noch einmal in seine Augen zu sehen. Das Gras unter ihren Füßen war feucht und kalt, es kümmerte sich nicht um ihr zerbrochenes Herz.

Als sie am Samstag, dem 18. März, frühmorgens vom aufgeregten Geplapper der Angestellten und vom Klirren der Gläser und des Silberbestecks geweckt wurde, wusste sie, dass sie ihre Vermählung nicht länger ignorieren konnte. Und ihr wurde bewusst, dass sie vermutlich zu wenig energisch gegen diese Verbindung vorgegangen war. Sie hätte laut werden müssen, schreien, sich aufbäumen gegenüber Tante Josette. Und sie hätte Henri schütteln müssen, um ihn zur Besinnung zu bringen. Was dachte er sich nur dabei, das Wohl seiner Familie über das ihre zu stellen? Noch heute würde Philippe Durand Einzug halten im Landhaus der Pfirsichplantage. Hochgewachsen und stolz würde er seinen künftigen Besitz abschreiten und sich im Ehebett nehmen, was ihm seiner Meinung nach zustand. Ehe sie die Augen öffnete, legte Pauline eine Hand auf die Brust und fühlte ihren Herzschlag. Das kräftige und aufgeregte Pochen an ihrer Handfläche steigerte ihre Nervosität ins Unendliche. Ihr Körper lag bleiern auf dem kühlen Leintuch und weigerte sich, aufzustehen und dem Unausweichlichen entgegenzutreten. Nein, sie würde hierbleiben, im Bett. Sie würde in Gedanken die Zeit zurückdrehen und die Augen erst wieder öffnen, wenn sie sich in der elterlichen Villa in München befände und Mutter sie sanft weckte, weil das Frühstück fertig war. Mama würde ihr sanft über die Stirn streichen und ihr zuflüstern: »Wach auf, Paulchen, ein neuer Tag wartet auf dich und freut sich auf dein Lächeln.«

Kapitel 15

Jouques, Provence, im März 1933

Die ersten Sonnenstrahlen fielen durchs Fenster und wärmten Konstanzes Zehen, die unter der Decke hervorlugten. Eine unruhige Nacht lag hinter ihr. Hin und her hatte sie sich gewälzt, immer auf der Flucht vor denselben dunklen Gedanken um Paulines Hochzeit. Wie gerne hätte sie Philippe noch einmal vor der Eheschließung mit ihrer Schwester gesehen. Aber vermutlich war es besser so. Was hätte sie ihm auch sagen sollen? Konstanze drängte ihre Gedanken zu Kohlhagen und zu der Beziehung, die sie mit ihm verband. Es war keine Liebe und würde es auch nie sein, dennoch fühlte sie sich wohl und beschützt in seiner Umarmung. Gewiss würde sie eines Tages den Mann finden, der ihr Herz zum Fliegen brachte, aber für den Moment reichte Herbert völlig aus. Sie legte eine Hand auf ihren Unterleib und lauschte in sich hinein. Etwas an ihr hatte sich verändert, das konnte sie ganz genau fühlen. Sie hoffte, betete, dass es nicht die Veränderung war, vor der sie sich am meisten fürchtete. Nein, sie durfte nicht schwanger sein. Nicht jetzt. Nicht von Herbert. Bis jetzt hatte sie sich in dieser Angelegenheit noch niemandem anvertraut. Der Plan, mit Pauline über ihre Sorge zu reden, hatte sich nicht ergeben. Seit ihrer Ankunft in der Provence hatte sich alles um die bevorstehende Hochzeit und um Lorenz gedreht. Und wer weiß, vielleicht war ihr Kopfzerbrechen völlig unbegründet und sie sollte die Tage in Frankreich nutzen, um ihren Geist mit der Farbenpracht der Pfirsichblüte zu erfrischen.

Die kommenden Stunden ließen keinen Raum für irgendwelche trüben Gedanken. Erst wurde Paulines Haar hochgesteckt und mit frischen Pfirsichblüten fein verziert. Konstanze vermutete, dass der Blütenschmuck gewiss Josettes Idee gewesen war. Anschließend wurden der Braut Puder und Lidschatten aufgelegt. Und während die vor Aufregung zitternde Pauline mithilfe von Éva ins maßgeschneiderte Hochzeitskleid schlüpfte, machte sich Konstanze auf den Weg zu Lorenz, um ihm in den bereitgelegten Anzug zu helfen und sein Haar ordentlich zu scheiteln. Dann war sie selbst an der Reihe. Ihr frisch aufgebügeltes Kleid aus blattgrüner Shantungseide lag auf dem gemachten Bett. Das Oberteil war mit kleinen Glasperlen bestickt, die den Stoff zum Leben erweckten und im Licht schillerten. Um die betonte Taille war ein schmaler goldener Gürtel vorgesehen, und der glockige Rock aus bedrucktem Musselin würde ihrer Erscheinung Glanz und Würde verleihen, ebenso wie die langen Handschuhe, die farblich auf das Kleid abgestimmt waren. Konstanze liebte das Modell und konnte es kaum erwarten, Philippe darin gegenüberzutreten. Noch während sie diesen Gedanken spann, wurde ihr bewusst, wie irrwitzig er war. Als sie nach ihrem Lippenstift griff, fragte sie sich, für wen sie sich eigentlich hübsch machte. Sie blickte in die Augen ihres Spiegelbilds und erkannte darin eine Traurigkeit, die sich nicht länger verbergen ließ. Dennoch konnte sie diesem Tag nicht entfliehen, würde ihn überstehen müssen – genau wie Pauline.

Wenig später saßen Konstanze und Lorenz in einem der angemieteten Automobile, die mit weißen Schleifen verziert die kleine Hochzeitsgesellschaft zur Kirche transportierten. Lorenz reckte den Hals, um einen Blick auf den vordersten Wagen zu erhaschen, in dem Pauline und Josette chauffiert wurden.

»Paulchen sieht hübsch aus, nicht wahr?«, fragte Konstanze, als sie das Schweigen zwischen sich und ihrem Bruder nicht mehr aushielt. »Die Corsage mit feinster Brüsseler Spitze überzogen, die lange Schleppe … einfach ein Traum.«

»Mhm.« Lorenz nickte artig.

»Gefällt es dir hier?«

»Ja«, antwortete Lorenz lang gezogen. »Überall auf der Welt ist es schöner als bei Onkel Gustav.«

Dieses Mal war es Konstanze, die nickte.

Als der Wagen vor der Kirche haltmachte, pochte Konstanzes Herz, als stünde ihre eigene Hochzeit bevor, und zum ersten Mal konnte sie Paulines Beklemmung nachempfinden.

Als sie aus dem Wagen gestiegen war, sah sie ihn: Philippe. Er half Pauline aus dem Wagen, hielt ihr die Schleppe, sorgte dafür, dass sie sich den Kopf nicht stieß, nahm ihr das Täschchen ab. Und lächelte. Er wirkte beschwingt, nickte strahlend den ankommenden Gästen zu. Stolz sah er aus in seinem tiefschwarzen Gehrock und dem Zylinder auf dem Kopf. Und vielleicht verursachte gerade dieser glückliche Eindruck den stechenden Schmerz in Konstanzes Brust. Verkrampft fasste sie Lorenz' Hand und hielt sich daran fest, als wäre sie ein Rettungsring. Als Philippe sich zu ihr wandte und sich ihre Blicke trafen, drückte sie die kleine Hand ihres Bruders so fest, dass Lorenz aufschrie und sich aus dem Griff befreite. Während Konstanze und Philippe einander in die Augen sahen, wurde in Konstanze der Wunsch immer stärker, dass das Läuten der Glocken ihr gelten möge und nicht Pauline.

»Schrecklich, nicht wahr?«, fragte Josette, die ihre Hand um Konstanzes Taille legte.

»Was meinst du?« Konstanze war unfähig, ihren Blick von Philippe zu lösen.

»Diese Kirche, ich finde sie schrecklich. Ich hätte ja darauf bestanden, dass die Eheschließung in der Kathedrale stattfindet, aber Philippe wollte Paulines Wunsch nachgeben und befürwortete die Heilig-Geist-Kirche.« Josette seufzte entnervt und schob Konstanze Richtung Eingang. »Komm, wir müssen hinter dem Brautpaar in die Kirche gehen.«

Und das taten sie. Philippe nickte Konstanze zu, dann bot er seiner Braut den Arm und durchschritt gemeinsam mit ihr das weit geöffnete Tor der Église du Saint-Esprit. Konstanze verstand von der gesamten Zeremonie kein einziges Wort und war auch froh darüber. Ihr Blick haftete an Philippes und Paulines Rücken, die beide aufrecht auf ihren gepolsterten Hockern vor dem Priester saßen und demütig zu ihm aufblickten, als wären sie kleine Kinder. Pauline wirkte blass und gab ihr Jawort nur zögernd. Als Philippe an der Reihe war, seiner Braut ewige Treue zu schwören, hielt Konstanze den Atem an. Kerzengerade saß sie in ihrer Bank und versuchte, so zu tun, als hätte das Schicksal nicht soeben eine tiefe Kluft aufgerissen, in die sie zu stürzen drohte. Sie wollte, dass es vorbei war, um diese Kirche mit ihren unzähligen Malereien verlassen zu können. Sie wollte hinaus, brauchte frische Luft, alles hier drin roch nach Weihrauch und feuchten Wänden. So weit war sie gereist, um dieser Hochzeit beizuwohnen, und nun saß sie da, starrte auf einen Schleier aus Brüsseler Spitze und wünschte sich zurück nach München.

Nun war es also tatsächlich geschehen, das Unausweichliche – Pauline und Philippe waren Mann und Frau und einander für den Rest ihrer Tage versprochen. Konstanzes Mund war trocken, und für einen kurzen Moment glaubte sie, dass das Kirchenschiff zu schwanken begann. Als sich das Brautpaar am Ende der Zeremonie erhob und Philippe Arm in Arm mit seiner Frau durch das Mittelschiff schritt, war Konstanze wie gelähmt.

Als sie endlich aus der düsteren Kirche hinaus ins grelle Tageslicht kamen, roch es penetrant nach etwas, das Konstanze nicht beim Namen nennen konnte. Sie blickte zu Boden und fand sich auf einem Meer aus Lorbeerblättern stehend wieder.

»Das ist ein französischer Brauch«, zischte ihr Josette aufgeregt ins Ohr. »Riecht es nicht wunderbar aromatisch?«

Konstanze blickte zu ihrer Schwester, die von ihrem Ehemann zum gemeinsamen Wagen geleitet wurde, und versuchte sich vorzustellen, wie es sich wohl anfühlte, in Paulines Kleid zu stecken und von Philippe aus der Kirche geführt zu werden. Ein dicker Kloß steckte in ihrer Kehle und erschwerte jeden Atemzug. Wieder war es Lorenz, an dem sie sich festhielt. Sie fühlte sich bloß, allein, verloren. Einziger Trost war ihr Bruder, der noch armseliger wirkte als sie.

Was nach der Rückkehr zum Landhaus folgte, war eine endlos scheinende Folge von Händeschütteln, Bekanntmachungen mit Gesichtern, die sie nicht kannte, und Gesprächen, die sie nicht verstand. Im Park standen Tische und Bänke, die mit so vielen Blumen dekoriert waren, dass kaum noch Platz für Getränke und Speisen blieb. Die Gäste suchten nach ihren Tischkärtchen und warteten auf ihren Plätzen gut gelaunt auf den ersten Gang des Menüs. Die Temperaturen waren angenehm mild, das Blätterdach der Bäume warf seinen Schatten auf die Hochzeitsgesellschaft, und eine leichte Brise trug den Duft der Pfirsichfelder durch den Park.

Pauline saß nicht weit von Konstanze entfernt und war doch unerreichbar – ebenso wie Philippe. Sie beobachtete die beiden, wie sie aßen, sich unterhielten, ohne einander dabei in die Augen zu sehen, wie sie später mit möglichst wenig Körperkontakt die Feier mit dem Hochzeitstanz eröffneten und dabei gespielt lächelten. Irrte sie sich, oder suchte Philippe immer wieder Blickkontakt zu ihr? Nein, warum sollte er auch.

»Darf ich rüber zu den Hunden?«, fragte Lorenz und zupfte Konstanze am blattgrünen Handschuh.

»Aber mach dich nicht schmutzig, hörst du?«, rief sie ihm nach und beobachtete seinen blonden Schopf, wie er zwischen den Gästen verschwand. Als sie in die Runde fremder Menschen blickte, verspürte sie mit einem Mal selbst ein Verlangen, sich vom Rummel zu entfernen. Sie legte ihre goldgelbe Serviette beiseite und erhob sich vom Stuhl. Ihr Kopf schmerzte vom Stimmengewirr, von der Aufregung und der Enttäuschung. Mit einem mühsamen Lächeln auf den Lippen schlängelte sie sich zwischen den Gästen hindurch. Bedächtig schritt sie um das Landhaus, während ihre Absätze sich mit jedem Schritt in den Kies gruben und das zu schnell geleerte Glas Sekt ihr Gemüt in Watte packte. Auf der Vorderseite des Hauses angekommen, brauchte sie nur noch die Einfahrt entlangzuspazieren, um zu den Pfirsichfeldern zu gelangen.

Ein kühler Wind strich über ihre nackten Oberarme, und sie lebte ein wenig auf. Beim Anblick des rosa Blütenmeers ging ihr beinahe das Herz über. Ja, das war die Provence, in die sie sich verliebt hatte. Warum konnte das Leben nicht eine endlose Folge aus Pfirsichblüten sein? Sie liebte den Duft, er beruhigte sie, milderte ihre Kopfschmerzen und schenkte ihr ein Gefühl von Leichtigkeit, während sie zwischen den Baumreihen dahinspazierte.

»Constance?« Es war ein Flüstern, das Konstanze aus ihren Gedanken riss. Sie drehte sich um und blickte in seine Augen: Philippe. Er war hier, bei ihr. Sie schaute über seine Schulter, da war sonst niemand, nur er. Vermutlich konnte er ihr die Aufregung an den weit aufgerissenen Augen ansehen, an ihrem stoßweisen Atem und den tiefroten Wangen. Sie legte eine Hand an ihren Hals und antwortete mit einem gehauchten: »Ja?«

Mit einem Mal war es wieder wie damals in Marseille, als sie gemeinsam das Museum besucht hatten.

»Wie geht es dir?«, fragte er in gebrochenem Deutsch und strich mit den Fingerkuppen über ihre Oberarme. Ein prickelnder Schauder ging durch Konstanzes Körper und entlockte ihr einen tiefen Seufzer. Sie sah ihm in die Augen und verspürte plötzlich Wut in sich aufsteigen. Philippe sollte ihr Mann sein, nicht Paulines. Sie sollte die Frau sein, die er küsste, umsorgte und liebte, nicht ihre undankbare Schwester. Die Ungerechtigkeit des Lebens ließ sie innerlich brodeln.

»Nicht traurig sein«, meinte Philippe und kam ihr so nahe, dass sie seinen warmen Atem auf ihrer Haut fühlen konnte. Ihr war danach, ihn zu küssen, seine weichen Lippen auf ihren zu fühlen und seine Umarmung zu spüren. Warum auch nicht? Die einzigen Zeugen wären die knorrigen Pfirsichbäume, die ihr Geheimnis für immer für sich behalten würden.

»Doch, ich bin traurig«, antwortete sie leise. Philippe nickte.

»*Oui.*« Seine Stimme klang so bedrückt, dass sie das Gefühl hatte, ihn trösten zu müssen. Er kam ihr so nahe, dass sie seine Nasenspitze beinahe an ihrer spürte.

Wir dürfen das nicht, sagte eine Stimme in ihrem Kopf.

Aber ich muss!, widersprach eine andere. Als seine Lippen die ihren berührten, war sie nicht sicher, ob sie schwebte oder in ein tiefes Loch stürzte. Philippes Kuss schmeckte süßer als der Duft der Pfirsichblüten. Und doch dröhnte in ihrem Kopf dieses verfluchte schrille *Nein!*, das ihr Herz zu zerbrechen drohte.

»Nein!«, rief Konstanze schließlich laut aus und schob Philippe mit beiden Händen von sich. »Nein!«, wiederholte sie leiser und blickte in seine aufgerissenen Augen. »Wir dürfen das nicht! Nicht heute und auch nicht morgen. Du bist jetzt der Mann meiner Schwester.« Konstanze griff nach seiner rechten Hand und zeigte auf den goldenen Ehering, der boshaft seinen Ringfinger umschloss und sie mit seinem Funkeln zu verspotten schien. Philippe nickte und ließ die Hand sinken.

»*Mais je t'aime*«, hauchte er und strich mit seinen Fingerspitzen so sanft wie ein Flügelschlag eines Schmetterlings über ihren Handrücken.

Konstanze verstand kaum Französisch – doch das brauchte sie auch nicht, denn in seinem Blick offenbarte sich der Inhalt seiner Worte. Wäre da nicht dieser stumpfe Schmerz in ihrer Brust gewesen, sie hätte vielleicht eine Antwort über die Lippen gebracht. So aber schwieg sie und biss sich auf die Unterlippe, an der sie noch einen Rest von Philippes Kuss zu schmecken glaubte. Ihrer beider Blicke klammerten sich aneinander, während Konstanze einen Fuß hinter den anderen setzte und sich langsam rückwärts von ihm entfernte. Seine Augen verrieten ihn, machten kein Geheimnis aus seinen Qualen, dennoch musste sie weg von hier – oder gerade deshalb.

»Warum hast du das getan?«, fragte sie ihn und wusste selbst nicht, ob sie den Kuss oder die soeben geschlossene Ehe meinte. Sie wartete keine Antwort ab, ging noch einen Schritt rückwärts, hob dann ihr Kleid an, wirbelte herum und eilte zurück zum Park. Das Dröhnen in ihrem Kopf versuchte sie zu ignorieren und konzentrierte sich auf das lauter werdende Gelächter, das Stimmengewirr und das Klirren der Gläser. Einige Gäste tanzten ausgelassen zur Musik, manche Damen kicherten, tranken Champagner und flirteten mit einem jungen Franzosen. Konstanze fühlte sich fehl am Platz. Alles, was sie wollte, war Stille. Sie würde sich unter einem Vorwand von ihrer Schwester verabschieden und sich in ihr Gästezimmer zurückziehen.

Als sie im Gewirr von Gästen endlich Pauline ausmachen konnte, wurde Konstanze auf traurige Weise bewusst, dass sie nicht die Einzige war, die der Wunsch nach Zurückgezogenheit plagte. Pauline saß an der mit Blumen geschmückten Tafel und war umgeben von leeren Gläsern und halb vollen Tellern. Sie wirkte müde, ihr Blick war auf ihre Hände gerichtet, die gefaltet auf dem weißen Tischtuch ruhten. Konstanze hielt inne und beobachtete die Schwester von Weitem, die verloren da saß wie ein kleines Mädchen, das auf die Bestrafung der Lehrerin wartete.

Nur dass die Lehrerin in diesem Fall Josette und die Strafe die Ehe mit Philippe war. Tief seufzend wurde Konstanze bewusst, dass diese Ehe ihrer beider Leben zerstörte. Während rings um sie gelacht wurde, schleppte Konstanze sich kraftlos zu ihrer Schwester, setzte sich neben sie und griff nach ihrer Hand.

»Möchtest du etwas vom *Croquembouche*?«, fragte Pauline und zeigte auf eine Pyramide aus kugelrundem Windbeutelgebäck. »Französische Tradition«, fügte sie hinzu und hob die Brauen.

»Lieber nicht, französische Tradition ist wohl nicht so mein Geschmack.«

»Ich verstehe.«

Nein, tust du nicht, dachte Konstanze und drückte die Hand ihrer Schwester.

Kapitel 16

Jouques, Provence, im März 1933

»Verdammt, Lorenz, was machst du da?« Konstanze rannte über die matschige Wiese. In der Nacht hatte es ordentlich geregnet – sehr zu Josettes Freude, die nach einem eher trockenen Jahresbeginn um ihre jungen Pfirsichbäume gebangt hatte.

Lorenz wandte sich seiner Schwester zu und starrte sie mit offenem Mund und weit aufgerissenen Augen an.

»Ich spiele nur mit den Hunden.«

»Im Dreck?«

Lorenz begutachtete erst die Hunde, dann seine Hände und Kleider. Das Fell der drei Tiere war vom Herumtollen völlig zerzaust und mit Matsch besudelt. Seine Hosen ließen nur mehr erahnen, dass sie bis vor wenigen Stunden aus feinem dunkelgrauem Zwirn bestanden hatten. Vielmehr erweckte er den Eindruck eines dahergelaufenen Bauernburschen. Aber in gewisser Weise war er das ja auch. Er störte sich nicht am Dreck und zuckte nur mit den Schultern.

»Wenn Mutter dich so sehen könnte.« Konstanze packte ihn grob am Arm und zog ihn hinter sich her. »Du wirst jetzt ein Bad nehmen, dich frisch ankleiden, und dann reisen wir ab.«

»Abreisen? Heute?«

»Wenn die Hochzeit vorbei ist, reisen die Gäste wieder ab. So ist das nun mal.«

»Wir sind doch erst gekommen. Ich will nicht weg von hier.« Lorenz befreite sich aus dem festen Griff seiner Schwester und blieb trotzig stehen. Konstanzes Miene war finster und erinnerte ihn auf beängstigende Weise an Onkel Gustav. Nein, er wollte nicht zurück nach Deutschland.

»Ich bleibe hier. Fahr du allein.« Tränen hinterließen eine Spur auf seinen mit Schmutz überzogenen Wangen. Seine Schwester legte den Kopf schief, ihre Züge wurden weicher.

»Du musst keine Angst haben. Ich habe dir versprochen, dass du bei mir in München wohnen kannst, und dabei bleibt es auch.«

Lorenz wollte ihr zu gerne glauben. Er wusste aber auch, dass Gustav nur widerwillig auf seinen billigen Knecht verzichten würde. Er würde um sich schlagen, brüllen und dagegen ankämpfen. Es würde ein Albtraum werden.

»Onkel Ludwig hat einflussreiche Freunde, die dafür Sorge tragen werden, dass du Gustav nie wieder unter die Augen treten musst.«

»Und Stella?«

»Auch um die werden wir uns kümmern. Aber jetzt komm.« Sie reichte ihm die Hand und lächelte ihn liebevoll an. Ein Lächeln, das ihn an Mama erinnerte, ein Lächeln, dem er nur zu gerne folgte. Er legte seine schmutzigen Finger in ihre Hand und ging Seite an Seite mit ihr zurück ins Haus. Als er nach einem ordentlichen Bad sein Gästezimmer betrat, war Konstanze gerade dabei, seine Reisetasche unter dem Bett hervorzuholen und seine jämmerlichen Kleidungsstücke einzupacken.

»Wenn wir erst in München sind, müssen wir dich neu einkleiden.«

»Er wird mich nicht gehen lassen.«

»Warum sagst du das?« Konstanze ging zu ihrem Bruder, der mit hängenden Schultern mitten im Zimmer stand, und legte ihre Hände um sein schmales Gesicht.

»Er hasst mich.« *Und er hat aus mir ein Monster gemacht*, dachte Lorenz und sah wieder Stella vor sich, die sich mit eingezogener Rute im Schuppen verkroch.

»Willst du mir erzählen, warum du das befürchtest?«, fragte Konstanze und kniete sich vor ihren Bruder.

Lorenz' Lippen bebten. Gerne hätte er ihr all seinen Kummer anvertraut, aber er senkte nur den Kopf und schwieg.

»Mein armer Bub«, hauchte Konstanze und drückte ihren Bruder fest an sich. »Komm, lass uns packen und abreisen.«

Der Abschied zwischen den Schwestern verlief innig. Lorenz glaubte schon, die beiden würden sich nie wieder aus ihrer Umarmung lösen. Pauline schluchzte, dabei sollte sie doch glücklich sein, jetzt wo sie mit Philippe verheiratet war.

»Warum bleibt ihr nicht noch ein paar Tage? Ich verstehe das nicht. Ihr seid doch erst gekommen«, jammerte Pauline.

»Stanzerl meinte, wenn die Hochzeit vorbei ist, reisen die Gäste wieder ab«, erklärte Lorenz.

»Ihr seid doch aber keine normalen Gäste, ihr seid meine Familie.«

»Philippe und du, ihr wollt sicher Zeit für euch allein haben.«

»Nein!«, rief Pauline aus. »Nein«, wiederholte sie leiser, »wollen wir nicht.«

»Dann bleiben wir hier?« Lorenz hüpfte vor Begeisterung durch die Eingangshalle, Pauline lächelte hoffnungsvoll, und selbst Konstanze schien für einen Moment geneigt, den Vorschlag anzunehmen. Just in diesem Augenblick kam Philippe aus dem Salon zu ihnen herübergeschlendert. Er war leger gekleidet, trug seinen obersten Hemdknopf offen, dem Haar fehlte es an Pomade, und es fiel ihm locker in die Stirn. Als er Konstanze erblickte, wich er ihrem Blick aus und ging hinüber zu seiner jungen Gattin.

»Hör auf, herumzuspringen, Lorenz, wir reisen ab. Jetzt. Paulchen, sei so gut und schick nach dem Chauffeur.«

Pauline nickte, sie schien zu wissen, dass es keinen Sinn hatte, ihre Schwester weiter zu bedrängen. Und selbst Lorenz hatte verstanden, dass die zwanglose Zeit in der Provence ein Ende hatte.

Philippe lächelte Lorenz zum Abschied freundlich zu und zerzauste spielerisch sein blondes Haar. Als sie wenig später im Automobil saßen, steckte Lorenz den Kopf aus dem Fenster und rief den Hunden zum Abschied zu, die dem Wagen bellend hinterherliefen.

Konstanze ließ ihre Blicke über die Farbenpracht der Pfirsichbäume schweifen. Sie wirkte nachdenklich, fast traurig. Dennoch schwieg Lorenz. Er wollte sie nicht auf ihren Kummer ansprechen. Schließlich hatte jeder ein Recht darauf, seinen Schmerz für sich zu behalten. So wie er. Nie im Leben würde er über die Demütigungen auf Onkel Gustavs Hof sprechen. Er würde sie tief in sich begraben. Wenn er Konstanze glauben durfte, dann lagen diese Zeiten ab sofort hinter ihm. Er musste keinen Kuhmist mehr umherkarren oder im viel zu kalten Bett die halbe Nacht bibbern.

»Ich habe gelernt, auf dem Klavier zu spielen«, meinte er beiläufig.

»Du hast *was*?« Konstanze tupfte sich verstohlen ein paar Tränen von den Wangen und schniefte undamenhaft.

»Der Pfarrer Rötting meint, dass ich Talent habe.«

»So, hast du das? Davon werde ich mich gleich in den nächsten Tagen überzeugen.« Liebevoll drückte sie ihren Bruder an sich und hauchte ihm einen Kuss auf den Scheitel. Lorenz überlief ein wohliger Schauder. Er konnte sich nicht erinnern, von einer seiner Schwestern je derart innig umarmt worden zu sein. Vielmehr hatten sie ihm den Eindruck vermittelt, der lästige Nachzügler in der Familie zu sein. Mit einem Seufzer der Erleichterung lehnte er sich zurück in den gepolsterten Sitz des Automobils und dachte bei sich, dass vielleicht doch noch alles gut werden könnte. Er musste nur fest genug daran glauben.

Lorenz blickte gebannt zwischen Konstanze und Tante Gunde hin und her. Seit ihrer Ankunft vor einer halben Stunde unterhielten sich die beiden Frauen im Flüsterton. Als ob er nicht genau wüsste, dass sie über ihn sprachen und sich darüber berieten, was aus ihm werden solle. Gunde schüttelte immer wieder den Kopf und legte entrüstet eine Hand auf den Mund. Für Lorenz sah das nach keinem guten Zeichen aus. Was, wenn sie ihn doch zurück zu Onkel Gustav schickten? Nervös biss er seine Fingerkuppen wund und hing an den Lippen seiner Tante.

»Ich werde am Abend mit meinem Mann reden«, meinte Gunde an Lorenz gewandt. »Wenn es nach mir geht, kannst du bleiben … das bin ich meiner Schwester schuldig. Ludwig wird das genauso sehen.«

»Und Stella?«, fragte Lorenz schüchtern.

Gunde blickte über die Schulter zu Konstanze.

»Das ist sein Hund«, klärte diese auf.

»Ein Hund? Na, wollen wir mal sehen, ob wir Platz für einen Hund haben.« Gunde legte den Kopf schief und seufzte. Gunde schien um einiges älter zu sein als Mutter, ihr Haar war bereits leicht ergraut, und um die Augen hatte sie tiefe Falten. Der Spitzenbesatz an ihrem Kleid wirkte altmodisch, und die Frisur erinnerte ihn an den einer alten Lehrerin. Dennoch machte sie einen gütigen Eindruck und erweckte in ihm die Hoffnung auf ein besseres Leben.

»Dann haben wir also ab sofort noch einen Mann im Haus, was? Wirst es gut haben bei uns, wirst sehen«, mit diesen Worten und einem freundschaftlichen Schulterklopfer begrüßte Ludwig den Neffen seiner Frau und widmete sich sogleich wieder seiner Tageszeitung. Es schien ihn nicht sonderlich zu interessieren, aber das konnte Lorenz nur recht sein. Konstanze zwinkerte ihrem Bruder zu und lächelte.

»Und was ist mit Stella?«, fragte Lorenz schüchtern. Ludwig hob nachdenklich die Augenbrauen und linste über seine Zeitung hinweg in die Runde.

»Das wird schwierig werden, Lorenz«, versuchte Gunde zu erklären und kaute unbeholfen auf ihrer Unterlippe. »Der Hund ist inzwischen an den Bauernhof gewöhnt. Wir sollten deine Stella dort lassen, denke ich.«

Stella dort lassen? Lorenz hatte das Gefühl, dass ein bleiernes Gewicht ihn in seinen Sessel drückte. Er konnte Stella unmöglich ihrem Schicksal überlassen. Er war verantwortlich für sie, er liebte sie, brauchte sie. Konstanze war ihm in den letzten Tagen derart zugetan, sie würde ihm bestimmt helfen.

Doch Lorenz irrte sich. In den kommenden Tagen wirkte Konstanze verändert. Sie zog sich vermehrt zurück auf ihr Zimmer, und wenn sie es verließ, hatte sie rot umrandete Augen. Er fühlte sich allein gelassen, wusste nicht, wie er sich verhalten sollte und was man von ihm erwartete. Er ertappte sich dabei, wie er sich nach dem Allgäu sehnte. Aber nein, das war Irrsinn, dort gehörte er nicht hin – in die Stadtvilla allerdings auch nicht. Tante Gunde war mit ihren Einkäufen beschäftigt und Onkel Ludwig sowie seine Tochter Charlotte mit der Knopffabrik. Er fühlte sich unsichtbar, unbedeutend. Das Zimmer war sauber, seine Kleidung von bester Qualität, das Essen schmeckte vorzüglich – und doch war er kein Teil dieser Familie. In wenigen Tagen würde er hier in München zur Schule gehen, hatte Gunde beiläufig erwähnt. Was wohl Pfarrer Rötting sagen würde, wenn er davon wüsste? Ob wenigstens er ihn vermisste? Erneut dachte er an Stella, die ohne ihn dem Tod ausgeliefert war. Ihm war, als legte sich eine enge Schlinge um seinen Hals. Er musste mit jemandem über seine Sorgen reden, aber mit wem? Lorenz nahm sich fest vor, Konstanze noch heute zu bitten, gemeinsam mit ihm nach Stella zu sehen. Schließlich hatte sie ihm genau das versprochen. Er musste nur hartnäckig bleiben, so wie früher bei Mama, die ihm jeden Wunsch erfüllt hatte. Entschlossen marschierte er durch den langen Flur im obersten Stockwerk, an dessen Ende die Räumlichkeiten seiner Schwester lagen. Obwohl draußen ein heller Frühlingstag war, war das Licht hier drinnen im Gang so spärlich, dass Lorenz die elektrischen Flurlampen anknipste. Vor Konstanzes Tür angekommen, vernahm er ein unterdrücktes Wimmern.

»Stanzerl?«, fragte er und legte ein Ohr an die Tür. Nichts. »Stanzerl?«, wiederholte er etwas lauter.

»Geh weg«, raunte Konstanze abfällig zurück.

»Geht es dir gut?«

»Verschwinde!«

Mit angehaltener Luft verharrte Lorenz vor der Tür und überlegte, wie er weiter vorgehen sollte.

Beide Hände in den Hosentaschen und das Haupt gesenkt, wandte er sich von Konstanzes Tür ab und ging zu Tante Gundes Salon.

»Lorenz«, begrüßte ihn diese überschwänglich, während sie Stoffmuster in diversen Farben und Musterungen begutachtete. »Wie gut, dass du hier bist. Komm!« Mit ihrer Rechten winkte sie ihn zu sich. »Was meinst, soll ich die neuen Kissen in diesem dunklen Rot beziehen lassen, oder gefällt dir das Blumenmuster besser?« Gunde schob ihre Brille beinahe bis zur Nasenspitze und lugte ihn über den Rahmen hinweg an. Verwirrt blickte Lorenz von einer Stoffprobe zur nächsten.

»Die Blumen?«, meinte er verunsichert und zuckte mit den Schultern.

Gunde wiegte ihren Kopf grüblerisch hin und her und vertiefte sich aufs Neue in die Entscheidungsfindung.

»Tante Gunde? Ich glaube, Konstanze geht es nicht gut. Sie weint.«

»So, tut sie das?«, erwiderte Gunde und nahm ihre Brille ab.

»Weißt, deine Schwester braucht jetzt Ruhe. Du solltest sie nicht stören.«

»Aber sie hat mir versprochen, dass wir Stella von Onkel Gustav wegholen.«

»Meinst du den Hund?« Gundes Lippen kräuselten sich. »Ich denke, dass Stella auf Gustavs Hof besser aufgehoben ist.«

»Aber …« Lorenz' Knie fühlten sich schwammig an, so als wollten sie sein Gewicht nicht länger tragen. Eine zügellose Wut stieg in ihm hoch, so wie damals, bevor er seinen Zorn und seine Hilflosigkeit an Stella ausgelassen hatte. Er hasste dieses Gefühl. Doch je mehr er sich wünschte, dass es weggehen solle, desto schlimmer wurde es. Mit geballten Fäusten stand er neben Gunde, die ihren Blick auf die mit floralem Muster bedruckte Shantungseide gerichtet hatte.

Lorenz fühlte das Pochen seines Herzens immer schneller, rasanter. Das Blut rauschte in seinen Ohren, und das Zimmer begann sich um ihn zu drehen. Ein Gefühl von nahender Ohnmacht überkam ihn. Er wollte raus. Weg von der mit Spitze übersäten Gunde und ihren dämlichen Stoffmustern. Wie konnte ihr der Bezug eines Kissens wichtiger sein als das Leben seines Hundes? Er sah Stella vor sich, wie sie winselnd vor ihrer Hundehütte lag und sich über ein gestohlenes Stück Brot freute. Er musste etwas tun. Aber was? Alle, die ihm Hilfe zugesagt hatten, fühlten sich mit einem Mal nicht mehr verantwortlich.

»Stella stirbt, wenn wir sie nicht holen! Warum verstehst du das denn nicht?« Die Stimme von Lorenz überschlug sich. Ohne zu überlegen, griff er nach den hochwertigen Stoffmustern und riss sie seiner Tante aus den Händen, um sie schreiend zu zerreißen und auf den Boden zu werfen. Er tobte und fühlte seine Wut durch den Körper hämmern.

»Ludwig!«, schrie Gunde hysterisch nach ihrem Mann und drängte sich an die Wand, als wäre ihr Neffe ein tollwütiges Tier.

Aus den Nebenräumen erschien das Personal und begaffte den scheinbar verrückt gewordenen Jungen.

»Schickt ihn raus!«, rief Gunde und zeigte mit dem Finger auf Lorenz, der nach wie vor gegen Wände schlug und Sessel umwarf.

Erst als er einen festen, fast schmerzhaften Griff um seine Oberarme fühlte, kam er zur Besinnung. Es war Esther, das sonst so stille Dienstmädchen, das ihn rüttelte und ihre Fingernägel durch sein dünnes Hemd krallte. Und mit einem Mal war er wieder Herr seiner Sinne, konnte sich wieder beherrschen und nicht nachvollziehen, dass er es gewesen war, der das Zimmer verwüstet hatte. Die weit aufgerissenen Augen und die entsetzten Mienen waren Zeuge dafür, dass er zu weit gegangen war. Seine Haut war erhitzt von der Aufregung, sein Atem ging stoßweise. Was war nur in ihn gefahren? Bestimmt würde Tante Gunde ihn sofort ihres Hauses verweisen – mit Recht. Was sollte dann aus ihm werden? Gunde presste sich noch immer an die Wand und starrte ihn voller Entsetzen an. Und da wusste er, dass er verloren hatte. So schnell er konnte, rannte er aus dem Zimmer, aus dem Haus, durch den Park und auf die Straße. Er rannte, schaute nicht zurück, erlaubte sich nicht, das Tempo zu drosseln. An einer Kreuzung rannte er nach links, an der nächsten nach rechts. Seine Beine trugen ihn durch lang gezogene Straßen und durch enge Gassen. Erst als seine Lungen und Waden brannten wie Feuer, zog er sich in eine einsame Gasse zurück. Auf den Boden gekauert, rang er nach Luft, wischte sich den Schweiß von der Stirn und blickte orientierungslos um sich. In diesem Teil der Stadt war er noch nie zuvor gewesen. Er hatte sich verirrt. Sofort stand er auf und schlug die Richtung ein, aus der er glaubte, gekommen zu sein, bog in Straßen ab, von denen er hoffte, sie brächten ihn seinem Ziel näher. Plötzlich kroch in ihm ein Gefühl hoch, das er vom Allgäu nur zu gut kannte. Diese trostlose Leere, diese Kälte und Hoffnungslosigkeit und der Wunsch nach einem Rettungsanker. Träge spazierte er in den Alten Botanischen Garten und ließ sich unter einer alten Kastanie in die Wiese plumpsen. Mit geschlossenen Augen legte er seinen Kopf in den Nacken und lauschte dem abendlichen Singsang der Vögel. Es war beinahe April und die Nächte zu kühl, um hier draußen zu schlafen. Ob man bereits nach ihm suchte? Vermutlich nicht. Bestimmt war es Gunde und Ludwig nur recht, dass sie ihn wieder los waren.

Alles, was er sich in diesem Moment wünschte, war eine Familie, auf die er sich verlassen konnte. Die Nacht legte sich langsam über München und erweckte in Lorenz eine ungeahnte Sehnsucht nach Heimat.

»Stella«, flüsterte er in die kühle Abendluft hinein. *Stella ist die einzige Heimat, die mir geblieben ist.* Und ohne zu wissen, was diese Entscheidung mit sich brächte, beschloss er, zurück ins Allgäu zu gehen. Er würde schon einen Weg finden, da war er sich sicher. Es spielte keine Rolle, wie lange er unterwegs sein würde, er wollte wieder zu Stella. Er wollte in ihre treuen Augen sehen, sie füttern und hoffen, dass sie ihn eines Tages wieder hinunter ins Dorf begleitete. Er würde die harte Arbeit am Hof verrichten, hungern und von Gustav Prügel beziehen, aber immerhin wüsste er dann, woran er war und wo er hingehörte.

Entschlossen wischte er seine Wangen trocken, stand auf und ließ die Schatten der altgewachsenen Bäume hinter sich.

Kapitel 17

Jouques, Provence, im April 1933

»Verdammt, Pauline, was machst du hier? Ich habe doch gesagt, dass es zu gefährlich für dich ist«, flüsterte Henri und schüttelte besorgt den Kopf.

»Wenn du glaubtest, dass ich nicht komme, warum bist du dann hier?«, fragte Pauline und stemmte ihre Hände in die Taille. Der Park lag im Licht des Vollmonds, die Blätter der Bäume flüsterten im Wind, und die Zikaden zirpten ihr endloses Lied.

»Weil ich dich vermisse, deshalb bin ich hier, und deshalb werde ich jede Nacht hier sein.« Henri zog Pauline an sich und roch an ihrem offenen Haar.

»So wie ich.«

»Und was, wenn dein Gatte uns erwischt?«, fragte Henri, wobei er das Wort »Gatte« verächtlich betonte.

»Mach dir um Philippe keine Gedanken. Er schläft so tief, dass du zu uns ins Ehebett kriechen könntest und er würde nichts davon bemerken.« Pauline kicherte und küsste Henri auf die frisch rasierte Wange.

»Ich finde das nicht besonders lustig.«

»Du hast recht, wir sollten nicht über Philippe reden. Die wenige Zeit, die wir haben, könnten wir besser nutzen, oder?« Pauline drängte sich an Henris Körper und koste seinen Hals.

»Nicht hier.« Henri versuchte, sich aus der leidenschaftlichen Umarmung zu lösen.

»Wo dann?«, hauchte Pauline ihm ins Ohr.

»Ich weiß es nicht. Es gehört sich nicht, die Frau, die man liebt und ehrt, auf einer feuchten Wiese zu lieben. Du hast etwas Besseres verdient.«

»Es genügt mir nicht, bei dir im Laden Baguette zu kaufen und dir zuzuzwinkern, oder mich des Nachts unter der Magnolie zu treffen und Liebesschwüre auszutauschen. Henri, ich will mehr.« Erneut presste sie ihren Oberkörper an seinen, bereit, sich ihm hinzugeben, wenn er es denn nur wollte.

»Meine geliebte Pauline«, stöhnte er ihr ins Ohr, »es geht nicht. Du bist die Frau eines anderen.«

Pauline löste die Umarmung und wich einen Schritt zurück – gerade so weit, dass sie die Wärme seines Körpers noch fühlen konnte. Ja, sie war die Frau eines anderen – aber doch nur, weil er nicht mit ihr fliehen hatte wollen. Es war Henris Entscheidung gewesen, hier in seinem Heimatdorf zu bleiben. Bei seiner Familie. Wäre es nach ihr gegangen, hätten sie Jouques hinter sich gelassen, wären Hand in Hand voller Abenteuerdrang geflüchtet, hätten sich in schäbigen Hotelbetten geliebt und sich nächtelang im Arm gehalten. Henri hätte eine kleine Bäckerei eröffnet, sie hätte sich um die Kundschaft gekümmert, den Laden sauber gehalten und für Blumenschmuck im Schaufenster gesorgt. Irgendwann hätten sie ein kleines Haus gekauft, geheiratet und Kinder bekommen – zwei Mädchen, die einander ebenso nahegestanden hätten wie sie und Konstanze.

Pauline seufzte schwer bei dem Gedanken, dass sie all diese Träume ein Leben lang nur im Herzen tragen würde und nie ausleben könnte. Henri war zu anständig, um seine Familie im Stich zu lassen, und er war zu anständig, um sie zu lieben. Alles, was sie von ihm hatte, waren seine zarten Küsse und Liebesschwüre, die sie bis ans Ende der Welt trugen. Sie wollte bei ihm sein, ihn fühlen, riechen, seine Stimme hören, in seine Augen sehen. All das wünschte sie sich aus tiefstem Herzen. Und doch wachte sie Tag für Tag neben Philippe auf. Sie fühlte sich schrecklich an seiner Seite – nicht weil er sie herablassend behandelte, nein, vielmehr tat er alles ihm Mögliche, um ihren Alltag angenehm zu gestalten.

Er versuchte, sie mit Geschichten aus seiner Kindheit zum Lachen zu bringen oder sie mit seinem charmanten Lächeln aufzumuntern. Je mehr Philippe sich Mühe gab, desto mehr sträubte sich alles in ihr. Sie ertrug seine Gegenwart kaum, konnte ihm nicht in die Augen sehen und setzte alles daran, um ihren ehelichen Pflichten zu entgehen. Philippe zeigte sich verständnisvoll, was den Mangel an körperlicher Nähe betraf. Er schien überhaupt in allen Dingen auf Rücksicht bedacht zu sein. Manchmal fragte Pauline sich, wie er es an ihrer Seite aushielt – so abweisend, wie sie war. Und es gab Momente, da empfand sie tiefes Mitleid für ihn, weil er im Grunde genommen ein guter Mensch war, der eine Frau verdient hatte, die ihn glücklich machte. Sie war nicht diese Frau und würde es nie sein. Sie liebte diesen weltfremden Bäcker, dessen Überzeugung es war, seine Eltern zu ehren und die Ehe seiner Geliebten nicht in Gefahr zu bringen.

»Ich habe ein Geschenk für dich«, flüsterte Henri und ging hinter die altgewachsene Magnolie, um wenige Augenblicke später mit einem kleinen Paket in der Hand und einem strahlenden Lächeln wieder vor Pauline zu stehen. »Hier, für dich.« Mit diesen Worten überreichte er ihr das kleine Paket, das die Größe eines Buches hatte und in dünnes Seidenpapier gewickelt war.

Paulines Herz klopfte, als sie die Schleife öffnete und das Papier raschelnd vom Inhalt zog. Sie fühlte Henris neugierige Blicke auf sich ruhen und wusste, dass sie das Geschenk lieben würde, ganz egal, was es war.

»Ein Tagebuch?«, fragte sie und hielt das Buch in das spärliche Mondlicht.

»Kein Tagebuch«, meinte Henri. »Du musst es öffnen.«

Henri breitete seine Jacke in die nachtkühle Wiese und bot Pauline an, sich zu ihm zu setzen. Liebevoll strich sie über den dunkelbraunen Ledereinband, öffnete ihn und ließ den Inhalt auf sich wirken.

Seite für Seite blätterte sie um und fühlte dabei eine ungeahnte Liebe in sich hochsteigen. Tränen trübten ihren Blick, und für einen Moment befürchtete sie, dass sie in tausend Scherben zerbrechen müsse, weil dieses Geschenk sie zu sehr berührte.

»Verstehst du?«, fragte Henri.

»Ja, das tue ich.«

»Eine Blume für jeden Tag, den wir uns kennen.«

»Es ist wunderschön«, hauchte Pauline und fuhr mit den Fingerspitzen über eine getrocknete Blume, die Henri mit größter Sorgfalt auf das Papier geklebt hatte. »Das habe ich ...« Ihre Stimme brach. »Das habe ich nicht verdient.«

»Was hast du nicht verdient?«

»Dass du mich so sehr liebst.«

»Doch, meine Schöne, das hast du.«

Pauline schluckte schwer, um gegen die Übermacht der Gefühle anzukämpfen. »Wenn du mich so sehr liebst, dann komm mit mir. Lass uns weg von hier, bevor mein Herz zerbricht.«

»Schscht!« Er legte einen Finger auf ihre Lippen. »Du musst damit aufhören. Wir haben uns hier und jetzt und morgen Nacht und in der Nacht, die folgt.«

Pauline nickte. Sie wusste, dass ihr Flehen nichts an seiner Entscheidung ändern würde. Sie wusste, dass es nicht nur ihr Herz bräche, sondern auch seines. Und doch würden sie hierbleiben, in Jouques, und so tun, als ob das ihr Glück wäre.

»Versteck es gut, damit Philippe es nicht findet«, meinte Henri und deutete auf das Buch.

»Er wird es nicht finden.« Pauline hauchte ihrem Geliebten einen Kuss auf Wange und Stirn, dann verabschiedete sie sich. Noch lange, während sie durch den silbrig beschienenen Park wanderte, fühlte sie Henris liebevollen Blick in ihrem Rücken. Sie drückte das in Leder gebundene Buch an die Brust und dachte bei sich, dass ihr noch nie zuvor eine so verletzliche Seele wie Henri begegnet war. Als sie sich schließlich umdrehte, war er schon in den dunklen Schatten der Bäume verschwunden.

Sie liebte Henri mehr als jeden anderen Menschen. Bei dem Gedanken an ihn war sie glücklich und traurig zugleich. Mit einem tiefen Seufzer blickte sie an den düsteren Mauern des Landhauses hoch. Niemals würde sie dieses Gebäude als ihr Zuhause empfinden, sondern immer nur als Gefängnis.

Die Treppen ins Obergeschoss knarrten unter ihren leisen Schritten, so als wollten sie ihren nächtlichen Ausflug verraten. Kurz hielt sie inne und horchte in die Stille des Hauses. Nichts. Alle schliefen. Dennoch war sie erst erleichtert, als sie die Tür ihres Schlafzimmers hinter sich geschlossen hatte und Philippes gleichmäßigen Atem hörte. Vorsichtig schlüpfte sie unter die Decke und schob Henris wertvolles Geschenk sorgsam unter ihr Kissen, damit sie es ganz nah bei sich hatte.

Als Philippe am nächsten Morgen aufstand, täuschte Pauline tiefen Schlaf vor. In Wahrheit lag sie bereits seit geraumer Zeit wach und war in Gedanken bei dem Leben, das ihr nicht vergönnt war. Mit geschlossenen Augen lauschte sie, wie ihr Gatte seinem morgendlichen Ritual nachkam und die cremefarbenen Vorhänge ein Stück zur Seite schob, damit er Ausblick auf die Pfirsichplantage hatte. *Seine Pfirsichplantage.* Dann ging er an den Waschtisch, wo er sich sorgfältig rasierte und sein Haar mit Pomade ordentlich über den Hinterkopf kämmte. Anschließend ging er wie immer hinter den Paravent und kleidete sich angemessen zum Frühstück an. Pauline hörte, wie er in das frisch gestärkte Hemd schlüpfte und in seine Hosen stieg. Er würde sie nicht wecken, das tat er nie. So leise wie möglich würde er das Zimmer verlassen und sich hinunter an den gedeckten Frühstückstisch begeben. Er würde mit Josette den kommenden Tag besprechen und durch die Morgenzeitung blättern. Als er am Bett vorbeischlich, blieb er allerdings plötzlich stehen. Paulines Herz pochte laut, und ihr Atem stockte.

»Pauline, ich weiß, dass du nicht schläfst.«

Einen Moment lang überlegte sie, ob sie an ihrem vorgetäuschten Schlaf festhalten sollte, aber würde sie sich dann nicht lächerlich machen? Als sie die Augen öffnete, blickte sie in Philippes Gesicht, das ihr mild entgegenlächelte. Er setzte sich zu ihr an die Bettkante und biss verlegen auf seine Unterlippe.

»Warum ziehst du dich nicht an und kommst mit mir hinunter zum Frühstück?« Er legte den Kopf schief, und für einen Moment hatte Pauline den Eindruck, er wolle sie berühren. »Ich weiß, dass du nicht glücklich bist«, fuhr er fort.

»Und du?«, fragte Pauline mit ehrlichem Interesse.

Philippe schüttelte den Kopf und wich ihrem Blick aus. »Du weißt bestimmt, dass mein Vater diese Verbindung wünschte.«

»Verbindung!« Pauline zog die Augenbrauen hoch. »Das klingt doch sehr geschäftlich, findest du nicht?«

»Ich befürchte, für meinen Vater und Josette war es genau das.« Er strich sich nachdenklich über seine frisch rasierten Wangen und schien nach den richtigen Worten zu suchen. »Es ist doch so: Wir sind erst seit ein paar Wochen verheiratet. Vielleicht wäre es an der Zeit, dass wir uns näherkommen.«

Pauline riss die Augen weit auf und zog die Decke bis hoch an ihr Kinn.

»Nein, nicht so. Ich dachte, dass wir etwas miteinander unternehmen, uns kennenlernen.« Sein Lächeln wirkte melancholisch, und sein Blick verriet, dass die Situation ihn ebenfalls belastete. »Wir könnten ein paar Tage in Marseille verbringen. Dort hat es dir doch gefallen, oder?«

Pauline nickte. Sie wusste, dass er recht hatte und es an ihnen lag, wie sie ihr Leben gestalteten. Aber was würde Henri sagen, wenn sie ganz allein mit Philippe wegfuhr? Gewiss würde er es sich nicht anmerken lassen, dass es ihn innerlich zerriss. Pauline seufzte schwer und rieb sich die müden Augen.

»Also gut, fahren wir ans Meer.« Noch während sie diese Worte aussprach, wurde ihr kühl ums Herz, dennoch versuchte sie sich an einem freundlichen Lächeln.

»Sehr schön, dann besprechen wir das gleich mit Josette, oder?« Unbeholfen strich er über ihren Unterarm, dann stand er auf und überließ Pauline ihren Gedanken. Philippe hatte die Tür noch nicht ganz geschlossen, da griff sie schon unter ihr Kissen und tastete nach dem Buch, das Henri ihr wenige Stunden zuvor überreicht hatte. Seite für Seite blätterte sie sich von einer Blume zur nächsten. Sie fragte sich, wie viel Liebe und Zeit er in dieses Geschenk gesteckt hatte. Nein, das war nicht nur ein Geschenk, das war ein Liebesschwur, ein Versprechen, ein Kuss, eine Umarmung. Henri war der Mann, der ihr Herz zum Schweben brachte. Sie brauchte ihn an ihrer Seite.

Möglicherweise war die Reise mit Philippe gar keine so schlechte Idee. Sollte Henri doch platzen vor Eifersucht, vielleicht würde er dann einsehen, dass sie von hier fliehen mussten, um ihr gemeinsames Glück zu finden.

Sie würde ihre Liebe nicht aufgeben. *Noch nicht*, dachte sie und lächelte beim Anblick der getrockneten Magnolienblüte, die Henri auf das dünne Seidenpapier geklebt hatte.

Nachdem Philippe die Schlafzimmertür hinter sich geschlossen hatte und er im düsteren Flur stand, rieb er sich nachdenklich die Stirn. Er fragte sich, ob die Reise nach Marseille tatsächlich eine gute Idee war. Seine Frau sprach kaum ein Wort mit ihm, stellte sich sogar schlafend, damit sie ihm keinen guten Morgen wünschen musste – wie würden sie wohl einen Urlaub verbringen, in dem es keinen anderen Gesprächspartner gäbe? Dennoch war es ein Versuch, seine Ehe, die von Anfang an zum Scheitern verurteilt war, zu retten. Die Tage würden sie am Strand verweilen und abends ein Restaurant besuchen, wo sie gemütlich Wein trinken würden. Und wenn sie nach dieser gemeinsamen Zeit immer noch Fremde waren, dann hatte er wenigstens sein Bestes gegeben und müsste sich nicht länger mit Vorwürfen quälen, weil sein Herz für eine andere Frau schlug.

Er dachte an Konstanze und an ihren einzigen Kuss, den er nicht vergessen konnte. Diese Nähe fühlte sich so richtig an, obgleich sie verboten war. Mit Konstanze konnte er sich austauschen, auch wenn die Sprachbarriere zwischen ihnen stand. Bei ihr genügten Blicke, Gesten, ungesagte Worte. Sie brauchte nur neben ihm zu stehen, und der Wunsch, sie in seine Arme zu schließen, wurde fast unerträglich.

Dennoch wollte er nicht hadern mit seinem Schicksal. Er hatte sich dem Willen seines Vaters gebeugt, ganz so, wie seine Erziehung es verlangte. Er war kein Abenteurer oder Rebell, alles, was er sich wünschte, war Frieden – für seine Familie und für sein Land. Vermutlich wäre Konstanze binnen kürzester Zeit enttäuscht von ihm gewesen, weil er einfach nur ein langweiliger Landmensch war, der ihr keine täglichen Besuche im Museum oder im Theater bieten konnte. Umso besser war es, dass das Schicksal seine Angelegenheiten geregelt hatte und nicht sein Herz.

Nach einem tiefen Seufzer ging er die Treppen hinab ins Esszimmer, wo Josette bereits aus ihrer Teetasse trank. Mit einem freundlichen »Guten Morgen« setzte er sich zu ihr an den Tisch und tat, als führte er das Leben, das er sich immer gewünscht hatte.

Kapitel 18

München, im April 1933

D as Kind muss weg, um Himmels willen, Konstanze, sieh das doch ein!« Gunde schritt energisch in ihrem Salon auf und ab, während Konstanze auf der Chaiselongue saß und schluchzend an ihren Fingern nestelte.

»Wie konnte es überhaupt so weit kommen?« Gunde blieb stehen und griff sich an die Stirn. »Du ruinierst deine Karriere.«

»Wovon sprichst du?«

»Dein Professor von Kohlhagen hat mir erzählt, dass er große Pläne mit dir hat. Er will dich in die renommierten Galerien bringen – nicht nur die in Deutschland, sondern auch in Frankreich und Italien. Die Welt könnte dir und deiner Kunst zu Füßen liegen, und was machst du? Du lässt dir ein Kind anhängen.« Gunde schnaubte aufgebracht. »Wir müssen sehen, dass wir so schnell wie möglich etwas dagegen unternehmen. Seit wann weißt du von der Schwangerschaft?« Sie ging auf ihre Nichte zu und blieb unmittelbar vor ihr stehen. Konstanze sah hinab auf die Schuhspitzen ihrer Tante, die nervös auf den Boden tippten.

»Seit ein paar Wochen.«

»Ich werde mich gleich morgen umhören. Es gibt sicher verlässliche Hilfe in solchen Fällen. Meine Güte, erst die Sorge um Lorenz und jetzt du, ihr Kinder habt ja keine Ahnung, wie viele schlaflose Nächte ich euretwegen bereits durchlitten habe.«

Konstanze schwieg. Die Wahrheit war, dass sie noch nicht mit Sicherheit sagen konnte, ob sie das Kind behalten wollte oder nicht. Der Gedanke an eine eigene Familie hatte etwas Tröstliches. Freilich wäre es nicht Philippes Kind, aber je schneller sie diesen Gedanken verdrängte, desto besser. Ein Leben an Philippes Seite würde es für sie nie geben, das sollte sie inzwischen eigentlich begriffen haben. Sie würde sich nach einer anderen Partie umsehen müssen, wenn sie vorhatte, eine Familie zu gründen. Und warum nicht Herbert von Kohlhagen? Immerhin verband sie mit ihm die Liebe zur Kunst. Er war ihr Lehrer, er schätzte ihre Arbeit und ihr Talent. Seine väterliche Art vermittelte ihr Geborgenheit. Zudem mochte sie sein Haus – das Licht in seinem Atelier war einzigartig und der kleine Garten gerade richtig. Das Mobiliar ließ eindeutig auf einen Herrenhaushalt schließen, aber sie würde den Räumen rasch ihre weibliche Note verleihen. Ein paar Vasen hier und ein paar Beistelltische da – und schon hätte sie aus dem gediegenen Haushalt eine vorzeigbare Immobilie gezaubert.

Sie sah hoch zu Gunde und beschloss, ihre Gedankengänge lieber für sich zu behalten. Schließlich hatte ihre Tante recht, es galt immerhin, für Lorenz Sorge zu tragen. Nach seinem plötzlichen Verschwinden waren sie alle verrückt gewesen vor Kummer, hatten die Polizei alarmiert und sich eigenhändig auf die Suche in den umliegenden Straßen gemacht. Onkel Ludwig war mit dem Automobil durch die angrenzenden Stadtteile gefahren. Alles ohne Erfolg. Als die erste Nacht hereingebrochen war, hatten sie das Schlimmste befürchtet. Die ganze Nacht hatten sie am offenen Kamin gesessen und gehofft, dass Lorenz reumütig an der Tür klopfte. Konstanze peinigte sich mit Selbstvorwürfen, weil sie es schon wieder versäumt hatte, sich ausreichend um ihren kleinen Bruder zu kümmern.

Als wenige Tage später ein Brief von einem gewissen Pfarrer Rötting eintraf, war die Aufregung groß. Laut Rötting hatte sich Lorenz ganz allein und mittellos bis ins Allgäu durchgeschlagen. Dort hatte er Zuflucht bei ihm gesucht und erholte sich derzeit unter seinem Dach von den Strapazen der langen Reise.

»Morgen fahren Ludwig und du ins Allgäu, und dann kümmert

ihr euch um Lorenz. Wenn du wieder hier bist, habe ich die passende Lösung für dich und deine ... Situation bei der Hand, wirst sehen.« Gunde zupfte aufgeregt am Spitzenbesatz ihrer Blusenärmel. »Ja, so machen wir es, nicht wahr?« Erst jetzt blickte sie in Konstanzes verweintes Gesicht und schien zu erkennen, dass die Durchführung ihres Plans eventuell nicht ganz so problemlos verlaufen würde wie in der Theorie. Gunde nahm neben ihrer Nichte auf der Chaiselongue Platz und legte behutsam ihren Arm um Konstanzes Schultern. »Ich bin immer für dich da, das weißt du doch, oder?« Ihre Stimme war versöhnlich und sanft. Konstanze musste noch vor ihrer Abreise ins Allgäu unbedingt zu Herbert, um ihm von der Schwangerschaft zu erzählen – dann gäbe es vielleicht bald keine Probleme mehr, die sie mit Gunde zu bereden hätte.

»Ja, ich weiß. Danke, Tante Gunde.« Konstanze lehnte sich an ihre Schulter und drückte ihr einen Kuss auf die Wange, bevor sie aufstand und die Frisur im Wandspiegel kontrollierte.

»Hast du noch etwas vor?«

»Ja«, antwortete Konstanze knapp.

»Du willst zu *ihm*, habe ich recht?«

Ja, natürlich hatte Gunde recht, sie hatte von Anfang an jeden ihrer Gedanken lesen können, als stünden sie in einem offenen Buch.

»Das halte ich für keine gute Idee.« Gunde reckte ihr Kinn, wie immer, wenn sie ihren Standpunkt betonen wollte.

Mit einem Augenzwinkern huschte Konstanze aus dem Salon und eilte die Treppen hinab in den Eingangsbereich, wo Esther gerade den Boden feucht wischte.

»Soll ich Ihren Mantel holen?«, fragte sie und wischte sich die Hände an ihrer Schürze trocken.

»Lass nur, heute haben wir wunderbar mildes Wetter, ich brauche keinen Mantel.« Mit diesen Worten griff sie nach ihrem beigen Hütchen und warf sich eine rostbraune Stola um die Schultern. »Sag meiner Tante, dass ich zum Abendessen zurück bin.«

»Natürlich, gnädiges Fräulein.«

Die Zeit war knapp, weshalb Konstanze beschloss, wenigstens einen Teil der beachtlichen Strecke mit der Straßenbahn zu fahren. Nachdenklich blickte sie aus dem Fenster und ließ die Stadt an sich vorüberziehen. Als sich hinter ihr zwei Mädchen kichernd unterhielten, wünschte sie sich, ihr Leben wäre ein wenig sorgloser. An der Staatsoper beschloss sie, auszusteigen und den Rest des Weges zu Fuß zu gehen, um sich die passenden Worte für das Gespräch mit Kohlhagen zurechtzulegen. Der Wind strich überraschend scharf über den Frauenplatz und klärte Konstanzes Gedanken, während sie an der schattigen Nordseite der Kirche entlangschritt. Wie Kohlhagen wohl reagieren würde, wenn sie ihm von ihrer Schwangerschaft erzählte? Vielleicht würde er wollen, dass sie so rasch wie möglich bei ihm einzog. Aber vermutlich würde Onkel Ludwig darauf beharren, dass sie erst die Ehe eingingen – und zwar so schnell wie möglich, bevor der Bekanntenkreis vom unehelichen Kind erfuhr und mit dem Finger auf sie zeigte. Sie beschleunigte ihre Schritte.

Erst als sie Kohlhagens Haus erreichte, hielt sie inne und beruhigte ihren Atem. Haarsträhnen klebten an ihrer erhitzten Stirn, und Schweiß perlte über ihren Rücken. Ihr Puls raste, und das nicht nur wegen des flotten Marsches, der hinter ihr lag. Ihr Finger zitterte, als sie die Klingel drückte.

»Konstanze! Mit dir hatte ich nicht gerechnet«, meinte Herbert, als er wenige Augenblicke später die Türe öffnete. Konstanze wusste, was er damit sagen wollte: dass er eigentlich keine Zeit hatte und sie ihn bei wichtigen Dingen störte.

»Soll ich ein anderes Mal wiederkommen?« Kohlhagen schüttelte den Kopf und öffnete die Tür so weit, dass sie eintreten konnte.

»Solltest du nicht an deinen Objekten für die Ausstellung sitzen?«, fragte Herbert über die Schulter, während er den Flur entlang zurück ins Atelier schlurfte.

Konstanze ging artig hinter ihm her und betrachtete dabei seine hochgewachsene Gestalt, seine breiten Schultern, die auf einen körperlich anstrengenden Beruf schließen ließen, seine aufrechte Haltung, die Hose, die an seinen Oberschenkeln mit Farbe übersät war, weil er sich stets die Hände daran abwischte, und die ausgelatschten Schuhe, deren Sohlen sich bei jedem Schritt ein wenig von den Hacken lösten.

»Es gibt etwas, das ich mit dir besprechen muss und das keinen Aufschub duldet.« Konstanze räusperte sich und hielt sich mit beiden Händen an ihrer Stola fest.

»Dann erzähl. Es stört dich doch nicht, wenn ich nebenbei arbeite?«, fragte er, ging, ohne eine Antwort abzuwarten, zur Staffelei und griff nach seinem Pinsel. Eine Weile beobachtete Konstanze ihren Geliebten, wie er vor seinem unvollendeten Werk stand und die letzten Pinselstriche akribisch betrachtete.

»Ich ...«, sie schloss die Augen und hoffte inständig, dass sie der Mut nicht verließ, »... bin schwanger.«

Noch bevor sie die Augen wieder öffnete, hörte sie Kohlhagens Pinsel zu Boden fallen und spürte eine unangenehme Anspannung, die den gesamten Raum ausfüllte.

»Du bist *was*?«, fragte er mit unnatürlich hoher Stimme.

»Wir bekommen ein Kind«, erwiderte sie leise und presste dann die Lippen fest aufeinander.

Stille. Ungläubiges Kopfschütteln bei Kohlhagen. Sein Blick wanderte an Konstanze hinab bis zu ihrer Körpermitte, die sie instinktiv mit beiden Händen bedeckte.

»Das interessiert mich nur leider nicht«, war seine knappe Reaktion, bevor er sich wieder zu seinem Gemälde umwandte.

»Wie bitte?« Konstanze glaubte, sich verhört zu haben.

»Ich sagte, dass es mich nicht interessiert.« Kohlhagen drehte sich um und starrte ihr unverwandt in die Augen.

»Aber ich dachte ...«

»Ja, erzähl doch mal: Was hast du kleines naives Mädchen denn gedacht? Dass ich dir vor Freude um den Hals falle? Dir ewige Liebe schwöre und einen Antrag mache? Hast du das gedacht, Konstanze?«

Konstanze schluckte und hatte Angst, das Gleichgewicht zu verlieren.

»Schau, die Sache ist die: Ich bin kein Familienmensch. Das ist weder deine Schuld noch meine – es ist einfach so. Ich mag mein Leben genau so, wie es ist. Es wäre schade um dein Talent, wenn du es ungenutzt lässt, weil du lieber Windeln wechselst. Sieh zu, dass du das Problem loswirst.« Er deutete auf ihren Bauch. Die Worte trafen Konstanze wie ein Messer ins Herz. So viel Kälte und Abneigung hatte sie nicht erwartet. Vielmehr war sie der Meinung gewesen, dass es ihre Entscheidung wäre, ob sie und Herbert eine gemeinsame Zukunft hätten. Und nun musste sie feststellen, dass er nicht anders war als Philippe, der sich ebenfalls gegen sie entschieden hatte.

Herbert hob seinen Pinsel auf und wandte sich seiner Staffelei zu.

»Du findest allein raus, oder?«

»Ja«, hauchte Konstanze und war für den Bruchteil eines Moments unsicher, ob sie einen Fuß vor den anderen zu setzen vermochte. Ihr Kopf war leer, als sie durch den dämmrigen Flur ging, und kurz war sie versucht, sämtliche Lampen und Vasen auf den Boden zu schleudern und in tausend Scherben zerspringen zu lassen. Aber nein, das war weiß Gott nicht ihre Art. Zudem wäre niemandem geholfen, wenn sie Kohlhagens Sammlerstücke zerstörte. Sie wollte nur nach draußen. Als sie Kohlhagens Haustür hinter sich geschlossen hatte, verharrte sie wie gelähmt auf dem

Treppenabsatz und blickte ins Leere. Es war erst früher Nachmittag, als sie sich auf den Heimweg machte, die Sonne strahlte vom Himmel, und doch schien Konstanzes Welt dunkler als je zuvor. Ohne es zu bemerken, marschierte sie in Richtung Odeonsplatz, obwohl Onkel Ludwig ihr geraten hatte, große Plätze zu meiden. Seit der Machtübernahme im Januar wich man besser auf Seitenstraßen aus, um so wenig Uniformierten wie möglich zu begegnen.

Konstanze war zu sehr in ihre Gedanken vertieft, um die kleine Gruppe von SS-Leuten wahrzunehmen, denen sie geradewegs in die Arme lief.

Erst als der Gleichschritt der Männer immer lauter wurde und an den Mauern der umstehenden Gebäude widerhallte, hob sie den Kopf an und stellte erschrocken fest, dass nur noch wenige Meter sie von der Gruppe trennten. Es war zu spät, um ihnen auszuweichen, ohne Aufsehen zu erregen, also ging sie mit langsamen Schritten weiter und blickte konzentriert auf Hitlers Flaggen, die drohend vor der Feldherrnhalle wehten.

»Hei-tler!«, kam es wie aus der Pistole geschossen von einem der Soldaten, und aus dem Augenwinkel sah Konstanze die rechten Arme der Sechsergruppe hochschnellen. Sie erhöhte ihr Tempo, um Abstand zwischen sich und die marschierenden Männer zu bringen. Als mit einem Mal der Gleichschritt verstummte, ahnte sie Schlimmes und beschleunigte ihre Schritte ein weiteres Mal.

»Mädel!« Die Stimme hinter ihr war eindringlich und mahnend, dennoch hatte Konstanze mehr Angst davor, stehen zu bleiben, als davonzulaufen.

»He!«, drang es laut an ihr Ohr. Einer der Männer überholte sie und stellte sich so breit vor ihr auf, dass sie zum Stehenbleiben gezwungen war. Ihr Atem ging flach und schnell, ihr Herz hämmerte, und das Blut rauschte in ihrem Kopf.

»Name!«, rief er zackig und griff in seine rechte Innentasche.
»Aber warum ...?«
»Name!«, wiederholte er und schlug einen kleinen Notizblock auf.

Konstanze brachte keinen Ton über die Lippen. So einem angsteinflößenden Mann war sie noch nie zuvor begegnet. Sie starrte in seine Augen, deren Blick absolut gefühlskalt wirkte. In ihrem Kopf hörte sie Onkel Ludwigs mahnende Stimme, der sie eindringlich und wiederholt darauf hingewiesen hatte, einen gezeigten Hitlergruß in jedem Fall zu erwidern, wenn sie ernsthaften Schwierigkeiten entgehen wollte.

»Bitte verzeihen Sie, ich war so in Gedanken.« Tränen stiegen ihr in die Augen und ließen das Gesicht ihres Gegenübers und seine schwarze Uniform verschwimmen. Die anderen SS-Leute waren ihr inzwischen so nahe gekommen, dass sie ihren Atem im Nacken fühlen konnte. Fröstelnd zog sie ihre Stola enger um den Hals und versuchte, Haltung zu bewahren.

»Name!«, wiederholte der SS-Mann laut und kam ihr so nahe, dass sein Mundgeruch nach Alkohol und Tabak ihr Übelkeit verursachte.

»Konstanze Dannenberg«, sagte sie schluchzend und fühlte sich mit einem Mal völlig entblößt. »Was passiert jetzt mit mir?« Ihr ganzer Körper bebte, und sie fragte sich, was dieser Tag wohl noch an schrecklichen Überraschungen für sie bereithielt. »Mein Verlobter hat mich eben vor die Tür gesetzt, ich war völlig außer mir. Bitte glauben Sie mir, dass ich noch nie zuvor den Hitlergruß vergessen habe.«

Für einen Moment dachte sie, etwas Menschlichkeit in der Miene ihres Gegenübers aufblitzen zu sehen.

»Es wird auch nie wieder vorkommen, ich verspreche es.« Um ihr Wort zu besiegeln, streckte sie dem Uniformierten ihre rechte Hand entgegen. Und obwohl sie es kaum zu hoffen gewagt hatte, steckte er seinen kleinen Notizblock samt Bleistift zurück in die Innentasche seiner Uniform.

»Ich nehm dich beim Wort, Mädel. Nächstes Mal wird es nicht bei einer Verwarnung bleiben.« Er hob sein Kinn und blickte hochmütig auf sie hinab.

»Es wird kein nächstes Mal geben.« Konstanze wischte sich die Tränen aus dem Gesicht.

»Heil Hitler!«, rief er viel zu laut und reckte seine Rechte steif in die Luft. Konstanze tat es ihm gleich und ließ den Arm erst wieder sinken, als die Schritte der Gruppe kaum noch zu hören waren. Verängstigt blickte sie sich um und musste feststellen, dass etliche Blicke auf sie gerichtet waren. Einige Gesichter kannte sie, und dennoch war ihr niemand zu Hilfe gekommen, um sie gegen die SS-Leute zu verteidigen. Sie war allein und völlig ausgeliefert gewesen. Ihre Angst wich einem lodernden Zorn. Was war das nur für eine Zeit, in der man Strafe befürchten musste, wenn man einen Gruß vergaß? Die Welt war im Wandel, das fühlte sie in diesem Moment mehr denn je. Sie starrte hoch zur Feldherrnhalle und glaubte für einen Moment, den Nachhall der schrillen Jubelschreie von Hitlers Anhängern, der Salven und der Marschmusik zu hören. Es war erst wenige Wochen her, dass man den Führer genau hier nach seiner Machtergreifung bejubelt hatte wie einen Gott. Onkel Ludwig hatte verboten, den Feierlichkeiten beizuwohnen, doch Tante Gundes Neugier war zu groß gewesen, um sich das Spektakel entgehen zu lassen. Aus dem Haus geschlichen hatten sie sich und den Trubel aus dem Abseits beobachtet. Konstanze erinnerte sich an die Inbrunst, mit der Gunde den Aufruhr verfolgt hatte, und sie erinnerte sich an den kalten Schauer, den sie beim Anblick Hitlers verspürt hatte. Heute wusste sie, warum ihr der Führer damals Angst gemacht hatte – weil er nämlich genau das beabsichtigte: Angst zu verbreiten.

Sie würde Onkel Ludwig nichts von dem Vorfall erzählen, sie

würde ihn verschweigen, um ihn nicht unnötig aufzuregen. Aufregung gäbe es in der nächsten Zeit ohnehin genug. Morgen früh reisten sie und ihr Onkel ins Allgäu. Konstanze konnte es kaum erwarten, Lorenz zu sehen, ihn wohlbehalten in die Arme zu schließen und ihm zu versprechen, dass sie sich ab sofort seiner Sorgen annähmen. Sie würden gemeinsam zurück nach München reisen, ihn in seiner alten Schule anmelden und ihm alle Wünsche von den Augen ablesen – das war das Mindeste, was sie für ihn tun konnte, nachdem sie ihn so sträflich vernachlässigt hatte.

Und dann war da noch die Schwangerschaft, um die es sich zu kümmern galt. Hatte sie bis vor wenigen Stunden noch in der Annahme gelebt, sie könnte gemeinsam an Herberts Seite eine Familie gründen, so musste sie sich nun eingestehen, dass es absolut unmöglich geworden war. Sie würde Gundes Rat annehmen und das Kind *wegmachen lassen,* wie ihre Tante es nannte. Der bevorstehende Verlust ihres Ungeborenen belastete sie bereits mehr, als sie befürchtet hatte.

Schon wieder ein Abschied, dachte sie und sah das lächelnde Gesicht ihrer Mutter vor sich – und das von Pauline.

Kapitel 19

Buchenberg, Allgäu, im April 1933

Als Lorenz noch vor der Morgendämmerung den Weg zu Gustavs Hof hochstieg, wallten die unterschiedlichsten Gefühle durch seinen mageren Körper.

Angst, weil er befürchten musste, seinem Onkel zu begegnen.

Freude, weil er Stella wiedersehen würde.

Hoffnung, weil er sich bereits samt seiner Hündin in München in Gundes Haus sah. Inzwischen war ihm bewusst geworden, dass er überreagiert hatte und München nicht im Alleingang hätte verlassen dürfen. Und doch musste er zugeben, dass er ein klein wenig stolz auf sich war, sein Schicksal ganz allein in die richtigen Bahnen gelenkt zu haben. Konstanze und Onkel Ludwig würden heute anreisen, um ihn abzuholen. So nett Rötting auch war, Lorenz mangelte es in seinem biederen Haus am ersehnten Luxus. Abends ein warmes Bad, Strom in allen Zimmern, üppige Mahlzeiten, die auf seinen Geschmack abgestimmt waren, und ein weiches Bett, das wöchentlich vom Personal frisch bezogen wurde. Nur Röttings täglicher Klavierunterricht würde ihm fehlen, aber wer weiß, Tante Gunde war sehr aufgeschlossen und hatte auch Konstanzes Kunststudium von Anfang an unterstützt.

Lorenz hatte die Hälfte des steilen Anstiegs bereits hinter sich, da hielt er inne und blickte hoch zum Hof, dessen Umrisse die Harmonie der Morgendämmerung durchbrachen. Sein Herz hämmerte, und sein Hemd klebte an seiner verschwitzten Haut. Dass der Anstieg derart kräfteraubend war, hatte er nicht mehr in Erinnerung. Vielleicht war es aber auch die Angst, die seine Beine schwer wie Blei erscheinen ließ. Er dachte an Gustav und seine boshafte Fratze, seine riesigen Hände, die nur zu oft Abdrücke auf seinem Körper hinterlassen hatten, sein unmenschlicher Geruch, seine gelben Zähne und seine Stimme, die so schaurig tief war, dass sie ihn auch Wochen später noch im Schlaf verfolgte. Lorenz' Hände zitterten, als der Wind ihm den Geruch von Kuhstall und Moder entgegentrug. Ihm war danach, zurück ins Dorf zu rennen und sich unter Röttings Tisch zu verstecken. Aber nein, er musste nach oben, zu Stella. Also kämpfte er sich Schritt für Schritt die letzten Meter hoch.

Erstes Vogelgezwitscher ertönte, als Lorenz den Hof erreichte, und ließ ihn befürchten, dass er zu spät aufgebrochen war und Gustav oder Gertrude sich schon auf den Weg in den Stall machten. Kurz verharrte er und lauschte aufmerksam zu den vertrauten Gebäuden. Stille. Er durfte keinen Moment mehr ungenutzt verstreichen lassen, er musste handeln, und zwar jetzt. Das Herz schlug ihm bis zum Hals und pumpte Adrenalin durch seinen Körper. Während er geduckt über den Hof zur Hundehütte huschte, ging ihm durch den Kopf, dass Stella sich womöglich wieder in irgendeinem Schuppen verkrochen hatte. Es würde viel zu viel Zeit beanspruchen, bis er sie aufgestöbert hätte. Im schlimmsten Fall ließe sie sich überhaupt nicht einfangen. Was würde er dann tun? Ohne Stella nach München zu fahren, kam nicht infrage. Onkel Ludwig um Hilfe zu bitten, allerdings auch nicht – die Familie hatte ihm mehr als deutlich gemacht, dass der Hund nicht von Belang für sie war. Nein, er war auf sich allein gestellt. Wenn er Stella nicht rettete, dann würde es niemand machen. Bei der Hundehütte angekommen, musste Lorenz feststellen, dass seine Befürchtung sich bewahrheitete. Stella war nicht hier. Ohne weiter zu überlegen, lief er zum Schuppen und kniete sich vor das Schlupfloch.

»Stella!«, flüsterte er und lauschte mit geschlossenen Augen auf eine Regung. Kurz glaubte er, ein leises Tappen zu hören. Schnell griff er nach dem Stück Speck, das er sich genau für diesen Fall in die Hosentasche gesteckt hatte, und hielt es in die kleine Öffnung. Wenn er Glück hatte, war der Hund halb verhungert und würde um jeden Preis den Köder zu fassen versuchen.

»Stella, komm her, ich hab was Feines für dich.«

»Was hat er denn Feines für seinen Köter?«

Als Lorenz Gustavs Stimme hinter sich hörte, fiel ihm der Ranken aus der Hand. Sein Körper begann zu zittern, und seine Atmung ging nur noch stockend. Er suchte nach einer Antwort, einer Erklärung, doch in seinem Kopf schwirrten die Worte wie ein Schwarm Fliegen, die man nicht zu fassen bekam.

»Und was er für feinen Zwirn trägt, der gnädige Herr.«

Lorenz presste seine Augen zu.

»Sieh mich an, wenn ich mit dir red! Hast du keinen Anstand, du Saubub?« Gustavs Stimme nahm mit jedem Wort an Lautstärke zu, und der erste Schlag schien unausweichlich.

»Umdrehen!«

Wimmernd vor Angst kam Lorenz dem Befehl nach und drehte sich zu seinem groß gewachsenen Onkel um.

Die ersten Sonnenstrahlen tauchten Gustavs Haar in Gold und ließen ihn trotz seiner Bösartigkeit wie einen Heiligen erscheinen. Und während Lorenz' Blick noch an der schimmernden Silhouette seines Onkels hing, warf ihn schon ein heftiger Schlag ins Gesicht zu Boden.

»Nein!«, wimmerte Lorenz und griff sich an die schmerzende Wange. Noch bevor er ausweichen konnte, ereilte ihn der nächste Hieb.

»Du Saubursch!«, schrie Gustav aufgebracht, bevor er mit seinem Stiefel auf den am Boden liegenden Lorenz eintrat. Es war, als müsste er all die Prügel, die sich in Lorenz' Abwesenheit in ihm aufgestaut hatten, auf ein Mal entladen. Die Hände schützend um den Kopf geklammert, ließ Lorenz die Schläge über sich ergehen – es blieb ihm keine andere Wahl.

»Möchtest ein Glas warme Milch?«, fragte Tante Gertrude wenig später am Frühstückstisch, während Lorenz sich ein Tuch an die blutende Lippe drückte und nicht glauben konnte, dass er wieder in seinem Albtraum gelandet war. An seinem Körper fühlte er immer noch die Tritte vom Bauern, und in seinem Kopf hallte das Gebrüll nach. Lorenz schüttelte den Kopf – zum einen, weil ihm nicht nach warmer Milch war, und zum anderen, weil er mit sich haderte, dass er nicht in München geblieben war.

»Oder hast du Hunger?« Gertrude schien ernsthaft um sein Wohl besorgt und auf gewisse Weise glücklich, Lorenz wieder hier zu haben.

Damit sie das Schwein nicht allein ertragen muss, dachte Lorenz. *Damit ich einen Großteil der Prügel abbekomme.*

Gustav hingegen biss entspannt in sein Butterbrot und lehnte sich zufrieden schmatzend zurück.

»Lass doch die Heulsuse!«, brummte Gustav und blickte ihn aus den Augenwinkeln an. »Wenn er Hunger hat, wird er schon essen.«

Während Gustav an seinem frisch aufgebrühten Kamillentee schlürfte, sann Lorenz über seine heikle Situation. Freilich blieb zu hoffen, dass Pfarrer Rötting die richtigen Rückschlüsse ziehen würde und seinen Onkel Ludwig hoch zum Bauern schickte. Und dann, wenn alles gut ging, säße er noch heute Abend an der fein gedeckten Tafel in München.

»Wo ist eigentlich Stella?«, fragte Lorenz kleinlaut.

Gertrude zog den Kopf ein. Gustav lächelte hämisch.

»Ist sie draußen im Stadl?«

»Wenn du deinen verlausten Köter meinst, den hab ich hier schon ewig nicht mehr gesehen. Wahrscheinlich ist er längst über alle Berge.«

»Ist er nicht«, fuhr Gertrude dazwischen. »Halb totgeprügelt hast du ihn vor ein paar Tagen.«

Lorenz blickte bestürzt zwischen den Bauersleuten hin und her.

»Ach, Trude, musstest du das verraten? Jetzt ist der arme Bub ganz durcheinander.« Der Bauer zog eine Schmolllippe und zeichnete mit einem Finger den Lauf einer Träne über seine unrasierte Wange.

»Wo ist sie?« Lorenz' Stimme war kaum ein Flüstern. Als weder der Bauer noch Gertrude Anstalten machten, ihm zu antworten, legte er sein blutgetränktes Tuch beiseite und stand vom Tisch auf. Er fühlte sich wie in Trance versetzt, als er über den Hof hinüber zum Schuppen ging. Was, wenn …? Nein, das wollte er sich gar nicht ausmalen. Mit einem Griff in die Hosentasche holte er das Stück Speck hervor. Dieses Mal würde er nicht vor der Tür locken und rufen, er würde hineingehen und nach Stella suchen. Vielleicht lag sie irgendwo verletzt und konnte nicht mehr aus eigener Kraft zu ihm gelangen. Vielleicht war ihr Vertrauen zu Menschen aber auch für immer gebrochen, und sie würde nicht aus freien Stücken zu ihm kommen. Vergessen waren die Schmerzen, die Gustavs Hiebe hinterlassen hatten, all seine Gedanken kreisten um seine geliebte Freundin, die er so schändlich verraten hatte. Er blickte unter die Werkbank und hinter das leere Holzfass, schob die Scheibtruhe beiseite und rief dabei immer wieder Stellas Namen. Was, wenn der Bauer recht hatte und sie vom Hof geflüchtet war?

»Stella!«, rief er mit zitternder Stimme, dann kniete er sich auf den Boden und lauschte. Hörte er da ein Wimmern? Ein kratzendes Geräusch? Lorenz hielt den Atem an und ballte angespannt die Hände zu Fäusten. Und dann sah er sie. Stella. Ihr Anblick war erbärmlich, schlimmer, als er sie in Erinnerung hatte. Das Fell mit einer dicken Dreckschicht überzogen, ein Auge zugeschwollen, ein Bein zog sie lahm hinter sich nach. Aber sie lebte, und das war alles, was zählte. Wunden heilten, und Dreck konnte man abwaschen. Wenn er sie nur endlich wieder bei sich hatte.

»Willst du Speck?« Erst jetzt bemerkte Lorenz, dass er weinte, schluchzte und kaum ein Wort über die Lippen brachte. Ja, sie wollte den Speck. Vorsichtig fraß sie ein Stück aus seiner Hand. Sanft zog er seine Hündin an sich, hob sie hoch, herzte sie an seiner Brust, und fühlte mit einem Mal den Schmerz der letzten Monate in all seinen Gliedern und in seinem Herzen.

»Lass uns von hier verschwinden, bevor er uns umbringt«, flüsterte er Stella ins Ohr und hauchte ihr einen Kuss aufs Fell. Als er auf das Scheunentor zuging, hörte er von draußen Stimmengewirr. Erst nur leise, dann immer lauter.

»Schscht!«, flüsterte Lorenz Stella zu, die in seinen Armen zu wimmern begann. Nicht ohne Grund, denn es war Gustavs raue Stimme, die in das Streitgespräch verwickelt war. Vorsichtig, um nicht entdeckt zu werden, lugte Lorenz durch das angelehnte Tor.

»Stanzerl!«, rief er erleichtert aus und trat vor den Schuppen. Erst als er in Konstanzes, Onkel Ludwigs und Pfarrer Röttings entsetzte Mienen blickte, wurde ihm bewusst, welchen traurigen Anblick er bieten musste. Beschämt verbarg er sein misshandeltes Gesicht hinter Stella, die er noch immer auf dem Arm trug.

»Verdammt, was war hier los?« Onkel Ludwig ging wütend auf den Bauern zu und packte ihn am Hemdkragen.

»Um Himmels willen, auseinander!«, rief Rötting und stellte sich zwischen die beiden Männer.

Als Konstanze vor ihrem Bruder niederkniete und seine Verletzungen inspizierte, sprachen ihre Blicke Bände.

»Was ...?« Mehr brachte sie nicht über die Lippen. Ihr Atem ging schwer, der Aufstieg zum Bergbauernhof hatte sie sichtlich angestrengt.

»Stella«, hauchte sie und legte eine Hand auf das Fell des Hundes. »Wir bringen euch weg von hier. Für immer!«

Lorenz nickte.

»Schaffst du den Abstieg ins Dorf? Im Haus vom freundlichen

Herrn Pfarrer versorgen wir deine Wunden, und danach fahren wir nach München. Und wenn du das nächste Mal ausreißt, dann ...«

Sie hatten den Bergbauernhof schon längst hinter sich gelassen, da hörten sie noch immer Gustav toben.

Arme Gertrude, dachte Lorenz und glaubte zu wissen, was seiner Tante bevorstand.

»Pass gut auf dich auf, mein Bub«, verabschiedete sich Rötting sichtlich bewegt. »Besuch mich, wenn du magst, oder schreib mir.« Der Pfarrer legte ihm eine Hand auf und sprach ein paar Segensworte, danach begleitete er ihn zu Ludwigs Wagen und winkte ihm gespielt fröhlich nach. Der Abschied von Buchenberg hinterließ bei Lorenz ein dumpfes Gefühl in der Brust. Die Monate hier hatten ihn geprägt und unumkehrbar verändert. Es würde in seinem Leben keinen Tag mehr geben, an dem er nicht an die grausame Zeit im Allgäu zurückdenken würde.

Stella lag neben ihm auf der Rückbank und schlief. Konstanze blickte nachdenklich zum Fenster hinaus, nur ab und zu schaute sie in seine Richtung und schenkte ihm ein mitfühlendes Lächeln.

»Wir gehen gleich nach unserer Ankunft in München zum Arzt. Er soll sich deine Verletzungen ansehen, gell?«

Lorenz kannte seine Schwester. Er wusste, dass sie noch etwas anderes bedrückte. Dennoch würde er sie nicht danach fragen. Er war einfach glücklich, dass er gemeinsam mit Stella einer behüteten Zukunft entgegenfahren durfte. Keine Angst, kein Hunger, keine Schläge mehr – was wollte er mehr? Er legte eine Hand auf Stellas struppiges Fell, lehnte seinen Kopf entspannt zurück und blickte hinaus auf den wolkenlosen Himmel, der an ihm vorüberzog.

Ja, jetzt würde endlich alles gut werden.

TEIL 2

Kapitel 20

München, im November 1939

Konstanze saß in ihrem Atelier, das Tante Gunde vor Jahren für sie hatte einrichten lassen, und reinigte ihre Pinsel. Onkel Ludwig hatte gebrummt, als er von den Umbauten im ersten Stock gehört hatte, aber letztendlich oblagen solche Entscheidungen nicht ihm – und das wusste er auch.

Obwohl Kohlhagen ihr den Rücken gekehrt hatte, durfte Konstanze sich über reges Interesse an ihren Werken erfreuen. Und sie musste zugeben, dass sie stolz war auf ihre künstlerische Entwicklung und ihr Können. Eigentlich sollte sie glücklich sein ... wäre da nicht diese dumpfe Leere, die sie seit der Hochzeit von Pauline und Philippe verspürte und die sie mit nichts zu füllen vermochte.

Konstanze seufzte tief und strich sich über den Bauch. Das Wetter würde bald umschlagen, das merkte sie am Ziehen in ihrem Unterleib. Seit sie im April 1933 dem Wunsch ihrer Tante Folge geleistet hatte und Kohlhagens Kind abtreiben ließ, protestierte ihr Körper gegen jeden Wetterumschwung. Auch dieser Verlust hatte eine tiefe Lücke in ihrem Leben hinterlassen. Und an manchen Tagen fragte sie sich, wann das Schicksal endlich geneigt war, ihr nach so vielen Entbehrungen ein wenig Glück zu gönnen. Freilich, sie hatte in Gunde, Ludwig und deren Tochter Charlotte eine neue Familie gefunden, und auch ihr Bruder Lorenz lebte hier bei ihr, und doch fehlte etwas. Vielleicht waren es die Gespräche mit Pauline oder Mutters Umarmungen, sie konnte es nicht mit Gewissheit sagen.

Vielleicht war ihre Unzufriedenheit aber auch dem aufflammenden Krieg geschuldet. Seit Wochen untersagte Onkel Ludwig den Frauen, das Haus zu verlassen. Sie waren wie Gefangene im eigenen Heim. Onkel Ludwig verbot ihnen, sich in Zeitungen über den Stand der Dinge zu informieren. Einzig das Personal berichtete manchmal hinter vorgehaltener Hand über die schrecklichen Entwicklungen in Europa. Seit dem missglückten Bombenattentat auf Hitler im nahe gelegenen Bürgerbräukeller schottete Ludwig sogar das Personal von der Außenwelt ab und genehmigte nur noch kurze Botengänge und Einkäufe. Tante Gunde zeigte sich wenig erfreut über die Vorsichtsmaßnahmen ihres Gatten und bekundete bei jeder Gelegenheit, wie sehr sie alle unter der herrischen Ader ihres Gatten zu leiden hätten – dennoch befolgte sie seine Vorschriften und verzichtete sogar auf ihren abendlichen Spaziergang durch den villeneigenen Park.

Konstanze beunruhigten nicht Ludwigs Verbote, denn ihr Gefühl sagte ihr, dass sie nicht in Gefahr war – ganz im Gegensatz zur jüdischen Bevölkerung, die das Land zum Teil bereits verlassen hatte. Jene, die geblieben waren, wurden gedemütigt, enteignet oder verschwanden auf ominöse Weise über Nacht. Es war, als würden dunkle Wolken aufziehen und keiner wüsste genau, welches Unwetter sie mit sich brächten.

Ein sachtes Klopfen an der Tür riss Konstanze aus ihren Gedanken.

»Ja?«

Es war Lorenz, der seinen Kopf durch den Türspalt steckte und sie frech angrinste. Konstanze lächelte zurück.

»Hab ich dir schon gesagt, wie sehr du Mama ähnelst, wenn du lachst?«

»Ja, schon Hunderte Male«, seufzte Lorenz und ließ sich gemütlich auf der Chaiselongue seiner Schwester nieder. Konstanze versuchte zu übersehen, dass er Schuhe trug und damit den frischen Bezug beschmutzte.

»Was willst du?«, fragte sie gereizter als beabsichtigt. »Ich muss arbeiten.« Mit ihrer Linken zeigte sie auf das unfertige Bild am anderen Ende des Ateliers.

»Wenn du arbeiten musst, warum sitzt du dann hier am Tisch und putzt deine Pinsel?«

Konstanze schüttelte den Kopf. Lorenz war nie um eine Erwiderung verlegen, und immer wollte er das letzte Wort haben.

»Nun sag schon!«, meinte sie ehrlich gereizt.

»Ich will mir nur mein Geschenk abholen«, meinte Lorenz und zog eine Augenbraue hoch.

Das Geschenk, natürlich! Erschrocken legte Konstanze die Hände auf den Mund.

»Du hast ihn vergessen?«

Konstanze enthielt sich der Antwort.

»Du hast tatsächlich meinen sechzehnten Geburtstag vergessen?«

»Verzeih, es war so viel los in letzter Zeit. Dann noch die von Onkel Ludwig erteilte Ausgangssperre – wie hätte ich da ein Geschenk besorgen sollen? Aber ich hole es nach, versprochen. Sag mir nur, was du gerne möchtest.«

Lorenz biss sich auf die Lippen, als wagte er nicht, seinen Wunsch laut auszusprechen. Konstanze fasste sich ein Herz und setzte sich zu ihrem Bruder.

»Weißt du noch, als wir zu Paulines Hochzeit gefahren sind?«, fragte Lorenz verlegen. »Die wenigen Tage dort waren einfach wunderbar, und es wäre so schön, wenn wir das wiederholen könnten. Gerade jetzt, wo wir hier nicht einmal mehr das Haus verlassen dürfen.«

Konstanze blickte nachdenklich zu ihren Gemälden, die allesamt in den Farben der Provence gemalt waren, und schwieg. Nichts würde sie lieber tun, als den Parolen, dem Geschrei, der Unruhe und Angst zu entfliehen, und einfach unter dem Magnolienbaum zu liegen und die Augen zu schließen, um dem eintönigen Gesang der Zikaden und der Vögel zu lauschen.

»Onkel Ludwig erlaubt uns nicht einmal, das Haus zu verlassen. Was, denkst du, sagt er, wenn wir in ein anderes Land reisen wollen?« Konstanze legte eine Hand auf die von Lorenz und drückte sie sanft. »Es wäre viel zu gefährlich, glaub mir. Aber ich verspreche dir, dass wir die Fahrt nachholen, sobald die Lage sich wieder beruhigt hat, in Ordnung?«

Lorenz nickte, seine Miene verriet allerdings, dass er ihr nicht glaubte, und er wusste, dass sie ihn nur hinhalten wollte.

»Ich werde Paulchen später einen Brief schreiben. Vielleicht magst du dich anschließen? Sie würde sich freuen, wenn du ihr über deine Fortschritte im Klavierunterricht berichtest und über deine guten Noten in der Schule. So, und jetzt lass mich noch ein wenig arbeiten. Pünktlich zum Tee bin ich fertig, und dann feiern wir deinen Geburtstag mit einem riesigen Stück Torte.« Konstanze stupste ihren Bruder aufheiternd gegen den Oberarm und begleitete ihn zur Tür. Als er neben ihr stand, wurde ihr wieder einmal bewusst, wie groß er geworden war. Sie musste aufblicken, wenn sie ihm ins Gesicht sehen wollte. Wie gut, dass er erst sechzehn Lenze zählte, so war nicht zu befürchten, dass er in den Krieg einberufen wurde, so wie unzählige junge Männer aus der Nachbarschaft. Manche von ihnen zogen mit strahlenden Gesichtern unten auf der Straße vorbei, sangen, lachten und winkten, als gehöre ihnen die Welt. Helden wollten sie sein und für ihren Führer an die Front ziehen.

Wieder zurück an ihrem Arbeitsplatz, hörte sie ein paar Räume weiter Lorenz am Klavier und war mit einem Mal dankbar, dass sie sich hier in diesem Haus sicher fühlen durfte.

»Gnädiges Fräulein«, es war Esther, die durch die verschlossene Tür des Ateliers flüsterte. Eigentlich wussten alle im Haus, dass Konstanze während ihres Schaffens nicht gestört werden wollte, daher war ihr sofort klar, dass es sich nur um eine dringende Angelegenheit handeln musste, wenn Esther am frühen Nachmittag um Eintritt ins Atelier bat.

»Bitte, gnädiges Fräulein, verzeihen Sie meine Störung, aber dieser Brief kam soeben für Sie an, und ich hatte das Gefühl, er könnte sehr wichtig sein.«

»Er ist von meiner Schwester«, meinte Konstanze, als sie den Umschlag inspiziert hatte. »Willst du hereinkommen?«, fragte sie, da sie wusste, dass Esther nichts mehr liebte, als ihre Pausen bei ihr im Atelier zu verbringen. Umgeben von Kunst und dem Geruch nach Aquarellfarben und Lösungsmitteln, war es ihr ein Vergnügen, das gnädige Fräulein über den neuesten Tratsch auf dem Laufenden zu halten. Mit einem kleinen Knicks und einem erfreuten Lächeln im Gesicht huschte sie in die Arbeitsstätte der jungen Herrin und nahm wortlos auf der Chaiselongue Platz, auf der kurz zuvor Lorenz gesessen hatte. Ihre Hände hielt sie wie immer demütig auf dem Schoß gefaltet und blickte neugierig auf die neu entstandenen Werke, während Konstanze den Umschlag öffnete.

»Was hat sie geschrieben?«, fragte Esther kaum hörbar, als Konstanze den Brief mit kreidebleichem Gesicht beiseitegelegt hatte.

»Paulchen ... ich muss zu ihr«, hauchte sie und griff erneut zum Schreiben ihrer Schwester, so als könne sie nicht glauben, was sie soeben gelesen hatte.

»Nach Frankreich? Aber das ist unmöglich«, erwiderte das Dienstmädchen.

»Nichts ist unmöglich. Ich muss einen Weg finden, Pauline braucht mich jetzt.« Mit diesen Worten stand sie auf und eilte hinunter in Gundes Salon.

»Auf gar keinen Fall!« Ihre Tante schritt aufgeregt von einer Kommode zur nächsten, rückte Vasen und Bilder zurecht. Dann blieb sie stehen, rieb sich nachdenklich die Schläfen und schüttelte aufgebracht den Kopf. »Wie kommst du nur auf diese irrsinnige Idee, nach Frankreich zu reisen?«

»Meine Schwester steckt in Schwierigkeiten«, erwiderte Konstanze und reichte ihrer Tante das Schreiben entgegen. Gunde griff nach ihrer Lesehilfe, die an einer Kette um den Hals baumelte, und ging ans Fenster, um besseres Licht zu haben. Während sie die fein geschwungene Schrift entzifferte, legte sie ihre Stirn in immer tiefere Falten.

»Es tut mir leid für Pauline«, meinte sie schließlich und gab den Brief zurück, »aber auch wenn ihr Mann an die Front musste und Josette schwer erkrankt ist, kann ich unmöglich deinen Reiseplänen zustimmen. Kind, dir ist scheinbar der Ernst der Lage nicht bewusst. Da draußen herrscht Krieg.« Gunde wies mit der Hand aus dem Fenster. »Du würdest dein Leben riskieren. Schlag dir diese Idee schnellstens aus dem Kopf, hörst du?«

Konstanze nickte. Dennoch würde sie gleich im Anschluss an dieses Gespräch ein paar Zimmer weiter zu Onkel Ludwig gehen. Vielleicht zeigte der Verständnis für die Notsituation.

»Ich würde auch nicht allein reisen, Onkel«, erklärte sie Ludwig, nachdem er den Brief mit besorgter Miene gelesen hatte.

»Mit wem gedenkst du denn, die Fahrt anzutreten?«

»Mit dir, Onkel«, sagte sie geradeheraus und holte tief Luft.

»Ha!« Ludwig lachte laut auf. Erst als er im Gesichtsausdruck seiner Nichte den Ernst ihrer Worte erkannte, ließ er seine Mundwinkel hängen. »Du bist verrückt, weißt du das?«

»Ich hatte es befürchtet, Onkel.«

»Wir müssten durch Kriegsgebiet, und das mehr als einmal.«

»Die halbe Welt ist inzwischen Kriegsgebiet«, entgegnete Konstanze trocken.

»Umso wichtiger ist es, daheimzubleiben, wo man in Sicherheit ist.«

»Das ist ausgeschlossen. Es zerreißt mich, nicht zu wissen, wie es Pauline geht. Und nein: Es genügt kein Anruf, kein Telegramm, kein Brief, ich muss persönlich mit ihr reden, ihr zur Seite stehen.«

Ludwig strich nachdenklich über seinen Schnauzer und zwirbelte die Enden hoch. »Ich kann dich unmöglich begleiten. Die Firma braucht mich.«

»Die kann auch Charlotte führen.«

»Du verstehst nicht, wir stehen vor einem Umbruch. Die wirtschaftliche Lage mindert unsere Auftragslage immens. Wenn es so weitergeht, kann ich meine Arbeiterinnen nicht mehr zahlen, muss einige ausstellen und hoffen, dass wir wenigstens unsere Villa halten können.«

»So schlimm?«

»Schlimmer. Wir haben Krieg, bald legt kein Mensch mehr Wert auf Mode und schillernde Knöpfe.«

»Was ist mit den Uniformen?«

»Knöpfe für die Uniformen werden in Fabriken hergestellt, deren Inhaber ... nun ja, sagen wir: die mit der politischen Gesinnung des Führers eher *d'accord* gehen als meine Wenigkeit.« Er rieb sich über die buschigen Augenbrauen und wandte sich von Konstanze ab. Dieser war klar, dass in seinem Kopf kein Platz mehr war für Überlegungen bezüglich einer Frankreichreise. Er war in Gedanken längst bei seiner Knopffabrik.

Eines wusste sie auf jeden Fall: Sie würde ihre kleine Schwester nicht im Stich lassen, und wenn sie sich allein auf den Weg machen musste.

Kapitel 21

Jouques, Provence, im Dezember 1939

Pauline konnte sich nicht erinnern, je so eine Stille erlebt zu haben. Sogar das Feuer im offenen Kamin schien lautlos am Holz zu nagen. Schatten tanzten an der Wand und erinnerten daran, dass das Haus noch nicht alles an Leben ausgehaucht hatte. Josette lag auf ihrem Bett, dick in Decken eingewickelt, die Augen geschlossen, Schweißperlen auf der Stirn, und zitterte. Den Tee, den Pauline versucht hatte, ihr einzuflößen, hatte sie wieder erbrochen. Schwach und ausgemergelt lag sie in ihrem Kissen, das sie wie ein wildes Untier zu verschlingen schien. Mit einem Tuch tupfte Pauline ihr die Stirn trocken und fühlte die Temperatur der Haut. Besorgt starrte sie auf das Gesicht ihrer Tante und hoffte inständig, dass sie die Augen aufschlagen und sie mit der gewohnten Strenge herumkommandieren würde.

Sie würde hierbleiben bei ihrer Tante und ihrem Ehebett fernbleiben, in dem sie ohnehin nur an Philippe dachte und daran, wo der Krieg ihn wohl hingetrieben hatte. Sie würde am Krankenbett verharren und nicht nach draußen gehen, um Henri unter der Magnolie zu treffen. Warum auch, er würde ihr vermutlich nur von seiner baldigen Abreise an die Front erzählen. Alle jungen Männer verschwanden, einer nach dem anderen, und mit jedem, der ging, wuchs ihre Unsicherheit. Sie fühlte sich allein, und Josettes Erkrankung verdichtete dieses Gefühl. Bis jetzt hatte sich ihre Tante um die Belange der Pfirsichplantage gekümmert und nach der Heirat auch Philippe. Doch nun kamen die Arbeiter mit ihren großen fragenden Augen zu ihr und erbaten mit einer dreisten Selbstverständlichkeit Antworten von ihr. Auf dem Schreibtisch stapelten sich ungeöffnete Briefe und Rechnungen, die sie mit aller Mühe zu ignorieren versuchte. Was würde aus der Pfirsichplantage werden, wenn Josette nicht bald genäse? Seit Tagen verschlechterte sich ihr Zustand zusehends. Müde rieb sich Pauline die Augen und lehnte sich in ihren viel zu harten Stuhl zurück. Sie musste tapfer sein – wenn sie nur wüsste, wie das ging? Seit jeher war Konstanze die Starke von ihnen gewesen, sie hätte gewiss auch jetzt einen Rat. Sie wickelte sich in eine dicke Decke und versuchte zu dösen. In wenigen Stunden ginge die Sonne auf und brächte ein Stück Hoffnung in Josettes Schlafzimmer. Vielleicht hätte aber auch der Arzt bei seiner täglichen Visite gute Neuigkeiten.

Pauline dachte an Philippe und wie sehr sie in Momenten wie diesen sogar über seine Anwesenheit dankbar wäre. Freilich standen die beiden einander nicht besonders nahe, dennoch wusste sie, dass auf ihn Verlass war, dass er Anteil nähme an ihren Sorgen und ihr Trost spendete, wenn sie es zuließ. Philippe versuchte, ihr ein Freund zu sein, ein Weggefährte. Hätte sie ihn unter anderen Umständen kennengelernt, wer weiß, welche Zukunft sie beide gehabt hätten. Er war attraktiv, ein Charmeur, witzig und zuvorkommend. Mit einem wohligen Kribbeln im Bauch dachte sie an die wenigen Nächte, in denen sie einander nähergekommen waren. Es war nicht romantisch gewesen, und vermutlich hatten sie die körperliche Nähe nur aus Pflichtgefühl dem anderen gegenüber gesucht. Sie war es ihm schuldig, natürlich, sie war ja seine Frau. Und er hatte sich zweifellos Mühe gegeben, sie nicht zu enttäuschen. Was für eine verrückte Welt es doch war, in der Menschen einander heirateten, ohne Liebe, für ein Stück Land und ein paar knorrige Pfirsichbäume. Dabei fände sie ihr Glück nur in dem kleinen Bäckerladen drüben im Dorf. Sie führte ein Doppelleben und wusste nicht, wie lange sie noch dazu fähig war.

Lautes Poltern an der Tür zu Josettes Schlafzimmer riss sie aus ihrem Dämmerschlaf. Erschrocken sprang sie aus dem Stuhl hoch und bemerkte erst jetzt die schmerzhaften Stellen, die das ungepolsterte Möbelstück an ihrem Körper hinterlassen hatte. Draußen ging bereits die Sonne auf, Tante Josette fieberte allerdings immer noch.

»Ja, herein!«, flüsterte Pauline und streckte ihren Rücken durch. Es war der Arzt, der mit seiner schwarzen Ledertasche zu seiner Patientin wollte.

»Wie geht es ihr?«, fragte er leise und stellte die Tasche neben dem Bett ab. Ohne auf Antwort zu warten, befühlte er Josettes Stirn und ihren Puls. Seine Miene machte wenig Hoffnung, ganz im Gegenteil.

»Sie wird doch wieder gesund, oder?« Paulines Stimme war nicht mehr als ein dünner Hauch.

Der Arzt legte die Stirn in Falten und schien nach den richtigen Worten zu suchen. »Sie ist eine Kämpfernatur, nicht wahr?« Er lächelte Pauline zu und tätschelte liebevoll Josettes Oberarm. »Morgen sehe ich wieder nach euch. Und in der Zwischenzeit sorgst du dafür, dass sie ihre Medizin und ein wenig Flüssigkeit zu sich nimmt, ja?«

Pauline nickte. Ihr war kalt, kälter als je zuvor. Sie war noch nicht so weit, die Pfirsichplantage ohne jegliche Hilfe zu leiten. Was, wenn Philippe nicht wieder vom Krieg zurückkehrte? Ihre Gedanken drehten sich im Kreis, während sie besorgt in Josettes Schlafzimmer auf und ab ging. Ihre Tante stöhnte unter dem hohen Fieber, das die Herrschaft über den ausgemergelten Körper nicht aufgeben wollte. Zum wiederholten Male wischte sie ihr mit einem kühlen Tuch Gesicht und Hände ab, legte frische Kräuter auf ihr Kissen und schüttelte die Decke auf. Keiner wusste, wie lange die Krankheit noch an Josette zehren würde, sie konnte nicht noch einen ganzen Tag hier im Schlafzimmer verweilen und ihr beim Kampf gegen das Fieber zusehen. Sie musste ins Arbeitszimmer, um die Post zu erledigen.

»Liebe Josette, ich komme bald wieder. Sieh zu, dass du gesund wirst – deine Pfirsichbäume brauchen dich«, flüsterte sie ihr zu und strich ihr dabei sanft über die heiße Wange. »Denk an die nächste Pfirsichblüte, die wunderbaren Farben, den Duft ... Es ist die schönste Zeit im Jahr, die willst du dir doch nicht entgehen lassen.« Nach einem letzten besorgten Blick riss sie sich von ihrer Tante los und verließ deren Schlafzimmer.

Doch bevor sie sich von einem muffigen Raum in den nächsten begäbe, musste sie sich an der frischen Luft die Füße vertreten. Und wer weiß, vielleicht würde sie sich drüben im Dorf ein knuspriges Baguette kaufen? Die Aussicht, Henri zu sehen, belebte ihren Geist. Rasch eilte sie auf ihr Zimmer und erfrischte sich, schlüpfte in Mantel und Hut und machte sich auf den Weg. Die Luft tat ihr gut, und ihre Schritte wurden wie von selbst länger und schneller. Sie konnte es kaum erwarten, Henri zu sehen. Fast hatte sie schon den Park durchquert, da hörte sie hinter sich einen Wagen über die Einfahrt kommen. Sofort hielt sie inne und beobachtete das protzige Fahrzeug, das im Schritttempo über den gekiesten Weg fuhr. Pauline wickelte ihren Mantel enger um die Taille, während sie neugierig darauf wartete, wer wohl dem Automobil entstieg. Die Fahrertür öffnete sich, und ein untersetzter älterer Herr mit Schiebermütze kam zum Vorschein. Er rückte das Jackett seiner Uniform zurecht, öffnete galant die hintere Tür und streckte seinem Fahrgast eine Hand entgegen. Pauline rieb sich die Augen, sie musste wohl übermüdet sein, eine andere Erklärung hatte sie nicht. Oder war es möglich? Konnte das ...

»Stanzerl?«, rief Pauline ungläubig und wankte auf die Ankömmlinge zu. Tatsächlich, es war Konstanze, die sich verkrampft dehnte und streckte. Pauline begann zu laufen. Während sie über Steine sprang und Büschen auswich, beschwor sie sich immer wieder, dass sie wach war und nicht nur von der rettenden Ankunft ihrer Schwester träumte.

»Stanzerl!«, wiederholte sie, als sie unmittelbar vor Konstanze haltgemacht hatte, die Arme ausgebreitet und ein Strahlen im Gesicht. Pauline warf sich in die Umarmung ihrer Schwester und küsste ihre Wangen.

»Was machst du denn hier?«, fragte Pauline fassungslos.

»In deinem letzten Brief klangst du so verzweifelt, ich musste einfach zu dir kommen.«

»Aber wie ... Das war doch sicher gefährlich, oder?«

»Oh ja, das war es, nicht wahr, Christoph?« Konstanze wandte sich an ihren Fahrer, der nur ein erschöpftes Nicken für sie übrig hatte.

»Wegen meines Briefs hast du dich in Gefahr begeben? Du weißt, dass ich das nie von dir verlangt hätte, oder?«

»Das weiß ich doch.«

»Dennoch war ich nie zuvor so glücklich, dich zu sehen!«

»Siehst du, das war mir klar. Aber nun komm, Christoph und ich brauchen dringend einen starken Kaffee und ein paar ofenwarme Croissants von Martha.«

Die Schwestern gingen voran, der Fahrer folgte ihnen und trug Konstanzes Gepäck ins Haus.

Als sie wenig später zusammen bei einer heißen Tasse Kaffee saßen, konnte Pauline noch immer nicht glauben, dass ihre Schwester nur um ihretwillen den beschwerlichen Weg auf sich genommen hatte. Konstanze erzählte davon, dass sie sich eigentlich mit Onkel Ludwig auf den Weg in die Provence machen wollte, dass dieser sich aber strikt geweigert hatte. Ebenso Tante Gunde, die ihr die Fahrt nie und nimmer erlaubt hätte. Und dann war ihr die Idee gekommen, Onkel Ludwigs Chauffeur zu bestechen und heimlich mit ihm in die Provence aufzubrechen. Christoph grinste verlegen, als Konstanze ihn für seinen Orientierungssinn lobte, der sie über die entlegensten Straßen bis in die Provence geleitet hatte.

»Du bist verrückt, weißt du das?« Pauline schüttelte ungläubig den Kopf. Nichts könnte sich in diesem Moment besser anfühlen, als Konstanze hier, direkt neben sich zu haben.

»Wie geht es Josette inzwischen?«, fragte Konstanze und stellte ihre Tasse zurück auf den Tisch.

»Sie ist schwach, und das Fieber will nicht sinken. Wenn du möchtest, können wir nach ihr sehen.«

Konstanze nickte, schob ihren Teller von sich, stand auf und putzte sich die Krümel vom Rock. Gemeinsam gingen sie hoch, setzten sich an Josettes Bett und tauschten im Flüsterton die wichtigsten Neuigkeiten aus. Pauline stellte fest, dass die Anwesenheit ihrer Schwester zwar nichts am Gesundheitszustand ihrer Tante zu ändern vermochte, sehr wohl aber an ihrem Empfinden. Mit mütterlicher Fürsorge pflegte Konstanze die Kranke, wusch sie gemeinsam mit Éva und versuchte, ihr etwas Flüssigkeit und Medizin einzuflößen. In der Zwischenzeit konnte Pauline endlich die Post erledigen. Die Nachfrage nach ihren Produkten hatte aufgrund des Krieges enorme Einbußen erlitten, dennoch galt es, so weiterzumachen, als hätte der Spuk bald ein Ende. Pauline wagte es kaum, einen Blick in die nahe Zukunft zu werfen, in der die Pfirsichbäume Früchte trügen und keine Männer für die Pflege der Pflanzen zu Verfügung stünden. Sie würde vermehrt nach weiblichen Arbeiterinnen Ausschau halten müssen – diesen würde es zwar an Kraft und Ausdauer mangeln, aber wenigstens könnte so ein Teil der Plantage bewirtschaftet werden.

»Du kannst auch auf junge Männer zurückgreifen, die noch nicht kriegstauglich sind«, meinte Konstanze etwas später, als sie gemeinsam über den Abrechnungen der Plantage brüteten. »Wirst sehen, es findet sich immer ein Weg.« Konstanze senkte ihr Haupt und kaute auf ihrer Unterlippe, wie immer, wenn sie nach den richtigen Worten suchte. »Hast du denn Nachricht von Philippe bekommen? Geht es ihm gut?« Konstanzes Stimme überschlug sich, und ihr Blick klebte starr an ihren Fingern.

»Feldpost kommt nur schwer durch«, erklärte Pauline eine Spur zu gefühlskalt.

»Ist etwas nicht in Ordnung zwischen dir und Philippe?« Wieder war Konstanzes Stimme unnatürlich hoch.

»Was soll schon sein, du weißt doch, dass wir uns nicht lieben.« Paulines Miene verhärtete sich mit jedem gesprochenen Wort.

»Ich dachte, du magst ihn«, meinte Konstanze und streckte vorsichtig die Hand nach ihrer Schwester aus.

»Mögen ... Lass uns nicht von Philippe reden, machen wir uns lieber auf den Weg ins Dorf und holen frisches Brot für das Abendessen.« Konstanze nickte, und schon wenige Minuten später stiegen sie den Hügel hoch, der sie direkt nach Jouques geleitete. Je weiter sie sich dem Dorf näherten, desto schneller wurden ihre Schritte. Der Duft von frischem Gebäck, den sie unweigerlich mit Henri in Verbindung brachte, zog sie magisch an.

»Gleich sind wir da.« Pauline griff nach der Hand ihrer Schwester. Gemeinsam liefen sie den Hügel hinab ins Dorf, immer schneller, weg vom Landhaus, weg von der kranken Josette, weg von den Sorgen um den Erhalt der Pfirsichplantage, weg von den Gedanken um den Krieg und der Einsamkeit. Mit jedem Schritt gewannen die Häuser von Jouques an Größe, und sie glaubte bereits, den Duft von frischem Baguette in der Nase zu haben. Sie begann zu kichern, erst leise, dann immer lauter, ohne ersichtlichen Grund. Die Hand ihrer Schwester hatte sie noch immer fest im Griff und zog sie neben sich her. Tränen rannen über ihre Wangen – Tränen, von denen sie selbst nicht sagen konnte, ob sie der Vorfreude über das Zusammentreffen mit Henri geschuldet waren oder der Ausweglosigkeit, die sich in ihrem Herzen breitgemacht hatte und dort Wurzeln schlug.

Wenige Schritte vor Henris Bäckerei verlangsamten sie ihr Tempo, Pauline trocknete ihre Wangen und versuchte, Konstanzes verwirrtem Blick standzuhalten.

»Komm!«, meinte Pauline, ohne auf die fragende Miene ihrer Schwester einzugehen. Sie öffnete die Tür, die sogleich die Glöckchen über ihren Köpfen zum Bimmeln brachte.

»*Mesdames?*« Henris Gesichtsausdruck erhellte sich, als er Pauline sah, und auch Pauline fühlte sich beim Blick in seine verträumten Augen ein Stück weit innerlich geheilt. Hatte sie vor wenigen Augenblicken noch das Gefühl gehabt, den Verstand zu verlieren, war sie nun wieder ganz sie selbst. Ihr Herz pochte und drängte sie geradezu in die Nähe ihres Geliebten. Dennoch legte sie eine förmliche Begrüßung an den Tag, schließlich waren sie und Henri nicht allein. Konstanze stand neben ihr und schien die Blicke zwischen ihr und Henri sehr genau zu verfolgen. Obwohl Henri allein im Bäckerladen war und Konstanze kaum ein Wort Französisch verstand, achtete Pauline darauf, dass ihre Wortwahl möglichst unauffällig blieb. Sie bestellte nur wie üblich zwei Baguettes, bezahlte und verabschiedete sich – nicht ohne sich am Ausgang noch einmal zu Henri umzudrehen und ihm heimlich zuzuzwinkern.

»Was zum Teufel …«, meinte Konstanze, nachdem sie ein Stück des Weges schweigend zurückgelegt hatten. Pauline ging zügig weiter, ohne ihrer Schwester Beachtung zu schenken.

»Was ist da los zwischen dir und diesem kleinen Bäcker?« Konstanze griff nach Paulines Arm und zwang sie, stehen zu bleiben.

»Er ist kein *kleiner Bäcker,* er ist mehr Mann als alle, die ich je kennengelernt habe.«

»Dann leugnest du nicht, dass du hinter Philippes Rücken ein Verhältnis hast? Ich war der Meinung, dass du dich von dieser Schwärmerei für den Bäcker spätestens am Tag deiner Verlobung für immer verabschiedet hättest!« Konstanzes Blicke waren messerscharf und eindringlich. Pauline konnte sich nicht erinnern, ihre Schwester je so in Rage gesehen zu haben.

»Was geht dich das an?« Pauline schüttelte beinahe angewidert den Kopf und befreite sich ruckartig aus Konstanzes festem Griff.

»Paulchen, wir reden hier nicht von einer dummen Albernheit, sondern davon, dass du deinen Mann hintergehst.«

»Das tue ich nicht.«

»Die Blicke zwischen euch haben etwas anderes erzählt.«

Eine Weile herrschte Stille. Pauline versuchte, die richtigen Worte zu finden, um zu umschreiben, was sie für Henri empfand. Sie dachte daran, wie sehr sie ihn angefleht hatte, mit ihr zu fliehen, an die vorsichtigen Küsse, und wie er stets darauf bedacht war, nicht weiter zu gehen, um sie nicht zur Ehebrecherin zu machen. Sie dachte an seine Liebesbeweise, mit denen er sie immer wieder aufs Neue überraschte. Die getrockneten Blumen in den Büchern, von denen jede Einzelne für einen Tag mit ihr stand.

»Ich liebe ihn, ja«, sagte Pauline frei. »Dennoch ist es anders, als du denkst.«

»Was denke ich denn?«

»Dass wir bei unseren heimlichen Treffen übereinander herfallen wie die Tiere – so ist es aber nicht.« Ihre Stimme zitterte. »Wir haben nie ... noch nie, verstehst du?« Wut verzerrte ihr Gesicht. »Wir würden das nie tun, weil wir es nämlich nicht dürfen. Aber die Liebe ... die Liebe kann man mir nicht verbieten.« Mit einem Mal traf sie das Bewusstsein der Ungerechtigkeit mit voller Wucht und zwang sie fast in die Knie. Pauline ließ die beiden Baguettes zu Boden fallen und schlug die Hände vors Gesicht. In ihrem Kopf herrschte ein Chaos, das ihre Gedanken lähmte. Alles, was sie fühlte, war die Trauer um ihr Leben und Konstanzes schützende Arme, die sie fest umschlangen.

»Warum hast du mir nie erzählt, wie sehr du den Bäcker liebst?«, fragte Konstanze, nachdem Pauline sich ein wenig beruhigt hatte.

»Als ob du keine Geheimnisse vor mir hättest.« Pauline putzte sich lautstark die Nase mit einem Stofftaschentuch und stopfte es dann zurück in die Manteltasche. »Glaub nur nicht, ich hätte nicht bemerkt, dass du bei deinem letzten Besuch völlig verändert warst.«

»Wir beide dachten, dass uns die Entfernung nichts anhaben kann, aber letztendlich hat sie doch einen Keil zwischen uns getrieben, nicht wahr?« Konstanze wischte ihrer Schwester die letzten Tränen von den Wangen. »Wenn du wissen willst, was mir bei meinem letzten Aufenthalt hier so zugesetzt hat, dann werde ich es dir später gerne erzählen, aber jetzt lass uns erst einmal nach Josette sehen, ja?«

Arm in Arm gingen sie zurück ins Landhaus, legten ihre Mäntel und Hüte ab und wärmten sich in der Küche schweigend bei einer Tasse Lavendelblütentee. Anschließend gingen sie hoch zu Josettes Krankenzimmer, öffneten leise die Tür und näherten sich auf Zehenspitzen dem Bett.

»Das Fieber dürfte gesunken sein«, meinte Pauline, als sie die Stirn befühlte. Tatsächlich war die Glut aus Josettes Gesicht gewichen, die Stirn war trocken, und die Rötung der Haut war verschwunden.

»Nein, ist es nicht«, erwiderte Konstanze und setzte sich matt ans Fußende des Bettes. Pauline blickte sie fragend an, dann wandte sie sich wieder ihrer Tante zu. Etwas war anders.

»Aber ...« Das war alles, was sie über die zitternden Lippen brachte, dann warf sie sich über den leblosen Körper und weinte bitterlich.

Nachdem Josettes Leichnam gewaschen, sorgsam angekleidet, frisiert und aufgebahrt worden war, stand Pauline nachdenklich neben ihrer bereits erkalteten Tante und strich ihr über die starre Hand. Wie sollte es nur weitergehen für sie und die Pfirsichplantage? Um sie herum breitete sich der Krieg aus, beraubte sie der Arbeiter und der Abnehmer. Und ausgerechnet jetzt stand sie völlig allein da. Pauline erinnerte sich daran, wie sie ihrer Tante immer wieder versichert hatte, dass sie in der Lage wäre, die Plantage auch ohne Mann zu leiten. Nun musste sie zugeben, dass sie nicht annähernd wusste, wie sie die große Verantwortung tragen sollte.

»Du bist nicht allein, ich bleibe, solange du es für nötig hältst.« Konstanze umarmte ihre Schwester mit all ihrer Fürsorge und Liebe.

»Das würdest du tun? In meinem Zustand kann ich vermutlich nicht auf Unterstützung verzichten.«

»Was meinst du damit?« Konstanze begutachtete ihre Schwester von oben bis unten. Pauline legte eine Hand auf ihre Körpermitte.

»Es gab leider noch keine Möglichkeit, es dir zu erzählen. Stanzerl, ich erwarte ein Kind.«

»Von Henri? Ich dachte, ihr hättet nicht …«

»Haben wir auch nicht. Das Kind ist natürlich von meinem Mann.«

Pauline wusste nicht, wie sie den Blick ihrer Schwester deuten sollte. Eigentlich hatte sie Freude erwartet und eine innige Umarmung, aber nun wirkte sie vielmehr erstarrt, schockiert, fassungslos. »Du wirst Tante«, fügte sie hinzu und hoffte, auf diese Weise die Stimmung aufzulockern. Das Lächeln, an dem Konstanze sich versuchte, war ganz offensichtlich erzwungen. Pauline wich dem Blick ihrer Schwester aus und wandte sich ihrer aufgebahrten Tante zu. Dann schloss sie die Augen und dachte an den einzigen Menschen, der in der Lage gewesen wäre, ihr eine Stütze zu sein.

Mama!, ging es ihr durch den Kopf. Sie dachte an ihr ungeborenes Kind, dem auch sie bald eine Mutter sein würde, und an Philippe, der noch nicht einmal wusste, dass er in wenigen Monaten Vater werden würde. Und sie dachte an Henri, dem sie ihren Umstand unmöglich beichten konnte, weil sie sich sonst wie eine Betrügerin fühlte.

In wenigen Tagen würde auch er in den Krieg ziehen, warum sollte sie ihn dann mit dieser Nachricht belasten? Sie atmete tief durch und versuchte, sich einzureden, dass alles gut werden würde – trotz des Verlusts ihrer Tante. Arme Josette. Pauline realisierte noch immer nicht, dass die Pfirsichplantage ab sofort ohne seine kämpferische und leidenschaftliche Besitzerin auskommen musste. Nie hätte Pauline gedacht, dass Josette sterben könnte – sie war so stark wie keine andere. Ihr Auftreten war stets so voller Energie gewesen. Erst als sie sich vor etwa zwei Wochen blass und vom Fieber durchnässt eingestanden hatte, dass sie Bettruhe benötigte, wurde sich Pauline der Verletzlichkeit ihrer Tante bewusst. Und selbst auf dem Krankenbett hatte sie in ihrem gewohnt strengen Ton sämtliche Arbeiten delegiert und fiel erst in einen tiefen Schlaf, als ihr Kampfgeist sich dem Fieber geschlagen gab. Pauline grübelte, mit welchen Worten sie sich von ihrer Tante verabschiedet hätte, wenn sie gewusst hätte, dass sie einander nie wieder sprechen durften. Hätte sie ihr gesagt, dass sie sie liebte und sie an jedem zukünftigen Tag vermissen würde? Dass sie bei jeder kommenden Pfirsichblüte ihrer gedenken würde? Für Josette war die Pfirsichblüte die schönste Zeit im Jahr gewesen. Wie schade, dass sie an einem tristen Dezembertag ihr Leben hatte lassen müssen, dachte Pauline und versuchte, eine aufrechte Haltung einzunehmen, um ihrer neuen Aufgabe gerecht zu werden.

Kapitel 22

München, im Dezember 1939

Onkel Ludwig hatte die Familie gebeten, das Areal der Stadtvilla nicht zu verlassen, und an diese Bitte hielt Lorenz sich und lief stattdessen mit Stella durch den Park. Er rannte, als wäre er auf der Suche nach einem Lebensgefühl, das er vor langer Zeit verloren hatte. Stella humpelte nach wie vor, und auch die Schwellung des linken Auges war nie wieder ganz zurückgegangen, dennoch versuchte sie, mit Lorenz Schritt zu halten. Beide, Hund und Herrchen, wirkten in gewisser Weise hilfsbedürftig und einsam.

»Hol's Stöckchen«, rief Lorenz und warf einen Ast, den er zu seinen Füßen gefunden hatte. Stella ignorierte ihn, wie so oft. Sie ließ sich auch nicht mehr von ihm kraulen und zog als Nachtlager eine alte Decke am Fuße seines Bettes vor. Zwar war sie die meiste Zeit an seiner Seite und begleitete ihn bei seinen Spaziergängen, doch die von früher gewohnte Nähe hatte sich nach seinem Gewaltausbruch nie wieder eingestellt.

Lorenz legte seinen Kopf in den Nacken und streckte die Zunge heraus, um damit Schneeflocken aufzufangen. Er war vor wenigen Wochen sechzehn geworden, und dennoch fühlte er sich in so vielen Dingen noch wie ein Kind. Abends vermisste er Mutter, die ihm stets ein Lied vorgesungen hatte und ihm dabei durchs Haar gekrault hatte. Und er vermisste Vater, der ihm durch sein stattliches Erscheinen Halt und Sicherheit gegeben hatte.

Oft dachte er an die Zeit bei Onkel Gustav und fragte sich, wie es wohl Gertrude ging, die nun wieder den gesamten Zorn ihres Gatten zu erdulden hatte. Er dachte an die Schinderei am Hof, den Gestank der Kühe, den täglichen Marsch hinab in die Dorfschule. Er erinnerte sich an die Kälte im Haus und in seinem Herzen, an die schlaflosen Nächte und die Schmerzen. Er dachte an den Hunger, das harte Brot, das er mit Stella geteilt hatte, und an Pfarrer Rötting, der mit ihm am Piano gespielt hatte. Es war seltsam, und doch musste er sich immer wieder eingestehen, dass der Rückblick an die Zeit im Allgäu in ihm eine gewisse Sehnsucht weckte. Freilich war das Leben auf dem Hof hart gewesen. Jede Nacht hatte er sich in den Schlaf geweint, und doch hatte er dort seinen Platz gehabt – anders als hier bei Tante Gunde und Onkel Ludwig, die ihn kaum wahrzunehmen schienen. Konstanze hatte ihre eigenen Probleme, Pauline war nicht greifbar, und Charlotte verbrachte die meiste Zeit in der Knopffabrik und rief ihn immer wieder beim falschen Namen.

Lorenz kratzte sich unter der Mütze und bemerkte jetzt erst, dass er vor dem schmiedeeisernen Tor stand, das den Weg in die Innenstadt Münchens freigab. Mit seinen dicken Fäustlingen hielt er sich an den Eisenstäben fest und steckte die Nase hinaus in die Freiheit, denn ja: Er fühlte sich wie ein Gefangener, auch wenn Onkel Ludwig es gut meinte und er die Familie vor den zunehmenden Unruhen auf den Straßen zu schützen versuchte. Wieder dachte er an die Zeit auf dem Bergbauernhof und an den Ausblick über das weite Land, das er nun gegen die beengten Straßen Münchens eingetauscht hatte. War er undankbar? Vermutlich. War es verrückt, sich nach dem eigenen Verderben zu sehnen? Ja, das war es. Da war diese schreckliche Zerrissenheit in ihm, die sich scheinbar nicht heilen ließ. Einzig, wenn er am Piano saß und Musik durch seine Finger floss, fühlte er sich frei. Dann glaubte er zu schweben und vergaß seine Verluste und erlittenen Schmerzen. Wenn doch nur das ganze Leben Musik sein könnte, dachte er und beobachtete zwei Mädchen, die kichernd auf dem Gehweg vorbeihüpften. Beide waren in dicke Wollmäntel gekleidet, trugen das Haar in schulterlangen Wellen, die unter der Mütze hervorlugten. Ihre Wangen waren rot von den eisigen Temperaturen, und bei jedem Lachen stoben weiße Wölkchen in die klirrend kalte Luft.

Stella störte sich an den Mädchen und begann zu kläffen. Erst vorsichtig, doch mit jedem Schritt, den sich die beiden näherten, steigerte sich ihre Lautstärke. Immer aufgeregter und eindringlicher versuchte sie, die kleinen Passantinnen zu verscheuchen.

»Schscht! Sei still!«, fauchte Lorenz und schämte sich für das schlechte Benehmen seines Hundes. Während die Mädchen hinter vorgehaltener Hand tuschelten und ihm belustigte Blicke zuwarfen, fühlte Lorenz ein Brodeln in sich aufsteigen. Erst so sachte, dass er glaubte, sich unter Kontrolle zu haben und den aufbrausenden Sturm wegatmen zu können. Doch mit der steigenden Aufregung von Stella begann sich auch das Tosen in ihm aufzubäumen und wurde zu einem Sturm, der Bäume zu Sturz brachte.

»Hör auf, du dummer Köter!« Lorenz hörte seine eigene Stimme, die sich vor Zorn überschlug. »Stella!« Mit einem Mal war es, als hätte er seinen Körper verlassen und würde sich selbst beobachten, wie er erneut zu diesem Monster wurde, das er nie wieder werden wollte. Er holte mit dem Fuß aus und rammte Stella seinen Lederstiefel in den Bauch. Sein Gesicht hatte sich dabei zu einer Fratze verzogen, die nur schwer an Lorenz, den blond gelockten schelmischen Jungen erinnerte. Aus seinen Augen troff abgrundtiefer Hass, seine Lippen waren weiß, so fest presste er sie aufeinander. Seine Haltung war die eines Hünen, der sich aufmachte, um einen Stier zu erlegen, und hatte nichts mehr zu tun mit dem stillen Jungen, der eben noch nach Schneeflocken geschnappt hatte. Lorenz wäre am liebsten eingeschritten, hätte den jungen Mann gerne gepackt und geschüttelt, ihn angeschrien und zur Besinnung gebracht. Es machte ihn unsagbar traurig – nicht nur um Stellas wegen, sondern vor allem um seiner selbst willen. In diesem Augenblick musste er sich eingestehen, dass er eine kaputte Seele war.

Nachdem Stella mit eingezogener Rute das Weite gesucht hatte, ließ Lorenz sich in den frisch gefallenen Schnee sinken und weinte bitterlich.

»Sei froh, dass du noch keine achtzehn bist, an der Front wärst du verloren, Bub«, hatte Onkel Ludwig mehr als einmal gesagt und ihn mit einem mitleidigen Blick gemustert. Lorenz wusste auch so, was er damit sagen wollte: dass er nämlich in seinen Augen ein Verlierer war, unfähig, das Vaterland zu verteidigen. Und vermutlich hatte er damit sogar recht.

Draußen marschierten bewaffnete Soldaten vorbei. Ihr Gleichschritt dröhnte in seinen Ohren und erinnerte ihn daran, dass Krieg herrschte und die Welt kälter wurde. Kälter noch als die Tage im Allgäu.

Kapitel 23

Jouques, Provence, im Dezember 1939

Lautes Kirchengeläut erfüllte den Friedhof, der sich mit einer brusthohen Steinmauer vom Dorf abgrenzte. Konstanze blickte um sich und stellte fest, dass kein einziges Grab mit Blumenschmuck versehen war – das lag vielleicht an der Jahreszeit, vielleicht aber auch an den andersartigen Bräuchen hier in Frankreich. Nur wenige Menschen hatten sich auf den Weg gemacht, um Josettes Beisetzung zu begleiten. *Kein Wunder*, dachte Konstanze, *bei der Härte, die sie zeitlebens an den Tag gelegt hatte*. Nur das Personal und einige Arbeiter der Pfirsichplantage hatten sich um das offene Grab versammelt. Die Herren hatten ihre Schirmmützen abgenommen, und die Frauen tupften mit Taschentüchern ihre Tränen weg.

Konstanze stand dicht neben ihrer Schwester und beobachtete sehr genau deren Befinden. Paulines blasse Haut leuchtete förmlich durch den schwarzen Schleier, der ihr Gesicht umschlang wie eine sanfte Umarmung. Der Pfarrer sprach seine Gebete und segnete Josettes Sarg, auf den Pauline einen Strauß aus getrocknetem Lavendel gelegt hatte.

Sie war froh, dass sie sich gegen Onkel Ludwig gestellt und sich für die Fahrt nach Frankreich entschieden hatte. Heute war es wichtiger denn je, dass sie hier zur Stelle und Pauline eine Stütze war. Die wirkte so dünn, so zerbrechlich, als könne sie die Last der Welt nicht länger ertragen. Aber auch Konstanze musste sich eingestehen, dass die momentane Situation ihr die Kraft raubte. In einem Brief hatte Philippe seiner Frau geschrieben, dass er im *Drôle de guerre* – dem sogenannten Sitzkrieg an der französischen Westfront – festsaß und den Winter überstehen musste. Als Pauline ihr seinen Brief vorlas, der von Kälte, Hunger und Krankheiten berichtete, legte sich eine eiserne Faust um Konstanzes Herz. Sie hatte tapfer gegen ihre aufsteigenden Tränen angekämpft und ihrer Schwester einen Hustenanfall vorgespielt, um ihrer zittrigen Stimme einen plausiblen Grund geben zu können. Niemand durfte erfahren, dass es ihr den Verstand raubte, Philippe in Gefahr zu wissen. Niemandem konnte sie ihren Kummer anvertrauen – am allerwenigsten ihrer Schwester, in deren Leib Philippes Kind heranwuchs.

Die Sargträger seilten den Totenschrein in die ausgehobene Grube, einige Frauen summten dazu ein leises Lied. Nein, Konstanze trauerte nicht um Josette, dennoch bahnten sich dicke Tränen den Weg über ihre Wangen. Sie wusste, wie töricht sie war, und dass ihre Gefühle für Philippe von Anfang ihren Untergang bedeutet hatten. Aber wie bekämpfte man etwas so Zartes und Wunderschönes, das sich anfühlte wie ein warmer Frühlingsregen auf der nackten Haut? Allein die Tatsache, dass sie sich nun in seinem Haus befand und in der Luft ein Hauch von seinem Rasierwasser und seinem Charme hing, verursachte ihr weiche Knie. Sie hatte heimlich seinen Kleiderschrank geöffnet und seine Hemden an ihren Brustkorb gedrückt, und sie hatte sich in seinen Ohrensessel gesetzt, in dem er seinen abendlichen Schluck Rotwein genossen hatte. Das Leben schien sie verspotten zu wollen, warum sonst würde ihr Herz für den Mann ihrer geliebten Schwester schlagen?

»Komm, wir gehen. Die Zeremonie ist zu Ende«, meinte Pauline und hakte sich bei Konstanze unter. Schweigend gingen sie zurück zum Landhaus, das trauernd im Schatten der hinwegfegenden Wolkenfetzen stand.

»Ist es nicht verrückt?«, meinte Pauline, ohne ihre Schwester anzusehen. »Unsere Männer sind irgendwo und warten darauf, den Krieg ausfechten zu können, während das Leben einer Frau eine ständige Schlacht zu sein scheint.«

»Wie meinst du das?«, fragte Konstanze, obwohl sie genau wusste, was Pauline zu sagen versuchte. Schließlich tobte auch in ihrem Innern ein ständiger Sturm der Gefühle. Sie blickte verstohlen auf Paulines Körpermitte und spürte dabei einen krampfartigen Schmerz in ihren Unterleib einschießen. Ein Schmerz, der sie wehmütig an die Abtreibung ihres ungeborenen Kindes erinnerte. Bilder kamen in ihr hoch von blutgetränkten Tüchern, im Kopf hallten immer noch ihre Schreie, als wollten sie Konstanze beständig an ihr Unrecht erinnern. Stünde sie noch einmal vor der Wahl, über Leben und Tod entscheiden zu müssen, sie würde sich für das Leben aussprechen. Sie hätte ihr Kind auch ohne Kohlhagen großziehen und die verächtlichen Blicke der Mitmenschen ignorieren können. Hätte sie das? Konstanze blieb stehen und atmete tief durch. Wäre es wirklich richtig gewesen, einem Kind so eine Schande aufzubürden? Nein, tief in ihrem Innern wusste sie, dass sie richtig entschieden hatte. Dennoch belastete sie der Gedanke, nie das Gesicht ihres Kindes sehen, sein Lachen hören, seine Erfolge feiern, es umarmen und küssen zu können. Sie konnte nur hoffen, dass das Schicksal sie nie wieder vor eine derartige Entscheidung stellte.

»Alles in Ordnung? Du bist so blass«, meinte Pauline und wirkte ehrlich besorgt.

»Keine Bange, mir geht es gut«, log Konstanze und legte ihren Arm um die Taille ihrer Schwester.

Das Abendessen nahmen sie schweigend ein. Josette, die sonst das Wort führte und die Themen anschlug, fehlte. Sie fehlte mit einer solchen Wucht, mit der Konstanze nicht gerechnet hatte. Das Haus schien zu ächzen unter dem Verlust, jeder Raum schien zu fragen, wo der kostbarste Mensch geblieben war. Kein Gespräch der Welt hätte diesen Schmerz überspielen können. Also blieben sie stumm.

Konstanze zog sich früh auf ihr Zimmer zurück und ignorierte dabei Paulines Blick, der nach Trost und Beistand fragte.

In dieser Nacht lag sie lange wach, wälzte sich im Gästebett hin und her. Unangenehme Gedanken machten sich in ihrem Kopf breit und ließen sich nur schwer vertreiben.

»Das Leben ist kurz.« Dieser eine Satz wirbelte durch ihr Bewusstsein und verursachte ihr Herzrasen. Jedes Mal, wenn Philippes sanftes Lächeln sich vor ihr inneres Auge drängte, versuchte sie, es mit Vernunft zu bekämpfen. Doch Konstanze wusste es besser: Diese Gefühle würde sie nicht mit aller Vernunft dieser Welt in Schach halten können. Sie waren ihr Schicksal.

Ein lautes Schluchzen entfuhr ihr und hallte im einsamen Gästezimmer wider. Müde stand sie auf und ging ans Fenster, das Ausblick auf den mondbeschienenen Park bot. Erschrocken versteckte sie sich hinter dem Vorhang, als sie eine Frau wie einen Geist zwischen den Bäumen laufen sah. Dünn war sie, zierlich und schnell. Ein weiterer vorsichtiger Blick bestätigte ihren Verdacht, dass es Pauline war, die durch die Nacht huschte. Was wollte sie nur da draußen? Sie würde es doch wohl nicht wagen, sich wenige Stunden nach Josettes Beisetzung mit dem kleinen Bäcker zu treffen! Wie konnte sie nur! Sie trat ihr Leben mit Füßen, sehnte sich nach einem Mann, der nicht annähernd so hinreißend war wie Philippe. Wie sollte sie ihrer Schwester mit Liebe begegnen, wo sie doch diesen stechenden Neid in sich trug, der jedes Mitgefühl lähmte. Sie wollte Pauline nicht mehr in den Arm nehmen, sie küssen und herzen. Dieses dumme Ding rannte einem dürren Dorfjungen nach und verschmähte einen hinreißenden Großgrundbesitzer.

Konstanze wusste, dass sie aufhören musste, ihre Gefühle gegen Pauline derart anzuheizen. Mit beiden Händen krallte sie sich an ihrem Nachtkittel fest und hätte ihn sich am liebsten vom Leib gerissen. Sie wollte weg von hier, und dennoch wollte sie bleiben, um wenigstens die Türklinke zu drücken, auf der auch seine Hand gelegen hatte. Sie konnte ihrer Schwester nicht mehr in die Augen blicken, und doch hatte sie Angst davor, sich von ihr abzuwenden. Sie wollte keinen Gram für Pauline empfinden, und doch war ihr klar, dass ihre Liebe zu Philippe auf ewig einen Pflock in die Schwesternliebe getrieben hatte – Pauline wusste es nur nicht, sie war zu sehr damit beschäftigt, ihren Henri in den Krieg zu verabschieden.

Konstanze ging erst wieder zu Bett, nachdem Pauline zurück ins Haus gehuscht war. Sie hielt den Atem an, als sie ihre leisen Schritte im Flur hörte. Schritte, die vor ihrer Tür verharrten, so als überlegte Pauline, ob sie unter die Decke ihrer Schwester schlüpfen sollte – so wie früher, so wie immer. Aber nein, auch Pauline musste bemerkt haben, dass ihrer beider Verhältnis getrübt war. Für einen Moment war es, als hielten die Schwestern gemeinsam die Luft an, um dem Atem der anderen zu lauschen. Als der Moment verstrichen war, schlich Pauline weiter den Flur entlang und verbrachte die restliche Nacht allein in ihrem Ehebett. Ohne Philippe, ohne Henri – und vor allem ohne Konstanze.

Am nächsten Morgen wich Konstanze jedem Versuch, sie in ein Gespräch zu verwickeln, aus und schlürfte stattdessen gedankenverloren ihren Tee. Sie überlegte, wie sie Pauline erklären sollte, dass sie in der Nacht zu dem Schluss gekommen war, ihre Abreise zu erwägen. Sie musste weg von hier, wollte keinen weiteren Tag auf den Bauch starren, in dem das Kind heranwuchs, von dem sie wünschte, es wäre ihres. Pauline lebte ein Doppelleben, und Konstanze hatte es satt, noch länger Zeugin davon zu sein. Noch bevor Konstanze den Mund öffnen und zu einer verlogenen Erklärung ansetzen konnte, klopfte es an der Tür.

»Guten Morgen, gnädiges Fräulein und gnädige Madame.« Es war Christoph, Onkel Ludwigs Fahrer, der schüchtern durch den Türspalt lugte. »Es gibt da etwas, das wir besprechen sollten.«

»Treten Sie ruhig ein, Christoph.« Konstanze wies ihm mit der Rechten einen Stuhl am Esstisch zu.

»Schon gut«, meinte der ältere Herr und blieb in der Mitte des Raums stehen. »Die Sache ist die ...« Christoph räusperte sich. »Wir sollten dringend zurück nach Deutschland ... denke ich.«

»Was?«, rief Pauline. Ihre Blicke wanderten aufgeregt zwischen dem Fahrer und ihrer Schwester hin und her.

»Wie kommen Sie zu diesem Schluss, wenn ich fragen darf?« Konstanzes Kehle war trocken, jeder Versuch, zu schlucken, schmerzte. Hatte sie eben noch eine Abreise erwogen, so fühlte sie sich nun vom Vorschlag des Fahrers überrollt. »Bitte, sprechen Sie«, forderte Konstanze.

»Es ist der Krieg, gnädiges Fräulein. Die Passage über die Grenze war vor ein paar Tagen schon problematisch, wissen Sie nicht mehr?«

Natürlich wusste Konstanze es noch, wie sehr ihr die Knie gezittert hatten, als die Uniformierten bewaffnet ihr Automobil angehalten und ihre Ausweise verlangt hatten. Die Männer hatten miteinander getuschelt und sich beraten. Immer wieder waren sie um den Wagen herumgegangen, hatten ihn mit strengem Blick inspiziert. Geholfen hatte ihnen letztendlich nur die Tatsache, dass Konstanze genügend Geld dabeigehabt hatte und sie sich den Weg nach Frankreich erkaufen konnten. Aber was, wenn das Glück ihnen auf der Rückfahrt nicht mehr so hold war? Christoph hatte völlig recht, sie mussten aufbrechen. Jetzt. Der Zeitpunkt könnte zudem nicht günstiger sein, nun, da die Umstände sie von ihrer Schwester weiter entfernten, als die Distanz zwischen München und Jouques es je vermocht hätte.

»Aber du wolltest doch bleiben und mir beistehen.« Pauline wirkte noch blasser als sonst. Vorsichtig legte sie eine Hand auf ihren Bauch, um ihre Hilfsbedürftigkeit zu unterstreichen. Konstanze blickte auf die kaum sichtbare Wölbung unter Paulines lockerem Tageskleid. Ruckartig stieß sie ihren Stuhl vom Esstisch zurück und stand auf.

»Christoph hat völlig recht«, meinte Konstanze und nickte dem Fahrer zu. »Wir müssen weg, bevor der Weg zurück nach Deutschland zu schwierig wird. Bislang ist es noch zu keinen Kampfhandlungen an den Fronten gekommen, aber das kann sich sehr schnell ändern. Aus dem Sitzkrieg kann rasch ein blutiges Gemetzel werden, und dann möchte ich lieber in München sein.« Konstanze zog ihre Stoffserviette aus dem Rockbund und legte sie mit Sorgfalt auf den Tisch. »Komm doch mit mir!«, schlug sie vor und hoffte, dass Pauline dem Vorschlag nicht zustimmte. Sie würde es nicht ertragen.

»Ich? Nach München? Was passiert dann mit der Pfirsichplantage? Jetzt, da Josette nicht mehr ist ... und Philippe im Krieg ... ich bin doch verantwortlich für das gesamte Anwesen. Sosehr ich hier auch wegmöchte, aber ...« Paulines Stimme erstarb. Vermutlich erdrückte sie die Vorstellung, von nun an allein mit dem wenigen Personal im Gutshaus zu leben.

Für einen kurzen Augenblick fragte sich Konstanze, ob es anständig war, die jüngere Schwester ihrem Schicksal zu überlassen. War sie hier überhaupt sicher, wenn der Krieg sich ausbreitete? Natürlich war sie das, wer fände schon den Weg in die Abgeschiedenheit der Pfirsichplantage.

»Ich werde dann packen.« Konstanzes Stimme bebte. Ohne ein weiteres Mal den Blick von Pauline zu suchen, stürmte sie zur Tür, als wäre sie auf der Flucht.

»Stanzerl!« Paulines Aufschrei war so durchdringend, dass Konstanze auf der Stelle stehen blieb. Über die Schulter blickte sie zu ihrer Schwester zurück. »Es ist doch alles in Ordnung ... zwischen uns, oder?«

Konstanze legte alle Kraft in ihr mildes Lächeln und hoffte, dass es überzeugte. »Aber natürlich, was sollte denn sein? Es ist nur ... dieser Krieg.« Sie suchte in Paulines Miene nach einer Reaktion. Für einen Moment herrschte beklommenes Schweigen zwischen ihnen, dann nickte Pauline und meinte: »Ich verstehe.«

Konstanze verharrte, krallte sich am Türrahmen fest und hielt den Atem an. »Du schaffst das schon, da bin ich mir sicher«, log sie mit belegter Stimme, dann verschwand sie in ihr Gästezimmer und bereitete alles für die Abreise vor.

Wenig später standen die beiden vor dem Landhaus. Pauline hatte ihre Strickjacke eng um die Taille gewickelt und blickte die Einfahrt entlang, über die ihre Schwester sie in wenigen Momenten verlassen würde. Christoph verstaute das Gepäck im Kofferraum, sein Blick war auffallend nachdenklich. Vermutlich dachte er daran, wie ihm sein Arbeitgeber, Ludwig, gegenübertreten würde, wenn er von der ungenehmigten Fahrt nach Frankreich zurückkäme und ihn um Verzeihung bäte.

Konstanze stand so eng neben ihrer Schwester, dass sich ihre Schultern berührten.

»Wir schreiben uns jede Woche, so wie früher«, schlug Konstanze vor, ohne ihr dabei ins Gesicht zu sehen.

»Natürlich«, war Paulines knappe Antwort.

»Paulchen?« Konstanze griff nach der Hand ihrer Schwester und drückte sie leicht. Erneut überfiel sie das Gefühl, dass sie sie unmöglich allein lassen durfte.

»Ja?«

»Ich hab dich gesehen, gestern Nacht im Park. Du hast dich mit diesem Henri getroffen, oder?«

Pauline schwieg, den Blick noch immer auf die Einfahrt gerichtet.

»Er tut dir nicht gut. Du solltest dich jetzt auf dein Kind konzentrieren.«

»Wenn du wüsstest, was mir guttut, würdest du mich nicht verlassen.«

Konstanze atmete gegen das Stechen in ihrer Brust an. Sie suchte nach der passenden Antwort, nach einer Ausrede, die sie von ihrer Schuld reinwaschen würde, doch ihre Gedanken blieben still.

»Ich wäre dann so weit, gnädiges Fräulein«, meinte Christoph und öffnete die Tür für Konstanze. Diese nickte und wandte sich Pauline zu.

»Du wolltest mir etwas erzählen, weißt du noch?« In Paulines Augen stiegen Tränen, die nur darauf warteten, geweint zu werden.

Konstanze schüttelte den Kopf. »Ich weiß nicht, wovon du sprichst«, erwiderte sie. *Schon wieder eine Lüge,* ging es ihr durch den Kopf. Und da waren sie wieder, die tausend Scherben, die sie innerlich zu verstümmeln drohten. Was war nur passiert? Vor wenigen Tagen hatten sie und Pauline sich über das Wiedersehen gefreut, und nun standen sie einander gegenüber, als wären sie Fremde. Konnte es sein, dass dieses kleine unschuldige Wesen, das in Paulines Bauch heranwuchs, alles vergiftete? Nein. So durfte sie nicht denken. Sie liebte ihre Schwester, also musste sie auch dieses Kind lieben. Ohne ein weiteres Wort drückte sie Pauline fest an sich. Als sie den zarten Körper ihrer Schwester in den Armen wiegte, den Duft ihres Haares roch, die Wärme ihrer Wangen fühlte, glaubte sie, ihr Herz müsse zerspringen. Sie war so unschuldig, und dennoch schaffte Konstanze es nicht, ihr noch einmal in die Augen zu sehen. Sie hauchte ihr einen Kuss auf die Stirn, bevor sie zum Wagen eilte, wo Christoph sie bereits erwartete.

Als sie losfuhren, blickte Konstanze ein letztes Mal zu ihrer Schwester, die wie eine Statue im Eingang stand und ihnen hinterherstarrte.

Während Christoph den Wagen langsam über die Einfahrt rollen ließ, zog der Park allmählich an ihnen vorbei, der in tiefem

Winterschlaf ruhte und nichts von der Tragödie um ihn herum mitbekam. Die Pfirsichbäume standen in Reih und Glied und schienen mildere Temperaturen herbeizusehnen, in denen ein neues Blätterkleid ihre Äste zierte, Blüten sprossen und Früchte heranreiften. Das Leben ging weiter, ohne Josette und trotz des Krieges. Auch Pauline würde einen Weg finden. Vielleicht war es an der Zeit, dass sie erwachsen wurde und nicht in allen Belangen auf die Stütze anderer baute. Vielleicht war es für sie alle an der Zeit, am Ernst der Zeit zu wachsen – sie waren keine Kinder mehr, weder sie noch Pauline oder Lorenz.

Konstanze wandte sich von den Pfirsichfeldern ab und richtete ihren Blick auf die Straße vor sich. Vermutlich war es für alle das Beste, den Fokus auf die Zukunft zu richten.

»Alles wird gut«, flüsterte sie sich selbst zu und wusste, dass dies die größte aller Lügen war.

Kapitel 24

Jouques, Provence, im Mai 1940

Paulines Hände zitterten so sehr, dass sie die Tageszeitung auf der Tischplatte ablegen musste, um die Schlagzeilen lesen zu können.

La grande bataille ... »Die große Schlacht«, und in der Zeile darunter: »... ein Großteil der deutschen Armee ist beteiligt« – »... die belgische Armee kapituliert und stellt am 28. Mai um vier Uhr das Feuer ein.«

Pauline hörte sich selbst nach Luft ringen.

»Sie kommen!«, flüsterte sie mit bebender Stimme und schob die Zeitung weit von sich, als ob sie sich damit retten könnte. Sie griff sich an den Hals, der sich wie zugeschnürt anfühlte.

»Ich brauche einen Arzt, Éva, hilf mir!« Ihre Stimme glich einem Keuchen, ihr Gesicht fühlte sich kalt und blutleer an, und doch stand ihr der Schweiß auf der Stirn. »Éva!«, krächzte sie und drückte die Hand fester gegen den Hals. Panik, es war pure Panik, die sie durchströmte wie grünes Gift, das jeden Gedanken verseuchte.

»Madame Pauline, was ist los?« Éva stürzte an den Esstisch und klopfte ihrer Herrin fest auf den Rücken, in der Annahme, sie hätte sich verschluckt. Erst als Pauline von verzweifelten Schluchzern geschüttelt wurde, ließ Éva von ihr ab und wich zwei Schritte zurück.

»Sie kommen!« Pauline zeigte auf die Tageszeitung, die in der Mitte des Tisches lag. Neugierig beugte Éva sich über den Tisch und linste auf die dicken Lettern der Schlagzeile. Es dauerte eine Weile, bis eine Reaktion folgte – vermutlich war sie nicht die schnellste Leserin. Schließlich schlug sie beide Hände vor den Mund und schüttelte den Kopf.

»Gott steh uns bei!«, sagte Éva erschrocken. Pauline blickte zu ihrem Dienstmädchen hoch und sah in ihrem Gesicht denselben Schrecken, den sie soeben fühlte. Nur zu gut konnte sie nachvollziehen, wie es in Éva aussah. Auf seltsame Weise beruhigte sie die Aufregung der jungen Französin. Je mehr diese sich in ihre Verzweiflung steigerte, desto langsamer ging Paulines Atem. Die Taubheit verschwand aus ihren Händen, und ihre Beine ließen sich wieder bewegen.

»Wir müssen stark sein. Wir schaffen das. Nicht wahr?«

Die beiden Frauen blickten einander in die vor Schreck geweiteten Augen. *Wir sind ganz allein* – dieser Gedanke ließ Paulines Puls erneut hochschnellen. Sie dachte an Henri und den Abend, als sie sich von ihm verabschieden musste. Kalt war es gewesen und wolkenbedeckt, kein einziger Stern hatte die anbrechende Nacht erhellt.

»Versprich mir, dass du auf dich aufpasst!«, hatte sie ihm ins Ohr gehaucht und dabei seinen Duft tief inhaliert, seinen Hals geküsst, um die Wärme seiner Haut auf die ihre zu übertragen. Sie hatte seine Arme um ihren Körper gefühlt und sich gewünscht, dass Henri sie für immer halten möge. Er hatte ihr Liebesschwüre zugeflüstert, Worte, die sie kaum zu verstehen vermochte, so sehr war sie in ihren Abschiedsschmerz vertieft gewesen. Als sie Stunden später allein in ihrem Ehebett lag, wünschte sie sich, sie hätte jedes seiner Worte auf ein Blatt Papier geschrieben, um sie immer und immer wieder laut vorlesen zu können. Nachdem er sie ein letztes Mal geküsst hatte, war er wie ein Schatten zwischen den Bäumen verschwunden, und alles, woran sie hatte denken müssen, war, dass sie sterben würde, wenn er nicht zurückkehrte.

»Soll ich Sie hochbringen auf Ihr Zimmer, damit Sie sich ein wenig ausruhen?«, fragte Éva ehrlich besorgt und legte eine Hand auf Paulines. Diese schüttelte den Kopf, nein, sie wollte nicht ausruhen, sie wollte endlich aufwachen aus diesem Albtraum.

»Wenn ich meine Augen schließe, dann sehe ich ihn vor

mir ...«, flüsterte Pauline. Éva nickte verständnisvoll und räumte den Frühstückstisch ab. Pauline hingegen blieb am leeren Tisch sitzen und starrte auf die Zeitung, die vor ihr lag. Gerne wäre sie aufgestanden, hätte die Post erledigt oder einen Rundgang auf der Plantage gemacht. Doch die Post kam nur noch selten, und wenn, dann waren es Bekundungen von Abnehmern, die in diesem Jahr keinen Bedarf an ihrem Obst hatten. Pauline lachte kurz auf, dann froren ihre Gesichtszüge ein. Es würde keine Ernte geben, ging es ihr durch den Kopf. Alle Arbeiter waren in den Krieg einberufen worden. Die wenigen Frauen, die ihr geblieben waren, waren mit der harten Arbeit heillos überfordert gewesen und hatten das Weite gesucht, nachdem Pauline den ersten Lohn schuldig geblieben war. Es waren harte Zeiten, und Pauline war froh, dass Josette sie nicht mehr erleben musste. Oder hätte sie womöglich einen Weg gefunden, um die Plantage zu retten?

Der Sessel knarrte, als sie sich zurücklehnte. Gerne würde sie nach draußen gehen, sich die Beine vertreten und sich das Gemüt von den kräftigen Sonnenstrahlen erwärmen lassen. Doch nach draußen ging sie schon lange nicht mehr. Zu sehr schmerzte sie der Anblick der verwilderten Pfirsichfelder, auf denen sich Unkraut um die einst so stolzen Bäume rankte. Ja, sie musste tatenlos zusehen, wie Josettes Lebenswerk vor ihren Augen zu Staub zerfiel. Sie schämte sich dafür, fühlte sich wie eine Versagerin – schließlich hatte ihre Tante genau das prophezeit: dass sie unfähig wäre, die Plantage zu leiten.

Pauline strich über ihren Bauch, der inzwischen wohlgerundet den Stoff ihrer Kleider straffte. War der kommende Nachwuchs nicht Grund zur Hoffnung? Sollte sie sich nicht freuen auf die neue Aufgabe, die auf sie wartete? Nein, die Aussicht auf ihr Dasein als Mutter machte ihr Angst. Was, wenn sie hier auch versagte und ihr Kind ebenso dem Verderben auslieferte wie die Pfirsichplantage?

Als sie am nächsten Morgen die Augen aufschlug, nahm sie sich vor, diesem Tag mit Mut entgegenzutreten. Sie durfte nicht länger zulassen, dass Trauer und Sorge ihr Leben verdunkelten. Die Deutschen mochten vorrücken, aber dies war noch immer ihr Land. Freilich würde sie sich sicherer fühlen, wäre Konstanze an ihrer Seite geblieben, doch gewiss hatte sie Gründe, sie so fluchtartig zu verlassen. Nach dem Frühstück würde sie sich an den Arbeitstisch setzen und die Post der letzten Tage bearbeiten. Wenn sie damit fertig wäre, würde sie einen Brief an Konstanze schreiben und danach einen Spaziergang ins Dorf machen – so wie früher, nur ohne von Henri ein Baguette zu kaufen. Sie griff unter ihr Kissen und fasste nach einem der Bücher, die Henri ihr im Laufe der Jahre als Zeichen seiner Liebe überreicht hatte. Vorsichtig blätterte sie durch die Seiten und stellte sich dabei vor, mit welcher Sorgfalt und Hingabe er daran gearbeitet hatte. Sie schmunzelte bei der Vorstellung, wie er abends bei Kerzenschein über das Buch gebeugt mit Pinzette und Leim die verschiedenen Blüten auf die nackten Seiten klebte. Wie tief mussten seine Gefühle sein, wenn er jeden Tag seiner Liebe für sie verewigen wollte. Er war ein wahrer Poet. Obwohl die Vorhänge das Tageslicht aus ihrem Schlafzimmer aussperrten, ging in ihrem Herzen mit einem Mal die Sonne auf. Vielleicht war das Leben nicht nur schlecht, nicht nur trostlos und dunkel. Vielleicht war es an ihr, das Gute zuzulassen, die Freude und die Hoffnung. So schwungvoll es ihr gerundeter Bauch zuließ, setzte sie sich auf, machte sich frisch, kämmte ihr Haar ordentlich und legte sich sogar ein wenig von ihrem blumigen Parfum auf, um ihre hoffnungsvolle Stimmung zu unterstreichen. Als sie sich wenig später am Esstisch niederließ und nach der Serviette greifen wollte, fiel ihr Blick auf den Brief, der etwas versteckt unter dem Gebäckkörbchen hervorlugte.

»Stanzerl!«, sagte sie und riss ungeduldig den Umschlag auf. Bevor sie zu lesen begann, strich sie mit ihren Fingerkuppen über die schwungvollen Buchstaben und fühlte sich mit einem Mal eng mit ihrer Schwester verbunden.

»Stanzerl!«, wiederholte sie, dieses Mal leiser, entspannter. Am liebsten hätte sie die Zeilen in einem Stück verschlungen, dennoch zwang sie sich, jedes Wort mit Bedacht zu lesen, schließlich war es die erste Nachricht von Konstanze, seit sie im Dezember die Pfirsichplantage verlassen hatte. Dem Datum konnte Pauline entnehmen, dass die Post ungewöhnlich lange unterwegs gewesen war, und wer weiß: Womöglich hatte Konstanze bereits mehrere Briefe auf den Weg zu ihr gebracht.

Mein liebes Paulchen –

Als Pauline die ersten Worte gelesen hatte, schossen ihr schon die Tränen in die Augen.

»Grüß dich, Stanzerl«, flüsterte sie, bevor sie weiterlas.

– ich vermisse dich und fühle mich ganz schrecklich, weil wir uns auf so gleichgültige Weise voneinander verabschiedet haben.

Mit einem tiefen Seufzer stellte Pauline fest, dass die wenigen Sätze sie ein Stück weit versöhnten. Im Folgenden erkundigte sich Konstanze nach ihrem Wohlbefinden, fragte, wie sie die Tage verbrächte, den Krieg erlebte, ob sie unter Angst litte und ob Nachricht von Philippe eingetroffen sei. Sie schrieb von ihrem Leben zwischen Nazipropaganda, Judensternen und Ausgehverboten. Sie schrieb vom Aufruf des Gauleiters Adolf Wagner, der an alle Frauen und Mädchen gerichtet war und sie für einen freiwilligen Arbeitseinsatz begeistern sollte. Und sie schrieb von Hermann Görings Aufforderung zur Metallspende für die Waffenschmiede, der Tante Gunde nachkommen wollte, wohingegen Onkel Ludwig sich strikt weigerte, auch nur einen seiner Zinnsoldaten zum

Odeonsplatz auf den sogenannten Opfertisch zu legen. Lorenz lebte sehr zurückgezogen, beteiligte sich kaum an Gesprächen und blieb der Schule fern. Des Weiteren schrieb Konstanze, dass sie sich nach den vergangenen Tagen sehnte, die sie gemeinsam in Marseille verbracht hatten – das wäre die schönste Zeit gewesen, voller Sonne, Lachen und Leben. Pauline wunderte sich, in ihrer Erinnerung zeigten sich die Tage in Marseille von einer anderen Seite. Damals hatte sie ihrer bevorstehenden Hochzeit entgegengebangt, hatte ihr Schicksal verflucht und die Provence gehasst. Konstanze war ohne einen ersichtlichen Grund verfrüht nach Deutschland aufgebrochen, warum also wären das die schönsten Tage gewesen?

Pauline schüttelte leicht den Kopf und richtete dann ihre Aufmerksamkeit wieder auf den Brief. Mehr als einmal erkundigte sich Konstanze nach ihrem Befinden, zeigte sich besorgt wegen ihrer Schwangerschaft, die sie nun völlig allein in der Abgeschiedenheit der Plantage zu bewältigen hätte.

Mein liebstes Paulchen, ich drücke dich in Gedanken fest an mich und hoffe, dass wir einander recht schnell wiedersehen. Ich bete jeden Abend für dich und dein ungeborenes Kind. Möge Gott diesen unsäglichen Krieg bald beenden und uns unsere Familien wohlbehalten zurückgeben.
Ich küsse dich und warte auf Antwort,
Dein Stanzerl.

Tränen tropften auf das Papier und versprengten die Tinte in alle Richtungen. Pauline lehnte sich zurück in ihren knarzenden Sessel und legte die Papierbögen auf ihrem prallen Bauch ab. Sie vermisste Konstanze über die Maßen und fragte sich, warum sie nicht einfach ihr Pflichtbewusstsein hinter sich gelassen hatte und gemeinsam mit ihrer Schwester nach München gereist war – so wie diese es ihr mehr als einmal vorgeschlagen hatte. Geblieben war sie letztendlich wegen ihrer großen Liebe Henri, der inzwischen an der Front diente. Hatte sie sich falsch entschieden? Hätte sie gut daran getan, ihr Kind in Deutschland zur Welt zu bringen? Ein Gefühl sagte ihr, dass es an der Zeit war, ihr Leben zu überdenken. Sie fühlte sich in Frankreich nicht wohl, und das würde sich auch nicht ändern.

Was also sollte sie tun? Hier bleiben, an Philippes Seite, und Henri nur aus der Ferne zuwinken, wenn sie durchs Dorf spazierte, oder ihm zuzwinkern, wenn sie in seiner Bäckerei ein Baguette kaufte? Oder sollte sie nach Deutschland ziehen, wo sie an der Seite ihrer Geschwister wenigstens ein Stück Familie hätte? Die Pfirsichplantage gäbe sie in Philippes Hände. Ebenso würde sie ihm freistellen, die Scheidung zu beantragen, schließlich hatte auch er ein Anrecht auf Glück.

Was also sollte sie tun? Schwer seufzend strich sie über ihren Bauch und war froh, dass ihre Schwangerschaft ihr jede Entscheidung abgenommen hatte – zumindest vorerst. In ihrem fortgeschrittenen Zustand durfte sie auf keinen Fall eine so lange und gefährliche Reise antreten. Demnach war es wohl das Beste, wenn sie sich auf den Weg ins Arbeitszimmer machte, um dort nach dem Rechten zu sehen.

Sorgfältig faltete sie die beschriebenen Bögen Papier ihrer Schwester und steckte sie zurück in den Umschlag.

Nach getaner Arbeit machte sie sich am Nachmittag auf den Weg ins Dorf, um in der Bäckerei von Henris Eltern ein wenig Gebäck zu kaufen. Weder sein Vater noch seine Mutter wussten von der heimlichen Liebschaft ihres Sohnes, trotzdem war es Pauline immer ein Trost, in die vertrauten Gesichter zu blicken und ein paar Worte mit den beiden zu wechseln. Der Spaziergang ins Dorf belebte Paulines Sinne. Im Park zwitscherten die Vögel, der Lavendel stand kurz vor der Blüte, das Gras wärmte durch ihre dünnen Ledersohlen, und die Sonne erhellte ihr Gemüt. Mit aller Kraft verdrängte sie den Gedanken, dass die deutsche Armee sich den Weg nach Frankreich erkämpfte, und fokussierte sich lieber auf ihr Kind, das kräftig gegen ihre Bauchdecke trat. Wie schon so oft versuchte sie sich zu erinnern, wann sie das letzte Mal ihren ehelichen Pflichten nachgekommen war, um einen Anhaltspunkt für den Geburtstermin zu finden. Glaubte sie den Worten und Blicken ihrer Köchin, dann hatte der Bauch sich bereits gesenkt, was eine baldige Ankunft des Kindes zur Folge hatte. Pauline hatte mit den Augen gerollt und Marthas Bemerkungen mit einem Wink abgetan. Sie fühlte sich frisch und beweglich und konnte sich nicht vorstellen, dass ihre Niederkunft unmittelbar bevorstehen sollte.

Als sie jedoch die Anhöhe hinter dem Park hochstieg, verspürte sie ein seltsames Ziehen in der Leistengegend. Sie griff mit beiden Händen um ihren Bauch, als wollte sie ihrem Körper einen Teil der Last abnehmen, und hielt für einen kurzen Moment inne. Das Gesicht der Sonne entgegengereckt, holte sie tief Luft. Erleichtert stellte sie fest, dass die kleine Pause genügt hatte, um die Beschwerden zu lindern. Nein, sie würde nicht kehrtmachen, ganz im Gegenteil, sie wollte im Dorf ein weiteres Mal nach Arbeiterinnen für die kommende Pfirsichernte fragen. Ein paar der Frauen wären gewiss froh um einen kleinen Zuverdienst.

Als sie wenig später durch die weit geöffnete Tür der Bäckerei trat, wurde sie vom warmen Duft frischen Brotes empfangen. Für einen Augenblick fühlte sie sich von Henri umarmt.

»*Bonjour*, Madame Durand, wie geht es Ihnen heute an diesem sonnigen Tag?« Es war Henris Vater, der freundlich lächelnd über den Tresen lugte. Seine Haut wirkte wie dünnes Pergamentpapier, das man über seine Gesichtsknochen gespannt hatte. Ihm fehlten einige Zähne, sein Haar war zerzaust, und seine Weste voller Flicken.

»Mir geht es gut«, antwortete Pauline und sah in die Augen, die so sehr an Henris erinnerten. »Und Ihnen?«

Henris Vater zuckte mit den Schultern.

»Haben Sie denn in letzter Zeit Nachricht von Ihrem Sohn erhalten?« Ihr Herz begann zu flattern, nachdem sie diese Frage ausgesprochen hatte, und für einen Moment wusste sie nicht, ob sie die Antwort hören wollte.

»Dieser Tage kam tatsächlich ein kurzer Brief von ihm.« Als Pauline die Statur des gebrechlichen Mannes genauer betrachtete, wurde ihr bewusst, warum Henri beschlossen hatte, seine Familie nicht zu verlassen.

»Was schreibt er denn?«, fragte sie und schämte sich im selben Augenblick für ihre Neugier. »Verzeihen Sie, das geht mich wirklich nichts an.«

»Macht ja nichts. Meine Frau und ich, wir wissen doch, dass unser Sohn Sie sehr gerne hat.« Als er ihr freundlich zulächelte, hoffte Pauline, dass die aufsteigende Röte in ihren Wangen ihre Gefühle nicht verrieten. Was, um Himmels willen, hatte Henri seinen Eltern erzählt?

»Er sitzt an der Maginot-Linie in Lille und verteidigt dort tapfer unser Land.« Der Blick von Henris Vater verdeutlichte, dass er nichts von Tapferkeit hielt und es ihm lieber wäre, sein Sohn kehrte wohlbehalten und wenig heldenhaft nach Jouques zurück.

»Das ist aber doch ein gutes Zeichen, oder? Dann befindet er sich in einem Bunker und ist nicht zum Kampf auf freiem Feld gezwungen, habe ich recht?«

Wieder zuckte Henris Vater mit den Schultern.

»Auf dem Schlachtfeld wäre er wohl dem Untergang geweiht – er ist wahrhaftig keine Kämpfernatur, unser Henri«, meinte sein Vater und kratzte sich grüblerisch am Hinterkopf. »Aber ich möchte Ihnen diesen schönen Tag nur ungern mit den trüben Kriegsgeschichten verderben. Sagen Sie mir lieber, womit ich Ihnen eine Freude machen kann. Wir haben frische Macarons mit Himbeerfüllung.« Er zeigte auf das Feingebäck in der Vitrine.

»Ja, dann nehme ich wohl ein paar von denen«, antwortete sie gedankenverloren.

»Ich packe drei für Mademoiselle ein und zwei für ihren Nachwuchs, in Ordnung?« Sein Lächeln war breit und ehrlich. Nie im Leben hätte Pauline ihm widersprechen können, auch wenn sie Macarons noch nie gemocht hatte.

Auf dem Heimweg war sie in Gedanken bei Henri. Sie versuchte, sich seinen wenig muskulösen Körper in einer Uniform vorzustellen. Gewiss passte die Kleidung ebenso wenig zu ihm wie eine Waffe, die er niemals gegen einen anderen Menschen richten könnte. Er war einfach zu gut für diese Welt – und genau das würde ihm zum Verhängnis werden. Es sei denn, der Krieg weckte eine waghalsige, kämpferische Seite an ihm. Pauline schüttelte kaum merklich den Kopf. Sie wusste es besser. Henri würde zu keiner Zeit das Leben eines Gegners bedrohen oder gar beenden. Sie konnte nur hoffen, dass er tief in den Bunkern der Maginot-Linie versteckt bliebe, bis der Krieg ein Ende gefunden hatte. Was war das nur für ein Krieg, in dem ein dünner junger Bäcker sein Vaterland verteidigen sollte. Ein Mann, der Blumen sammelte und trocknete, ein Mann, der ehrlicher und zartfühlender nicht sein konnte. Die Erde würde sich weiterdrehen, wenn Henri sein Leben ließe, aber was wäre mit ihr?

Pauline senkte den Kopf. Sie wollte den Gedanken nicht weiterspinnen. Sie wusste auch so, dass ihre Welt ohne Henri für immer zum Stillstand käme.

Kapitel 25

München, im Juli 1940

»Lorenz, bist du da?« Konstanze klopfte an die Zimmertür ihres Bruders und legte ein Ohr an das Holz.

»Lass mich in Ruhe!«, lautete die rüde Antwort.

»Ich komm jetzt zu dir rein!«, warnte Konstanze, bevor sie die Türklinke drückte und die Tür gerade so weit öffnete, dass sie durch den Spalt schielen konnte.

»Was willst du?«, raunzte er und blähte sich in seinem Stuhl am Schreibtisch auf.

»Ich mache mir Gedanken, man trifft dich schon den zweiten Tag bei keiner Mahlzeit mehr an.« Es stimmte, Konstanze war besorgt, zwar galt ihre Sorge mehr ihrer Schwester als ihrem Bruder, aber das brauchte Lorenz nicht zu wissen. Sie blickte sich um. Das Zimmer war lieblos eingerichtet, fast hatte man den Eindruck, es war unbewohnt, läge da nicht getragene Kleidung auf dem Boden und auf dem Bett.

»Verbietest du dem Zimmermädchen auch den Eintritt?«

»Ich habe zu tun.«

»Das müssen ja wichtige Angelegenheiten sein, wenn sie sogar deinen Hunger vertreiben.«

Lorenz nickte zustimmend und stellte sich breitbeinig vor seinen Schreibtisch.

»Was machst du da?« Konstanze verrenkte ihren Hals, um einen Blick auf die Papiere auf dem Tisch zu erhaschen.

»Geh weg, das geht dich nichts an!« Mit beiden Armen schränkte er das Sichtfeld ein, sein Blick war geradezu angsteinflößend, und seine Haltung ließ ihn größer wirken, als er war.

Voller Entsetzen blickte Konstanze in das Gesicht ihres Bruders und musste feststellen, dass er ihr fremd geworden war. In gewisser Weise hatte er Ähnlichkeit mit Onkel Gustav. Ja, er schien irgendwie zu dem Mann geworden zu sein, den er am meisten fürchtete. Aber sie würde sich ihre Unsicherheit ihm gegenüber nicht anmerken lassen und stieß ihn unsanft vom Schreibtisch fort.

»Was zum Teufel ...«, schrie Lorenz, doch da war es schon zu spät. Konstanze hatte die Unterlagen auf seinem Tisch bereits gesehen.

»Was machst du da? Das ist deine Geburtsurkunde. Ich verstehe nicht ...« Das war gelogen, sie verstand sehr genau, doch sie wollte es aus seinem Mund hören.

»Wie gesagt, es geht dich nichts an.«

»Tut es doch, Lorenz. Ich bin deine Schwester, und ich bin für dich verantwortlich.«

Sein hämisches Lächeln sollte ihr vermutlich sagen, dass er noch nie etwas von ihrer Fürsorge bemerkt hatte.

»Ich kann und werde das nicht zulassen, das ist Irrsinn!« Konstanze hielt ihm die gefälschte Geburtsurkunde unter die Nase und fuchtelte damit herum. »Warum tust du das?«, fragte sie leiser.

»Weil ich muss, Stanzerl, verstehst du nicht? Ich kann nicht hierbleiben und auf meine Einberufung warten. Ich werde mich meiner Verantwortung stellen und dem Feind entgegentreten.«

»Feind? Denk daran, dass unsere Schwester ebenfalls zu unseren *Feinden* zählt.«

»Pauline lebt im unbesetzten Teil Frankreichs, ihr droht keine Gefahr.«

»Heute vielleicht noch nicht«, erwiderte Konstanze und spürte einen Stich in der Brust.

»Hier geht es nicht um Pauline oder um dich, hier geht es nur um mich. Ich will in den Krieg, ich muss, Stanzerl. Ja, ich muss, weil ich Teil von etwas Großem sein möchte.« Die Entschlossenheit von Lorenz jagte Konstanze Angst ein.

»Das ist Irrsinn, der ganze Krieg ist Irrsinn!«, erwiderte Konstanze forsch.

»Du willst mich nicht verstehen!« Lorenz' Stimme war hart und kalt. »Ich muss das tun!«

»Und ich kann das nicht zulassen. Ich werde sofort mit Onkel Ludwig sprechen.« Konstanze griff nach dem gefälschten Pass und der Geburtsurkunde und eilte zur Tür. Doch ehe sie diese erreicht hatte, stellte Lorenz sich ihr in den Weg und hielt sie auf.

»Tu das nicht!«, jammerte er. »Du musst mich gehen lassen.«

»Nein.«

»Versteh doch: Seit Mutters Tod fühle ich mich wie ein Heimatloser. Ich irre durch die Tage und Wochen, ohne je an meinem Ziel anzukommen. Und weißt du, warum?« Lorenz zog fragend die Augenbrauen hoch. »Weil ich mein Ziel nicht kenne. Vielleicht ist mir auch gar keines vorherbestimmt. Vielleicht finde ich aber im Krieg Antworten auf meine unzähligen Fragen.«

Konstanzes Züge wurden weicher. Ihr war nicht bewusst gewesen, wie verloren ihr Bruder sich fühlte. Solche erwachsenen Worte aus seinem Mund hören zu müssen, schnitt ihr ins Herz und erinnerte sie erneut daran, dass es an ihr gewesen wäre, ihm ein Gefühl von Heimat zu geben.

»Lass mich diesen Weg gehen, Stanzerl«, flehte er leise und griff nach ihrer Hand. Seine Haut fühlte sich fremd an, so als wäre dies die erste Berührung zwischen Bruder und Schwester. »Vielleicht finde ich so meinen Platz im Leben.«

Konstanze wusste, dass sie nur verlieren konnte, egal, wie sie sich entschied.

»Onkel Ludwig sagst du, du weißt nichts von meinem Verschwinden.«

»Onkel Ludwig mag meine Lüge glauben, ich jedoch werde mir

den Rest meiner Tage nicht verzeihen können, dass ich dich in den Tod habe ziehen lassen.«

»Für andere mag der Krieg den Tod bedeuten, ich empfinde ihn als Neubeginn.«

Der Blick in seine Augen war wie der Sprung von einer beängstigend hohen Klippe, und sie wusste, dass sie beide springen mussten, um zu erfahren, wie sich der Flug ins Leben anfühlte.

»Wann willst du los?«, fragte Konstanze und strich ihm über die Wange.

»Ich rasiere mich seit Wochen, damit meine Haut aussieht wie die eines kampferprobten Mannes. Fühlst du es?« Lorenz lächelte stolz.

»Ja«, hauchte sie tränenerstickt, »wie ein kampferprobter Mann.«

»Ich werde spätestens übermorgen das Haus verlassen. Du wirst mich nicht vermissen, ebenso wenig wie Onkel Ludwig, Tante Gunde oder Charlotte. Ich bin doch nur ein Schatten hier.«

Bist du nicht, wollte sie sagen, aber sie wusste, dass er ihr nicht glauben würde.

Lorenz ging einen Schritt zur Seite und öffnete seiner Schwester die Türe.

»Es ist nicht deine Schuld«, meinte er, als Konstanze bereits im Türrahmen stand. »Es ist nur so, dass ich ...« Lorenz schüttelte den Kopf, als wüsste er selbst nicht, was ihn zu diesem Entschluss gedrängt hatte.

»Schreib mir, hörst du? Und komm gesund wieder«, sagte sie und schloss hinter sich die Tür zu Lorenz' Zimmer. Konstanze ging ein paar Schritte und lehnte sich dann erschöpft an die kühle Wand. Aus Lorenz' Zimmer drangen gedämpfte Pianoklänge. Es war noch nicht lange her, da hätte Lorenz alles geopfert, nur um auf seinem Klavier spielen zu dürfen. Während sie der gefühlvollen Melodie aus Mendelssohns *Lieder ohne Worte* lauschte, begann sie inständig zu hoffen, dass ihr Bruder sich doch noch besann und seine Pläne änderte.

Wenige Augenblicke später verstummte Lorenz' Klavier, und Konstanze wurde klar, dass es kein Entrinnen gab vor den stetigen Veränderungen. Auf dem Weg zu ihren Räumen meinte sie bei jedem Schritt einen schweren Felsen hinter sich herzuziehen. Ihr Leben schien wie eine Abfolge falscher Entscheidungen, und keine davon ließ sich rückgängig machen.

Seit ihrer Rückkehr aus der Provence ging sie Onkel Ludwig aus dem Weg. Bebend und mit Tränen in den Augen hatte er sie nach ihrer Rückkehr aus der Provence in Empfang genommen. Damals hatte sie nicht gewusst, ob er wütend oder einfach nur in großer Sorge um sie gewesen war. Anfangs hatte sie versucht, ihm die Wichtigkeit dieser Fahrt nahezubringen, doch irgendwann sah sie ein, dass es für ihn keine Erklärung dafür gab, sich so leichtfertig in Gefahr gebracht zu haben.

Damals hatte sie geschworen, dass sie nie wieder so leichtsinnig handeln und in Kriegszeiten zu einer Fahrt in die Provence aufbrechen würde. Heute allerdings musste sie zugeben, dass sie ihren Schwur bereute. Pauline hatte keinen ihrer Briefe beantwortet. Sie war hochschwanger und allein in einem Land, das zum Teil von Deutschen besetzt war. Sie hasste sich dafür, nicht bei ihr geblieben zu sein. Was, wenn sie gesundheitlich in Schwierigkeiten steckte? Es machte sie verrückt, hier in München festzusitzen und nicht zu wissen, wie es ihrer Schwester erging. Falls Tante Gunde es erlaubte, würde sie noch heute zum Postamt gehen und Pauline ein Telegramm schicken. Für einen Moment beneidete sie Lorenz, der sich einfach auf den Weg in die Welt hinaus begeben konnte – ohne um Erlaubnis zu fragen und ohne eine Ahnung zu haben, was das Schicksal mit ihm vorhatte.

»Tante, ist alles in Ordnung?«, fragte Konstanze und trat neben Gunde, die auf der Terrasse stand und ihren Blick verträumt über die etwas ungepflegte Parkanlage gleiten ließ.

»Kind, du bist es«, meinte sie und legte ihre Hand zärtlich auf Konstanzes Unterarm. »Es ist alles in Ordnung, mein Liebes, ich schwelge nur gerade ein wenig in der Vergangenheit. Früher war dieser Park mein Lieblingsplatz, aber seit dem nächtlichen Angriff feindlicher Flieger vor ein paar Wochen möchte Ludwig nicht, dass ich mich vom Haus entferne.«

Konstanze nickte. Ja, sie erinnerte sich an die Nacht, die sie im Keller verbracht hatten. Letztendlich hatten die abgeworfenen Bomben keinen großen Schaden angerichtet, dennoch hatten sie ihr Ziel erreicht und die Angst in den Menschen geschürt.

Konstanze schmiegte ihren Kopf an die Schulter ihrer Tante und genoss die Ruhe, die sie beide umfing. Die Sonne wärmte ihre Haut, und in der Luft lag diese Energie, die nur dem Sommer innewohnte. Sie schloss die Augen und stellte sich vor, es gäbe keine Sorgen. Kein Lorenz, der oben in seinem Zimmer die Tasche für seinen heimlichen Marsch in den Krieg packte. Keine Pauline, die in unerreichbarer Entfernung ihr Kind allein zur Welt bringen musste. Kein Philippe, der ihr Herz und ihren Kummer mit an die Front genommen hatte und für den sie jeden Tag betete. Wie schön müsste es sein, wenn die Welt nur aus Sonne und Liebe bestünde.

»Wie geht es dir eigentlich, mein Stanzerl? Hast du dich eigentlich wieder vollends erholt von deiner … Schwangerschaft?«

Konstanze lauschte in ihren Körper hinein und antwortete dann offen und ehrlich: »Ja, Tante, das habe ich. Es war die richtige Entscheidung, und ich danke dir dafür. Kohlhagen wäre als Vater völlig ungeeignet, ebenso wie die Zeit, in der wir leben. Wenn ich eines Tages ein Kind bekomme, dann will ich ihm ein Leben in Frieden schenken.«

»Wer weiß schon so genau, wann der Frieden den Krieg ablöst.«

Konstanze nickte.

»Trotzdem bin ich froh, dass du dich für das Leben entschieden hast – *dein* Leben. Zudem habe ich gehört, dass Kohlhagen im Westfeldzug gefallen ist.«

»Was?«, fragte Konstanze kaum hörbar und erschrak, dass sie so gar keine Trauer empfand, sondern sich nur fragte, was nun aus seinem wunderbaren Atelier werden mochte. Die vielen verwaisten Farben, Pinsel und Leinwände – sie alle würden nun keine Verwendung mehr finden.

»Ich habe seit Wochen nichts von Paulchen gehört.«

»Und du bist in Sorge.«

»Natürlich«, antwortete Konstanze zögerlich. »Ich würde ihr gern ein Telegramm schicken.«

Gunde löste sich von ihrer Nichte und schüttelte den Kopf. »Der Weg zum Postamt ist zu weit und zu gefährlich. Wenn dir wirklich so viel daran liegt, deiner Schwester eine Nachricht zu senden, dann notiere sie und gib sie deinem Onkel mit. Der muss in weniger als einer Stunde in die Knopffabrik und wird dir den Gefallen gewiss tun.«

Konstanze wusste es besser. Trotzdem würde sie einen Versuch wagen, schließlich ging es um Pauline.

Als Konstanze wenig später in der offenen Tür zu Ludwigs Arbeitszimmer stand, musste sie einmal mehr feststellen, dass von der früheren Respekt einflößenden Erscheinung nur noch ein kümmerlicher Rest übrig war. Mit hängenden Schultern und eingezogenem Kopf brütete er über irgendwelchen Zahlen. Erst als der Boden unter Konstanzes Tritten knarrte, hob er den Kopf und starrte seiner Nichte mit verlorenem Blick entgegen.

»Geht es dir nicht gut?«, fragte sie besorgt.

»Mir?« Ludwig lachte trocken auf. »Wenn es so weitergeht,

wird es uns allen schlecht gehen, glaub mir, Kind.« Er rieb sich den Nasenrücken und beugte sich dann wieder über seine Unterlagen.

»Kann ich denn irgendwie helfen?«

»Du?« Mit einem schwermütigen Lächeln musterte er sie. »Meiner Firma mangelt es an Aufträgen und an Geld, um die verbliebenen Arbeiterinnen zu bezahlen. Was soll ich deiner Meinung nach tun? Die armen Frauen entlassen und damit dem Hunger und der Armut überlassen?«

Konstanze schüttelte den Kopf. Locken fielen ihr ins Gesicht und nahmen ihr ein wenig von der Strenge, die sie meist ausstrahlte.

»Du bist noch immer böse auf mich, habe ich recht? Es tut mir leid, dass ich mit Christoph heimlich zu Pauline gefahren bin.«

»Ich bin nicht böse.« Seine Stimme klang wenig versöhnlich. »Es ist nur so, dass ich seit eurem Einzug ständig auf der Suche nach einem von euch bin. Erst Lorenz, der seines Hundes wegen ins Allgäu zurückgekehrt ist, und dann deine unüberlegte Fahrt nach Frankreich.« Ludwig tupfte sich mit einem bestickten Taschentuch den Schweiß von der Stirn und blickte seiner Nichte tief in die Augen. Zum ersten Mal wurde Konstanze bewusst, welches Chaos sie in Gundes Familie ausgelöst hatte. Bislang war sie der Meinung gewesen, dass sie die Vernünftige, die Verlässliche unter den Geschwistern gewesen war. Doch Ludwig versuchte, sie eines Besseren zu belehren.

»Es tut mir leid«, flüsterte sie.

»Ich weiß, mein Mädchen, ist schon gut«, brummte Ludwig milde lächelnd und gab ihr mit einem Wink zu verstehen, dass sie das Arbeitszimmer verlassen solle.

Das Telegramm an Pauline musste sie vergessen, sie wollte Ludwigs Geduld nicht unnötig beanspruchen. Aber was, wenn sie sich aus dem Haus schlich, um es selbst abzuschicken? Nein, das durfte sie nicht wagen, Ludwig war schon enttäuscht genug von ihr. Sie würde sich beugen müssen, um den Frieden in der Familie zu wahren.

Kapitel 26

Nouvelle-Aquitaine, Frankreich, im August 1940

Lorenz blickte aus dem Fenster des fahrenden Zuges und betrachtete die Landschaft Nouvelle-Aquitaines, die an ihm vorüberzog. Saftig grüne Wiesen, üppige Felder, kleine Dörfer und Schlösser, die mit ihren drallen Türmen ein wenig behäbig wirkten.

Die anderen Soldaten schliefen. Ihre kurz rasierten Köpfe ruhten auf der eigenen Brust oder an der Schulter des Nebenmanns. Auch er war müde, dennoch gönnte er sich keinen Schlaf, weil er wusste, dass ihn im Traum seine dunklen Erinnerungen einholten. Lieber blieb er wach und kämpfte gegen die Schwere seiner Lider.

Er dachte an Onkel Gustav und fragte sich, ob er wohl stolz wäre, wenn er wüsste, dass er freiwillig in den Krieg gezogen war. Schließlich hatte er genau das von ihm gefordert: ein Mann zu sein, hart und unempfindlich gegen Schmerz. Heute hasste er seine von der Mutter verweichlichte Seite, die ihn empfindsam machte und weinerlich. Er wollte stark sein und unbezwingbar, ohne Gewissensbisse – egal, ob er einen Menschen schlug oder seinen Hund.

Stella. Beim Gedanken an sie fühlte er einmal mehr diese Schlinge um seinen Hals, sah wieder diese Bilder, die er jeden Tag aufs Neue zu verdrängen versuchte, hörte wieder ihr leises Winseln, als das Leben ihren zermarterten Körper verließ. Ja, er war zu einem Monster geworden, das wusste er. In der Nacht hatte er das blutverschmierte Fellknäuel in Gundes Park vergraben und dabei geheult wie ein Mädchen. Er wollte sie nicht mehr, diese Tränen, die ihm zeigten, wie schwach er war.

Der Krieg würde ihn stählen, ihn aufsteigen lassen wie Phönix aus der Asche. Und doch war er noch nicht zur Gänze überzeugt, ob er die richtige Entscheidung getroffen hatte. Alles, was man ihm bis jetzt gestattet hatte, war, diesen Zug zu begleiten, in dessen unbelüfteten Waggons spanische Republikaner um Wasser wimmerten und dessen Endstation ein Konzentrationslager in Polen sein würde.

Freilich, man hatte ihm nach der Grundausbildung eine Uniform und eine Waffe in die Hand gedrückt, dennoch musste er zugeben, dass er sich den Krieg anders vorgestellt hatte. Er hatte gehofft, dass er dem Feind gegenübertreten könnte, um ihm in die Augen zu blicken, während er den tödlichen Schuss abfeuerte. Er wollte Blut sehen und Leid. Alles, was man ihm bis jetzt zugestanden hatte, waren ein paar Tritte auf die am Boden liegenden Spanier, aber die hatten nur wieder die Erinnerung an Stella wachgerüttelt, wie sie leblos am Boden gelegen hat, den leidenden Blick auf ihn gerichtet.

»Der Neue heult!«

Lorenz schreckte hoch, sah zu seinen Sitznachbarn, die ihn belustigt musterten.

»Hat er Heimweh?«

»Vielleicht vermisst er seine Mama.«

Rasch wischte Lorenz seine Wangen trocken und verfinsterte seine Miene. Kurz überlegte er, ob er sich rechtfertigen sollte, doch dann zog er es vor, zu schweigen. Er war ein Außenseiter, unbeliebt, nicht von Interesse. Dabei hatte er insgeheim gehofft, dass er im Krieg echte Kameraden finden würde. Männer, die seine Vorliebe teilten, seine Vorliebe für – Gewalt. Vielleicht musste er sich solche Freundschaften aber auch erst verdienen, musste sein wahres Gesicht zeigen, wenn sich die Gelegenheit bot. Die anderen würden schon sehen, aus welchem Holz er geschnitzt war und dass sie sich in ihm geirrt hatten, wenn sie dachten, er wäre ein Muttersöhnchen. Zu gerne hätte er damit geprahlt, dass er nicht gezögert hatte, seinen eigenen Hund totzutreten, aber vorerst war es besser, zu schweigen.

Im Konzentrationslager angekommen, wurde Lorenz überrollt von der Realität. Das Ausladen der Spanier verlief unter tosendem Lärm. SS-Leute brüllten, Hunde kläfften, Schlagstöcke donnerten gegen die Waggons, um allen Insassen zu verstehen zu geben, dass sie am Ziel angekommen waren und es an der Zeit war, auszusteigen. Mütter reichten ihre in Decken eingewickelten Säuglinge aus dem Zug und blickten verängstigt auf die Uniformierten, die sie erwarteten. Tränen flossen, Frauen jammerten, Männer trugen schwere Bündel auf dem Rücken, in denen sich ihre gesamte Habe befand. Die heranfahrenden Trailer wirbelten Staub auf und verursachten zusätzlichen Lärm.

Lorenz schirmte seinen Blick gegen die Staubwolke ab und zwinkerte nur vorsichtig auf die heranfahrenden Militärwägen.

»¿Dónde está mi mamá?« Ein kleiner verdreckter Junge zupfte an Lorenz' Uniform. Seine aufgerissenen Augen sprachen von Angst und Verzweiflung, seine Lippen waren rissig und das Haar struppig.

»Was?«, fragte Lorenz und befreite sich aus dem Griff des Kindes.

»¿Dónde está mi mamá?«, wiederholte der Kleine und fügte ein eindringliches »Mamá!« hinzu.

»Du suchst deine Mutter? Herrgott, woher soll ich wissen, wo die ist? War sie nicht im Zug?«, fragte er und zeigte mit einer Hand auf den Waggon hinter ihnen. Nach einem weiteren Blick in die Augen des Jungen fühlte er eine unbändige Wut in sich aufsteigen. Wut, weil er für das Kind Mitleid empfand, obwohl er es verabscheuen sollte. Das war der Zeitpunkt, um Stärke zu beweisen. Er sollte das Kind mit einem Tritt in den Hintern verjagen oder es an den Haaren zu den anderen Republikanern schleifen.

Enttäuscht musste er zur Kenntnis nehmen, dass er noch nicht so weit war. Er schloss die Augen, ballte die Hände zu Fäusten und betete, dass keiner seiner Kameraden zusah, wie er versagte.

»Verschwinde!«, fauchte er das Kind an, packte es an der Schulter und drängte es grob von sich. Der Junge drehte sich zu ihm um, fragend, Hilfe suchend, und was das Schrecklichste war: Sein Ausdruck war freundlich.

Lorenz wusste, dass er dieses Kind nie wieder vergessen konnte. Stets würde es ihn daran erinnern, dass er ein Feigling war.

Ihm war danach, das Areal zu verlassen, einfach weg von hier. Keine weinenden Mütter und Kinder mehr, keine schreienden Soldaten und bellenden Hunde. Für einen Moment sehnte er sich zurück in die Ruhe von Gustavs Bergbauernhof, und er konnte sich nicht mehr erklären, warum er damals an der Stille der Nacht in seiner Kammer zu verzweifeln drohte. Wie schön müsste es sein, wieder mit Gertrude auf der Sonnenbank zu sitzen und gemeinsam hinabzusehen ins Tal.

Lorenz rieb sich die Schläfen, um den Schmerz in seinem Kopf zu vertreiben. Er hatte gehofft, dass der Krieg ihm seinen Platz im Leben weisen würde, aber schon nach wenigen Wochen war ihm bewusst geworden, dass er auch hier nicht hergehörte. Doch wo sollte er hin? Einen Weg zurück gab es nicht – weder nach München noch ins Allgäu.

Und plötzlich sah er das eine Gesicht vor sich, das alles hätte heilen können, aber dem er nie wieder gegenüberstehen würde. »Mama!«, flüsterte er und fühlte sich wie das Kind, das er im Grunde noch war und das selbst Schutz benötigte – mehr noch als dieser verdreckte spanische Junge.

Lorenz blickte ihm nach, dem verschmutzten Kind, das genauso wie er auf der Suche war.

»He, Dannenberg, du wirst gebraucht.« Es war einer der Soldaten, die gemeinsam mit ihm den Zug eskortiert hatten. Lorenz war nicht sicher, glaubte sich aber zu erinnern, dass sein Name Manfred war.

»Komme schon«, entgegnete Lorenz und war froh, sich nicht länger Gedanken um den Jungen und seine vermisste Mutter machen zu müssen.

Kapitel 27

Jouques, Provence, im Juli 1940

Pauline fühlte sich schwach und gleichzeitig stark wie nie zuvor. Während die Hebamme aus dem Nachbardorf die blutverschmierten Tücher in einem Eimer entsorgte und dabei fröhlich ein Lied trällerte, ruhte ihr Blick auf ihrem Sohn. Er war so unglaublich schön, dass es Pauline den Atem raubte. Sein rundes Gesicht, die rosa Bäckchen, die zerbrechlich kleine Hand, die sich an ihren Zeigefinger klammerte, seine zufriedene Atmung, die von kleinen Seufzern unterbrochen wurde, all das erfüllte sie mit einem Glück, das ihr bislang fremd gewesen war. Ihr Schlafzimmer war groß und geräumig, doch in diesem Augenblick fühlte es sich klein an, so als schmiegten sich die Wände an sie und den Säugling und schenkten ihr das Gefühl, dass die Welt nur aus ihnen beiden bestand. Mit ihrer Nase berührte sie seine Stirn und sog seinen Duft in sich auf – diesen Duft, der bis vor einer Stunde noch nicht existiert hatte und der nur ihr gehörte.

»Wie soll er denn heißen?«, fragte die Hebamme beiläufig, ohne sich von ihrer Arbeit abzuwenden.

Pauline schüttelte leicht den Kopf. »Ich weiß es nicht«, flüsterte sie kaum hörbar.

»Dann machen Sie es doch so wie alle Frauen während des Krieges: Nennen Sie ihn nach seinem Vater.« Die Hebamme zuckte gelassen mit den Schultern und verschwand samt dem Eimer aus dem Zimmer.

Pauline musterte das Gesicht ihres Jungen. Ja, tatsächlich erinnerten seine Züge an die von Philippe, aber ihm deshalb gleich den Namen seines Vaters zu geben, erschien ihr übertrieben. Würde sie auch so denken, wenn der Vater ihr geliebter Henri wäre? Henri. Wie würde er wohl reagieren, wenn sie ihm erzählte, dass sie nun Mutter war? Pauline musste zugeben, dass ihr dieser Gedanke Angst bereitete. Was, wenn er sie nicht mehr wollte, nun, da sie ihre Ehe mit einem Kind besiegelt hatte. Sie seufzte tief und legte ihre Lippen an die warme Wange ihres Jungen und fühlte sich sofort wieder besser. Dieses kleine Bündel Mensch war ihre Heimat, ihre Gegenwart und ihre Zukunft.

Und plötzlich überfiel sie ein Name, der so weich und warm war wie das Kind in ihrem Arm.

»Bernard«, hauchte sie und drückte ihn zärtlich an sich. Dann schaffte sie es nicht mehr länger, ihre Augen offen zu halten, und fiel in einen erschöpften Schlaf.

Mit jedem weiteren Tag schöpfte sie Kraft und fühlte sich bald wieder so gesund wie vor ihrer schmerzhaften Niederkunft. Rasch hatte sie das Gefühl, ihrem Alltag wieder nachgehen zu können. Mit Bernard im Arm spazierte sie durch die abflauende Hitze des späten Nachmittags, genoss den allgegenwärtigen Duft von Blumen und lauschte dem Zirpen der Zikaden, das Josettes Park erfüllte wie ein tosendes Orchester. Ihre Tante hätte gewiss ihre Freude mit dem Nachwuchs gehabt. Pauline konnte sich bildlich vorstellen, wie die zierlich gebaute und doch so energiegeladene Französin ihren Sohn durch die Luft wirbelte und dabei lauthals lachte. Mit einem wehmütigen Lächeln auf den Lippen dachte sie an Josette, deren Verlust eine unüberbrückbare Lücke hinterlassen hatte.

Vielleicht war es an der Zeit, das Schicksal zu akzeptieren, das das Leben sich für sie ausgedacht hatte.

Sie marschierte durch den Park, hinüber zu den Pfirsichfeldern, auf denen nur wenige Frauen mit der Ernte der ersten reifen Früchte beschäftigt waren. Pauline hatte beschlossen, nur so viele Pfirsiche pflücken zu lassen, wie sie für den Eigenbedarf benötigte und in den Nachbardörfern verkaufen konnte. Den Rest würde sie den Vögeln und dem Verfall überlassen, so sparte sie sich jede Menge Geld für Arbeitsstunden und Lagerung. Éva und Martha weckten seit fast zwei Wochen Früchte ein, verkochten sie zu Marmelade oder trockneten sie scheibenweise. Bei dem Gedanken, den ganzen Winter Pfirsichmarmelade zum Frühstück serviert zu bekommen, verzog sich Paulines Gesicht zu einer angewiderten Grimasse. Und doch musste sie froh sein, sich und ihre wenigen Angestellten wenigstens ein Stück weit selbst versorgen zu können. Hinter dem Haus hatten sie die Blumenbeete umfunktioniert und Salat und Gemüse gepflanzt, zudem hatte Martha ein paar Hühner organisiert, die nun durch die Wiese spazierten und sie täglich mit frischen Eiern erfreuten. Sie würden es schon schaffen, sagte Pauline sich jeden Tag und verdrängte die Sorge um Krieg und Tod.

Als Bernard auf ihrem Arm zu wimmern begann, machte sie sich auf den Rückweg zum Haus, vorbei an der Magnolie, in deren Schatten sie vor einem Jahr mit Konstanze gelegen hatte. Sie vermisste ihre Schwester. Wie gerne würde sie ihr schreiben, dass sie Mutter geworden war und es ihr gut ging. Andererseits hatte ihre letzte Begegnung sie derart im Zwiespalt zurückgelassen, dass sie nicht wusste, ob ein Brief angebracht war. Damals hatte Konstanze den Eindruck erweckt, sie wäre ihrer überdrüssig, und hatte kaum mit ihr gesprochen. Etwas im Leben ihrer älteren Schwester hatte sich verändert, das konnte Pauline deutlich fühlen, dennoch wagte sie es nicht, danach zu fragen – schon gar nicht in einem unpersönlichen Schreiben.

Wenig später bettete sie Bernard zur Nachtruhe in seine Wiege, deckte ihn zu und beobachtete selig, wie ihm die Augen zufielen und er an seinem Daumen nuckelte.

»Haben Sie schon gehört, Madame?«, fragte Éva leise.

»Wovon sprichst du?«, entgegnete Pauline und verließ gemeinsam mit ihrem Dienstmädchen das Kinderzimmer, um Bernard nicht zu wecken.

»Der Sohn vom Bäcker ...« Éva brach den Satz ab und blickte ihrer Herrin tief in die Augen, so als suchte sie darin nach etwas, das ihre Gefühle verriet.

»Was ist mit ihm?« Pauline griff hinter sich an die Wand und hielt den Atem an.

»Vielleicht stimmt es ja gar nicht, aber anscheinend ist er gefallen.«

»Was? Aber ...« Ihre Lippen waren eiskalt. »Das muss ein Irrtum sein, sein Vater erzählte mir, dass er an der Maginot-Linie im Einsatz ist. Dort ist er doch sicher, oder etwa nicht?« Paulines Mund fühlte sich so trocken an, als hätte sie seit Tagen keinen Schluck Wasser getrunken.

Éva zuckte mit den Schultern und strich über die frisch gebügelten Tücher, die sie im Arm hielt.

»Wer ...?« Pauline fiel es schwer, einen ganzen Satz zu formulieren. »Wer hat das erzählt?«

»Gestern Abend hat man drüben im Dorf darüber getuschelt.«

»Getuschelt.« Pauline verspürte eine gewisse Erleichterung in sich aufsteigen, denn nach über acht Jahren in der Provence wusste sie, was es bedeutete, wenn ein paar Franzosen Klatsch austauschten. Nur selten hatten solche Geschichten einen wahren Kern. Dennoch wollte das stechende Gefühl in ihrer Brust nicht nachlassen.

»Ich muss ...« Ohne den Satz zu beenden, lief sie durch den dämmrigen Flur. Sie trug nur das dünne Sommerkleid, auf dessen Rock sich aufgedruckter Efeu rankte. Das Haar hatte sie nur locker mit ein paar Haarnadeln hochgesteckt, und ihre Füße steckten in bequemen Riemensandalen. Josette hätte sie in diesem legeren Aufzug niemals aus dem Haus gelassen. Sie hätte mit den

Augen gerollt und sie mit einem strengen Fingerzeig hoch in ihr Ankleidezimmer geschickt. Die Zeiten hatten sich geändert. Heute lief Pauline wenig damenhaft so schnell wie möglich durch den abenddämmrigen Park, den kleinen Hügel hoch und auf der anderen Seite wieder hinab ins Dorf. Sie bekam kaum noch Luft, ihre Muskeln brannten, dennoch hielt sie ihr Tempo und verlangsamte ihre Schritte erst, als der Bäckerladen in ihr Blickfeld rückte. Der dünne Baumwollstoff klebte an ihrer verschwitzten Haut, und ihre Lungen lechzten nach Sauerstoff. Paulines Blick hing an dem Schild mit der Aufschrift *Boulangerie*, das über der Tür hing und dessen Kanten bereits Rost ansetzten.

Was sollte sie tun, wenn Éva recht hatte und sie nach Betreten der Bäckerei die Nachricht von Henris Tod bestätigt bekäme? Langsam, als vermochte ihr Tempo das Schicksal zu verändern, näherte sie sich dem kleinen Haus, legte ihre Finger um die Klinke und drückte die Tür auf. Die Glöckchen über ihrem Kopf begannen wie immer aufgeregt zu bimmeln, was Pauline als gutes Zeichen sah. Die Bäckerei hätte in einem Trauerfall doch gewiss nicht geöffnet, schon gar nicht um diese Uhrzeit, dachte sie und richtete ihren Blick auf den leeren Tresen.

»*Bonjour*«, rief sie mit zitternder Stimme und lauschte, ob sich hinten in der Backstube etwas regte. Die Sekunden erschienen wie Stunden, die zäh das Rad der Zeit anzuhalten versuchten.

»*Bonjour*, Madame Durand.« Es war Henris Mutter, die hinter den Tresen trat. Als Pauline in ihre verquollenen, rot geränderten Augen sah, wünschte sie sich zurück in ihr Landhaus, fernab von der Wahrheit, die sie gleich erfahren würde.

»Wie geht es Ihnen, Madame Bonnet?«, fragte Pauline und legte eine Hand an ihre trockene Kehle.

»Haben Sie es noch nicht gehört, Madame Durand?« Sie griff nach einem Zipfel ihrer Schürze und putzte sich damit lautstark die Nase.

Nein, ich habe es noch nicht gehört, und ich will es auch nicht hören. Der Tod ist nicht länger Teil meines Lebens. Henri wird vom Krieg heimkehren und mir getrocknete Blumen aus Lille schenken. Er wird mich anlächeln und sagen, dass es schrecklich war, aber dass er nun wisse, dass er sein Leben an meiner Seite verbringen will, dass kein Opfer zu groß sei für unser Glück.

Pauline schüttelte kaum merklich den Kopf, ihr Blick hing an Madame Bonnets Lippen, während sie hoffte, dass sie das Unaussprechliche für sich behielt.

»Er ist ...« Dann erstarb ihre Stimme genau wie die ihres Sohnes eine Woche zuvor, weit weg von der Heimat, in Lille an der Maginot-Linie, die er mit seinen Kameraden zu verteidigen versucht hatte. Leise schluchzend vergrub Henris Mutter ihr Gesicht in den Händen und verschwand ohne ein weiteres Wort in der Backstube. Pauline stand allein im Bäckerladen, der ihr noch nie so groß erschienen war und dessen Duft mehr denn je an Henri erinnerte. Sie fühlte sich wie im Ozean, dessen raue Wellen sie für immer zu verschlingen drohten, während das Ufer mit jeder Woge in unerreichbare Ferne rückte. Sie fühlte keine Trauer, in diesem kalten Moment konnte sie sich nicht einmal mehr an die Bedeutung von Traurigkeit erinnern. Nichts ergab mehr einen Sinn, und ihr blieb nichts anderes übrig, als dem Ufer dabei zuzusehen, wie es sich von ihr entfernte.

Kapitel 28

München, im Januar 1941

Konstanze saß gerade an einer Skizze, als sie von unten Ludwigs schallendes Gelächter und Gundes Gekicher hörte. Neugierig legte sie Bleistift und Papier beiseite und eilte die Treppe hinab. Die zwei Dienstmädchen standen auf dem Flur und tauschten fragende Blicke aus. Im Salon sah sie Onkel und Tante, wie sie durch den Raum tanzten. Gunde hatte den Kopf in den Nacken gelegt, während ihr Gatte sie zwischen Tischen und Vitrinen herumwirbelte. Charlotte saß auf der Lehne des weinroten Ohrensessels und beobachtete ihre Eltern mit einem seligen Grinsen.

»Geht es ihnen gut?«, fragte Konstanze ihre Cousine und stellte sich dicht neben sie. Charlotte sah müde aus, so als hätte sie seit Tagen nicht geschlafen. Die Haut war grau, die Augen dunkel umrandet, ihre Haltung erschöpft. Wieder einmal wurde Konstanze bewusst, wie wenig sie doch von der jungen Frau wusste, obwohl sie schon so lange unter einem Dach lebten. Alles, was sie über ihre Cousine sagen konnte, war, dass ihr ganzes Interesse der Knopffabrik ihres Vaters galt und dass sie alles daransetzte, um gemeinsam mit ihm den Fortbestand der Fabrik zu sichern.

»Es gibt etwas zu feiern«, meinte Charlotte und seufzte erleichtert.

»Zu feiern?«, wiederholte Konstanze und zog die Augenbrauen hoch. Für sie war es unvorstellbar, welchen Anlass es in diesen Tagen dafür geben könnte. Der Krieg weitete sich immer mehr aus, ein Großteil Europas war unter deutscher Kontrolle. Ausgangssperren und Rationierung hatten den Alltag fest im Griff und verbreiteten Not, Hunger und Unmut. Die Verluste waren groß, Konstanze kannte kaum eine Familie, die nicht wenigstens ein Familienmitglied verloren hatte. Am schlimmsten allerdings empfand sie die völlige Stille, die zwischen ihr und Pauline eingekehrt war. Bestimmt lag es am Krieg, dass Briefe aus Frankreich ausblieben. Was aber, wenn ihr etwas zugestoßen war?

»Stanzerl, tanz mit uns!« Onkel Ludwig riss sie aus ihren trüben Gedanken und wirbelte sie mit einer Energie durch den Raum, die sie dem alten Mann niemals zugetraut hätte. »Und du, Töchterchen, lass Champagner kommen, heute wollen wir kräftig anstoßen!«

»Findest du das nicht übertrieben?«, meinte Charlotte und verschränkte die Arme vor ihrer üppigen Brust.

Konstanze musste ihrer Cousine recht geben. In Zeiten wie diesen, in denen andere Menschen Hunger litten und starben, mit teurem Alkohol zu feiern, empfand sie beinahe als sträflich.

»Dann eben kein Champagner, aber ein Glas Rotwein wird mir meine strenge Tochter doch hoffentlich gönnen?«, meinte er schmunzelnd und ließ sich völlig außer Atem in seinen zerknautschten Ohrensessel sinken.

»Erzählt mir, was es zu feiern gibt«, meinte Konstanze.

»Anscheinend nichts«, erwiderte Ludwig und zwinkerte seiner Nichte spitzbübisch zu.

»Wir haben einen wirklich großen Auftrag bekommen, nicht wahr, Papa?«, verriet Charlotte anstelle ihres Vaters. Dieser antwortete mit einem verschmitzten Grinsen, das selbst sein dichter Schnurrbart nicht verdecken konnte.

»Wir werden umsatteln und in nächster Zeit keine Knöpfe mehr produzieren, sondern Nieten für den Bau von Schiffen und U-Booten«, fuhr Charlotte stolz fort.

»Ich dachte, du wolltest dich nicht am Krieg bereichern, Onkel Ludwig«, meinte Konstanze und konnte ihre Entrüstung nicht verbergen.

»Das stimmt, Stanzerl, das wollte ich nicht und will es auch jetzt nicht. Aber noch weniger möchte ich meine Fabrik verlieren. Und noch weniger möchte ich meine Arbeiterinnen entlassen. Und noch weniger möchte ich euch zumuten, auf der Straße zu leben.« Seine Stimme war mit jedem Satz ernster geworden, seine Miene bedrückter.

»Verzeih, ich hatte nicht vor, dich zu verärgern.« Konstanze fühlte sich schlecht, weil sie die gute Stimmung im Haus zerstört hatte. Natürlich hatte Ludwig recht, wenn er sich der Fabrik und dem Wohl seiner Arbeiter und seiner Familie verpflichtet fühlte. Dass Lorenz freiwillig in den Krieg gezogen war, hatte ihn nur bedingt belastet, vielmehr hatten er und Gunde es zur Kenntnis genommen und nie wieder darüber gesprochen. Vielleicht war es ihnen sogar recht gewesen, dass er sie nicht länger mit seiner Verschlossenheit belastete. Konstanze fühlte sich schlecht, weil sie zugeben musste, dass sie ähnlich empfand. Ihr Bruder war ihr seit jeher ein wenig fremd gewesen, doch nach seiner Zeit im Allgäu konnte sie ihm kaum noch in die Augen sehen. Es machte ihr Angst, nicht zu wissen, welche schlimmen Gedanken sich hinter seinem verlorenen Blick verbargen. Vermutlich waren es die vielen Verluste, die ihn derart gezeichnet hatten.

Konstanze dachte daran, wie sie gemeinsam mit ihm durch München geirrt war und ohne Onkel Ludwigs Wissen in den umliegenden Gassen und Gärten nach dem verschollenen Hund gesucht hatte. Irgendwann hatte Lorenz gemeint, dass es wohl das Beste wäre, Stella zu vergessen, *sie abzuhaken,* das waren seine Worte gewesen. Und Konstanze hatte diesen Wunsch zur Kenntnis genommen.

Die Wochen krochen an Konstanze vorbei und gewährten wenig Raum für Freude. Tante Gundes Versuch, für Abwechslung im Leben ihrer Nichte zu sorgen, scheiterte kläglich. Eine Ausstellung der Meisterschule für Mode hätte Konstanze außerhalb des

Krieges gewiss interessiert, aber in Zeiten wie diesen zog sie es vor, in der Stadtvilla zu bleiben. Darüber hinaus versuchte Tante Gunde vergeblich, sie im Februar zu überreden, sie zur Kinopremiere des Propagandafilms *Kampfgeschwader Lützow* zu begleiten. Der Film sei *volkstümlich wertvoll,* hatte sie gesagt und sich dann gemeinsam mit einer Freundin an der Vorstellung ergötzt. Noch Tage später hatte sie voller Euphorie von der künstlerischen Darbietung berichtet und dabei völlig ignoriert, dass weder Onkel Ludwig noch Charlotte oder Konstanze sich dafür interessierten und augenrollend Blicke tauschten.

Nachts, wenn Konstanze nicht schlafen konnte, dachte sie an Philippe und fragte sich, ob er noch lebte und wann sie ihn wiedersehen würde. Es war nur schwer zu begreifen, was in der Welt vor sich ging, und manchmal wünschte sie sich, sie müsste den morgendlichen Berichten ihres Onkels nicht mehr lauschen.

Beinahe wöchentlich schickte sie verzweifelte Post oder ein Telegramm in die Provence, wobei sie sich wiederholt die Frage stellte, ob sie die Briefe für ihre Schwester oder für sich selbst schrieb. Aus ihrer Sorge um Pauline wurde tiefe Verzweiflung, und wäre Christoph zur Stelle gewesen, sie hätte ihn bekniet, sie ein weiteres Mal nach Jouques zu chauffieren. Sie wusste, er hätte ihr diesen Wunsch nicht abgeschlagen, auch wenn er damit erneut Ludwigs Zorn auf sich gezogen hätte.

Tag und Nacht zermarterte sie sich den Kopf darüber, wie sie in Kontakt mit ihrer Schwester treten könnte, doch es blieb, was es war: nämlich unmöglich.

Es war an einem Nachmittag im März, als Konstanze auf der Terrasse in einem der Korbsessel saß, die sich Gunde noch vor Kriegsbeginn aus Frankreich hatte liefern lassen. Die Sonne stand der Jahreszeit entsprechend tief, ihre Kraft aber genügte, um das Gemüt zu erwärmen.

»Konstanze?« Es war Tante Gunde, die plötzlich neben ihr stand und ihr sanft auf die Schulter tippte, um sie aus ihrem Nickerchen zu wecken.

»Ja?« Konstanze setzte sich schlaftrunken auf und rieb sich die Augen. Als sie zu ihrer Tante hochblickte, richtete sich ihre volle Aufmerksamkeit auf den Umschlag, den diese in der Hand hielt.

»Für mich?«, fragte Konstanze und konnte es kaum glauben, als sie die geschwungene Schrift auf dem Kuvert erkannte. »Paulchen!« Ungeduldig nahm sie den Brief entgegen und riss ihn auf. Er war enttäuschend kurz, aber immerhin war es ein Lebenszeichen. Sie atmete tief durch und begann zu lesen:

Konstanze,
jeder deiner Briefe und jedes Telegramm hat mich erreicht. Ich danke dir und bitte dich dennoch, mich in Zukunft nicht weiter zu belästigen. Du wirst gewiss Verständnis dafür haben, dass ich aufgrund der derzeitigen Kriegslage keinen Kontakt zu einer Deutschen pflegen möchte.
Lass dir gesagt sein, dass deine Sorge um mich unnötig ist. Mir und meinem Sohn geht es den Umständen entsprechend gut.
Gruß, Pauline.

Konstanze ließ den Bogen Papier auf ihren Schoß sinken und blickte verständnislos zu ihrer Tante hoch.

»Was schreibt sie?«, fragte Gunde.

Konstanze suchte nach Worten, versuchte, ihrer Tante den Inhalt des Briefs zu erklären. Doch wie erklärt man etwas, das man selbst nicht verstand?

Erneut begann sie, in den Zeilen ihrer Schwester zu suchen, irgendetwas musste sie schließlich übersehen haben.

»Lies selbst«, hauchte sie schließlich und reichte das Schreiben an ihre Tante weiter.

»Was?« Wenig später schüttelte Gunde heftig den Kopf. »Das kann unmöglich von Pauline sein. Ihr standet euch doch stets so nahe, oder?«

Konstanze nickte.

»Vielleicht wurde sie dazu gezwungen?«

»Gezwungen?«, wiederholte Konstanze und schöpfte ein wenig Hoffnung. Nur: Wer würde eine junge Französin dazu zwingen, die eigene Schwester zu verleugnen? Nein, so schrecklich es war, aber Pauline hatte diese Worte aus freiem Willen geschrieben. Konstanze hatte das Gefühl, ein Dolch bohrte sich in ihr Herz – ganz langsam, um den Schmerz unerträglich zu machen. Sie wollte weinen, nach Luft schnappen, aufspringen, davonlaufen – und doch war sie wie gelähmt und unfähig, auch nur einen klaren Gedanken zu fassen. Alles, was sie vor sich sah, war das Gesicht ihrer Schwester, das seit jeher so zart und wunderschön war wie sonst keines auf der Welt.

Kapitel 29

Konzentrationslager, Polen, im April 1941

Lorenz wusste, dass er als kleiner Soldat eine völlig untergeordnete Rolle spielte. Er durfte gerade einmal beim Entsorgen der Leichen helfen, die Essensausgabe beaufsichtigen oder beim Entladen der Züge der Selektion der Neuankömmlinge beiwohnen.

Nach seiner Grundausbildung hatte man ihn der Eskorte des Deportationszuges zugewiesen. Im Konzentrationslager angekommen, hatte er gehofft, diesen abscheulichen Ort so schnell wie möglich wieder verlassen zu dürfen, und doch betraute man ihn noch am selben Abend mit dem Auftrag, vorerst ins Lager abgestellt zu werden. Er hasste einfach alles hier – den Geruch, den Lärm, die Schreie, das Wimmern und Flehen der abgemagerten und ausgemergelten Körper, für die es kein Entrinnen gab und in deren Augen dennoch dieser Funke Hoffnung aufblitzte. Er hatte sich an vieles gewöhnt, an die Frostbeulen an den Zehen der Kinder, die Frauen, die vor Erschöpfung umkippten und von der Totenkopf-SS aussortiert wurden wie fauliges Obst. All das machte ihm nichts mehr aus, das Gegenteil war der Fall: Er verstand, dass es nötig war, die Schwachen dem Tod zu überlassen, jene, die keinen Nutzen mehr brachten, die ausgedient hatten. Ja, er verstand das Prinzip des Lagers, dennoch musste er zugeben, dass ihn jeder Tag hier an Kraft beraubte. Er bekam genug zu essen, trotzdem fühlte er sich dürr, wie die Juden, die man in die Massengräber geworfen hatte.

So hatte er sich den Krieg nicht vorgestellt. Er wollte nicht in einem dreckigen Lager sitzen, während die Truppen der 2. und der 12. Armee ruhmreich in Jugoslawien und Griechenland einfielen. Er wollte dort sein und für das Deutsche Reich kämpfen, um Hitlers Ruhm in die Welt hinauszutragen. Vielleicht sollte er um Versetzung bitten? Nein, er musste stillhalten und abwarten, bis sein großer Moment kam und er sich vor dem Kommandanten beweisen konnte.

Ja, er musste zusehen, dass er dem Adjutanten positiv auffiel. Vermutlich wäre es für ihn hilfreich, wenn er sich am Abend zu seinen Kameraden gesellte, um gemeinsam mit ihnen auf einen erfolgreichen Arbeitstag anzustoßen. Bei einem schalen Bier besprach man nicht nur die Vorkommnisse des vergangenen Tages, sondern auch, was in der nächsten Zeit an Arbeit anfiele. Und wenn die Stimmung besonders gut war, erzählte man sich Schwänke aus der Heimat oder derbe Witze über vergangene Liebschaften. Doch wollte er zu diesem Kreis dazugehören? In Wahrheit zog er die Einsamkeit dem dummen Geschwätz und den Prahlereien vor.

Manchmal hatte er das Gefühl, er war nicht gemacht für diese Welt. Aber für welche dann? Vielleicht sollte er einfach seine Sachen packen und sich davonmachen. Lorenz blickte hinab auf seine Stiefel, die trotz täglicher Pflege staubig waren, und er wusste, dass es aus dem Konzentrationslager kein Entrinnen gab – weder für ihn noch für die Gefangenen.

»Dannenberg!« Es war Hans, einer der wenigen Kameraden, mit denen er ab und an ein paar Sätze wechselte. »Was lungerst du hier draußen bei den Diensthunden herum? In einer Stunde folgt eine Schießübung – auch für dich!« Mit diesen Worten machte er auf seinem Absatz kehrt und verschwand so plötzlich, wie er gekommen war.

Vielleicht war ja das die Chance, auf die er gewartet hatte? Wenn er bei der Schießübung eine herausragende Leistung ablegte, erhielt er womöglich die ersehnte Beförderung und musste nicht länger die Habseligkeiten der Neuankömmlinge nach Geld und Schmuck filzen. Und er war ein wirklich guter Schütze, ging es ihm mit einem zufriedenen Lächeln durch den Kopf. Er erinnerte sich an die Zeit bei Onkel Gustav, in der er mehr als einmal die Hofkatzen mit Steinen beworfen hatte. Damals hatte er sich hinter dem Schuppen versteckt und die Tiere überrumpelt. Lorenz lachte und blickte zu den Hunden im Zwinger neben ihm.

»Die blöden Viecher sind völlig verrückt geworden, weil sie nicht wussten, woher die Steine geflogen kamen«, erzählte er den Schäferhunden lauthals lachend und deutete mit seiner Rechten einen Wurf an. Mit einem Mal wurde ihm warm ums Herz. Mit der Erinnerung kehrte auch das Leben zurück in seine müden Gehirnwindungen. Seltsam, dass er erst jetzt zu erkennen begann, wie kostbar die Zeit im Allgäu gewesen war.

Pünktlich zum veranschlagten Zeitpunkt fand sich Lorenz mit frisch polierten Stiefeln am Schießplatz ein. Um ihn herum herrschte reges Treiben. Sogar Angehörige des Lagerpersonals hatten sich eingefunden, um der Übung beizuwohnen. Es wurde Alkohol getrunken und gelacht. Die Frauen hatten Lippenstift aufgelegt und Parfum.

Lorenz atmete tief durch, er wusste, dass die große Anzahl an Zuschauern den Druck enorm erhöhte. Er funktionierte nur bedingt, wenn er unter Anspannung stand, aber er wollte sich heute keinen Fehler erlauben. Also ging er in sich, versuchte, Ruhe zu bewahren und sich zu fokussieren.

Als hinter ihm leise gekichert wurde, war ihm bewusst, dass er bereits verloren hatte. Seine Finger begannen zu zittern, und seine Handinnenflächen fühlten sich unangenehm feucht an.

Nein, das darf nicht sein, nicht jetzt! Lorenz fühlte sich wie ein kleiner Junge, der sämtliche Blicke einer großen Zuschauermenge auf sich gezogen hatte und einnässte. Ein Albtraum. Er würde diese Prüfung nicht bestehen, er würde weiterhin der kleine Soldat sein, der den Frauen den Kopf rasierte und ihnen die Ohrringe abriss oder einfach mit dem Messer abschnitt. Die Welt war so ungerecht. Zorn begann in ihm zu kochen, immer lauter und sprudelnder. Früher hatte er ihn an Stella ausgelassen, aber nun war niemand hier, den er bis zur Bewusstlosigkeit treten konnte. *Die Juden.* Er musste es schaffen, wenigstens einen Posten als Aufseher in den Lagern zu ergattern. Ein spöttisches Grinsen ließ sein Gesicht wie eine teuflische Maske scheinen. Wenn er dann allein wäre, dann …

Kapitel 30

Jouques, Provence, im September 1941

Der Wind schlug die Fensterläden des Schlafzimmers seit Stunden gegen die Fassade des Hauses. Pauline empfand das monotone Klappern beruhigend, es gab ihr das Gefühl, nicht allein zu sein. So wie früher, als um diese Uhrzeit Geschepper aus der Küche zu hören war und der Duft von Kaffee durch die Räume geweht war, um Pauline aus dem Tiefschlaf zu holen, noch bevor Éva an der Tür klopfen konnte.

Nachdem Éva erfahren hatte, dass ihr jüngerer Bruder als vermisst galt, bat sie Pauline um ein paar freie Tage, damit sie ihrer Mutter beistehen konnte. Pauline hatte mit der Zusage gezögert, schließlich war das Dienstmädchen seit Bernards Geburt unabkömmlich für sie geworden.

»Komm so schnell wie möglich wieder«, hatte Pauline mit Nachdruck gebeten, als Pauline sich mit dem Fahrrad auf den Weg gemacht hatte. Mit dem Kind im Arm hatte Pauline ihr noch lange nachgesehen und dabei eine unsagbare Angst in sich aufkeimen gefühlt. Was, wenn sie nicht wiederkam, wenn sie die Sorge um das Kind fortan allein tragen musste? Wer würde sich um den Haushalt kümmern? Sie konnte neben der Plantage und Bernard nicht noch mehr Pflichten übernehmen. Sie hatte auch so schon längst ihre Grenzen überschritten und fühlte sich seit Wochen schrecklich kraftlos. Mit Henris Tod hatte sie der letzte Rest an Lebensmut verlassen. Damals, als sie die Bäckerei hinter sich gelassen hatte, war sie wie in Trance zurück ins Landhaus gekehrt und hatte sich dort in ihrem Schlafzimmer eingesperrt. Später konnte sie nicht mehr sagen, wie lange sie dort verweilt hatte. Waren es Stunden gewesen oder Tage, die Éva an die Tür gepocht und sie angefleht hatte, sich um ihr weinendes Kind zu kümmern.

Bernard. Ja, letztendlich war er es, um dessentwillen sie sich aufgerafft und beschlossen hatte, das Leben nicht aufzugeben. Ihr Kind trug keine Schuld an dem Übel der Welt, es hatte ein Recht auf die Liebe seiner Mutter. Dennoch hatte es sich anders angefühlt, Bernard nach der Todesnachricht ihres Geliebten wieder in die Arme zu schließen. Es war, als wäre er ihr ein Stück weit entrückt. Sie musste sich regelrecht bemühen, ihr Herz für ihn zu öffnen. Es war ein Kraftakt, die liebende Mutter zu mimen, während sie tief in ihrem Inneren gelähmt war. Jeder Atemzug kostete sie Konzentration, jedes Lächeln war eine Qual. Und je schwächer sie sich fühlte, desto mehr wuchs ihr Hass. Hass auf die, die ihr das einzige Glück gestohlen hatten. Ihre Feindseligkeit machte sie blind, raubte ihr den Atem und an manchen Tagen sogar den Verstand.

Und nun fehlte auch noch Éva. Müde rieb sie sich die Augen, stand aus ihrem Bett auf und ging hinüber zum Fenster. Sie öffnete es und lehnte sich hinaus, um den Grund für das Klappern der Fensterläden zu finden. Eigentlich konnte es ihr egal sein, was aus dem Haus wurde, sie hatte es schon lange nicht mehr in der Hand, was um sie herum geschah. Menschen starben, verließen sie, wandten sich von ihr ab. Alles, was ihr geblieben war, waren dieses endlos schreiende Kind und Martha, der sie verboten hatte, in ihrer Muttersprache zu reden. Schlimm genug, dass die Deutschen einen Teil von Frankreich besetzt hatten, da wollte sie nicht auch noch in ihrer Küche deren Geschwätz hören. Als die Köchin mit gesenktem Kopf versprochen hatte, ab sofort nur noch französisch zu sprechen, wurde Pauline von schlechtem Gewissen geplagt. War sie mit dieser Forderung zu weit gegangen? Nein, nicht wenn man bedachte, dass die Deutschen ihren Henri ermordet hatten. Es gab kein Zurück aus diesem Irrsinn, und das galt auch für die Beziehung zu ihrer Schwester. Wie sollte sie ihr je wieder in die Augen sehen, ohne daran zu denken, dass sie und ihre Landsleute so viel Tode zu verantworten hatten? Sie, die diesem Hitler hörig waren, nach seiner Pfeife tanzten und sogar den Arm hochreckten, um ihm zu huldigen. Wie lächerlich sie doch waren, die Deutschen, die Besatzer, die Mörder. Sie fühlte sich nicht mehr als Deutsche, gehörte nicht mehr zu ihnen, verleugnete ihre Wurzeln und alles, was sie damit verband.

Pauline atmete tief durch. Es war nicht gut, wenn sie sich so sehr in ihrem Groll fallen ließ, er wurde dann nur noch stärker und entwand sich ihrer Kontrolle. Vielmehr musste sie Ruhe bewahren und Ausschau nach dem Guten im Leben halten, wenn sie wollte, dass Bernard die Kindheit bekam, die er verdiente.

Mit ihrer Rechten rüttelte sie am Fensterladen und stellte fest, dass das Scharnier völlig verrostet war. Sie würde den Schaden nicht beheben können, dennoch empfand sie es als Wohltat, den Grund für das rastlose Klappern gefunden zu haben. Sobald Philippe wieder hier wäre, würde er sich um sämtliche Reparaturen kümmern. Und Philippe würde wiederkommen, da war sie sich sicher. So viel Glück, als Witwe aus dem Krieg hervorzugehen, war ihr gewiss nicht vergönnt.

Pauline zog den Kopf ein und schämte sich für diesen hinterhältigen Gedanken. Aber ja, sie gäbe alles dafür, wenn die Rollen vertauscht wären, und Henri am Leben und Philippe tot und beerdigt wäre.

Bernard weinte in seinem Bettchen. Als sie zu ihm ging und nach ihm greifen wollte, blickte er sie mit riesigen Augen an und reckte ihr seine Händchen entgegen. Im Grunde war er ebenso hilflos wie sie, er brauchte sie, so wie sie Henri gebraucht hatte. Der Unterschied war nur, dass Bernards Tränen von ihr gestillt wurden und ihre für den Rest ihrer Tage nicht mehr versiegen würden.

Sie hob ihn hoch und drückte ihn an sich, seinen kleinen Körper, der mit jedem Tag größer und stärker wurde.

»Madame, das Frühstück ist fertig!«, rief Martha auf Französisch. Pauline lächelte. Wie immer erfüllte es sie mit einer gewissen Genugtuung, dass die Köchin auf ihre Muttersprache verzichtete.

Jeder muss Opfer bringen, dachte sie bei sich, als sie Bernard die Treppen hinab ins Esszimmer trug. Sie wollte sich gerade setzen, als eine Bewegung vor dem Fenster sie ablenkte.

»Martha«, rief sie besorgt, »da ist jemand im Park.«

Die Köchin schlug die Hände über dem Kopf zusammen und starrte Pauline erschrocken an. Keine der beiden Frauen wusste, was zu tun war.

»Besatzer?«, flüsterte Martha.

»Doch nicht hier! Oder?« Paulines Herz begann zu rasen. Sie blickte um sich und griff nach dem Buttermesser, das neben ihr auf dem Tisch lag.

»Das Kind!«, zischte Martha und eilte zu ihrer Herrin, um es ihr abzunehmen. Pauline blickte der Köchin nach, die sich gemeinsam mit Bernard im hintersten Winkel des Raumes versteckte. Sie fühlte sich völlig fehl am Platz. Sie, die stets die Schwache war, die Ängstliche, sollte nun das Leben ihres Sohnes und der drallen rotbackigen Köchin verteidigen? Ihr Atem ging stoßweise, als sie geduckt durch das Zimmer schlich. Vielleicht waren es nur Philippes Hunde, versuchte sie sich einzureden, um ihre aufsteigende Panik einzudämmen. Ihre Knie fühlten sich schwammig an, und der Raum hatte sich in ein Karussell verwandelt. Neben dem Fenster angekommen, drückte sie sich gegen den cremefarbenen Vorhang und schloss die Augen. Sie schaffte es nicht, ihren Blick hinaus in den Park zu richten. Mit einem festen Biss auf die Unterlippe beschloss sie, bis drei zu zählen.

Eins.

Was sollte sie tun, wenn draußen vor ihrem Haus bewaffnete Deutsche herumschlichen? Nein, Besatzer schlichen nicht, die schrien und trampelten.

Zwei.

Warum, verdammt, war Éva nicht hier, oder Josette oder Philippe oder Konstanze?

Drei.

Wenn sie ehrlich war, machte es ihr nichts aus, zu sterben. Dann hätte sie es endlich hinter sich, dann fände sie ihren Frieden und wäre mit Henri vereint, aber Bernard, ihm durfte nichts zustoßen!

Sie hatte diesen Gedanken noch nicht zu Ende gedacht, da stieß sie sich von der Wand ab, den Griff des Buttermessers mit beiden Händen umfassend, tastete sie den Park blitzschnell mit ihren Blicken ab.

»Sie sind zu dritt!«, zischte sie über die Schulter hinweg zu Martha, die ein Stoßgebet zum Himmel schickte.

Pauline beobachtete die drei Gestalten, die drüben im leer stehenden Pfirsichlager verschwanden. Der Statur nach handelte es sich um Männer.

»Was sehen Sie, Madame?«

»Sie sind im Obstlager.« Pauline zuckte mit den Schultern und blickte Martha fragend an. Zum ersten Mal bereute sie es, sich nicht längst für ein Haustelefon entschieden zu haben. Tante Josette hatte es vor Jahren in Erwägung gezogen, sich dann aber dagegen ausgesprochen.

»Die Anschaffung ist zu teuer«, hatte sie gesagt. »Unsere Kunden ziehen den Briefkontakt und die persönliche Betreuung vor. Hier auf dem Land ist das weiß Gott nicht rentabel.«

Pauline hatte sich damals gewünscht, dass Josette es sich anders überlegen würde, damit sie mit ihrer Schwester telefonieren konnte. Aber wie an so vieles, hatte sie sich auch an das fehlende

Haustelefon gewöhnt. Nun haderte sie mit diesem Versäumnis. Andererseits, wen sollte sie anrufen? Drüben im Dorf verfügte nur das kleine Postamt über ein Telefon, aber ob der alte Monsieur Desmet ihr eine Hilfe wäre, war fraglich. Nein, sie war auf sich gestellt. Ihre Erntehelferinnen hatten ihre Arbeit längst abgeschlossen, Éva war bei ihrer Familie, also blieben nur sie und Martha. Pauline musterte ihre korpulente Köchin und fragte sich, ob sie in der Lage wäre, einen Mann zu überwältigen.

»Wir müssen raus«, zischte Pauline.

»*Non!*«, erwiderte Martha kopfschüttelnd. »Wir sollten uns verbarrikadieren.«

»Womit denn?« Die Fensterläden waren marode, und selbst die Haustüre war kein Hindernis für jemanden, der es ernst meinte.

Martha kratzte sich am Kopf. »Ich bleibe mit Bernard hier, und Sie schleichen durch den Seiteneingang raus und hinüber ins Dorf, um Hilfe zu holen.«

Das war grundsätzlich ein guter Vorschlag. Wenn man allerdings bedachte, dass im Dorf nur ein paar gebrechliche Männer waren, machte es die Überlegung zunichte. Zudem wollte sie sich um nichts in der Welt von Bernard trennen, und Martha, die vor Angst bibberte, würde sich kaum auf den Weg machen. Dann fiel ihr Josettes Pistole aus den Zwanzigerjahren ein, die sie in der untersten Schublade des Sekretärs verstaut hatte.

»Nur für den Fall«, hatte sie gemeint, als sie ihr kurz und knapp die Bedienung der MAB erläutert hatte.

Sofort eilte sie hinüber ins Arbeitszimmer, setzte sich an den Tisch und öffnete die Schublade. Einen Moment lang zögerte sie. Noch nie zuvor hatte sie eine Schusswaffe in den Händen gehalten, und noch nie zuvor hatte sie um ihr Leben gebangt. Ihre Finger zitterten, als sie das kalte Metall zwischen ihren Fingern spürte. Wäre sie tatsächlich in der Lage, ein Menschenleben zu bedrohen oder gar zu beenden?

Entschlossen stand sie auf und ging zurück zu Martha.

»Ich werde jetzt hinausgehen und nachsehen.« Pauline konnte nicht glauben, was sie da sagte. Und doch wusste sie, dass es keine andere Möglichkeit gab. Sie hauchte Bernard einen Kuss auf den seidigen Flaum am Hinterkopf und bedachte Martha mit einem unbeirrten Blick.

»Der Herrgott segne Sie«, flüsterte Martha auf Deutsch und umfasste das Kind fest mit beiden Armen.

Als Pauline sich an der Hausmauer entlang in Richtung Pfirsichlager schlich, meldeten sich unzählige Gedanken zu Wort. Sie fragte sich, wie sie am besten vorgehen sollte, wenn sie das Tor erreichte. Sie fragte sich, ob sie sofort schießen sollte.

Wenn es Nazis sind, werde ich nicht zögern, dachte sie und schärfte ihren Blick. Mit beiden Händen umfasste sie den Griff der Pistole und wusste mit einem Mal, dass es ihr nichts ausmachen würde, einen Nazi zu erschießen. Vielleicht empfände sie dabei sogar eine Art Genugtuung. Aber was, wenn sie es war, die erschossen wurde? In gewisser Weise fühlte sich dieser Gedanke tröstlich an. Was sollte sie noch hier in dieser Welt, nun, da keine getrocknete Blume mehr den Weg von Henri zu ihr fände? Martha würde sich um Bernard kümmern, bis Philippe zurück wäre. Pauline musste zugeben, dass die Vorstellung, zu sterben, sich tröstlich anfühlte wie warmer Honig.

Vor dem Tor zum Lager hielt sie inne. Ruckartig, um das Überraschungsmoment auf ihrer Seite zu haben, stieß sie das Tor auf und richtete ihre Waffe auf die Fremden, die erschrocken zurückwichen.

»Bitte nicht!«, flehte einer der drei und hob beide Arme über den Kopf. Ein anderer ließ sich auf die Knie fallen, der Dritte faltete seine Hände wie zum Gebet.

»Was wollt ihr?«, schrie Pauline so laut, dass ihre Stimme sich überschlug. »Ich bringe euch um!« Ihre Hände zitterten so stark, dass sie kurz befürchtete, die Pistole unabsichtlich abzufeuern.

»Ihr befindet euch auf meinem Land!«

»Bitte tun Sie uns nichts«, flehte der auf den Knien. »Wir wollten nur ein paar Stunden rasten.«

Pauline tastete das düstere Lager mit ihren Blicken ab. Tatsächlich lagen hinter den Männern Decken ausgebreitet, daneben standen ausgetretene Schuhe. Ihr Atem beruhigte sich, als sie in den Gesichtern der Fremden ehrliche Furcht erkannte. Langsam ließ sie die Pistole sinken.

»Wer seid ihr, und was wollt ihr hier?«, fragte Pauline.

»Wir sind aus Paris geflohen«, meinte der Älteste, dessen Haar stark ergraut war. Pauline legte den Kopf schief.

»Ihr seid Juden?«

Der Kniende nickte. »Lange Zeit hat man uns in einem Hinterzimmer versteckt, aber irgendwann ...« Seine Stimme erstarb. »Wir mussten weg und sind nun auf dem Weg nach Marseille, wo wir auf ein Schiff nach Spanien hoffen.«

»Dann seid ihr auf dem richtigen Weg. Ich könnte mir vorstellen, dass ihr die Strecke an einem Tag schafft.«

»An einem Tag? *Dieu merci!*« Mit Tränen in den Augen lachte der Alte auf und warf sich seinem Freund an den Hals.

»Vielleicht auch zwei Tage, ihr seht ziemlich erschöpft aus und müsst abseits der Straßen gehen.« Pauline überlegte, was sie tun sollte. Wenn sie die Männer hier versteckte, machte sie sich strafbar. Dennoch schaffte sie es nicht, die drei wegzuschicken. Sie schienen völlig am Ende ihrer Kräfte zu sein, ausgemergelt, ausgehungert, verdreckt. Wer weiß, seit wann sie unterwegs waren.

»Ihr könnt bis morgen bleiben«, sagte sie und freute sich über das erleichterte Aufatmen ihrer Gäste. »Und ich bringe euch Decken, Essen und etwas zu trinken.«

Der Alte vergrub schluchzend das Gesicht in den Händen, die beiden anderen nickten ihr dankbar zu.

Als Pauline die Tür hinter sich geschlossen hatte, war sie nicht sicher, ob sie richtig gehandelt hatte.

»Ich hatte keine andere Wahl«, erklärte sie der missmutigen Martha wenige Minuten später. »Die drei sind auf unsere Hilfe angewiesen. Wenn du sie in ihrem erbärmlichen Zustand gesehen hättest, würdest du wie ich darüber denken.«

Die Köchin schüttelte den Kopf, während sie den Anweisungen ihrer Herrin Folge leistete, den Fremden ein paar Brote schmierte und Wein in einem Krug mit Wasser verdünnte. Pauline ging durchs Haus, suchte nach Decken und alten Matratzen. Je länger sie über die schreckliche Lage der Juden nachdachte, desto tiefer wurde ihr Mitleid. Sollten sie wenigstens den einen Tag und die eine Nacht so angenehm wie möglich verbringen, um sich dann in frischen Kleidern und mit vollen Mägen auf den Weg nach Marseille zu machen. Insgeheim hoffte sie, dass die gute Tat an den Fremden ihr ein Gefühl zurückbrachte, das sie schon so lange vermisste: das Gefühl, etwas Sinnvolles, etwas Nützliches zu tun. Und sie dachte dabei an Henri, der stets voller Nächstenliebe gehandelt hatte und der sicher stolz auf sie gewesen wäre …

Kapitel 31

München, im November 1941

Das Wasser der neu eröffneten Schwimmhalle im Nordbad in Schwabing war angenehm. Seit über einer Stunde zog Konstanze ihre Bahnen und fühlte sich auf wunderbare Weise schwerelos. Wenn sie die Augen schloss, erinnerte sie sich an die Tage in Marseille. Damals, als sie gemeinsam mit Pauline ins Meer gehüpft war, um sich Abkühlung zu verschaffen. Sie sah ihre Schwester vor sich in ihrem viel zu knappen Badeanzug, der weißen Haut, die wie edles Porzellan wirkte. Und sie sah Philippe, der am Strand stand und ihnen zuwinkte. Heute wusste sie, dass sie einen schwerwiegenden Fehler begangen hatte und dass sie zu jener Zeit in der Lage gewesen wäre, ihrer aller Schicksal zu wenden, wenn sie nur ein klein wenig Mut an den Tag gelegt hätte. Sie hätte Philippe ihre aufflammenden Gefühle gestehen müssen. Und sie hätte Pauline die Wahrheit nicht verheimlichen dürfen. Zu dritt hätten sie eine Möglichkeit gefunden. Pauline hätte ihren Bäcker bekommen, und Josette hätte sich damit abfinden müssen, dass man sich einen Erben für die Plantage nicht auf dem Rücken anderer erschleichen konnte.

Konstanze hielt die Luft an und tauchte unter die Wasseroberfläche, um die Stimmen der anderen Badegäste auszublenden. Wie gut sie doch tat, die Stille, und wie erdrückend sie zugleich war.

Sie musste sich sputen, wenn sie vor Onkel Ludwig in der Stadtvilla ankommen wollte. Schweren Herzens tauchte sie aus den Tiefen des Beckens auf und zog sich in ihre Umkleidekabine zurück.

Draußen wurde sie von einem schneidend kalten Wind in Empfang genommen. Sie zog die Mütze fester über ihr feuchtes

Haar und stellte den Kragen ihres dunkelbraunen Mantels auf. Dann schulterte sie ihre Tasche und marschierte los. Als sie durch die Elisabethstraße in Richtung Belgradstraße ging, rissen sie plötzlich laute Stimmen aus ihren Gedanken. Kurz hielt sie inne, überlegte, ob sie kehrtmachen und eine andere Route nehmen sollte. Schließlich wollte sie in keinen Tumult verwickelt werden – noch dazu, wo sie ohne Onkel Ludwigs Erlaubnis das Haus verlassen hatte. Doch dann beschloss sie, weiterzugehen, da dies der schnellste Weg war. Es würde schon alles gut gehen, sagte sie sich und ging dem immer eindringlicher werdenden Stimmengewirr entgegen. Als sie um die Ecke bog, sah sie den Grund für den Lärm: Unzählige Menschen tummelten sich auf der Straße, schleppten Koffer, Kochtöpfe und sogar Möbelstücke und brachten sie auf bereitgestellten Lieferwägen unter. Kinder tobten umher, Hunde kläfften, und eine erschreckend große Anzahl an Soldaten gab Befehle.

Konstanze blieb stehen und beobachtete das Schauspiel mit offenem Mund. Sie glaubte zu wissen, was hier vor sich ging. Onkel Ludwig hatte bereits mehrmals davon gesprochen, dass in Kürze sämtliche Juden aus der Stadt deportiert würden. In Arbeitslager würde man sie bringen. Konstanze musste allerdings zugeben, dass sie nicht genau wusste, wie sie sich so ein Arbeitslager vorzustellen hatte. Aber nachdem Onkel Ludwigs Miene bei einem Gespräch um dieses Thema stets sehr betroffen und ernst wirkte, musste es wohl etwas Schlimmes sein. Außerdem machte er sich Sorgen um Esther, das Dienstmädchen, das seit vielen Jahren unter seinem Dach wohnte und ordentliche Arbeit verrichtete. Vor Kurzem hatte er mit einem Freund aus der Schweiz telefoniert und gehofft, dass dieser Esther bei sich aufnehmen könnte, bis der Krieg vorbei war. Dann blieb aber immer noch das Problem, wie man Esther über die Grenze bekäme. Dennoch wollte Onkel Ludwig alles daransetzen, eine Lösung für seine treue Bedienstete zu finden. Nun wurde Konstanze klar, dass diese Lösung schneller gefunden werden musste als bisher gedacht. Sie sah in die Gesichter der Frauen und Männer, deren Kleidung mit dem Judenstern gekennzeichnet war – jedem Einzelnen war nackte Angst anzusehen. Nachdem sämtliches Gepäck verstaut war, stiegen sie einer nach dem anderen in einen Bus. Nach dem Letzten wurde die Tür geschlossen, und einer der Soldaten klopfte gegen die Scheibe, um dem Fahrer zu signalisieren, dass er starten sollte. Konstanze zitterte am ganzen Körper, als die Fahrzeuge sich wie im Trauermarsch in Bewegung setzten.

Zwei der bewaffneten Uniformierten marschierten im Gleichschritt geradewegs auf sie zu. Verzweifelt wollte sie weglaufen, zurück in die Elisabethstraße und dann in eine Seitenstraße, bis die Männer verschwunden waren, doch sie konnte sich nicht bewegen, stand wie zur Salzsäule erstarrt da, nur das Zittern ihrer Arme und Beine wurde mit jedem Schritt der Soldaten heftiger.

»Fräulein, Sie sollten nicht allein draußen sein!«, meinte der Größere der beiden, nachdem sie eine Armlänge vor ihr haltgemacht hatten.

»Was passiert mit den Menschen?«, fragte sie und befürchtete im selben Moment, dass sie mit dieser Frage zu weit gegangen war.

»Menschen?« Der Kleinere legte bei seinem spöttischen Lachen seine ungepflegten Zähne frei.

»Alles in Ordnung, Fräulein, die Familien werden raus zum Güterbahnhof Milbertshofen transportiert, wo sie in Züge umgelagert werden.«

»Aber …«, flüsterte Konstanze und wollte eigentlich sagen, dass sie nicht verstand, warum jemand auf einem Güterbahnhof umgelagert werden sollte. Für sie klang das vielmehr nach dem Transport von Vieh.

»Es ist alles bestens, Fräulein. Die Juden werden auf ihre Arbeitslager verteilt, mehr müssen Sie nicht wissen. Es wäre wirklich besser, wenn Sie sich auf den Heimweg machten. Sollen wir Sie begleiten?«, fragte der Größere, dessen markantes Kinn sie kurz an Philippe erinnerte.

Sie schüttelte den Kopf und wandte sich wortlos von den Männern ab.

Ihre Schritte wurden länger, ihr Tempo schneller. Sie musste auf der Stelle nach Hause, um Tante Gunde und Onkel Ludwig von ihren Beobachtungen zu berichten. Dabei war es ihr egal, ob sie erneut Probleme mit ihrem Onkel bekäme, hier ging es schließlich in erster Linie um Esther.

Beim gemeinsamen Mittagessen erzählte sie jede Kleinigkeit von dem, was sie gesehen hatte. Erst als sie fertig war, bemerkte sie, dass ihre Wangen tränennass waren.

Onkel Ludwig rieb sich nachdenklich die Nasenwurzel. Der Appetit auf den Gemüseeintopf war ihm auch schon vor Konstanzes Neuigkeiten vergangen.

»Es ist zu spät, um sie in die Schweiz zu bringen. Wir müssen Esther verstecken«, schlug er mit belegter Stimme vor.

»Verstecken? Aber gewiss nicht hier bei uns im Haus!«, erwiderte Gunde entrüstet und tupfte sich die Mundwinkel mit der Stoffserviette. »Du weißt doch immer alles, dann denk bitte daran, was mit uns passiert, wenn man sie hier findet.«

»Wir werden vorsichtig sein. Und wir werden Esther nicht im Stich lassen«, erklärte Ludwig und tippte nervös mit den Fingern auf seine weiße Damastserviette.

»Jemand könnte uns verraten«, versuchte Gunde es ein weiteres Mal.

»Ich will nicht, dass Esther in eines dieser Arbeitslager kommt«, schluchzte Konstanze. »Ich will nicht, dass man sie zum Güterbahnhof karrt. Wir müssen das verhindern, Onkel.«

»Das machen wir, Stanzerl«, versprach Ludwig und rieb sich erneut an der Nase, während alle Blicke auf ihn gerichtet waren. Wenig später stand er entschlossen auf, ging zur Tür und rief laut Esthers Namen.

Als diese kurz darauf mit tiefroten Wangen vor dem Esstisch der Familie stand, war ihr Unbehagen nicht zu übersehen. Nervös nestelte sie an ihrer gestärkten Schürze.

»Gnädiger Herr«, meinte sie stotternd. Ludwig räusperte sich und zwirbelte die Enden seines Schnurrbarts. Offensichtlich bereitete es ihm Unwohlsein, das Dienstmädchen in seine Pläne einzuweihen.

»So leid es mir tut, dir das sagen zu müssen, Mädel, aber du bist hier nicht mehr sicher.«

Esthers Unterlippe begann zu zittern.

»Wir müssen dich an einen sicheren Ort bringen«, meinte Ludwig mit Nachdruck. Das Dienstmädchen schüttelte vehement den Kopf.

»Nein!«, rief sie aus. »Ich bleibe hier.«

»Das ist zu gefährlich«, wiederholte Ludwig.

»Aber hier bin ich doch zu Hause.«

»Um Himmels willen, Mädel, sei doch nicht dumm! Der Gestapo ist es egal, wo du dich zu Hause fühlst, die machen keine Ausnahme!« Onkel Ludwig war ungewohnt laut geworden.

»Trotzdem will ich meinen Dienst verrichten, bis man mich abholt, gnädiger Herr. Um mehr bitt ich nicht. Es wird schon nicht so schlimm werden. Eine Tasche mit dem Nötigsten habe ich bereits gepackt.«

»Du hast keine Ahnung …«, begann Ludwig.

»Manchmal ist es besser, nicht alles zu wissen, gnädiger Herr. Ich will einfach meinem Alltag nachgehen, solange ich kann und darf. Ich möchte in keinem fensterlosen Raum auf das Ende des Kriegs warten, das würde ich nicht ertragen.« Esther hob das

Kinn an und blickte in die Runde. Onkel Ludwig nickte schweigend, dann verließ Esther den Raum. Die Uhr auf der Vitrine tickte beruhigend gleichmäßig, und Gunde griff nach ihrem Löffel und schlürfte ihren Gemüseeintopf.

In den nächsten Tagen verbreitete sich eine fühlbare Anspannung im Haus, die jeden der Bewohner zusammenzucken ließ, wenn irgendjemand an der Haustür klingelte.

Als es dann etwa eine Woche später tatsächlich so weit war und Esther abgeholt werden sollte, verlief alles unerwartet ruhig und geordnet.

Konstanze beobachtete von der Galerie aus, wie Onkel Ludwig im Eingangsbereich des Hauses mit zwei Soldaten sprach. Er gestikulierte mit beiden Händen, versuchte ihnen klarzumachen, dass er sein Dienstmädchen nicht entbehren konnte, doch die beiden Uniformierten zeigten sich nicht beeindruckt und baten erneut darum, nach besagter Esther Schön schicken zu lassen. Noch bevor Onkel Ludwig dem Befehl Folge leistete, stand Esther bereits hinter ihm. Sie trug den goldgelben Mantel, den Charlotte ihr vor wenigen Wochen geschenkt hatte, und klammerte sich an ihre vollgepackte Stofftasche. Als Onkel Ludwig sie fest an sich drückte, wurde Konstanze bewusst, wie innig das Verhältnis zwischen dem Dienstmädchen und seinem Herrn war. Ohne noch einen letzten Blick hinter sich zu werfen, ließ sie sich von den Soldaten abführen. Mit hängenden Schultern stand Onkel Ludwig noch lange Zeit im Türrahmen und blickte Esther nach, als wüsste er, dass er sie nie wiedersehen würde.

»Wir hätten sie doch verstecken müssen, auch gegen ihren Willen«, sagte Ludwig beim Abendessen, das schweigend eingenommen wurde.

»Dann wären wir nicht besser als die«, erwiderte Konstanze leise. »Wir haben ihr wenigstens die Wahl gelassen, Onkel.«

»Hast recht, Stanzerl, und dennoch zermürbt es mich, nicht zu wissen, was nun aus ihr und den vielen anderen wird.«

»Vielleicht erzählt sie es uns eines Tages, wenn sie wieder zurückgekehrt ist«, meinte Charlotte und legte ihre Hand tröstend auf die ihres Vaters. Dieser nickte und wischte sich verstohlen eine Träne aus dem Augenwinkel.

Konstanze blickte zu Tante Gunde, die sich seit Esthers Deportation noch nicht zu Wort gemeldet hatte. Auch jetzt machte sie keine Anstalten, sich dazu zu äußern, sondern kaute sichtlich ohne Appetit an den Karottenstücken, die als Einlage einer dünnen Suppe dienten.

In diesem Moment hatte Konstanze das Gefühl, mit Fremden am Tisch zu sitzen. Ob nun Charlotte, Ludwig oder Gunde – keiner der drei schien in der Lage, seine Ängste offen anzusprechen. Lieber widmeten sie sich wortlos der längst erkalteten Suppe. Seufzend blickte Konstanze aus dem Fenster, durch das die letzten herbstlichen Sonnenstrahlen fielen. Wie mochte es Pauline wohl gehen? Konstanze wagte es nicht, ihr weitere Post zu schicken. Der letzte Brief war an Eindeutigkeit nicht zu überbieten. Sie wollte keinen Kontakt mehr, und das war zu respektieren. Vielleicht ergäbe sich nach dem Krieg ein Weg, wie sie die Nähe zu ihrer Schwester wiederherstellen konnte.

Nach dem Krieg, wiederholte sie in Gedanken und musste zugeben, dass es sich anfühlte, als beträfe das ein anderes Leben.

Sie wünschte der Familie eine gute Nacht und zog sich in ihr Atelier zurück. Dort würde sie den Rest des Abends an ihrem neuen Werk sitzen, das wie immer das Farbenspiel der Provence aus ihrer Erinnerung erwachen ließ. Sie malte die terrakottafarbenen Dächer von Jouques, die wie eine Gruppe kleiner Kinder hoch zum azurblauen Himmel starrten.

»Meine geliebte Provence«, flüsterte sie und strich mit dem Pinsel zärtlich über das Papier.

In wenigen Tagen würde sie endlich wieder eine Ausstellung eröffnen dürfen. Zwar hatte sich der Galerist anfangs eindeutig gegen Kunstwerke ausgesprochen, die das feindliche Frankreich abbildeten, konnte der Farbenpracht ihrer Werke aber letztendlich nicht widerstehen.

»Die Menschen haben genug vom Krieg«, hatte er gesagt. »Sie sehnen sich nach Freiheit und Frieden, und einen beglückenden Ausblick darauf werden ihnen Ihre Werke schenken.«

Freiheit und Frieden – nichts würde sie der Menschheit lieber schenken als das.

Kapitel 32

Konzentrationslager, Polen, im Juli 1942

Die unerträgliche Hitze dieses Sommers hatte es geschafft, das Unrecht, das hier seit Monaten zur Normalität geworden war, ans Tageslicht zu bringen. Die Massengräber, die die Nazis hinter den Bunkern angelegt hatten, wollten die Verbrechen nicht länger geheim halten. Verwesungsgase und Flüssigkeiten drangen an die Oberfläche, verpesteten die Luft und gefährdeten das Grundwasser. Die Lagerleitung stand unter Zwang und musste rasch handeln.

»Verbrennen! Wir werden sie alle ausheben und verbrennen!«, hieß es. Was diesem Befehl folgte, war etwas derart Unmenschliches, dass Lorenz nachts keinen Schlaf mehr fand und tagsüber keinen Bissen essen konnte. Die Bilder von den Leichenbergen, die verbrannt wurden, die Knochen, die mit einer Selbstverständlichkeit durch eine Knochenmühle gedreht wurden, die vielen Toten, die an Fleckfieber verendet oder dem Massenmord zum Opfer gefallen waren – Lorenz wusste, dass er den Rest seiner Tage diesen abartigen Gestank an jedem neuen Hemd riechen würde. Er war der Gräuel hier so überdrüssig und sehnte sich jeden Tag, jede Stunde zurück in die Obhut seiner Schwester. Ein harter Kerl hatte er werden wollen, doch nun musste er sich eingestehen, dass die Grausamkeit und Brutalität innerhalb des Arbeitslagers nicht zu seinen Zielen gehört hatten.

In diesen Tagen dachte er oft an seine Mutter und was sie wohl sagen würde, wenn sie ihn so sehen könnte. Sein Wunsch war es gewesen, sie stolz zu machen, aber er wusste, dass sie ihn nur verachten würde. Und er wusste auch, dass er diesem Wahnsinn hier entfliehen musste, wenn er ein Mensch bleiben wollte und kein

Tier. Nur wie entfloh man Mauern, die dafür geschaffen waren, unbezwingbar zu sein? Es war unmöglich, einfach hinauszuspazieren und zurückzukehren in sein bürgerliches Leben. Es brauchte schon einen triftigen Grund, um aus dem Dienst am Vaterland entlassen zu werden. Und wenn Lorenz ehrlich war, dann hatte er bereits einen konkreten Plan, wie er das bewerkstelligen wollte – er hatte nur noch nicht den Mut für die Umsetzung gefunden. Er wusste, dass er dafür noch viel verzweifelter sein musste, als er es bislang war.

Kapitel 33

Jouques, Provence, im Juli 1942

Pauline konnte sich nicht erinnern, wann sie zum letzten Mal gebetet hatte. Vermutlich war sie damals noch ein Kind gewesen. Mutter und besonders Vater hatten großen Wert auf eine Erziehung gelegt, die Gott großen Platz im Leben erlaubte. Als Kinder hatten sie die gemeinsamen Gebetsstunden gehasst und genervte Blicke ausgetauscht, während die Eltern ihre Köpfe tief über die gefalteten Hände gebeugt hatten. Lorenz hatte die Schwestern öfter verpetzt, wenn sie Grimassen geschnitten hatten, um die Zeit herumzubringen. Dann, und nur dann, war Vater auch handgreiflich geworden und hatte Ohrfeigen verteilt, die auch Stunden später noch auf der Wange gebrannt hatten.

Heute wusste Pauline, dass die Ernsthaftigkeit, mit der die Eltern ihnen den Glauben hatten nahebringen wollen, ehrbar gewesen war. Und wenn sie heute allein an ihrem Bett kniete und das Vaterunser betete, dann wünschte sie sich sehnlichst die Unterstützung von Vater und Mutter herbei. Gemeinsam würden sie um Frieden bitten, um das Ende der Gräuel, über die man jede Woche ein klein wenig mehr erfuhr. Und auch wenn sie inzwischen aus verschiedenen Quellen vom systematischen Massenmord an Juden gehört hatte, so fiel es ihr dennoch schwer, die Wahrheit zu begreifen.

Nachdem die drei Juden aus Paris die Lagerhalle der Pfirsichplantage wieder verlassen hatten, waren keine weiteren mehr gekommen, um Unterschlupf und Verpflegung zu erbitten. Pauline hätte ihnen beides gewährt, hätte geholfen und ihnen den Weg nach Marseille mit Proviant erleichtert. Wenn drüben in Jouques jemand hinter vorgehaltener Hand von der Résistance erzählte und von den geglückten Sabotageakten der Freiheitskämpfer, dann wünschte sie sich heimlich, dass erneut Juden oder alliierte Flieger oder Fallschirmspringer den Weg zu ihr fänden, damit auch sie sich nützlich machen konnte im Kampf gegen den deutschen Feind.

Sie schloss die drei Fremden fortan in ihr tägliches Gebet ein und hoffte inständig, dass ihnen die Flucht nach Spanien gelungen war, dass sie gesund waren und frei. Denn was war das Leben ohne Freiheit? Seit dem Tag, an dem sie die Provence betreten hatte, war sie eine Gefangene. Nie in all den Jahren hatte sich in ihr ein Gefühl von Heimat angesiedelt. Als Deutsche fühlte sie sich allerdings auch nicht mehr. Aber wer war sie dann? Eine Heimatlose, eine Ehebrecherin, eine Trauernde, eine Hasserfüllte, eine Verzweifelte, der es nicht gelang, die Augen vor der Welt zu verschließen. Gab es auf dieser Welt überhaupt einen Ort, der sich ihr als Heimat anbot? Oder war nach Henris Tod jeder Platz eine Stätte des Trauerns?

Hätte sie einen Wunsch frei, so wüsste sie, welche Sehnsucht sie sich erfüllen würde.

Éva war nicht wieder auf die Plantage zurückgekehrt, und Pauline verstand diese Entscheidung, auch wenn sie zugeben musste, dass sie ihr stets gut gelauntes Dienstmädchen vermisste. Singend war sie durchs Haus gewandelt und hatte es sauber gehalten, die Betten hatten herrlich nach Lavendel geduftet, und die Vasen waren mit frischen Blumen bestückt gewesen. Éva hatte alles Leben aus dem Landhaus mitgenommen und es traurig und verstaubt zurückgelassen. Martha gab ihr Bestes, um das Dienstmädchen zu ersetzen, und Pauline wollte sich weiß Gott nicht beschweren, dass die Kissenbezüge nach dem Speck rochen, von dem die Köchin heimlich naschte.

Mehr als einmal hatte Pauline einen Brief an Konstanze schreiben wollen. Sie wollte um Verzeihung bitten und hoffte, dass der Kontakt mit ihrer Schwester ihr wieder ein wenig Auftrieb verschaffen könnte. Doch es gelang ihr nicht, ihren Stolz zu überwinden und ihrer Schwester – als Deutsche und damit Feindin – die Mitschuld an Henris Tod zu verzeihen. Lieber würden sie, ihr Sohn und Martha in der Einsamkeit verweilen, als Kontakt zu einer Deutschen in Betracht zu ziehen. Bernard war ein stilles Kind, das früh gelernt hatte, seine Mutter lieber nicht zu stören, wenn sie gedankenverloren auf der Terrasse saß, in die Ferne starrte und nicht ansprechbar war in ihrer Erstarrung. Lieber wackelte er tollpatschig den Bienen hinterher und schmuste mit den streunenden Katzen, die sich von ihm nur zu gerne mit Schinkenresten anlocken ließen.

Paulines Alltag war geprägt von trister Abgeschiedenheit. Kaum jemand bezog noch Obst von ihr, die Pflückerinnen konnte sie sich ohnehin nicht mehr leisten. Es gab keine Pflichten, die sie in Bewegung hielten. Einziger Lichtblick in ihrem Alltagstrott war der Spaziergang mit Bernard hinüber ins Dorf. Dort traf sie bekannte Menschen, mit denen sie hinter dem Rücken der Besatzer ihre Sorgen austauschte. Die alten Frauen strichen über Bernards Locken und schenkten ihm ein zahnloses Lächeln oder drückten ihm wohlwollend ein Stück Brot in die kleinen Hände.

Die Spaziergänge mit Bernard gestalteten sich ansonsten einschläfernd. Beinahe an jedem Baum machte er halt und untersuchte die Rinde auf Käfer, die er dann über seinen Arm krabbeln ließ, weil das so schön kitzelte. Sein Kichern klang wie das Gackern eines Huhns, und sein Lächeln war so breit, dass es selbst Paulines dunkle Welt für einige Momente zu erhellen vermochte. Sie störte sich nicht am langsamen Tempo, das sie vorlegten. Warum auch, bedeutete doch ohnehin jeder Schritt einen enormen Kraftaufwand. Also durchquerten sie den Park und schlenderten den Hügel hoch, der sie auf der anderen Seite hinab ins Dorf führte. Oben angekommen, bot sich ihr wie immer der Blick über die Dächer von Jouques. Seitdem vor wenigen Tagen alle jüdischen Nachbarn in ein Lager nach Les Milles deportiert worden waren, wirkte Jouques fast wie eine Geisterstadt. Mit einem Mal war der Krieg nicht mehr irgendwo da draußen, sondern hatte sie alle überrollt. Anscheinend sollten die Gefangenen in Lager nach Polen verlegt werden, Genaues wusste man nicht.

Pauline wanderte durch die verlassenen Gassen, blickte hoch und sah Rauch aus dem Schornstein der Bäckerei aufsteigen. Kleine Wölkchen zogen in den Himmel, wo sie sich langsam auflösten. Pauline stellte sich vor, dass Henri sich gerade am Ofen zu schaffen machte und die sorgsam geformten Brotlaibe und Baguettes der Hitze übergab. Sie sah ihnen noch lange nach, den Rauchwolken, bis schließlich Bernard zu quengeln begann und sie zum Weitergehen aufforderte.

»Ich komme ja schon«, hauchte sie und wandte sich mit einem schmerzerfüllten Lächeln von der Bäckerei ab.

Kapitel 34

München, im Oktober 1942

Konstanze! Komm! Schnell!«, schrie Tante Gunde durch das Treppenhaus. Konstanze seufzte entnervt und legte ihren Pinsel beiseite. Seit einigen Monaten hatte sie nur noch abends Zeit, sich ihrer Malerei zu widmen, da Onkel Ludwig ihr erlaubt hatte, in seiner Knopffabrik zu arbeiten, um sich ein wenig Geld zu verdienen. Meist kam sie müde von der monotonen Betätigung in der Fabrik zurück und nahm erschöpft auf der Récamiere Platz, die neben ihrer Staffelei stand. Nachdem sie eine kurze Rast gehalten hatte, zogen sie Pinsel und Farben magisch an, und dann widmete sie sich oft bis spät in die Nacht ihren Bildern.

»Ich komme schon!«, rief sie und legte ihre mit Farben bekleckerte Schürze ab. Während sie die Treppe hinuntereilte, hörte sie aufgeregtes Stimmengewirr. Und da war eine Stimme, die ihr den Atem stocken ließ. Sie konnte es nicht glauben, und doch war es unverkennbar …

»Lorenz?«, hauchte sie, als sie den Treppenabsatz erreichte und in die Augen ihres Bruders blickte. Müde sah er aus und dünn, seine Haut hatte jede Farbe verloren, und er war um Jahre gealtert. Das war nicht mehr der kleine Bruder, der vor zwei Jahren die Welt hatte erobern wollen. Heute glich er einem Mann, der zu viel von der Welt gesehen hatte.

»Lorenz«, wiederholte sie und drückte ihn fest an sich. Seine Kleider rochen nach Stroh, Schweiß und Erde. Wer weiß, wo er die letzten Nächte zugebracht hatte. Sie löste sich aus der Umarmung, umfasste sein Gesicht mit beiden Händen und musterte jedes Detail. Er war frisch rasiert, und sein Haar war sauber.

»Wo warst du?«, fragte sie, und seine Augen gaben ihr eine verzweifelte Antwort. Als er den Blick senkte und den Kopf schüttelte, wusste sie, dass er nie darüber sprechen würde. So wie über die Zeit im Allgäu, die er in sich verschloss wie ein Geheimnis.

»Ich hatte einen ... Unfall«, meinte er zögerlich und hob seinen rechten Arm ein wenig an.

Konstanze schrie erschrocken auf und legte beide Hände auf den Mund.

»Was ...?«, stotterte sie und starrte auf den Verband, den sie bis jetzt nicht bemerkt hatte. »Deine Hand ...« Konstanze konnte es nicht fassen. »Sie ist ... weg!« Sie schluchzte laut auf.

»Ich hatte einen Unfall«, wiederholte er im Flüsterton.

»Armer Bub. Verstümmelt, und das alles wegen dieses verdammten Kriegs!«, meinte Tante Gunde. »Leg erst einmal die Uniform ab, dann können wir in Ruhe reden.«

»Nein, ich möchte lieber allein sein. Seid mir nicht böse.«

»Natürlich. Lasst den armen Kerl doch in Ruhe ankommen«, meinte Onkel Ludwig und strich seinem Neffen tröstend über den Rücken.

Konstanze blickte ihrem Bruder nach, sah zu, wie er sich die Treppe hochschleppte. In diesem Moment hasste sie sich dafür, dass sie ihm seinen Willen gelassen hatte. Sie hätte streng sein müssen, mit allen Mitteln verhindern, dass er sich freiwillig zur Wehrmacht meldete. Sie hätte laut werden müssen, ihn ohrfeigen, schütteln, ihn einsperren. Und was hatte sie stattdessen getan? Sie hatte ihn ziehen lassen, weil das die einfachste Lösung gewesen war. Sie hatte versagt, und zwar nicht nur bei Lorenz, sondern auch bei Pauline. Beide Geschwister hätten ihre Hilfe so dringend benötigt, und das Einzige, wozu sie in der Lage gewesen war, war eine aussichtslose Träumerei von einer Liebe, die ohnehin nicht sein durfte. Es war an der Zeit, für ihre Geschwister da zu sein. Entschlossen ging sie die Treppe hoch und durch den Flur zu Lorenz' Zimmer. Vor seiner Tür hielt sie inne. Leise Klänge seines

Klaviers drangen gedämpft durch die Tür. Konstanzes Herz verkrampfte sich bei dem Gedanken, dass ihr Bruder nach dem Verlust seiner Hand nie wieder richtig Klavier spielen konnte. Dabei hatte er die Musik so sehr geliebt, hatte oft stundenlang an seinem Instrument verbracht und das Haus mit Melodien erfüllt. Konstanze war nicht sicher, ob sie ihren Bruder in diesem empfindlichen Moment stören durfte. Es würde gewiss eine Weile dauern, bis er sich an seine veränderten Lebensumstände gewöhnt hatte. Lautlos drückte sie die Klinke und öffnete die Tür einen Spalt weit. Das Bild, das sich ihr bot, war noch trübsinniger als in ihrer Vorstellung. Als sie das Zimmer betrat, kämpfte sie gegen den Drang zu weinen an. Sie musste stark sein, ihn trösten, ihn aufbauen, so wie er es verdient hatte. Als sie nun hinter ihm stand und auf seinen gebeugten Rücken starrte, wogte eine Welle von Mitgefühl durch sie hindurch. Sie streckte die Hand aus und legte sie ihm auf die Schulter. Er zuckte nur leicht, spielte aber einfach weiter, mit einer Hand, eine halbe Melodie.

»Ich hätte dich nicht gehen lassen dürfen«, flüsterte sie ihm zu.

»Du hättest mich nicht halten können.«

»Hast du denn gefunden, wonach du gesucht hast?«, fragte sie vorsichtig.

Lorenz klimperte weiter. »Nein, alles, was ich gefunden habe, war der Tod.«

Er drehte sich nicht zu ihr um, dennoch wusste Konstanze, dass er weinte. Sie würde bei ihm bleiben, so lange, bis er sie wegschickte.

Kapitel 35

München, im Januar 1943

Lorenz stand an der Knochenmühle und warf Gebeine verschiedener Größe hinein. Seine Kleidung stank nach Ruß, sein Gesicht war schwarz, so wie immer, wenn sie die ausgegrabenen Leichen verbrannt hatten. Der Gestank, der sich verbreitete, wenn sie die Massengräber aushoben, war derart bestialisch, dass Lorenz jedes Mal glaubte, er müsse in Ohnmacht fallen. Er hatte sich schuldig gemacht, jeden einzelnen Tag. Die vielen toten Menschen, die hungernden, die kranken, jene, die an Seuchen krepierten, jene, die wimmernd auf dem Boden lagen, und jene, die noch immer hofften. Er hatte das Gefühl, dass seine Mitschuld an ihm klebte wie ein tonnenschwerer Panzer, den er nicht mehr abschütteln konnte. Da half kein Gebet, kein Bitten um Vergebung. Er hasste sich und dieses verdammte Lager, dessen Mauern und Zäune mit jedem Tag höher zu werden schienen. Er wollte nur noch weg von hier, ansonsten würde er im Sumpf des Todes ersticken. Das Geräusch der Knochenmühle widerte ihn an, es verfolgte ihn und bohrte sich in seine Sinne. Er wollte schreien, doch sein Mund blieb stumm, er wollte weinen, doch seine Augen blieben trocken, er wollte weglaufen, doch seine Füße trugen ihn keinen einzigen Schritt. Das war der Moment, auf den er gewartet hatte. Der Moment, in dem seine Verzweiflung überwältigend groß geworden war. Heute, jetzt würde er handeln und sich für immer aus dieser Hölle befreien. In der Knochenmühle knackte es unaufhörlich, widerlich, abstoßend. Er hatte so viele Tote gesehen, dass er kaum noch an das Leben glauben konnte. Und dann schaltete er seine Gedanken ab, packte erneut einen Arm voll Knochen, die zu seinen Füßen lagen, und trug sie an den Zwangsarbeitern vorbei zur Mühle. Er musste schnell sein, das wusste er, sonst würde ihn der Mut verlassen, und das durfte auf keinen Fall geschehen. Bei der Mühle war das Rattern beinahe unerträglich laut. Gleich hätte er es geschafft. Ganz nah ging er an das Gerät heran, warf die Knochen in den Schlund der Mühle, und dann, bevor einer der umstehenden Männer hätte reagieren können, fasste er hinein. So tief wie möglich. Bis sein Arm gepackt wurde von den rotierenden Metallbolzen. Und dann, ehe er sich fragen konnte, welcher Wahnsinn ihn geritten hatte, durchdrang sein unmenschlich greller Schrei das gesamte Areal.

»Nein!«, schrie Lorenz und riss die Augen auf. Seine Kleider waren nass vom Schweiß, sein Körper zitterte. Er fuhr hoch, blickte um sich, wusste nicht, wo er sich befand. Er tastete nach dem Schalter der Nachttischlampe. Endlich. Erleichtert atmete er aus. Er war in München, im Haus von Onkel Ludwig. Es war nur ein Traum gewesen. Vielmehr eine Erinnerung. Traurig sah er auf seinen Arm, der nach wie vor mit einer dicken Schicht Mullbinde umwickelt war, um den Stumpf vor einer Entzündung der Wunde zu schützen. Lorenz presste die Augen zusammen – vor der Wahrheit. Er konnte nicht fassen, dass er es wirklich getan hatte. Selbstmitleid überkam ihn. Selbstmitleid, weil er in dieser ausweglosen Situation gesteckt hatte und sich nicht anders zu helfen gewusst hatte, als sich zu verstümmeln – um endlich der Hölle des Krieges zu entkommen. Und nun war er hier, in München, an einem sicheren Ort. Er war sauber und satt, lag in einem weichen Bett in seinem aufgeräumten Zimmer. Er durfte sich glücklich schätzen, oder etwa nicht? Ein tiefer Seufzer entfuhr seiner Kehle. Ja, er sollte glücklich sein, nun da er nicht mehr über leblose und ausgemergelte Körper steigen musste. Er war gesegnet. Er lebte. Und doch fühlte es sich nicht richtig an. Mit seiner Selbstverstümmelung hatte er sich den Weg in die Freiheit erkauft, und dabei hatte er sich für den Rest seiner Tage gebrandmarkt. Wie hatte er nur so töricht sein können? Er schüttelte den Kopf und rieb sich über die Augenbrauen. Nie wieder würde er am Klavier spielen – daran hatte er nicht gedacht, als er seine Hand in diese verdammte Knochenmühle gesteckt hatte. Sein Leben war ein einziges Desaster, und mit allem, was er tat, verschlimmerte er seine Situation. Er musste über die Wahrheit seines Unfalles den Mantel des Schweigens hüllen. Niemals durfte jemand erfahren, wie es sich wirklich zugetragen hatte. Seine Schwester wäre entsetzt, Onkel Ludwig und Tante Gunde beschämt und Onkel Gustav, wenn er ihn denn je wiedersähe, erzürnt. Und dennoch musste er zugeben, dass er in gewisser Weise richtig gehandelt hatte. Im Konzentrationslager hätte er keinen Tag länger überlebt. Vermutlich war es nicht der klügste Weg gewesen, aber immerhin hatte er die Mauern des Arbeitslagers verlassen dürfen.

Er legte sich wieder zurück auf sein Kissen und lauschte dem Geräusch der Daunen unter seinem Kopf – dieses zarte Knistern, das ihm ein wohliges Gefühl verschaffte und ihn zurück in einen traumlosen Schlaf geleitete.

»Ist denn wahr, was man sich erzählt? Dass in den Konzentrationslagern die Juden verhungern und sie dann in Massengräbern verscharrt oder verbrannt werden?« Onkel Ludwig blickte ihn fragend über den Frühstückstisch hinweg an. Seine Haltung, seine Miene, die Art, wie er seinen Schnauzbart zwirbelte, ließen keinen Zweifel daran, dass er um jeden Preis die Wahrheit wissen wollte. Und doch war Lorenz nicht so weit, über die Gräuel im Lager offen sprechen zu können.

»Lass ihn doch, du siehst doch, dass er völlig erschöpft ist«, fauchte Gunde und warf scheppernd ihre Gabel auf den Teller.

»Ich muss es wissen. Ich muss wissen, ob es stimmt, dass dieser Hitler …«

»Red nicht in diesem Ton über den Führer«, zischte Gunde leise, aber eindringlich. »Was willst du denn tun, wenn es die Wahrheit ist? Die Produktion von Nieten einstellen?«

»Vielleicht«, antwortete Ludwig und rieb sich nachdenklich die Stirn.

»Und dann? Wovon sollen wir leben, wenn du die Fabrik in den Ruin getrieben hast? Ich bitte dich, wir sind im Krieg, da sollte es wohl kaum überraschen, dass Menschen sterben.«

Ludwig schwieg. Gerne hätte Lorenz ihm geantwortet, dass kein Geld der Welt das Unrecht in den Arbeitslagern rechtfertigte, doch auch er zog Schweigen vor. Niemandem war geholfen, wenn Ludwig seine alteingesessene Fabrik aufgäbe; das Töten würde deshalb nicht enden.

»Lorenz könnte doch auch in der Fabrik arbeiten, oder?« Nachdem Konstanze diesen Vorschlag gemacht hatte, ruhten die Blicke aller Anwesenden auf ihr. »Seht mich nicht so an, ich meine es nur gut mit ihm. Wir haben Maschinen, die man auch mit einer Hand bedienen kann. Du siehst so niedergeschlagen aus, Lorenz, ich bin mir sicher, dass dir der Tapetenwechsel guttäte.«

»Lass ihn doch erst einmal ankommen. Seine Wunden sind noch gar nicht richtig verheilt«, meinte Gunde und schlürfte angewidert ihren Kaffeeersatz.

Lorenz wusste, dass seine Schwester recht hatte und er sich ab sofort nur noch in seinem Zimmer verkriechen würde, wo sich die Gedanken um sein Schicksal und seine Erlebnisse im Kreis drehten.

»Tante Gunde hat recht, die Wunde nässt nach wie vor. Ich werde heute zum Arzt gehen, um den Verband erneuern zu lassen. Und ich habe unerträgliche Schmerzen.« Lorenz griff nach seinem Marmeladenbrot und nahm einen großen Bissen, damit er nicht länger lügen musste. Sein Arm war schon vor seiner Heimreise beinahe verheilt gewesen, und die Schmerzen hielten sich in Grenzen. Gewiss würde er in der Fabrik ordentliche Arbeit leisten können, aber das interessierte ihn nicht im Geringsten. Alles, wonach er sich sehnte, war sein Zimmer, zugezogene Vorhänge und sein Bett, in dem er sich verkriechen konnte wie ein ängstliches Kind.

Konstanze blickte ihn durchdringend an. Sie wusste ganz genau, dass er nicht die Wahrheit gesagt hatte.

»Ich kann dich zum Doktor begleiten«, meinte sie, ohne auch nur einmal zu blinzeln.

»Keiner von euch geht irgendwohin. Die einzigen sicheren Orte sind die Fabrik oder unser Haus. Bisher sind wir zum Glück bei keinem der Luftangriffe geschädigt worden, und so soll es weiterhin bleiben. Wenn jemand einen Arzt benötigt, dann wird der zu uns in die Villa bestellt.«

Gunde rollte mit den Augen, dennoch widersprach sie ihrem Gatten nicht.

»Nein, so schlimm ist es nicht, vermutlich bin ich einfach zu ungeduldig. Es wird schon verheilen«, meinte Lorenz mit einem Blick auf seinen Verband. Bei der Vorstellung, die Mullbinden abzunehmen, wurde ihm übel. Die Wunde war schlecht verheilt und würde ihm für den Rest seines Lebens einen Spiegel vorhalten. Kein Tag würde vergehen, an dem er nicht in Gedanken ins Lager zurückkehren würde. Das war nun der Preis für seine Freiheit.

Kapitel 36

Jouques, Provence, im April 1943

Pauline fühlte sich ein wenig besser, jetzt, da Éva seit einigen Tagen wieder hier bei ihr war. Mit der Rückkehr des Dienstmädchens war die Einsamkeit rasch verflogen. Mit Freudentränen in den Augen hatten sie sich begrüßt und einander stundenlang über die Ereignisse der letzten Monate auf dem Laufenden gehalten. Gerne wäre Éva bereits früher zurückgekehrt, doch nach der Besetzung Marseilles durch die Deutschen war eine Ausreise nur noch eingeschränkt möglich gewesen. Éva erzählte davon, dass ganze Viertel ihrer Heimatstadt Marseille abgesperrt, nach Widerstandskämpfern und Juden durchkämmt und teilweise sogar Gebäude gesprengt worden waren, um den Verfolgten ein Untertauchen unmöglich zu machen. Als sie von den Massenverhaftungen berichtete, zitterte Éva am gesamten Körper. Mehr als einmal unterbrach sie ihren Redefluss, putzte sich die Nase und atmete tief durch. Ihrer Familie sei nichts passiert, aber sie hätten ihre Wohnung verloren und einen Großteil ihrer Habe. Pauline konnte sich nur schwer vorstellen, was ihr Dienstmädchen hatte durchmachen müssen.

»Hier bist du in Sicherheit«, meinte Pauline und strich Éva ein paar lose Haarsträhnen hinters Ohr. »Zu uns in die Einöde hat sich bislang noch kein Nazi verirrt, nur drüben in Jouques zeigen sie besonders an den Markttagen Präsenz. Sollte sich einer zu uns wagen, dann ...« Mit geballten Fäusten stellte sie sich vor, wie sie den Deutschen ihre Pistole an den Kopf hielt und abdrückte. Genau das hätten sie verdient – jeder Einzelne von diesen Unmenschen.

»Manchmal hat so eine abgeschiedene Pfirsichplantage auch

ihre Vorteile, hab ich recht?«, meinte Éva und versuchte ein Lächeln.

»Manchmal«, wiederholte Pauline und blickte hinüber zu Bernard, der unter der aufblühenden Magnolie auf einer Decke lag und schlief.

»Er ist so groß geworden«, meinte Éva und folgte dem Blick ihrer Dienstherrin. »Und er ähnelt seinem Vater.«

»Findest du?« Leiser Zorn schwang in Paulines Stimme. Sie wollte mit keiner Silbe an Philippe erinnert werden.

»Sie sind so voller Hass, Madame, das ist nicht gut.«

»Was soll ich deiner Meinung nach machen? Der Hass ist zu mir gekommen, er haftet an mir wie eine zweite Haut, die so eng sitzt, dass ich kaum atmen kann.« Pauline atmete tief durch. »Er geht einfach nicht mehr weg«, flüsterte sie und fühlte eine Woge der Verzweiflung durch ihren Körper wallen.

»Jetzt bin ich ja wieder hier, Madame, und gemeinsam werden wir das schon schaffen, nicht wahr?« Éva spitzte kokett ihre vollen Lippen und erhob sich. »Und am besten fangen wir gleich damit an.« Sie verschwand im Haus und summte dabei ein unpassend fröhliches Lied. Pauline folgte ihr und sah zu, wie sie Wasser und Schmierseife in einen Eimer füllte.

»Wo soll ich nur beginnen?«, fragte Éva und stemmte beide Hände in die Taille. »Im Haus scheint sich der Staub mehrerer Generationen angehäuft zu haben. Kommen Sie, Madame, nehmen Sie auch einen Putzlappen. Die Ablenkung wird Ihnen guttun, und wenn das Haus erst wieder sauber ist und frisch nach Orangenöl duftet, dann verschwinden auch die düsteren Gedanken.«

Pauline konnte nicht glauben, was sie da hörte. Sie sollte ihrem Dienstmädchen beim Putzen helfen? Was für eine absurde Idee.

»Martha hätte Ihnen schon längst einen Besen in die Hand drücken sollen«, meinte Éva schelmisch und zwinkerte Pauline zu.

Ohne ein Wort der Widerrede griff Pauline nach dem Lappen, den Éva ihr reichte, und begann, damit die Möbel abzuwischen. Es war seltsam, aber es fühlte sich tatsächlich gut an, dem Haus zum alten Glanz zu verhelfen. Und es war eine Freude, einer sinnvollen Tätigkeit nachzugehen. Während sie die Armlehnen von Philippes Stuhl polierte, machte sie sich Gedanken darüber, wie sich ihr Leben wohl gestalten würde, wenn er wieder hier war. Wie würde es sich anfühlen mit ihm an ihrer Seite – tagsüber bei den Geschäften und nachts in ihrem Ehebett? In den vielen Monaten seiner Abwesenheit hatte er ihr etwa ein Dutzend Briefe geschrieben. Keinen von ihnen hatte sie je geöffnet. Sie hatte das Bündel in der untersten Schublade ihres Sekretärs verstaut – direkt hinter Josettes Pistole. Sie musste zugeben, dass sie ihm gegenüber hart war und ungerecht. Dennoch empfand sie für ihn kein Mitleid. Es rührte sie nicht, dass er mitten im Krieg gefangen war, um sein Leben bangte und seinen Sohn noch nie gesehen hatte. Sie hatte schon vor Bernards Geburt einen Entschluss gefasst, und je länger sie darüber nachdachte, desto stärker wurde ihr klar, dass sie daran festhalten würde, wenn Philippe erst wieder hier wäre. Sie würde die Scheidung beantragen. Und dabei war es ihr egal, ob sie ihre gesamte Habe verlieren würde. Es war an der Zeit, für sich selbst einzustehen. Sie hatte es verdient, dass sie sich um sich selbst kümmerte. Mit festem Druck polierte sie Josettes Lieblingstischchen mit der Einlegearbeit. Das Leben war bestimmt von Vergänglichkeit – also würde auch der Krieg eines Tages vorüber sein. Dann, das versprach sie sich hoch und heilig, würde ihre Zeit kommen, ganz bestimmt.

Kapitel 37

München, im April 1945

»Wach auf!« Konstanze stand an Lorenz' Bett und schüttelte ihn mit aller Kraft, doch er lag wie leblos auf seiner Matratze und reagierte nicht. Sein Atem roch stark nach Alkohol – nicht zum ersten Mal, wie sie sich eingestehen musste. Aber jetzt war nicht die Zeit, sich Gedanken über die Alkoholprobleme ihres Bruders zu machen, nun galt es, ihn aufzuwecken und in den Keller zu schaffen. Der Himmel war erfüllt von den Sirenen, die einen Luftangriff ankündigten.

»Wir müssen weg!«, schrie sie lauter und ohrfeigte Lorenz fester, als sie beabsichtigt hatte. Endlich regte er sich und schlug die Augen auf. »Fliegeralarm! Schnell!«, erklärte sie ihr nächtliches Eindringen und zog ihn an der Hand hoch.

»Ich komm ja schon«, lallte er und ließ zu, dass Konstanze ihn hinter sich her durchs Zimmer zog.

Im Keller warteten bereits Ludwig, Gunde, Charlotte und das Personal auf sie. Ludwig schloss die Tür hinter ihnen und nickte.

»Hier sind wir in Sicherheit«, meinte er und legte schützend seinen Arm um die Schultern seiner Gattin. Das Licht im Kellerraum war spärlich, was die Stimmung zusätzlich drückte. Selbst hier unter der Erde waren die Sirenen laut und deutlich hörbar. Lorenz saß zusammengekauert auf dem Boden und schien in einen Dämmerzustand gefallen zu sein. Konstanze blickte auf ihn hinab. Was war aus ihm nur für eine jämmerliche Gestalt geworden. Mehrmals wöchentlich versank er im Selbstmitleid und gab sich dem Alkohol hin, den er heimlich aus Onkel Ludwigs Vorrat entwendete. Zum Teil verstand sie seine Verzweiflung: Da war der Verlust seiner Hand, und die Tatsache, dass ihm beruflich nur noch wenige Möglichkeiten offenstanden und er nie wieder Klavier spielen konnte. Dennoch war er ein gesunder junger Mann und hatte trotz seiner Verstümmelung eine Reihe von Alternativen.

Von draußen vernahm man schrilles Pfeifen. Alle sahen einander verängstigt in die Augen. Konstanze hielt die Luft an. Gleich würde dem lauten Pfeifen eine markerschütternde Explosion folgen. Von der Decke bröselte der Putz, die Einmachgläser in den Regalen schepperten. Irgendwo weit entfernt hörte man den Einschlag, und gleich darauf einen nächsten. In schneller Abfolge donnerten die Bomben auf die Stadt nieder, wie Hagel.

»Vater unser, der du bist im Himmel ...«, betete Tante Gunde und fasste ihre Tochter und Onkel Ludwig fest an den Händen.

»Ich will noch nicht sterben«, hauchte Konstanze und ließ sich neben Lorenz auf dem Boden nieder. Beide Arme schlang sie um ihre Knie und wippte mit geschlossenen Augen gleichmäßig vor und zurück.

»... geheiligt werde dein Name, zu uns komme dein Reich ...« Alle fielen ein in das Gebet. Die Zeit hatte das Kellerverlies verlassen, Konstanze hätte nicht zu sagen vermocht, ob sie seit einer Stunde oder einer Minute hier unten waren. Sie wusste nur, dass sie für Stille betete und für ihr Überleben. Sie wollte nicht hier unten verschüttet werden wie in einem Grab aus Stein und Ziegel. Die Luft wurde immer dünner, jeder quälende Atemzug nagte an der Hoffnung. Und alles, woran sie denken konnte, waren die Dinge, die sie in ihrem Leben bereute. Das Kind, das sie hatte abtreiben lassen und das inzwischen ganze zwölf Jahre alt wäre. Pauline, die sie beim letzten Abschied nicht umarmt hatte, weil ihr Stolz es nicht zugelassen hatte. Und Philippe, aus dessen Umarmung sie sich befreit hatte, weil sie nicht mutig genug gewesen war – mutig genug für die Liebe.

Der nächste Einschlag riss sie aus ihren Gedanken. Immer lauter, immer näher schlugen die Bomben ein. Der Boden unter ihren Füßen vibrierte. Konstanze vergrub das Gesicht in beiden Händen und weinte um das Leben, das sie gerne geführt hätte, um die Tage, die sie nicht unter der Sonne der Provence genossen und nicht den Duft von Lavendel inhaliert hatte.

»Hört ihr?«, fragte Charlotte irgendwann. »Es ist vorbei.«

Tatsächlich. Konstanze hob den Kopf und lauschte. Nichts, rein gar nichts war mehr zu hören. Fast war es eine unheimliche Stille, die sie umgab.

»Ihr bleibt hier.« Onkel Ludwig öffnete die Tür und verschwand in der Dunkelheit des Kellers. Wenig später kehrte er erleichtert lächelnd zurück. »Es ist tatsächlich vorbei, und unser Haus hat den Angriff unbeschadet überstanden.«

Tante Gunde bekreuzigte sich, und Charlotte weinte vor Erleichterung. Konstanze fühlte sich wie von einer schweren Last befreit und reichte Lorenz die Hand, um ihm aufzuhelfen.

Gleich am nächsten Morgen machte Onkel Ludwig sich auf den Weg, um mögliche Schäden an seiner Fabrik zu inspizieren. Zuerst hatte er sich geweigert, doch schließlich hatte er Konstanze und Charlotte erlaubt, ihn zu begleiten. Zu dritt gingen sie durch die Straßen, die ihnen einst so vertraut gewesen waren. Die letzte Nacht jedoch hatte das Gesicht der Stadt vielerorts verändert. Unzählige Gebäude lagen in Schutt und Asche, verletzte Menschen suchten in Trümmerteilen nach ihrer Habe oder nach Überlebenden und Toten. Noch nie war Konstanze einem derartigen Ausmaß an Zerstörung gegenübergestanden. Zwischen all den Trümmern fühlte sie sich wie ein kleines verlassenes Kind. Charlotte nahm sie an der Hand und drückte sie fest genug, um ihr Halt zu geben.

»Wenn nur endlich dieser Krieg vorbei ist«, seufzte Charlotte.

»Der ist so gut wie zu Ende«, antwortete Ludwig und fing an, von den vielen Niederlagen des Deutschen Reichs zu erzählen.

Konstanze konnte den Worten ihres Onkels nur schwer folgen. Hier und jetzt, umgeben von Ruinen, war sie zu erschüttert, um an einen nahen Frieden zu glauben.

Noch am selben Nachmittag klopfte sie an der Tür ihres Bruders. Sie wusste, dass es an der Zeit war, mit ihm zu reden. Sie wollte nicht länger zusehen, wie er sein Leben wegwarf und im Alkohol jede Zukunftsperspektive ertränkte.

»Lorenz?«, fragte sie, als sie den düsteren und muffigen Raum betrat.

»Was willst du? Schon wieder Fliegeralarm?«, lallte er.

Konstanze öffnete die schweren Vorhänge und das Fenster.

»Verdammt!«, rief Lorenz und bedeckte die Augen mit der Hand.

»So geht das nicht weiter!« Konstanze holte den Stuhl vom Schreibtisch und stellte ihn neben das Bett ihres Bruders. »Du kannst dich nicht jeden Tag betrinken!«

»Warum nicht? Onkel Ludwigs Weinkeller ist gut gefüllt.«

»Hör auf, das ist nicht lustig! Du hast eine Hand verloren, aber das bedeutet nicht, dass dein Leben vorbei ist.«

»Was weißt du schon von meinem Leben? Gar nichts. Hast dich nie wirklich darum gekümmert.«

»Tu nicht so, als wärst du der Einzige, der Sorgen hat. Wenn du mit mir reden würdest, wäre die Sache einfacher, doch du ziehst es seit jeher vor, zu schmollen.«

»Du und Pauline, ihr habt mich immer nur eure Überheblichkeit spüren lassen, und nun erwartest du, dass ich dir mein Herz ausschütte?«

Konstanze schwieg und sah ihrem Bruder tief in die Augen. Lorenz hatte recht.

»Du widersprichst mir nicht? Das ist immerhin ein Anfang«, meinte Lorenz und setzte sich auf die Bettkante.

»Du bist jung, es ist nicht zu spät, dein Leben in die richtige Bahn zu lenken.«

»Wenn du wüsstest, was ich gesehen, was ich getan habe.«

Konstanze konnte sich nicht erinnern, Lorenz jemals so bitterlich weinen gesehen zu haben wie an diesem Vormittag. Mit einem Mal wirkte er wieder wie der kleine Junge, der hinter Mutter hergehüpft war, neben ihm seine beste Freundin Stella.

»Ich will doch nur, dass du wieder lachen kannst.« Konstanze legte eine Hand auf sein Knie und fühlte die Kälte seiner Haut durch die dünne Pyjamahose. Lorenz lachte kurz auf und schüttelte langsam, aber bestimmt den Kopf.

»Das ist unmöglich.« Seine Stimme klang zerbrechlich wie dünnes Porzellan, in seinen geröteten Augen glitzerten Tränen.

»Sag das nicht. Weißt du noch, wie sehr du es geliebt hast, am Klavier zu spielen? Die Musik war alles für dich.«

»Sogar die habe ich für immer verloren.« Er hob seinen verstümmelten Arm an.

»Das muss nicht so sein.« Als Konstanze erzählte, dass er an der Hochschule für Musik und Theater ein Studium zum Dirigenten ablegen könnte, glaubte sie, in seinem Gesicht einen Hoffnungsschimmer aufblitzen zu sehen. Und für einen Moment fühlte sie eine tiefe Verbundenheit zu dem geschundenen jungen Mann, der er war, und wünschte ihm von Herzen, dass auch er sein Glück noch fände.

TEIL 3

Kapitel 38

Jouques, Provence, im Oktober 1945

Die Herbstsonne fiel golden durch das Fenster von Paulines Arbeitszimmer, in dem sie nun wieder regelmäßig saß und Angebote an ihre früheren Abnehmer schickte. Im nächsten Frühling würde sie die Pfirsichplantage endlich wieder zum Leben erwecken. Mit den Heimkehrern hätte sie wieder genügend Männer, welche die knorrigen Bäume aus ihrem Tiefschlaf aufrütteln würden. Die Äste brauchten einen kräftigen Beschnitt, die Felder mussten von Unkraut gesäubert, die Lagerhallen geputzt und das Werkzeug geschmiert werden. Pauline konnte es immer noch nicht fassen, dass der Albtraum vorbei war, dass die Nazis ihr Land verlassen hatten und der Frieden sich ausbreitete wie eine warme weiche Decke.

Bestimmt würde auch bald Philippe heimkehren. Wie sollte sie ihm dann begegnen? Was zu ihm sagen? Ihn umarmen? Oder ihm einfach nur die Hand zur Begrüßung reichen? Unzählige Male ließ sie dieses erste Wiedersehen in ihrem Kopf ablaufen wie einen Film, und jedes Mal war sie unzufrieden mit dessen Inszenierung.

An diesem sonnigen Tag im Oktober sollte sie schließlich erfahren, wie das Zusammentreffen mit ihrem Ehemann vonstattengehen würde. Sie saß noch an Josettes Sekretär und grübelte über einer Strategie, wie sie ihr Geschäft wieder ankurbeln konnte, als sie einen Wagen die Einfahrt entlangkommen hörte. Neugierig stand sie auf und ging zum Fenster. Es war ein graues Taxi, das am Fuß der Treppen hielt und aus dessen Beifahrertür ein uniformierter Mann ausstieg.

»Philippe«, flüsterte sie und krallte sich an den dünnen Damastvorhängen fest. Ihre Knie fühlten sich mit einem Mal wackelig an, und ihr Herz tat ein paar schnellere Schläge. Martha und Éva stürmten aus dem Haus und begrüßten den Hausherrn freudig, sie selbst aber war wie festgefroren und konnte sich keinen Schritt bewegen. Sie hatte ganz vergessen, wie gut er aussah und wie groß er war. Der Krieg hatte viele Männer verändert. Manche waren völlig abgemagert zurückgekehrt oder hatten diesen leeren Blick. Philippe allerdings sah beinahe unverändert aus. Er packte seine Tasche aus dem Kofferraum des Taxis. An der untersten Treppe machte er halt und blickte hoch zum Fenster – direkt in ihr Gesicht. Er lächelte, strahlte, ihre eigene Miene vermochte sie jedoch nicht zu kontrollieren. Sie starrte hinab auf ihn und erinnerte sich immer wieder daran, zu atmen. Nachdem er im Haus verschwunden war, wusste sie, dass er jeden Moment zu ihr hochkommen würde. Sie wandte sich zur Tür, ohne dabei ihren Griff um den Vorhang zu lockern.

»Ja«, antwortete sie knapp, nachdem es leise an der Tür gepocht hatte. Ihr Blick hing an der Türklinke, die nach unten gedrückt wurde, bis die Tür sich öffnete. Und da war er, ordentlich gekämmt, die Uniform sauber, die Stiefel glänzend.

»Pauline, du siehst wunderschön aus.« Er blieb im Türrahmen stehen und nestelte an seinem Barett, das er beim Eintreten abgenommen hatte. Wie ein Fremder stand er vor ihr, und doch war er ihr Ehemann.

»Danke, du auch«, erwiderte sie, weil ihr sonst nichts einfallen wollte.

»Wie geht es dir?«, fragte er und kam auf sie zu.

Sie zuckte mit den Schultern.

»Ich bin sehr froh, wieder zu Hause zu sein.« Philippe blieb zwei Schritte vor ihr stehen.

Pauline schwieg, fühlte sich zu schwach, um auch nur ein weiteres Wort über die Lippen zu bringen.

»Maman?« Es war Bernard, der aus dem Nebenzimmer nach seiner Mutter rief. Philippe blickte erschrocken zu Pauline, und die blickte erschrocken zurück.

Wer ist das?, fragte sein Blick.

»Das ist dein Sohn, er heißt Bernard«, antwortete sie.

»Bernard?« Sein Gesicht verlor alle Farbe, und seine Hände begannen zu zittern.

»Komm!«, forderte Pauline ihn auf und ging an ihm vorbei, hinaus in den Flur und eine Tür weiter ins Kinderzimmer. Philippe stand so dicht neben ihr, dass sie seine Aufregung fühlen konnte. Wie gebannt starrte er auf Bernard, der auf dem Teppich saß und mit einem Modellauto spielte.

»Bernard«, wiederholte er im Flüsterton. »Der Name ist ... ich liebe ihn, alles an ihm.« Philippe zögerte, erst als der Junge ihn anlächelte, wagte er es, sich ihm zu nähern. Er setzte sich neben ihn auf den Teppich und griff nach einem der Modellautos.

»Gehören die dir?«, fragte Philippe und rollte das Spielzeug mit einem Schubs zu seinem Sohn hinüber.

Pauline versuchte, sich über ihre Gefühle klar zu werden. Es war seltsam, bis jetzt hatte ihr Sohn nur ihr gehört, und nun war da auf einmal ihr Mann, der sich Bernards Liebe mit ihr teilen wollte. Sie schluckte schwer. Natürlich wusste sie, dass diese Gedanken nicht richtig waren, und doch war da diese eiserne Hand, die sich immer enger um ihr Herz krallte, je länger sie dem vertrauten Umgang der beiden miteinander zusah.

Ich will Henri! Ich will die Scheidung!, hätte sie am liebsten gesagt, doch sie beherrschte sich, wusste, dass dies der falsche Zeitpunkt für eine solche Offenbarung war.

»Ich muss ...«, stotterte sie, machte auf dem Absatz kehrt und rannte hinaus in den Garten, um frische Luft zu schnappen. Im Park atmete sie tief durch und schloss die Augen. Sie wusste, wie ungerecht sie war, sie sollte sich für Bernard freuen, dass er nun endlich seinen Vater kennenlernte, und sie sollte es unterlassen, ihrem Ehemann derart harsch zu begegnen. Im Grunde war sie erschrocken über sich selbst. Ihr war nicht klar gewesen, dass sie eine so kalte Seite an sich hatte. Oder war es das Schicksal, das sie so hart hatte werden lassen? Wie schrecklich musste Philippe sich fühlen – er hatte sein Zuhause so viele Jahre nicht gesehen, und nun wurde er derart eisig von ihr begrüßt. Pauline biss sich auf die Unterlippe, um wenigstens irgendetwas zu spüren. Wie sehr sie doch ihr Leben hasste. Sie wünschte sich ein Herz aus Stein, das ihr keine weiteren Gefühle aufbürdete. Ihr war danach, so laut zu schreien, dass es der taube Postbeamte Desmet drüben in Jouques noch hören könnte. Doch sie schwieg und ging zurück ins Haus, schließlich musste sie nach ihrem Sohn sehen.

Noch bevor sie das Kinderzimmer erreicht hatte, hörte sie Bernards Kichern, und auch Philippe lachte derart schallend, wie sie es nie zuvor gehört hatte. So leise wie möglich, um weder gesehen noch gehört zu werden, näherte sie sich der geöffneten Tür und lugte vorsichtig um die Ecke. Philippe saß im Schneidersitz auf dem Teppich und spielte mit seinem Sohn. Es war, als würden die beiden einander schon seit einer Ewigkeit kennen, als hätten sie nur darauf gewartet, endlich miteinander die Modellautos durchs Zimmer rollen zu lassen.

Pauline wusste, dass es an der Zeit war, Philippe zu akzeptieren. Er war Bernards Vater und würde ihm die Erziehung zukommen lassen, die er so dringend brauchte. Nun war Bernard nicht mehr nur ihrer Schwermut ausgeliefert, sondern hätte einen Elternteil an seiner Seite, der ihn lebensbejahend und kraftvoll durch seine Kindheit begleitete. Paulines verkrampfte Hände entspannten sich langsam. Sie musste ihren Groll loswerden und wieder mehr Fröhlichkeit zulassen. Und wenn sie ihren Sohn und ihren Mann so beobachtete, wie sie sich lachend miteinander vergnügten, dann war vielleicht genau jetzt der richtige Zeitpunkt für diese Veränderung.

»Von Ihrer Schwester, Madame«, meinte das Dienstmädchen am späten Nachmittag und blickte Pauline erwartungsvoll an. Pauline nahm das Fernschreiben an sich und überlegte. Wollte sie überhaupt wissen, was Konstanze ihr mitzuteilen hatte?

»Danke, Éva.« Mit diesen Worten zog sie sich in ihr Arbeitszimmer zurück. Sie knipste die Tischlampe an und setzte sich auf den Stuhl, bevor sie das Telegramm auseinanderfaltete.

Liebste Pauline. Wir müssen reden. Ich komme zu dir. Keine Widerrede. Bin bereits auf dem Weg. Konstanze

Pauline legte die Nachricht auf die Tischplatte und beobachtete den Schatten der Blumenvase am Fenster dabei, wie er stetig länger wurde. Irgendwann knipste sie das Licht aus und fand sich in völliger Dunkelheit wieder.

Kapitel 39

München im Oktober 1945

Als Lorenz vor der Hochschule stand, fühlte er dieses nervöse Kribbeln, das seinen gesamten Körper zum Leben erweckte. Er wusste nicht, wann er zum letzten Mal so voller Vorfreude gewesen war, aber es musste schon sehr lange zurückliegen. Er blickte hoch zu den Fenstern, von denen kein einziges die Kraft der Musik zurückhalten konnte. Er hörte sie, die verschiedenen Klänge, Instrumente und Gesänge, und sie schienen ihn zu erfüllen, als wären sie das Wasser des Lebens und er ein leeres Glas. Als seine Lippen ein Lächeln formten, fühlte es sich ungewohnt an. War es möglich, dass das Schicksal ihm eine zweite Chance bot? Er zog seinen hellbraunen Mantel zurecht und stieg die Stufen hoch. Konstanze hatte ihm nie besonders nahegestanden, und doch war er ihr so dankbar wie keinem Menschen zuvor. Schließlich war sie es gewesen, die ihn zum Studium angemeldet hatte. Sie hatte ihm den Ruck verpasst, den er benötigt hatte, um zurück ins Leben zu finden. Seit dem Abend, an dem sie über die Möglichkeit des Dirigentenstudiums gesprochen hatten, hatte er keinen Schluck Alkohol mehr getrunken. Sein Kopf war klarer denn je, und endlich wusste er, was er wollte. Junge Menschen liefen an ihm vorbei, grüßten ihn, nickten ihm zu. Nur wenige warfen einen Blick auf seinen verstümmelten Arm, aber das war ihm egal, er hatte die Veränderung an seinem Körper akzeptiert, und meistens sah er den Stumpf als seinen Lebensretter. Er hatte die Berichte über die Befreiung des Lagers mit großem Interesse verfolgt und wünschte sich, dass man diesen dunklen Ort dem Erdboden gleichmachte, damit ihn nie wieder jemand betreten konnte.

Sein Herz pochte, als er durch die hohen Flure der Musikhochschule schlenderte. Mit einem Mal fühlte er sich wie ein kleiner Junge, der auf der Suche nach dem Glück war und es förmlich riechen konnte. Hier würde er Gleichgesinnte finden, Menschen, deren Liebe ebenfalls der Musik galt. Und hier würde er sich die Kunst des Dirigierens von Grund auf aneignen. Er sah sich bereits in den großen Konzerthäusern Deutschlands auftreten. Vor ihm das Orchester, das jede seiner Bewegungen, jedes Zucken seiner Augenbrauen mit voller Konzentration verfolgte, und hinter ihm das Publikum, das Tränen der Begeisterung in den Augen hatte. Den Namen Lorenz Dannenberg würde man sich merken müssen.

Vor seinem Unterrichtsraum hielt er inne, strich sein Haar glatt und straffte seine Schultern, damit niemand auf die Idee kam, dass es ihm an Selbstbewusstsein mangelte. Nie wieder wollte er von oben herab behandelt werden. Nie wieder sollten die Menschen seine Fähigkeiten und seine Werte ignorieren. Die finsteren Tage sollten endgültig der Vergangenheit angehören. Der Tod seiner Eltern, die Zeit bei Onkel Gustav und die Jahre im Krieg – mehr als einmal hatte er sich den Tod herbeigewünscht. Hinter ihm lagen unzählige schlaflose Nächte, weil sein Körper von Gustavs Schlägen so sehr geschmerzt hatte. Er hatte zahllose Menschen sterben und leiden sehen, und ja: am Tod von so manchem trug auch er die Schuld. Den Tiefpunkt seines Lebens sah er dennoch nach wie vor in dem Tag, an dem er Stella, seine geliebte Stella, zum ersten Mal verprügelt hatte. Könnte er auch nur eine seiner Taten rückgängig machen, es wäre diese, denn sie hatte ihn am einschneidendsten verändert. Manchmal hörte er auch heute noch ihr verzweifeltes Winseln, sah ihre flehenden Blicke.

Lorenz wusste, dass er jede seiner Handlungen für immer in sich tragen würde. Seine Schandtaten würden ihn verfolgen wie ein stinkender klebriger Schatten.

Und doch war heute ein Tag, an dem er nach vorne sehen durfte. Und dort vorne war es hell und warm. Vielleicht sogar hell genug, um seine Schatten ein wenig ihrer Kraft zu berauben.

»Ja, heute ist mein Tag«, flüsterte er und öffnete die Tür.

Kapitel 40

Jouques, Provence, im November 1945

Als Konstanze aus dem Taxi stieg, hüllte sie dieser wunderbar weiche Duft ein, der nur der Provence innewohnte. Nach so langer Zeit fühlte sie sich endlich wieder zu Hause angekommen. Erst jetzt wurde ihr bewusst, wie sehr sie dieses Land, dieses Haus, den Park und vor allem diese Farben vermisst hatte. Mit keinem Pinsel der Welt könnte sie eine solche Pracht wiedergeben. Freilich, in Deutschland waren ihre Gemälde gefragt. Das kulturelle Leben war nach Kriegsende langsam erwacht und erlaubte ihr zu hoffen, dass ihre Kunst ihr ein fundiertes Einkommen liefern könnte. Mehr als eine Galerie zeigte sich interessiert an ihren Aquarellen, und ja: Sie würde hart an sich arbeiten, um ihren Namen bei all denen in Erinnerung zu rufen, die sie während der Kriegsjahre vergessen hatten. Und nun, da sie hier stand, umgeben von der Parkanlage und vor sich das Landhaus, wusste sie, dass ihre Kreativität explodieren würde, sobald sie wieder in ihrem Atelier säße. Zugegeben, der Park machte einen vernachlässigten Eindruck, und auch das Landhaus hatte in den letzten Jahren an Glanz verloren, dennoch schien der Krieg die Plantage weitestgehend verschont zu haben. Ein milder Herbst hatte sich über den Büschen und Blumenrabatten ausgebreitet, und doch wohnte jeder Pflanze immer noch mehr Leben inne als dem Englischen Garten in München im Hochsommer.

Der Taxifahrer stellte ihren Koffer auf der untersten Treppe ab und stieg brummend und ohne ein Wort des Grußes in seinen Wagen. Konstanze sah es ihm nach – schließlich war er der einzige Chauffeur gewesen, der sich überhaupt bereit erklärt hatte, sie in sein Taxi steigen zu lassen, und das auch nur, weil sie ihm ein paar Geldscheine zugesteckt hatte. Onkel Ludwig hatte sie mehr als einmal gewarnt, diese Reise so kurz nach Kriegsende anzutreten, doch dieses Mal hatte Konstanze ihm die Stirn geboten, schließlich war sie eine erwachsene Frau und kein kleines Mädchen. Trotzdem hatte sie schon unterwegs die Fahrt mehr als einmal bereut. Die Blicke, mit denen man ihr begegnet war, hatten sie verängstigt. Also hatte sie versucht, unauffällig zu bleiben. Sie war ein Schatten, der im letzten Waggon, im einsamsten Abteil, hinter vorgezogenen Vorhängen und mit eingezogenem Kopf hoffte, dass die Reise bald überstanden war. Und jetzt war sie hier, ohne gröberen Schaden genommen zu haben.

Doch nun überkam sie eine neue Angst, eine, die die unfreundlichen Blicke der Franzosen wie sanfte Streicheleinheiten erscheinen ließ. Pauline – was würde sie sagen, wenn Konstanze an der Tür klopfte und um Einlass bat? Und Philippe – ob er hier war, oder ob er im Krieg gefallen war, wie so viele andere? Sie seufzte schwer und sprach sich Mut zu. Sie wollte positiv denken, so wie immer. Mit dem Ende des Weltkriegs war vielleicht auch der Zorn ihrer Schwester erloschen.

Mit dem Koffer in der Hand stieg sie die Treppen hoch zum Eingang. Nachdem sie die Klingel betätigte, vergingen einige quälend lange Momente, bis Éva die Tür öffnete und sie mit einem Freudenschrei und einer überschwänglichen Umarmung begrüßte. Konstanze atmete erleichtert auf. Dass das Dienstmädchen sie so freundlich in Empfang nahm, fühlte sich an, als hätte sie die erste Hürde mit Bravour gemeistert.

»Wo ist Pauline?«, fragte sie, nachdem sie sich ihres leichten Herbstmantels entledigt hatte. Éva wies ihr den Weg zum Salon und nickte ihr auffordernd zu, als sie die angelehnte Tür erreicht hatten. Als Konstanze durch den Spalt lugte, sah sie ihre Schwester am Fenster sitzen und in einem Buch blättern. Sie hatte sich kaum verändert, war immer noch wunderschön und wirkte so zerbrechlich wie eine Porzellanpuppe. Das Haar trug sie streng nach hinten gekämmt, und das roséfarbene Kleid unterstrich ihren blassen Teint. Ihre kleinen Perlenohrstecker harmonierten farblich mit den cremefarbenen Schuhen. Der Krieg hatte unübersehbar Spuren an ihr hinterlassen, die sie unnahbar erscheinen ließen. Konstanze wagte es kaum, sie in ihrer Versunkenheit zu stören. Am liebsten hätte sie sich auf den Stuhl neben ihrer Schwester gesetzt und eine Hand auf ihr Knie gelegt. Sie bräuchten nicht zu reden, die schlichte Nähe reichte ihr völlig aus. Sie wollte ihr nur in die Augen sehen, um den Glanz der Kindheit wiederzufinden, der aus Lorenz' Blick für immer verschwunden war.

»Paulchen«, hauchte sie und tat einen Schritt ins Zimmer. Der Blick, mit dem Pauline sie begrüßte, hätte nicht rätselhafter sein können. War es nur Überraschung, Entrüstung oder doch Freude? Konstanze wusste es nicht und wartete mit angehaltenem Atem auf eine weitere Reaktion. Pauline klappte ihr Buch zu und legte es sorgfältig auf die Fensterbank. Dann erst stand sie auf und trat ihrer Schwester entgegen.

»Hast du mein Telegramm bekommen?«, fragte Konstanze, um die unerträgliche Stille zwischen ihnen zu brechen.

»Ja, es ist angekommen und hat mich sehr verwundert.«

»Verwundert?« Konstanze war nicht sicher, aber sie glaubte, in den Augen ihrer Schwester leisen Zorn auffunkeln zu sehen.

»Ich war mir sicher, dass mein letzter Brief eindeutiger nicht hätte sein können.«

Konstanze wich dem messerscharfen Blick ihrer Schwester aus und verschränkte die Arme.

»Was willst du hier?« Paulines Stimme zitterte.

»Ich war in Sorge um dich. Wir haben einander jahrelang nicht gesehen, ich wusste nicht, ob du lebst, oder …« Konstanze schluchzte auf und konnte die Tränen nicht länger zurückhalten.

»Du hättest nicht kommen sollen, Stanzerl«, flüsterte Pauline und wirkte dabei so distanziert, als trennte sie eine dicke Steinmauer voneinander.

Ich musste aber, hätte sie gerne geantwortet, doch sie schwieg und wollte nicht glauben, dass ihr die eigene geliebte Schwester derart fremd geworden war.

»Wie geht es deinem Kind?«, fragte Konstanze in der Hoffnung, dass dieses Thema Pauline etwas auftauen ließe. »Und Philippe?«

»Bernard geht es gut, danke, und mein Mann ist gesund aus dem Krieg heimgekehrt.«

Konstanze atmete erleichtert auf. Philippe lebte, und es ging ihm gut.

»Wenn du willst, dann verlasse ich das Landhaus noch heute und suche mir drüben im Dorf eine Unterkunft.«

»Dort wirst du keine finden. Man wird dich verjagen, denn du bist der Feind. Es war eine dumme Idee, hierherzukommen.«

Pauline hatte vermutlich recht, es war leichtsinnig gewesen, das wurde ihr nun angesichts des abweisenden Verhaltens bewusst.

»Könnten wir doch nur über alles reden, Paulchen, so wie früher. Könntest du mir doch nur erzählen, was dein Herz so erkalten hat lassen.« Konstanze streckte eine Hand aus, doch anstatt sie zu ergreifen, wich Pauline einen Schritt zurück.

»Du irrst dich, es ist nicht erkaltet, es ist gebrochen.«

»Hat es mit dem jungen Bäcker zu tun?«, fragte Konstanze. Pauline legte eine Hand auf den Mund, als wollte sie sich selbst davor beschützen, die Wahrheit offenzulegen.

»Du hast doch keine Ahnung«, erwiderte sie. »Ihr Deutschen habt so viele Leben auf dem Gewissen, ihr habt alles zerstört.«

»Du tust, als wäre alles meine Schuld. Ich habe ihn nie gewollt, diesen Wahnsinn.« Konstanze wusste nicht, warum sie in eine Position geraten war, in der sie sich vor ihrer Schwester für ihr Vaterland rechtfertigen musste. Und sie fragte sich, warum Pauline ihre Wurzeln derart verleugnete, wo sie es doch war, die Frankreich stets mit Hass begegnet war.

»Vermutlich ist es besser, wenn ich sofort wieder abreise«, sagte Konstanze, ohne zu hoffen, dass Pauline sie von diesem Vorschlag abzubringen versuchte. »Ich wünschte, es gäbe eine Möglichkeit, wieder deine Schwester zu sein.« Mit diesen Worten wandte sie sich ab und ging zur Tür.

»Du wirst heute keinen Zug mehr bekommen«, sagte Pauline. »Du kannst diese Nacht im Gästezimmer schlafen, und morgen nach dem Frühstück wird Philippe dich zum Bahnhof bringen.«

Philippe. Allein der Klang seines Namens ließ ihr Herz höherschlagen. Sie reagierte mit einem kurzen Nicken und verschwand im Flur. Erst als sie einige Schritte gegangen war, wagte sie wieder zu atmen. Sie würde eine Nacht hier verbringen, vermutlich die letzte, denn an eine Versöhnung war offensichtlich nicht mehr zu denken. Nachdem sie ihren Koffer ins Gästezimmer gebracht hatte, beschloss sie, an die frische Luft zu gehen. Auf dem Weg in den Park wusste Konstanze nicht, wo ihr der Kopf stand. Da waren so viele Fragen, Vorwürfe, Zweifel und Traurigkeit in ihr. Gerne hätte sie das Gespräch mit Pauline noch einmal von vorn begonnen, um anders zu reagieren und einfühlsamer zu antworten. Sie dachte an Éva, die sie so freudig in Empfang genommen hatte. Wenn sie doch nur ein klein wenig Französisch sprechen könnte, dann hätte sie sie ins Vertrauen gezogen. Bestimmt wusste das Dienstmädchen, was in Pauline vor sich ging.

Nachdem sie eine Weile durch den Park spaziert war, erregte das Kichern eines Kindes ihre Aufmerksamkeit.

»Bernard«, flüsterte sie und musste unwillkürlich lächeln. Ohne zu überlegen, steuerte sie auf die Stimme hinter dem Pfirsichlager zu. Dort entdeckte sie ihren Neffen, der mit seinem Vater Ball spielte. Sie hielt sich verborgen, wollte die beiden nicht stören, sondern sie einfach nur beobachten. Bernard erinnerte sie mit seinem hellen Lockenschopf an Lorenz. Und Philippe? Er strahlte noch immer diesen umwerfenden Charme aus, der sie bereits vor Jahren in seinen Bann gezogen hatte. Was für ein wunderbar harmonisches Bild sie doch abgaben – Vater und Sohn. Die zwei schienen einander sehr nahezustehen. Als sie sah, wie glücklich die beiden miteinander wirkten, fragte sie sich einmal mehr, warum sie eigentlich nach Frankreich gereist war. Was hatte sie sich nur davon erhofft? Wenn sie ehrlich zu sich war, dann war eine Versöhnung mit Pauline nur einer der Gründe. Es war die Hoffnung auf ein Wiedersehen mit Philippe, die sie magisch über die Grenze gezogen hatte und sie alle Gefahren hatte vergessen lassen. Und nun stand sie hier – völlig fehl am Platz und weiter entfernt von ihrem Glück als je zuvor. Ihr Herz lag wie ein bleierner Klumpen in ihrer Brust. Und während Philippe seinen Sohn durch die Luft wirbelte und ihn liebkoste, überlegte sie, wie ihre eigene Zukunft wohl aussehen würde. Kohlhagen war im Krieg gefallen, und einen anderen Mann hatte es in ihrem Leben nicht mehr gegeben. Ihr Herz gehörte dem Gatten ihrer Schwester, noch tiefer konnte sie wohl nicht sinken. Musste sie sich tatsächlich damit abfinden, dass all diese Träume ungelebt blieben? Sollte sie den Rest ihrer Tage allein mit einer Leinwand, einem Pinsel und den Erinnerungen an die Farben der Provence zubringen? Einsam, ohne Familie und Hoffnung?

»*Constance?*« Es war Philippe, der plötzlich direkt in ihre Augen blickte. Das leichte Lächeln, das seine Lippen umspielte, verlieh ihrer Seele Flügel. Er sprach ein paar Worte zu Bernard und wandte sich dann wieder ihr zu. Mit jeder Sekunde fühlte sie, wie ein Stück ihrer Hoffnungslosigkeit von ihr abfiel. Mit einem Mal war die Zukunft, die ihr eben noch Angst gemacht hatte, unwichtig. Jetzt und hier war nur Philippe von Bedeutung, und auch wenn es nur Momente waren, so würde sie den Rest ihrer Tage von diesem Gefühl zehren.

»*Bonjour, Constance*«, sagte er nun und reichte ihr seine warme Hand. Allein diese eine Berührung war die weite Reise wert gewesen.

»*Bonjour, Philippe*«, erwiderte sie und fühlte ein leises Prickeln in ihrem Körper. Bernard kam zu ihnen gerannt, zog Philippe am Hosenbein und plapperte neugierig auf ihn ein.

»*Voici ta tante Constance*«, sagte Philippe, hob seinen Sohn hoch und deutete auf Konstanze. Die nickte und stupste den Jungen an die Nasenspitze.

»Tante«, wiederholte sie und spürte bei Bernards Anblick tiefe Rührung in sich aufsteigen. Was für ein Wunder dieser Junge doch war. In seinem Gesicht spiegelte sich die Schönheit seiner Eltern wider. Unweigerlich stellte sich ihr die Frage, wie das Kind von ihr und Kohlhagen wohl ausgesehen hätte und wie es sich angefühlt hätte, an seinem Haar zu riechen oder seine Wange zu küssen. Sie löste ihren Blick vom strahlenden Lächeln ihres Neffen und ergründete den Ausdruck in Philippes Augen. Sie hätte schwören können, dass sich darin Sehnsucht spiegelte, aber auch die Gewissheit, dass sein Platz bei seinem Sohn, bei seiner Familie war. Wie gut, dass Pauline ihr die Entscheidung abgenommen hatte und sie bereits morgen die Heimreise antreten würde. Noch länger zu bleiben, hieße, sich selbst zu quälen.

»Es ist schön, dich zu sehen, *Constance*«, sagte Philippe in beinahe fehlerfreiem Deutsch.

Konstanze zog verwundert die Augenbrauen hoch. »Du sprichst Deutsch?«

»*Oui*, ein klein wenig. Ich war als Kriegsgefangener in der Nähe von Würzburg und habe dort auf einem Weingut gearbeitet.«

»Du warst in Deutschland?« Der Gedanke, Philippe während der letzten Monate so nahe gewesen zu sein, ohne es zu wissen, hatte etwas Tröstliches. »Dann warst du nicht in Gefahr?«

»Nicht immer.« Er lächelte und küsste dann Bernard auf die Wange.

»Es ist auch schön, dich wiederzusehen, Philippe.«

»Hast du mit Pauline geredet?«, fragte er und musterte sehr genau ihre Reaktion.

»Es war ein recht kurzes Gespräch.« Konstanze wich betreten seinem Blick aus.

»Deine Schwester hat sich sehr verändert. Sie lebt in ihrer eigenen Welt – weit weg von uns. Sei nicht böse auf sie, *non*?« Philippes Miene war besorgt.

»Ich bin nicht böse, nur traurig.«

Philippe nickte, als kenne er diesen Schmerz. Dennoch schenkte er ihr ein liebevolles Lächeln, bevor er sich wieder Bernard zuwandte. Sie fügte sich in die Rolle, die das Schicksal für sie vorgesehen hatte, und ging zurück zum Haus.

Nachts lag sie schlaflos in ihrem Bett und ließ den vergangenen Tag Revue passieren. Was Mutter wohl sagen würde, wenn sie wüsste, dass ihre beiden Mädchen einander nicht mehr in die Augen sehen konnten?

Als sie leise Schritte vor ihrer Tür hörte und sah, wie die Türklinke gedrückt wurde, hielt Konstanze den Atem an. Die Tür ging auf, und herein tappte Pauline in ihrem weißen Nachtkleid. Wie erstarrt lag Konstanze im Bett und beobachtete ihre Schwester, die langsam näher schlich und dann die Bettdecke anhob, um vorsichtig darunterzukriechen. *So wie früher,* dachte Konstanze und ließ zu, dass sie sich eng an sie schmiegte.

»Paulchen«, flüsterte sie und drückte sie sanft an sich.

»Bitte verzeih mir«, schluchzte Pauline unterdrückt und vergrub ihr Gesicht in der Umarmung ihrer Schwester. »Ich war so ungerecht.«

Ja, das warst du, dachte Konstanze und hauchte Pauline einen Kuss auf das seidenweiche Haar.

»Alles ist so finster, Stanzerl, ich sehe gar kein Licht mehr, seit … seit Henris Tod.«

»Der Bäcker aus Jouques?«

»Ich glaube, er hat mich ein Stück weit mitgerissen in den Tod, verstehst du?«

Nein, Konstanze verstand nichts.

»Ich will dieses Leben hier nicht mehr, ich habe es nie gewollt.«

»Ich weiß.«

»Ich möchte mich scheiden lassen.«

»Scheiden?« Mit einem Mal war Konstanze hellwach. Tausend Gedanken fluteten durch ihren Kopf. Wenn Philippe frei war, dann ... Nein, daran durfte sie nicht denken. Oder doch?

»Was sagt Philippe zu deiner Entscheidung?«

»Er weiß es noch nicht, obwohl ich mir sicher bin, dass er sie spürt – die Distanz zwischen uns, die mit jedem Tag wächst.«

»Aber ihr habt ein Kind. Und was wird aus der Plantage?«

»Ich bin durchaus in der Lage, die Plantage allein zu führen und Bernard ohne seinen Vater großzuziehen.«

Konstanze dachte an den innigen Anblick von Philippe und seinem Sohn und daran, was eine räumliche Trennung für die beiden bedeuten musste.

»Überleg dir das gut, Paulchen.« Konstanze konnte nicht glauben, dass sie es war, die das gesagt hatte. »Bernard hat ein Recht auf seinen Vater.«

»Das hatten auch die vielen Kinder, deren Väter dem Krieg zum Opfer gefallen sind.«

»Diese Männer hatten keine Wahl.«

»Die habe ich auch nicht, Stanzerl. Ich kann nicht länger die Lüge leben, die Josette für mich gewählt hat.«

Konstanze schwieg. Sie wusste, dass es nicht in ihrem Ermessen lag, über Paulines Entscheidung zu urteilen.

»Wenn du willst, dann bleibe ich noch ein paar Tage hier.«

»Das würdest du? Nach allem, was ich dir an den Kopf geworfen habe?«

»Du bist meine kleine Schwester, nicht wahr?« Es war finster, aber Konstanze spürte, dass Pauline lächelte.

»Erzähl mir von Henri«, schlug Konstanze vor.

»Henri ...«, hauchte Pauline und schwieg dann eine Weile, bevor sie tatsächlich von ihren heimlichen Treffen erzählte, von seinen Blicken und seiner Angst davor, mit ihr ein neues Leben zu beginnen, und sogar von den Büchern mit den getrockneten Blumen.

Pauline war schon eingeschlafen, da grübelte Konstanze immer noch über ihrer beider Schicksale, und darüber, dass sie alle zwei zu einer unglücklichen Liebe verurteilt worden waren.

Und ganz leise, kaum hörbar, war da diese Stimme in ihrem Kopf, die fragte, ob es nach Paulines Scheidung nicht trotz allem ein glückliches Ende für sie geben könnte.

Kapitel 41

Jouques, Provence, im November 1945

Als Pauline die Augen aufschlug, blickte sie direkt in das schlafende Gesicht ihrer Schwester. Es fühlte sich gut an und so vertraut, sie so nahe bei sich zu haben. Der Duft ihres Haares war noch immer derselbe wie früher. Anscheinend verwendete sie nach wie vor Mamas Rezeptur für Birkenhaarwasser, das dem Haar diese unvergleichliche Leichtigkeit verlieh. Pauline schmunzelte, als sie erste Falten um Konstanzes Augen und Mund entdeckte. Die Jahre waren auch an ihr nicht spurlos vorübergegangen.

Vorsichtig hob sie die Decke an und schlüpfte aus dem Bett, ohne ihre Schwester zu wecken. Sie musste hoch zu Philippe, sie musste mit ihm reden – jetzt sofort. Das Gespräch mit Konstanze hatte sie endgültig überzeugt, dass es an der Zeit war, den einzig richtigen Schritt zu tun. Vielleicht würde nach der Trennung von Philippe endlich ein Teil der Schwermut von ihr abfallen, die sie kaum noch zu ertragen vermochte.

Ja, es war an der Zeit, ein neues Leben zu beginnen. Mit einem tiefen Seufzer öffnete sie die Tür zu ihrem Schlafzimmer. Die Fenster waren trotz der kühlen Nachttemperaturen weit geöffnet, eine leichte Brise ließ die mintgrünen Vorhänge tanzen. Seit seiner Rückkehr aus dem Krieg bestand Philippe des Nachts auf offenen Fenstern, da er sich in geschlossenen Räumen unwohl fühlte. Pauline hatte nur einmal nachgefragt, was der Grund für seine Beklemmungen war, doch er hatte nur den Kopf geschüttelt und die Antwort verweigert.

Pauline setzte sich an die Bettkante und beobachtete die entspannte Atmung ihres Mannes. Sie wünschte sich, dass er niemals aufwachen möge, damit sie ihn nicht mit der Wahrheit konfrontieren musste. Sosehr sie sich danach sehnte, ihr Leben nicht länger mit ihm teilen zu müssen, so sehr bedrückte es sie, Vater und Sohn voneinander zu trennen. Philippe hatte zu seinem Sohn innerhalb kürzester Zeit ein festeres Band geknüpft, als es ihr je möglich gewesen war. An manchen Tagen hatte sie das Gefühl, dass in ihrem Herzen nur die Trauer um Henri Platz hatte. Wie ein schweres Tuch hatte sie sich um sie gelegt und klebte nun an ihr wie nasses Leinen, das sie nicht mehr loswurde.

»Guten Morgen.« Paulines Stimme zitterte.

»Ich habe dich heute Nacht vermisst«, meinte Philippe und schirmte seine Augen vor dem Tageslicht ab.

»Ich war bei meiner Schwester. Es gab viel zu besprechen.«

»Was bedrückt dich, meine Schöne?« Er legte eine Hand auf ihr Knie, und sie ließ es zu.

»Es ist so: Wir können nicht länger verheiratet bleiben.« Pauline überlegte, ob ihre Formulierung taktlos war. Andererseits konnte man solch eine Entscheidung wohl kaum feinfühlig formulieren.

Philippe setzte sich ruckartig auf. Sein Oberkörper war unbekleidet, und ob sie es wollte oder nicht, Paulines Blick glitt unwillkürlich über die ebenmäßige Haut.

»Wie meinst du das?«, fragte er, obwohl er sie unmöglich missverstanden haben konnte. »Wir sind eine Familie, Bernard, du und ich.« Sein Blick ließ sie an ihrer Entscheidung zweifeln.

»Ich liebe dich nicht«, flüsterte sie und fühlte heiße Tränen auf ihren Wangen.

»Und doch sind wir ein Ehepaar.«

»Nur auf dem Papier.«

»Gibt es einen anderen Mann?« Philippes Blick war fordernd.

»Nein, nur mein Herz, das mir sagt, dass unsere Ehe nie richtig war.«

Er presste seine Lippen fest zusammen und wandte sich von ihr ab.

»Wir gehören nicht zusammen. Und wir sind weiß Gott nicht das erste Ehepaar, das beschließt, getrennte Wege zu gehen.«

Noch immer schwieg Philippe. Pauline wusste, dass er in Gedanken bei Bernard war und sich fragte, wie er auch nur einen einzigen Tag ohne seinen geliebten Sohn ertragen sollte.

»Wir werden eine Lösung finden, die für uns alle passt – für Bernard, für dich und für mich«, schlug Pauline vor.

»Ich könnte doch einfach in ein anderes Schlafzimmer ziehen, dir aus dem Weg gehen, meinetwegen sogar in einem anderen Zimmer die Mahlzeiten einnehmen. Wir leben wie zwei Fremde unter einem Dach, nur bitte lass uns zusammenbleiben – für Bernard.«

»Es tut mir leid.« Mit diesen Worten erhob sie sich vom Bett und verließ das Zimmer. Im Flur fragte sie sich, warum sie sich mit einem Mal so elend fühlte, schließlich war die Scheidung seit einer Ewigkeit ihr Wunsch gewesen. Was sollte sie tun, wenn ihr die Trennung nicht die gewünschte Erleichterung brächte? Wie so oft hatte sie das Gefühl, dass es um sie herum dunkler wurde und sie allein war in ihrer finsteren Welt.

Ihr nächster Weg führte sie zu Konstanze, die gerade in ihren eng geschnittenen marinefarbenen Rock schlüpfte.

»Hilf mir doch mal«, meinte sie und deutete auf den Hakenverschluss am Rücken. »Was ist mit dir?«, fragte sie, als Pauline keine Regung zeigte.

»Ich hab's getan«, flüsterte sie, setzte sich matt auf das Gästebett und erzählte jedes kleinste Detail ihres Gesprächs mit Philippe.

»Er will die Scheidung nicht?«, fragte Konstanze entrüstet.

»Er möchte sie mit allen Mitteln verhindern.«

Konstanze stand auf und ging hinüber zum Fenster, wo sie sich an die Fensterbank lehnte und hinunter in die Einfahrt blickte. »Vielleicht sollte ich doch noch heute abreisen«, sagte sie nach einem Moment des Schweigens, mehr zu sich als zu ihrer Schwester. Dann drehte sie sich um und starrte Pauline an. »Du bist mir doch nicht böse, wenn ich fahre, oder?« Ohne auf eine Antwort zu warten, ging sie zu ihrem Koffer und legte ihn aufs Bett. Die wenigen Kleidungsstücke, die sie mitgebracht hatte, waren schnell aus dem Kasten geholt und verstaut. Pauline beobachtete jeden ihrer Handgriffe und überlegte, worauf diese rasche Entscheidung beruhen konnte.

»Wollen wir noch gemeinsam frühstücken, bevor ich dich zum Bahnhof bringe?«, fragte Pauline und lächelte gequält. Sie wusste, dass sie kein Recht hatte, ihre Schwester von ihrem Wunsch abzubringen, sie würde auch ohne ihren Beistand zurechtkommen.

»Tut mir leid, ich habe keinen Appetit«, flüsterte Konstanze und schloss ihren Koffer.

»Dann mache ich mich fertig, in Ordnung?«

Pauline verließ das Gästezimmer und fragte sich einmal mehr, was der Grund für Konstanzes Gefühlsschwankungen sein mochte. Oder kannte sie die Wahrheit und wollte sie nur nicht sehen?

»Ich wusste gar nicht, dass du gelernt hast, mit dem Wagen zu fahren«, meinte Konstanze erstaunt, während sie die Einfahrt entlangfuhren und der Park an ihnen vorbeizog.

»Tja, wenn alle Männer im Krieg gegen Deutschland sind und man keinen wohlhabenden Onkel im Haus hat, dann muss man eben sehen, wie man überlebt«, antwortete Pauline, ohne den Blick von der Straße zu wenden. Da war er wieder, dieser Zorn. Noch bevor sie den Satz zu Ende gesprochen hatte, war ihr bewusst, wie ungerecht er war. »Entschuldige, ich wollte nicht ...«

»Schon gut«, erwiderte Konstanze trocken und hielt ihren Blick auf die unzähligen Pfirsichbaumreihen gerichtet, die den Eindruck erweckten, als hätten sie zum Abschied in Reih und Glied Aufstellung genommen.

Pauline zog es vor, den Rest der Fahrt zu schweigen – obwohl so viele ungestellte Fragen auf eine Antwort warteten. Erst auf dem Bahnsteig ereilte sie das beklemmende Gefühl, die Zeit mit Konstanze nicht ausreichend genutzt zu haben.

»Du hast mir überhaupt nichts von dir erzählt.«

»Wie meinst du das?«

»Wie es dir geht, wie du die Zeit während des Kriegs erlebt hast«, sagte Pauline ehrlich interessiert.

»Es war nicht so schlimm, ich hatte ja meinen reichen Onkel«, erwiderte Konstanze verbittert.

»Bitte lass uns nicht wieder im Streit auseinandergehen«, meinte Pauline und griff nach der Hand ihrer Schwester. Am Bahnhof war es beinahe menschenleer, kaum jemand verreiste, zumal auch immer noch nicht alle Ziele erreichbar waren. Brücken waren gesprengt worden und befanden sich im Wiederaufbau, Gleise waren defekt, zudem mangelte es vielen Franzosen an Geld für eine Fahrkarte. In der Bahnhofshalle war es kühl, Pauline schloss ihren Jackenkragen eng um den Hals.

»Nein, wir sollten uns nicht im Streit trennen«, meinte Konstanze und drückte die zarten Finger ihrer Schwester mit aller Herzlichkeit.

Du besuchst mich doch bald wieder, oder? Wie soll ich die Scheidung nur schaffen ohne dich an meiner Seite? Ich vermisse dich jetzt schon. Ich liebe dich. Pauline schaffte es nicht, ihren Gefühlen Ausdruck zu verleihen, sondern hauchte Konstanze zum Abschied nur einen Kuss auf die Wange und löste den Griff um ihre Hand.

»Komm gut in München an«, meinte sie.

»Ich schreib dir«, versprach Konstanze und hob ihren Koffer an.

Pauline zögerte. Ein seltsames Gefühl beschlich sie. Ein Gefühl, das sie nicht in Worte fassen konnte. Es glomm in ihrem Herzen auf, kalt und heimtückisch. Es schmerzte, so als würde in ihren Gliedern der Anflug einer Grippe stecken. Als Konstanze in ihren

Waggon stieg, wurde es plötzlich übermächtig. Alles in ihr schrie, befahl ihr, in diesen Zug zu steigen und zurückzufahren in die alte Heimat, um dort an ein Leben anzuknüpfen, das sie einst erfüllt hatte. Sie sollte nicht hierbleiben in dieser Einöde, die sie krank machte, in einem Dorf, das nie wieder so herrlich nach frischem Brot duften würde, zwischen diesen verdammten Pfirsichen, deren Geschmack ihr Übelkeit verursachte. Ja, sie sollte ebenfalls ihre Koffer packen und gemeinsam mit Bernard zurück nach Deutschland ziehen. Um die Plantage würde Philippe sich viel besser kümmern, als sie es je könnte. Damit wäre jedem geholfen, oder etwa nicht? Aber nein, sie konnte nicht zurück nach Deutschland, sie hatte schließlich dem Land nach Henris Tod ewigen Hass geschworen. Wieder war da dieses Gefühl, nirgendwo auf der Welt einen Platz zu haben, der ihr Heimat bot. Pauline hörte sich selbst laut aufschluchzen und nach Luft ringen.

»Paulchen, ist alles in Ordnung?« Konstanze hatte das Fenster ihres Abteils geöffnet und blickte besorgt auf sie herunter.

»Es ist alles gut«, log sie und setzte ein gespieltes Lächeln auf.

»Bitte zurücktreten!«, rief ein Zugbegleiter und schloss die Türen der Waggons. Danach nahm der Zug langsam Fahrt auf und rollte aus der Bahnhofshalle.

Pauline lief neben Konstanze her, die ihre Hand aus dem Fenster streckte. Paulines Schritte wurden länger, schneller, bis sie schließlich zu rennen begann.

»Pass auf dich auf, Stanzerl!«, rief sie Konstanze über den Lärm des Zuges zu und sah, dass das Gesicht ihrer Schwester tränenüberströmt war. »Ich ...« Doch da war es schon zu spät, Konstanze war zu weit weg, um sie zu hören. Sie winkte ihr noch aus dem Fenster zu, bis der Zug in der Ferne verschwunden war.

Pauline stand am Bahnsteig, rang nach Luft und versuchte, das Gefühl loszuwerden, dass sie ihre geliebte Schwester nie mehr wiedersehen würde.

Kapitel 42

München, im November 1945

Tante Gunde begrüßte Konstanze überschwänglich und warf ihr mehr als einmal vor, in großer Sorge um sie gewesen zu sein – schließlich habe sie versprochen, gleich nach ihrer Ankunft in der Provence ein Telegramm zu schicken oder gar vom örtlichen Telefonapparat aus anzurufen.

Nein, das war leider unmöglich, erklärte Konstanze, ohne zu erwähnen, dass sie es nicht gewagt hätte, ins Dorf zu gehen. Die Zugfahrt allein war schon angespannt genug verlaufen. Erschöpft war sie und wollte sich erst einmal auf ihr Zimmer zurückziehen, um sich frisch zu machen.

»In deiner Abwesenheit hast du einiges an Post bekommen«, rief Gunde ihr nach. »Ich habe sämtliche Umschläge auf deinen Sekretär gelegt.«

Konstanze bedankte sich und zuckte mit den Schultern, schließlich erwartete sie keine wichtigen Briefe. Es sei denn … Schlagartig war sie hellwach, eilte hoch in ihre Räume, schlüpfte hastig aus ihrem Herbstmantel und warf ihn achtlos auf ihr ordentlich gemachtes Bett. Tatsächlich lagen auf ihrem Tisch drei Umschläge, alle an sie persönlich adressiert. Sie rückte ihren Stuhl zurecht und nahm Platz. Der Absender des obersten Briefs war eine kleine, aber durchaus renommierte Galerie in der Innenstadt. Sie blätterte weiter. Auch die anderen zwei Schreiben kamen von namhaften Galeristen. Konnte es wirklich wahr sein? Mit zitternder Hand fasste sie nach dem Brieföffner aus Elfenbein, den ihr Vater zu ihrem ersten guten Zeugnis geschenkt hatte. Sie öffnete den Umschlag, nestelte den gefalteten Papierbogen heraus und überflog die Zeilen. Der Inhalt des Gelesenen zauberte ihr ein aufgeregtes Lächeln ins Gesicht. Sogleich griff sie nach dem nächsten Umschlag, ihr Atem stockte, als sie auch diesen Text aufsog wie ein Hungernder ein Schälchen Suppe. Dann den letzten. Völlig durcheinander legte sie eine Hand auf den Mund und blickte ungläubig auf die Briefe, die geöffnet vor ihr lagen. Träumte sie, oder war das die Wirklichkeit? Gerade eben hatte sie noch gedacht, alles verloren zu haben und niemals das Glück in ihrem Leben finden zu dürfen. Und nun saß sie hier und hatte Anfragen der namhaftesten Galerien Münchens, die allesamt ihre Bilder ausstellen wollten. Natürlich hatte sie gehofft, dass nach dem Ende des Krieges auch das kulturelle Leben wieder erwachen würde und sie eventuell das eine oder andere Werk verkaufen könnte, aber ein derartiges Interesse hatte sie nicht erwartet.

Und ja, nach all der Traurigkeit, die sie in den letzten Tagen, Wochen und Monaten empfunden hatte, war dieses strahlende Glücksgefühl ihre Rettung. Sie schmunzelte und blickte auf die Fotografie ihrer Eltern, die auf ihrem Sekretär stand. Sie griff nach dem goldenen Rahmen, auf dessen Ecken kleine Engel saßen, und strich über das Hochzeitsfoto, auf dem ihre Mutter sich eng an ihren frisch vermählten Gatten schmiegte und in die Kamera lächelte, während er mit erhobenem Kinn über sie hinwegblickte.

Ob die beiden wohl heute stolz auf sie wären? Gewiss. Mutter hatte für ihre Kinder zwar andere Ziele vor Augen gehabt, doch das Schicksal bahnte sich eben seine eigenen Wege.

Sie legte die Briefe ordentlich in eine Schublade und beschloss, die Galerien in den nächsten Tagen persönlich aufzusuchen. Jetzt würde sie erst einmal nach ihrem Bruder sehen. Bestimmt hatte er einiges von seinem Studium zu berichten. Auf dem Weg zu seinem Zimmer erinnerte sie sich daran, wie sehr er dem Alkohol verfallen war, und hoffte, dass die Musik ihm ein Rettungsanker war. Vor seiner Tür lauschte sie erst einmal. Als sie ein leises Summen durch die geschlossene Tür vernahm, wusste sie, dass sie guter Dinge sein durfte. Wenn Pauline ihr Glück schon nicht gefunden hatte, so vielleicht wenigstens Lorenz.

Seit ihrer Abreise aus der Provence zwang sie sich dazu, nicht mehr an die kurze Zeit dort zu denken. Es war einfach zu bedrückend. Ihre Schwester war eine andere geworden – vermutlich war dies ein schleichender Prozess gewesen, den sie zu spät erkannt hatte, aber die Frau, die ihr diesmal in Jouques begegnet war, war nicht mehr zu vergleichen mit der Seelenverwandten, mit der sie sich früher so verbunden gefühlt hatte. Und Philippe – er hatte ihr Herz zum wiederholten Mal gebrochen. Wie hatte sie nur zulassen können, dass seine Blicke in ihr die Hoffnung weckten, er würde nach der Scheidung vielleicht ihr Mann werden? Sie fühlte sich wie ein dummes junges Mädchen, das zum Spielball eines Herzensbrechers geworden war. Philippe hatte sich gegen eine Scheidung von Pauline ausgesprochen. Freilich wusste Konstanze, dass Bernard der Grund dafür war. Dennoch, oder gerade deshalb, musste sie diese Entscheidung akzeptieren und Philippe aus ihrem Herzen verdrängen. Endgültig.

»Lorenz?«, fragte sie und klopfte an die Tür ihres Bruders. Als sie eintrat, fand sie sich in einem Meer von Notenblättern wieder, die über den Boden, den Tisch und das Bett verteilt lagen. Lorenz selbst stand mit geschlossenen Augen neben dem Fenster und bewegte seine Arme rhythmisch zu der Melodie, die er summte. Er schien weder ihr Klopfen noch ihr Eintreten mitbekommen zu haben.

»Lorenz?«, wiederholte sie lauter. Er öffnete die Augen und sah ihr erst erstaunt, dann erfreut entgegen.

»Stanzerl«, rief er und eilte durch sein verwüstetes Zimmer, um seine Schwester mit einer innigen Umarmung zu begrüßen. »Du bist schon hier? Mit dir hatte ich noch gar nicht gerechnet.«

Konstanze sah ihren Bruder mit Wohlgefallen an. Derart strahlend hatte sie ihn noch nie gesehen.

»Du siehst gut aus«, meinte sie und strich ihm sanft über die unrasierte Wange. »Wie waren deine ersten Tage an der Hochschule?«

»Ach, Stanzerl, du hast ja keine Ahnung. Es ist wunderbar, eine Offenbarung.« Er zeigte auf die Notenblätter, von denen sie umgeben waren, und lächelte. »Das verdanke ich dir. Du hast mich gerettet.«

»Du übertreibst.«

»Tu ich nicht.«

Konstanze blieb noch eine Weile bei ihrem Bruder und ließ sich die ersten Kenntnisse, die er erlangt hatte, erläutern. Sie lauschte ihm mit großem Interesse, erfreute sich an seiner Energie, seinem Eifer und wünschte sich inständig, dass es so bleiben möge und er das tiefe Tal, das er durchschritten hatte, endgültig hinter sich lassen konnte.

Gleich am nächsten Morgen machte sie sich auf den Weg zum ersten Galeristen namens Louis Lavalle. Konstanze wusste, dass dies nur sein Künstlername war, mit dem er sich – laut Kohlhagen – nur wichtigmachen wollte. In Wirklichkeit hatte er mit Frankreich so wenig zu tun wie ein Regenwurm mit einem Schneckenhaus, das waren zumindest die Worte ihres gefallenen Kunstprofessors gewesen. Sein richtiger Name lautete Hans Müller, aber den durfte man in seiner Gegenwart natürlich niemals aussprechen, es sei denn, man hatte vor, sich ein für alle Mal aus der Kunstszene zurückzuziehen.

Louis begrüßte sie mit Küsschen links und rechts und beglückwünschte sie zu ihrem außergewöhnlichen Gespür für Farben. Er habe eines ihrer Werke im Salon eines befreundeten Ehepaars entdeckt und sofort den Wunsch verspürt, mit einer derart herausragenden Künstlerin zu arbeiten. Seine Warteliste sei normalerweise lang – das betonte er mehr als einmal –, und doch würde er sie vorziehen und so rasch wie möglich eine Vernissage für sie organisieren.

Konstanze bedankte sich herzlich für das Interesse und versprach, ihm spätestens in einer Woche ihre Entscheidung mitzuteilen. Als sie die Galerie verlassen hatte, fühlte sie sich erstmals wie eine ernst zu nehmende Künstlerin. Sie war nicht nur jemand, der in seiner Freizeit Bilder malte und ein paar davon unter Wert verkaufte, nein: Ab heute war sie ein gefragter Name in Münchens Kunstszene, und wer weiß, vielleicht auch bald in anderen großen Städten Deutschlands. Sie fühlte sich, als wäre sie aus einem tiefen Schlaf erwacht und stünde mit einem Mal vor der Erfüllung ihrer Träume. Wie war es nur möglich, dass innerhalb weniger Tage drei Galeristen auf sie aufmerksam geworden waren? Mit einem Schulterzucken sagte sie sich, dass es ihr einerlei sein konnte, die Hauptsache war, dass sie ihrem Ziel einen riesigen Schritt näher gekommen war. Die beiden anderen Gespräche verliefen ähnlich, und so entschied sie, dass sie Louis Lavalle den Zuschlag geben würde, schließlich lagen seine Ausstellungsräume mitten in der Innenstadt.

Als sie wieder in die Stadtvilla zurückgekehrt war, wollte sie die Freude über den erfolgreichen Tag mit Gunde teilen. Die empfing sie allerdings mit tränenüberströmtem Gesicht.

»Setz dich«, meinte Gunde und ging mit Konstanze zum Esstisch.

»Heute ist ein Brief gekommen.« Gunde tupfte sich die Nase mit einem Taschentuch trocken. »Wir hatten ja ohnehin jede Hoffnung aufgegeben, aber es nun schwarz auf weiß zu lesen ...« Sie schluchzte auf und vergrub das Gesicht in beiden Händen. »Als ob der Krieg nicht schon schlimm genug gewesen wäre ... jetzt auch noch das.«

»Sag mir doch, was in dem Brief steht«, bat Konstanze. Es mussten schreckliche Neuigkeiten sein, denn sie konnte sich nicht erinnern, ihre Tante je so verzweifelt gesehen zu haben.

»Esther. Sie ist in einem Konzentrationslager gestorben. Ist das nicht fürchterlich?« Gunde schluchzte laut. »Es tut mir so schrecklich leid, dass ich mich für diesen Hitler habe begeistern können. Dumm bin ich gewesen und neugierig. Ich habe nicht sehen wollen, dass er die Welt ins Unglück stürzt, dieser Teufel.«

»Esther«, flüsterte Konstanze und erinnerte sich an das stets freundlich lächelnde Dienstmädchen. »Arme Esther«, wiederholte sie und drückte Gundes Hand. »Hatte sie nicht noch eine Schwester, die in Nürnberg lebte?«

»Ja, die hatte sie, von ihr kam der Brief. Stell dir vor, Ludwig hat doch tatsächlich vorgeschlagen, dieser fremden Person Geld zukommen zu lassen. Ihn drückt das schlechte Gewissen, weil er sich seiner Meinung nach am Krieg bereichert hat. Was für ein Narr.« Da war sie wieder, die alte Gunde, die kopfschüttelnd über ihren Mann zeterte und nicht im Traum daran dachte, Geld an eine Fremde zu spenden.

Konstanze tätschelte ihr das Knie und zog sich dann in ihr Atelier zurück, schließlich galt es noch eine Menge Bilder fertigzustellen und auszuwählen, um die großzügigen Räumlichkeiten der Galerie Lavalle ausstatten zu können. Die Vernissage in wenigen Wochen sollte ihr großer Abend werden – der Abend, auf den sie seit Jahren hingearbeitet hatte. Sie wollte gefeiert werden, und sie wünschte sich, dass es in ihrem Leben endlich bergauf ging. Wenn das bei Lorenz möglich war, warum dann nicht auch bei ihr?

Kapitel 43

Jouques, Provence, im Dezember 1945

Draußen nieselte es, der Himmel war wolkenverhangen und die Luft ungewöhnlich kalt. Pauline räumte ihre frisch gewaschenen Kleider in den Schrank im Gästezimmer, in das sie nach Konstanzes Abreise gezogen war. Nachdem sie Philippe ihren Trennungswunsch offenbart hatte, empfand sie es als unmöglich, weiterhin das Bett mit ihm zu teilen. Ihre Forderung hatte ihn sehr betroffen gestimmt, und er hatte mit allen Mitteln versucht, sie davon abzubringen. Angefleht hatte er sie sogar, dennoch stand für sie fest, dass sie das Aus für ihre Ehe verlangte – je früher, desto besser. Schließlich hatte Philippe ihren Entschluss akzeptiert und sie nur noch darum gebeten, ihm einen letzten Wunsch zu erfüllen: Er wollte das Weihnachtsfest gemeinsam mit seinem Sohn feiern, und gleich im neuen Jahr würde er seinen Anwalt aufsuchen, um eine Lösung für sie und die Plantage zu finden. Es war ihr unmöglich gewesen, ihm diesen Wunsch auszuschlagen, zumal Bernard völlig vernarrt war in seinen Vater. Manchmal fragte sie sich, warum sie die Ehe nicht einfach so weiterplätschern ließ. Philippe und Bernard hätten einander, die Leitung der Plantage würde nicht nur auf ihr allein lasten, und ein Mann im Haus gäbe ihr eine gewisse Sicherheit. Aber dann wurde ihr wieder bewusst, warum sie ihn nicht länger in ihrer Nähe haben wollte: weil ihr Herz noch immer Henri gehörte, weil sie Philippe von Anfang an nur geduldet hatte und weil sie sich von der Scheidung einen Neubeginn erhoffte. Ihre Tage waren nach Henris Tod so düster geworden, dass sie der Meinung war, nur eine große Veränderung könne sie zurück ans Licht führen.

Das Wetter draußen war nicht gerade einladend, dennoch beschloss sie, ihren rostroten Wintermantel aus dem Schrank zu holen und sich die Beine zu vertreten.

Als sie wenig später durch den Park schlenderte und die kühle Luft atmete, wanderten ihre Gedanken zurück zu einer Zeit, als im Landhaus noch reges Treiben geherrscht hatte. Der Befehlston von Tante Josette hatte durch alle Räume gehallt, Konstanze war durch die Wiese gehüpft und hatte von der Schönheit der Provence geschwärmt, und drüben auf den Pfirsichfeldern waren die Arbeiter emsig unterwegs gewesen, um Äste zu stutzen, Unkraut zu jäten oder Früchte zu ernten. Das ganze Jahr über war die Plantage voller Leben gewesen, und nun wirkte sie wie ausgepresst, verdörrt und abgestorben. Sie drehte sich um, sah hoch zu den Fenstern des oberen Stockwerks und dachte daran, wie sehr sie das Haus gehasst hatte, als sie vor einer Ewigkeit zum Einzug gezwungen worden war. Sie dachte an ihr erstes Zusammentreffen mit Tante Josette bei Mutters Begräbnis – seltsam, warum erwachten gerade heute, an diesem trüben Tag die Bilder der Vergangenheit? Vielleicht hatte es damit zu tun, dass sie sich schwach fühlte und krank. Jedes Lächeln, jedes Wort empfand sie als Anstrengung. Sie war so müde. Bereits in den Morgenstunden sehnte sie sich den Abend herbei, wenn Bernard zu Bett gegangen war und sie sich nur um sich selbst zu kümmern hatte. An manchen Tagen war ihr, als wollten ihre Gedanken eine Rast einlegen, dann fiel es ihr schwer, ein Gespräch mit Philippe zu führen oder ihre Mahlzeiten zu genießen. Hinter ihr lagen beschwerliche Jahre, gewiss würde sich alles ändern, wenn Philippe ihr nicht mehr länger über den Weg lief und sie in ihrem Alltag störte.

Tief in Gedanken versunken, hatte Pauline gar nicht bemerkt, dass sie das Ende des Parks erreicht hatte und am Fuß des Hügels stand, der zum Dorf führte. Oft war sie nicht mehr in Jouques gewesen seit dem Krieg, der Besatzung und der Nachricht von Henris Tod. Sie wusste nicht genau, was es war, aber etwas forderte sie genau an diesem späten Nachmittag auf, den Hügel zu besteigen und von oben auf das Dächermeer des kleinen Dorfs zu blicken. Schritt für Schritt ging sie den schmalen Pfad bergauf. Egal, ob Wurzeln oder kleine Felsen – sie hätte jedes Hindernis auch mit geschlossenen Augen überwunden, so oft war sie den Weg bereits gegangen. Am höchsten Punkt angekommen, blieb sie stehen und blickte zu den Wolken hinauf, die so tief hingen, dass Pauline glaubte, sie berühren zu können. Feiner Nieselregen benetzte ihr Gesicht, ihre Gedanken zu klären vermochte er allerdings nicht. Pauline war nicht sicher, was es war, aber etwas an diesem trüben Tag fühlte sich anders an, fremder und erdrückender denn je. Für einen kurzen Augenblick glaubte sie, ihre Füße würden sie keinen weiteren Schritt mehr tragen, doch dann kämpfte sie sich mit aller Kraft den Pfad auf der anderen Seite hinunter ins Dorf, wo menschenleere Straßen sie in Empfang nahmen. Bei dem kalten und feuchten Wetter hatten sich anscheinend alle in ihre Häuser verkrochen, wo sie auf den milden Frühling warteten, dessen Sonne ihre Dächer wärmte. Langsam schlenderte sie durch die Gassen, ohne darauf zu achten, wo ihre Füße sie hintrugen. Erst als sie vor der Bäckerei Bonnet stand, hielt sie inne und spürte das schmerzende Pochen ihres Herzens. Sie legte die Finger auf die kühle Türklinke, zog die Hand aber sofort wieder zurück. Ihr Gesicht verzerrte sich, als sie die Augen schloss und den Geruch von frischem Brot wahrnahm. Sie erinnerte sich an Henris feingliedrige Finger, sein zerzaustes Haar und seine mehlbestäubte Schürze. Nein, sie würde die Tür nicht öffnen und die Glöckchen tanzen lassen. Sie würde weitergehen, sich auf den Rückweg machen, solange sie noch einen Rest von Kraft in sich fühlte. Sie verschränkte die Arme, als könne sie damit eine Distanz zwischen sich und ihren Erinnerungen schaffen. Dann wandte sie sich ab und ging.

»Pauline?«

Pauline erstarrte, als sie die Stimme hinter sich hörte. Sie stand da und spürte den Regen auf ihrem Haar.

»Pauline! Liebste Pauline!«

Pauline drehte sich um, ahnend, dass sie den Anblick nicht ertragen würde.

»Madame Bonnet, guten Tag«, hauchte sie und blickte in das Gesicht, das dem von Henri so schmerzhaft glich.

»Warst lange nicht hier«, sagte die Bäckerin und legte den Kopf schief.

»Ja«, erwiderte sie.

»Ich möchte dir was zeigen. Komm mal!« Sie wies mit einer Hand in die Bäckerei, und Pauline folgte ihr.

»Ich habe oft überlegt, ob ich zu dir gehen soll, Pauline, aber es schien mir nicht richtig. Umso besser, dass du den Weg zu mir gefunden hast. Komm!« Madame Bonnet ging hinter den Tresen, weiter durch die Backstube und hinauf in den Wohnbereich, den Pauline noch nie zuvor betreten hatte.

»Setz dich«, meinte Henris Mutter, wies auf einen Sessel am Esstisch und verschwand in einem Nebenraum. Pauline blickte sich um. An den Wänden hingen unzählige Fotografien, eine Uhr tickte laut und bestimmend, und auch hier oben haftete der Geruch von Brot an Möbeln und Vorhängen. Madame Bonnet kam zurück und setzte sich zu ihr an den Tisch.

»Früher war das Henris Platz.« Ihr Lächeln wirkte gezwungen. Dann legte sie ein in Pergamentpapier gewickeltes Buch auf die Tischplatte. »Das habe ich gefunden, als ich Henris Zimmer ... aufgeräumt habe. Ich denke, es gehört dir.«

»Wie kommen Sie darauf?«

Madame Bonnet antwortete mit einem Schmunzeln, das Pauline verriet, dass ihr Geheimnis bei ihr in guten Händen war.

»Henri hat es Ihnen erzählt?«

Madame Bonnet schüttelte den Kopf. »Seine Blicke, wenn du

den Laden betreten hast, haben es mir gesagt.« Das Papier raschelte, als Henris Mutter nach dem Buch griff und es Pauline in die Hand drückte. »Es gehört dir.«

Pauline brauchte das Geschenk nicht auszuwickeln, sie wusste auch so, dass in dem Buch auf jeder Seite eine liebevoll gepresste Blume klebte. Und sie wusste, dass es ihr Herz in Stücke reißen würde, wenn sie es durchblätterte.

»Sie haben ihn uns genommen, diese Nazis.« In Madame Bonnets Blick spiegelte sich all der Hass und die Verzweiflung, die auch Pauline in sich fühlte. »Diese Deutschen, sie sollen alle in der Hölle brennen! Wenn ich die Möglichkeit hätte, den unsinnigen Tod meines Sohnes zu rächen, ich würde es tun.« Ihre Lippen bebten, und die Wangen färbten sich tiefrot.

»Ich bin auch Deutsche«, flüsterte Pauline und klammerte sich an dem eingewickelten Geschenk fest.

»Nein, du gehörst zu uns«, erwiderte Madame Bonnet in mildem Ton und legte eine Hand auf die ihrer Besucherin. »Seit dem Tag, als die alte Delune dich hergebracht hat, warst du ein Kind der Provence.«

Pauline hätte gerne geantwortet, wie unglücklich sie am Tag ihrer Ankunft gewesen war, und auch noch in den Jahren danach, dass erst Henris Liebe sie ein wenig zu heilen vermocht hatte, doch sie schwieg und lauschte dem Ticken der Uhr.

»Ich muss jetzt gehen«, flüsterte sie schließlich und zeigte auf die Tür hinter sich.

»Natürlich musst du das«, erwiderte Henris Mutter und begleitete Pauline zurück in den Laden. Als sie die Tür für sie öffnete, blickte Pauline hoch zu den bimmelnden Glöckchen und lächelte wehmütig.

»Wenn du einmal mit jemandem über Henri reden möchtest, dann komm«, meinte Madame Bonnet und legte ihre Hand tröstend auf Paulines Schulter. Der liebevolle Ausdruck ihrer Augen erinnerte sie an ihre eigene Mutter, und sie fragte sich, ob sie Bernard jemals so zärtlich mit ihrem Blick zu trösten versucht hatte, oder ob sie als seine Mama ebenso versagt hatte wie als Ehefrau, Geliebte und Schwester.

»Danke, das werde ich.« Pauline nickte und steckte das Buch unter ihren Mantel, bevor sie hinaus in den Regen ging. Das Wetter war noch schlechter geworden, die Tropfen prasselten dick und schwer auf sie herab. Und während sie sich von der Bäckerei entfernte, spürte sie die Blicke von Henris Mutter auf sich ruhen. Ansonsten fühlte sie nichts, gar nichts. Ein großes Nichts hatte alle ihre Empfindungen verschluckt und sie nackt zurückgelassen wie ein kleines hilfloses Kind. Sie konzentrierte sich darauf, einen Fuß vor den anderen zu setzen, und blickte dabei auf ihre Schuhspitzen, die bei jedem Schritt vom Straßenschmutz besudelt wurden. Als sie den Park erreichte, war ihr Mantel völlig durchnässt, ihre Schuhe waren verdreckt, und ihr Haar klebte in dicken nassen Strähnen auf ihrem Gesicht. Ihre Finger zitterten vor Kälte, und sogar ihre Strümpfe hatten sich bis zu den Knien mit Wasser vollgesogen. Inzwischen war es dämmrig geworden. Vermutlich warteten Philippe und Bernard bereits mit dem Abendessen auf sie. Sie sollte sich beeilen, doch ihre Schritte wurden immer langsamer, je weiter sie sich dem Landhaus näherte. Eingerahmt von dunklen Wolken, wirkte das Gebäude bedrohlich, beinahe zornig. Nein, sie konnte nicht wieder dorthin zurück. Nicht jetzt, da sie diese schwere Last unter ihrem Mantel trug. Zielstrebig ging sie auf die Scheune zu, in der sämtliches Werkzeug aufbewahrt wurde. Sie schloss die Tür hinter sich, legte das in Pergamentpapier gewickelte Buch auf die Werkzeugbank und schlüpfte aus ihrem nassen Mantel. Danach entzündete sie eine kleine Öllampe und verharrte einen Moment. Sollte sie das Geschenk wirklich auspacken? Schließlich wusste sie nur zu gut, was mit ihr geschähe, wenn sie durch die Seiten blätterte. Sie wusste es – und doch konnte sie dem Drang, es zu öffnen, nicht widerstehen. Sie schlug das Einwickelpapier auseinander und strich über den lavendelfarbenen Stoffeinband, der sich rau und trocken anfühlte. Ihr Herz klopfte heftig, als sie das Buch öffnete.

Auf keiner der Seiten stand ein einziges Wort. Da waren nur die getrockneten Blumen, auf jeder Seite eine, für jeden weiteren Tag, den er sie kannte und liebte. Mit den Fingerspitzen strich sie über den gepressten Lavendel, den weißen Oleander, die Mittagsblume, das Wandelröschen, die wilde Orchidee, den Ginster, den Hibiskus und alle anderen Blüten, die er mit so viel Liebe und Sorgfalt für sie gepflückt und gepresst hatte. Sie sah ihn vor sich, wie er durch die Wiesen ging und eine nach der anderen einsammelte. Dabei war er in Gedanken nur bei ihr, hoffte, dass er ihr damit eine Freude machte und sie von seinen tiefen Gefühlen überzeugen konnte. Sie strich über die Blüte der Roten Spornblume und stellte sich mit geschlossenen Augen vor, wie er sie ihr persönlich überreichte, sie anlächelte in dem Wissen, dass sie einander für immer gehörten.

»Henri«, schluchzte Pauline und ließ sich auf den schmutzigen Boden der Scheune sinken. Warum nur hatte sie ihn nicht davon überzeugen können, mit ihr gemeinsam Jouques zu verlassen?

»Henri!« Ihre Stimme glich einem Wehklagen. Ihr Körper zitterte vor Kälte, trotzdem konnte sie keinesfalls hinüber ins Haus. Sie war eine Gefangene ihrer Gefühle. Trostlos. Verloren. Für immer.

Alles hatte sie falsch gemacht, an jeder Kreuzung in ihrer Vergangenheit hatte sie die verkehrte Richtung gewählt, und nun war es zu spät für eine Umkehr. Sie hatte nicht nur ihre Eltern, Konstanze und Henri verloren, sondern stand auch dem Glück von Philippe und Bernard im Weg. Wenn sie es genau betrachtete, war ihr Leben eine Last – für sich und für alle anderen.

»Eine Last«, flüsterte sie und roch an der gepressten weißen Gardenienblüte, die immer noch ihren lieblichen Duft verströmte.

Und dann war da plötzlich diese Stimme in ihrem Kopf, die ihr sagte, was zu tun war, wie sie all ihre Sorgen hinter sich lassen konnte. Pauline lauschte gespannt und fragte sich, ob die Stimme ihr nicht schon seit Langem zugeflüstert hatte und sie sie nur nicht hatte hören wollen.

»Jetzt höre ich dich«, sagte sie und fragte sich, ob auch ihre Mutter diese Stimme gehört hatte. Sie drückte das Buch eng an ihre Brust, so als würde sie Henri umarmen.

Mit einem Mal fühlte sie sich leicht, die Kälte war von ihrem Körper abgefallen und einem wohlig warmen Gefühl gewichen. Sie lächelte in Anbetracht der Einfachheit ihres Auswegs.

Es würde nicht wehtun, und sie hatte keine Angst. Sie wusste nur, dass es richtig war. Konstanze würde es verstehen, schließlich wusste sie um den Schmerz, den sie in sich trug. Das Einzige, was sie bedauerte, war, dass sie ihre Schwester nicht noch einmal fest an sich drücken und um Verzeihung bitten konnte für den Hass, den sie ihr entgegengebracht hatte. Doch auch dieses Bedauern verblasste angesichts des Lichts, das sie mit einem Mal am Ende dieses viel zu langen Tunnels sah.

Sie hauchte einen Kuss auf Henris Geschenk. Sie würde das Buch nicht loslassen, sie würde es fest in den Händen halten, bis die Kraft aus ihren Fingern wich.

Dann griff sie nach dem schärfsten Messer, das sie auf der Werkzeugbank finden konnte, und setzte sich im schwachen Schein der Öllampe wieder auf den Boden.

Draußen war es inzwischen finster geworden, doch das spielte keine Rolle. Und dann fühlte sie ihn, diesen unermesslichen Trost, der jede geweinte Träne, jede mit Sorgen getränkte Nacht wiedergutmachte.

Kapitel 44

München, im Dezember 1945

Lorenz stand vor dem Spiegel und drehte sich nach links und nach rechts, um die Passform seines neuen Anzugs zu inspizieren. Die Verkäuferin im Herrenladen hatte ihm mehr als eindringlich zu diesem guten Stück in Anthrazit geraten, weil es anscheinend eine perfekte Einheit mit seinen markanten Gesichtszügen bildete. Lorenz hatte sich rasch eingestanden, dass er gegen die dominante Rothaarige keine Chance hatte und keine weiteren Jacketts mehr probieren wollte.

Nun stand er vor dem Spiegel und war nicht sicher, ob die von der Verkäuferin angepriesene, amerikanisch legere Schnittform sein Stil war. Für einen Umtausch war es zu spät, in weniger als einer Stunde würde er sich gemeinsam mit Onkel Ludwig, Tante Gunde und Charlotte auf den Weg zu Konstanzes Vernissage machen. Einer seiner alten Anzüge kam nicht infrage, schließlich wollte er zur Feier des Tages etwas Besonderes anziehen – das war er seiner Schwester schuldig. In den letzten Tagen hatte man sie kaum noch gesehen, und wenn, dann war sie völlig mit Farbe beschmiert und aufgeregt, weil sie noch einige Bilder fertigzustellen hatte.

Lorenz betrachtete seine Figur. Seit seiner Rückkehr aus dem Krieg hatte er zugenommen, auch sein Gesicht war längst nicht mehr so grau und eingefallen wie damals. Und seit er an der Hochschule unterrichtet wurde, war er regelrecht aufgeblüht. Der Professor hatte sein außerordentliches Talent erkannt und förderte und lobte ihn bei jeder sich bietenden Gelegenheit. Lorenz genoss diese Aufmerksamkeit und fühlte sich immer wieder an die Stunden bei Pfarrer Rötting erinnert. Irgendwann würde er ihm einen Brief schreiben. Einen Besuch im Allgäu schloss er vorerst aus, die Wunden waren noch zu tief, als dass er einem Gegenübertreten mit Onkel Gustav standhalten könnte. Es war an der Zeit, sich ganz auf sich selbst zu konzentrieren, und das tat er. Das Wunderbare an der Hochschule war, dass er sich unter Gleichgesinnten befand und rasch Anschluss gefunden hatte. Ja, er hatte ein gutes Leben – endlich. Auch das Schreiben, Essen und vieles andere wollte ihm mit seiner Linken immer besser gelingen, daher fühlte er sich schon seit Langem nicht mehr als Krüppel, sondern als Musiker, und als solcher hatte er Lust, die Welt mit all ihren Facetten zu entdecken. Und heute freute er sich auf den Abend, der allein seiner Schwester und ihrem Können gewidmet war. Auch sie hatte es nicht leicht gehabt, der Krieg hatte ihnen allen zugesetzt, und von ihrem letzten Besuch bei Pauline war sie sehr bedrückt zurückgekehrt. Doch nun erweckte sie den Eindruck, dass ihr die Kunst einen Halt im Leben bot und sie den Auftrieb, der ihr bevorstand, förmlich fühlen konnte. Ja, es würde heute ihr Abend werden, und er stünde an ihrer Seite, um ihn gemeinsam mit ihr zu feiern.

Auf den Dächern glitzerte der Schnee im Licht der untergehenden Abendsonne. Onkel Ludwig lenkte seinen Wagen durch die geräumten Straßen und trällerte dabei gut gelaunt ein Weihnachtslied. Tante Gunde blickte unterdessen in die vorbeiziehenden Schaufenster der Geschäfte, die mit weihnachtlichem Krimskrams ausstaffiert waren. Lorenz selbst genoss die Atmosphäre und war in Gedanken bei der morgen stattfindenden Prüfung, bei der er eine eigens zusammengestellte Komposition vorzustellen hatte.

»So, da wären wir. Eigentlich hätten wir auch zu Fuß gehen können, ist ja nicht weit.« Onkel Ludwig zwinkerte Lorenz zu, während Gunde zu zetern begann.

»Ihr Männer habt leicht reden. Ihr tragt einen gefütterten Mantel und bequemes Schuhwerk. Eine Dame hat es da nicht so einfach ...«

Lorenz stieg aus dem Wagen und hörte seine Tante schon nicht mehr. Er sog die beißend kalte Luft in seine Lungen und blickte hoch zum sternenklaren Himmel.

»Lass mich wenigstens unterhaken, damit ich nicht auf dem schlecht geräumten Weg ausrutsche und mir sämtliche Knochen breche«, meinte Gunde vorwurfsvoll und lächelte dann ihrem Gatten zu, der ihr kommentarlos den Arm reichte.

Als sie die Galerie betraten, waren sie längst nicht die ersten Gäste. Lorenz war überrascht, wie viele hochrangige Persönlichkeiten sich an diesem Abend eingefunden hatten. Konstanze musste tatsächlich einen guten Ruf haben. Er schlüpfte aus dem Mantel und versteckte, wie immer, wenn er auswärts war, den rechten Arm hinter dem Rücken. Eine junge Kellnerin verteilte Sektflöten und appetitliche Häppchen. Die Stimmung im Raum war heiter und freudig erregt. Endlich erschien Konstanze gemeinsam mit dem Galeristen Louis Lavalle, der sich im Applaus badete und Kusshände in die Luft warf. Konstanze sah umwerfend aus. Noch nie zuvor hatte Lorenz sie dermaßen strahlen sehen. Sie trug ein rotes Kleid, dessen Stoff in der Beleuchtung der Galerie schillerte – anscheinend wollte sie heute um jeden Preis gesehen werden, dachte Lorenz schmunzelnd. Das Oberteil bildete eine maßgeschneiderte Corsage, deren Ausschnitt mit Pailletten bestickt war. Der Rock war bodenlang, was ihrer Erscheinung noch mehr Eleganz verlieh. Sie trug keinen Schmuck und war nur dezent geschminkt. Ihre Haut schimmerte wie Perlmutt, und ihre Haltung war aufrecht und stolz. Lorenz' Herz schlug höher bei ihrem Anblick, und er wusste jetzt schon, dass dieser Abend unvergesslich werden würde.

Louis Lavalle hielt eine viel zu lange Eröffnungsrede, in der er viele Gäste namentlich erwähnte und begrüßte. Er erzählte davon, wie überwältigt er war, dass seine Galerie dem Krieg getrotzt hatte und mit der aufstrebenden Künstlerin Konstanze Dannenberg wie Phönix aus der Asche stieg. Konstanze stand neben Louis, nickte, wenn sie seiner Meinung war, und applaudierte, wenn es die Gäste taten. Sie wirkte nervös und schien froh zu sein, dass Louis Lavalles Rede keinen Platz für ihre Worte ließ. Nachdem sein Wortschwall ein Ende gefunden hatte, erschienen zwei in Schwarz gekleidete Männer, die sich daranmachten, den Vorhang, der bislang die Kunstwerke vor den Blicken der Anwesenden abgeschirmt hatte, zu entfernen.

Ein raunendes *Oh!* ging durch die Menschenmenge, als sie endlich Zugang zu den Ausstellungsräumen erhielt. Lorenz folgte den anderen Gästen und bewunderte jedes einzelne Bild mit großem Respekt. Er hatte ja keine Ahnung, was seine Schwester einige Zimmer neben ihm in ihrem Atelier zauberte.

»Gefallen sie dir?«, fragte ihn Konstanze und hakte sich bei ihm unter. Sie roch zart nach Lavendel – passend zu ihren Werken, welche ausschließlich Motive der Provence zeigten. Er blickte in ihre Augen. Wie schön sie doch war, wenn sie strahlte. Lorenz überlegte, warum sie eigentlich nie geheiratet hatte. Stets hatte er mit seinen Geheimnissen gehadert und dabei ganz übersehen, dass vielleicht auch Konstanze etwas zu verbergen hatte.

»Ich hatte keine Ahnung, dass du die Provence so sehr in dein Herz geschlossen hast«, sagte er und wandte sich wieder der Malerei zu.

»Doch, das habe ich.« In ihrer Stimme schwang Sehnsucht.

»Die Gäste sind begeistert«, flüsterte er ihr zu. »Ich habe Herrn Lavalle beobachtet, wie er mit strahlendem Lächeln ein Bild nach dem anderen als verkauft markiert.«

»Tatsächlich? Ich bin zu aufgeregt, um so etwas zu bemerken.«

»Du wirst es spätestens sehen, wenn dein Bankkonto prall gefüllt ist.« Lorenz lachte und sah Konstanze zu, wie sie mit einem verschmitzten Lächeln im Trubel der Besucher verschwand. Er selbst ging weiter zum nächsten Bild und fühlte bei dessen Anblick einen schmerzhaften Stich in der Brust. Vielleicht hatte Konstanze es nicht beabsichtigt, doch der Junge, der auf diesem Bild mit seinem Hund zwischen hochgewachsenen Pinien herumtollte, sah aus wie er mit seiner Stella. Ja, er dachte noch oft an seine treue Gefährtin, und auch daran, was er ihr angetan hatte. Er wünschte sich so sehr, diese Untaten wiedergutmachen zu können, aber dafür war es zu spät. Stella lebte nicht mehr, und er konnte ihr nicht mehr ins Ohr flüstern, dass er sie lieb hatte und ihr niemals wehtun wollte. Er konnte ihr nicht mehr sagen, dass er längst nicht mehr dieser verstörte Junge war, der nicht wusste, wie er mit der Ungerechtigkeit und dem Zorn umgehen sollte. Wenn es seine Zeit erlaubte, würde er sich einen neuen Hund anschaffen und diesem dann all die Liebe zuteilwerden lassen, die er Stella an manchen trüben Tagen verwehrt hatte. Er ging näher an das Gemälde seiner Schwester heran und war sich sicher, im Fell des Tieres die Maserung seiner Stella wiederzuerkennen. Meine Güte, wie sehr er sie doch vermisste, seine treue Freundin. Er hatte immer noch ihren Geruch in der Nase und fühlte das weiche Fell unter seinen Fingern. Er schloss die Augen und glaubte, ihr fröhliches Kläffen zu hören, wenn sie an ihm hochgesprungen war und ihn zum Spiel aufgefordert hatte. Lorenz seufzte tief.

Dann drehte er sich um und winkte den emsigen Galeristen zu sich.

»Dieses Werk gehört mir – um jeden Preis«, sagte er mit Nachdruck, woraufhin Louis Lavalle das Bild mit dem Titel »Ewige Freunde« als verkauft kennzeichnete.

Und alles, was Lorenz in diesem Moment denken konnte, war: *Das Leben ist gut.*

Kapitel 45

München, im Dezember 1945

Konstanze saß in ihrem Atelier und arbeitete an einer Skizze für ihr nächstes Gemälde. Bislang hatte sie vorwiegend Landschaften mit dem Pinsel verewigt, dieses Mal wollte sie sich an der Kathedrale von Marseille vor wolkenlosem Himmel versuchen. Sie bedauerte zutiefst, dass sie bei ihrem Aufenthalt in Marseille hauptsächlich Augen für Philippe gehabt hatte und nun zu einer Fotografie als Vorlage greifen musste, weil sie keine Skizzen vor Ort angefertigt hatte. Beim Gedanken an Philippe seufzte sie laut auf und blickte verloren auf die leere Leinwand vor sich. Was hätte sie dafür gegeben, wenn er am gestrigen Abend an ihrer Seite gewesen wäre, um mitzuerleben, wie man sie und ihre Werke gefeiert hatte. Sie griff an ihre pochende Schläfe und gestand sich ein, dass sie wohl das eine oder andere Glas Champagner zu viel getrunken hatte. Der Applaus der zahlreichen Gäste hallte noch immer in ihrem Kopf. Was war es doch für eine gelungene Vernissage gewesen. Nie im Leben hätte sie damit gerechnet, dass man ihr sämtliche ausgestellte Bilder bereits bei der Eröffnung der Ausstellung förmlich aus den Händen riss. Und da in den nächsten Monaten weitere Galeristen mit ihr arbeiten wollten, hatte sie in der kommenden Zeit wohl genug zu tun. Ihre Pinsel würden wahrscheinlich heiß laufen, hatte Onkel Ludwig auf der gemeinsamen Heimfahrt scherzhaft gemeint und dabei laut gelacht. Tante Gunde hatte mehr als einmal wiederholt, wie stolz sie war und dass es für sie nie einen Zweifel an Konstanzes Talent gegeben hatte. Selbst Lorenz war ungewöhnlich redselig gewesen und hatte Konstanze immer wieder versichert, wie begeistert er von ihren Bildern war.

Vielleicht war genau das ihr Weg, dachte sie und blickte auf ihre Schürze, die von Farbklecksen übersät war. Ein Leben für die Kunst. Warum auch nicht? Bei Lorenz war es die Musik gewesen, die ihn gerettet hatte, bei ihr war es die Malerei. Sie sah hinüber zu ihren Farben, von der sie jede einzelne an die Provence erinnerte. Und womöglich war es genau diese Sehnsucht, die ihre Werke so echt wirken ließen.

Nein, sie wollte ihr Leben nicht nur der Kunst widmen, sie träumte immer noch davon, sich erneut zu verlieben, zu heiraten und eine Familie zu gründen. Vielleicht musste sie ihre Ansprüche der Realität anpassen und sich damit zufriedengeben, ihre Tage an der Seite eines anständigen und ehrlichen Mannes zu verbringen. Schließlich konnte sie ihr Herz nicht zur Liebe zwingen.

Konstanze war froh, als es an der Tür klopfte und sie die Sorgen um ihre Zukunft vorerst beiseiteschieben durfte.

»Komm rein«, meinte sie und stellte erst jetzt fest, dass sie unter der Schürze noch immer ihr Nachthemd trug. Zum Glück war es nur Tante Gunde, die um Einlass bat.

»Dieses Telegramm ist eben für dich gekommen«, meinte Gunde und reichte ihr einen Umschlag.

»Ein Telegramm?«, fragte Konstanze und dachte sofort an Pauline. Nein, ihre Schwester würde wohl eher einen Brief schreiben. Sie griff nach dem Papier und setzte sich aufgeregt auf die Récamiere am Fenster. Ihre Tante stand neben ihr und wartete ungeduldig darauf, dass Konstanze den Inhalt der Nachricht vorlas.

»Was steht denn da?«, fragte sie neugierig und nahm neben ihrer Nichte Platz.

»Pauline«, meinte Konstanze gefasst, »sie ist tot.« Nachdem sie diesen Satz ausgesprochen hatte, stand er seltsam verzerrt im Raum.

»Grundgütiger!« Gundes Gesicht war mit einem Mal so weiß wie ein jungfräuliches Blatt Papier. »Was ist denn nur passiert?«, flüsterte Gunde.

»Die Köchin Martha hat geschrieben, dass sie mir die näheren Umstände lieber persönlich mitteilen möchte.« Ihre Hände waren plötzlich unnatürlich kalt, so als wäre alles Blut aus ihnen gewichen. In Gedanken sah sie ihre Schwester vor sich, wie sie aufgebahrt in einem Meer aus Blumen lag. Die Haut so dünn wie feinstes Pergamentpapier und die Stimme für immer erloschen.

»Ich muss nach Frankreich«, murmelte sie und beugte sich über das Telegramm, als müsse sie sich des Inhalts erneut vergewissern.

»Natürlich musst du das. Ich begleite dich.« Tante Gunde legte eine Hand auf ihren Unterarm. Sie strahlte eine solche Wärme aus, dass Konstanze sich dankbar an ihre Schulter lehnte.

»Ich werde Ludwig in der Fabrik anrufen. Sobald er hier ist, fahren wir los, ja? Pack ein paar Sachen, vergiss deinen Reisepass nicht, und nimm etwas Schwarzes für das Begräbnis mit.«

Konstanze nickte. Sie war froh, dass sie jemanden hatte, der ihr sagte, was zu tun war.

»Du bist nicht allein, hörst du?« Gunde drückte ihr einen Kuss aufs Haar und verließ das Zimmer.

Konstanze saß noch eine Weile auf der Récamiere und las das Telegramm unzählige Male. Sie konnte es nicht fassen, es war ganz und gar unmöglich. Vielleicht war alles nur ein Irrtum. Martha hatte etwas missverstanden oder falsch übersetzt. Ja, so musste es sein. Gäbe es im Landhaus ein Telefon, würde sie sofort anrufen, aber so musste sie die endlos lange Fahrt in Ludwigs Automobil hinter sich bringen, bevor sie die Wahrheit erfuhr.

Sie musste ihre Tasche packen, nein, vorher sollte sie zu Lorenz in die Hochschule und ihn abholen. Er würde schließlich gemeinsam mit ihnen nach Jouques fahren. Konstanze stand auf und lief in ihrem Atelier ziellos auf und ab.

»Paulchen«, flüsterte sie und konnte nicht glauben, dass nie wieder jemand auf diesen Kosenamen antwortete.

Wenige Stunden später saß die Familie im Wagen und ließ die Straßen Münchens schweigend hinter sich. Tante Gunde hatte es nach kurzer Zeit aufgegeben, Zuversicht zu versprühen, und blickte betreten auf die gefalteten Hände in ihrem Schoß. Die Nacht verbrachten sie in einem Hotel in Bern, das für den gegebenen Anlass viel zu luxuriös war, wie Konstanze fand. Am nächsten Morgen brachen die vier auf und legten den Rest der Strecke, so rasch es Onkel Ludwigs Wagen erlaubte, zurück. Je mehr sie sich Jouques näherten, desto nervöser wurde Konstanze. Nur dass es diesmal nicht die üblich angespannte Vorfreude war, sondern die Angst, dass sie in Kürze einer Wahrheit gegenüberstünde, die sie nicht akzeptieren wollte. Lorenz drückte ihre Hand, als sie endlich die Einfahrt zum Landhaus entlangfuhren. Als Konstanze aus dem Wagen stieg, benötigte sie keine weitere Bestätigung für Paulines Tod, sie spürte auch so, dass ihre Schwester die Pfirsichplantage für immer verlassen hatte. Diese Erkenntnis traf sie wie ein scharfes Messer mitten ins Herz. Gunde trat neben sie und wollte ihr die Hand auf den Rücken legen. Doch Konstanze machte einen Schritt zur Seite, um der Berührung auszuweichen. Sie wollte keinen Beistand, keinen Trost, sie wollte den Schmerz in seiner vollen Wucht spüren, denn er war das Letzte, was ihr von ihrer Schwester blieb.

Noch bevor sie die altmodische Hausglocke betätigte, öffnete Éva die Tür. Mit verweinten Augen fiel sie Konstanze um den Hals und schluchzte dabei herzzerreißend.

»*Chère Mademoiselle Constance, veuillez entrer*«, meinte das Dienstmädchen und wies die Gäste ins Innere des Hauses.

»Ist Martha in der Küche?«, fragte Konstanze langsam und betonte dabei den Namen der Köchin. Das Gespräch mit ihr konnte nicht länger warten, sie musste auf der Stelle erfahren, was vorgefallen war. Éva nickte und zog ein Stofftaschentuch aus ihrer Schürze, um sich lautstark zu schnäuzen. Konstanze ging in Begleitung ihrer Familie in die Küche, wo Martha am Herd stand und in einem dampfenden Topf rührte. Sonst hatte sie bei der Arbeit immer ein Lied auf den Lippen gehabt, heute allerdings schwieg sie. Erst als sie den Besuch sah, legte sie den Kochlöffel beiseite und wischte die Hände an ihrem Kittel ab.

»Da bist du ja endlich«, sagte sie erleichtert und begrüßte die Gäste mit einem höflichen Nicken.

»Du musst mir alles erzählen. Sofort.«

»Setzen wir uns an den Esstisch, damit Sie sich alle von der Fahrt erholen können. Ich brühe uns noch Tee auf.«

»Kein Tee, nur die Wahrheit«, forderte Konstanze und wies Martha an, ins Esszimmer zu gehen.

Als die Familie und die Köchin am Tisch Platz genommen hatten, begann Martha, unter zahlreichen Schluchzern, zu berichten. Dass Pauline in der Abenddämmerung oder manchmal sogar nachts durch den Park spaziert war, war nichts Besonderes. Sie hatte die Ruhe inmitten der alteingewachsenen Bäume gemocht und dort stets nach Erholung gesucht. Als sie am nächsten Morgen nicht zum gemeinsamen Frühstück erschienen war, machte man sich auf die Suche nach ihr. Ihre Nächte verbrachte sie seit einiger Zeit im Gästezimmer, doch auch dort konnte man sie nicht finden. Letztendlich war es Philippe, der sie im Werkzeugschuppen fand. Kreidebleich war er ins Haus gestürzt und hatte um Hilfe gerufen.

Martha begann zu weinen und vergrub das Gesicht in beiden Händen.

Éva war bei Bernard geblieben, während sie gemeinsam mit dem Hausherrn nach draußen geeilt war. Auf dem Weg zum Schuppen war sie noch der Meinung gewesen, dass Pauline verletzt auf Hilfe wartete. Als Philippe dann die Schuppentür geöffnet hatte, war ihr sofort der charakteristische Geruch von Blut in die Nase gestiegen. Und dann hatte sie ihn gesehen, den leblosen Körper der Hausherrin in einer Blutlache. Es hatte eine Weile gedauert, bis sie verarbeiten konnte, was geschehen war. Das Messer, das neben Pauline am Boden gelegen hatte, die tiefen Schnitte an ihren Unterarmen, die unnatürliche Stille im Raum, die davon zeugte, dass sich hier Schreckliches zugetragen hatte.

»Sie hat sich selbst das Leben genommen?« In Konstanzes Kopf begann es so laut zu dröhnen, dass sie den weiteren Worten der Köchin nicht mehr folgen konnte. Marthas Lippen bewegten sich, und auch Gunde und Ludwig schienen ihre Erschütterung kundzutun, doch Konstanze hörte nur dieses dumpfe Geräusch, das sie von der Außenwelt abschirmte. Alles war in unwirkliche Ferne entrückt, zu weit weg, um daran teilzunehmen.

»Ich muss …«, flüsterte sie und erschrak über ihre eigene Stimme, die unerträglich laut in ihrem Kopf hallte. Ruckartig schob sie den Stuhl zurück und stand auf. Sie fühlte eine Berührung auf ihrem Rücken, doch ohne sich umzudrehen, stürmte sie aus dem Esszimmer. Ohne Mantel rannte sie aus dem Haus und weiter in den Park. In tiefen Atemzügen füllte sie ihre Lungen mit der kühlen Luft, die selbst zu dieser Jahreszeit ihr unvergleichlich würziges Aroma verströmte. Sie legte den Kopf in den Nacken und blickte hoch zu den Baumkronen, deren Äste nach dem Himmel zu greifen schienen.

Das kann nicht wahr sein – niemals.

Pauline war tot, ja, aber Selbstmord? Nein, das war unmöglich, das würde sie erst glauben, wenn sie die Schnitte in ihren Unterarmen sah.

»Stanzerl?« Es war Lorenz, der plötzlich hinter ihr stand, mit hängenden Schultern und mutlosem Blick. »Wenn du möchtest, können wir uns verabschieden.«

»Verabschieden?«

»Von Pauline. Philippe hält bei ihr Totenwache.«

»Natürlich«, erwiderte sie und folgte ihrem Bruder wie in Trance. Sie wollte sich nicht vom Leichnam ihrer Schwester verabschieden, Totenwache halten oder für ihre arme Seele beten. Alles, was sie wollte, war, die Zeit zurückzudrehen und alles Übel ungeschehen zu machen, an dem Pauline zerbrochen war. »… so wie Mama«, hauchte sie.

»Ja«, meinte Lorenz und legte seine Hand an ihren Rücken, um sie sanft zurück zum Haus zu geleiten. Konstanze ließ es wortlos geschehen, schließlich hatte sie keine Wahl, genau das war der Grund für ihre Fahrt nach Jouques gewesen – sich davon zu überzeugen, dass Pauline tot war, sich von ihr zu verabschieden, sie zu Grabe zu tragen. Als sie gestern in Onkel Ludwigs Wagen gestiegen war, kam ihr all das noch unglaublich surreal vor, doch nun, da sie ohne Pauline unter den Magnolien stand, musste sie sich wohl mit der Wahrheit auseinandersetzen.

»Ich will das nicht«, flüsterte sie, während sie sich dem Landhaus näherten, über dessen Dach dunkle Wolken hingen, so als würde es Trauer tragen. War es nicht erst gestern gewesen, dass die Plantage ihre Herrin verloren hatte? Und nun, wenige Jahre nach Josettes Tod, sollte auch Pauline ins Familiengrab gebettet werden.

»Ich bin bei dir«, meinte Lorenz tröstend. Doch für den Abschied, der Konstanze bevorstand, gab es keinen Trost. Der Schrei eines Habichtsadlers lenkte ihre Aufmerksamkeit hoch zum Himmel, wo der Vogel scheinbar schwerelos dahinglitt. Er ließ sich einfach treiben. Konstanze seufzte und fragte sich, was es wohl für ein Gefühl sein müsste, genau jetzt mit dem imposanten Tier durch die Lüfte zu segeln, die Welt von dort oben zu betrachten und den Sorgen zu entfliehen.

Überall wäre es besser als jetzt und hier, dachte sie und richtete ihren Blick auf das Landhaus, das mit jedem Schritt näher rückte.

»Schaffst du es?«, fragte Lorenz und wischte sich verstohlen eine Träne aus dem Augenwinkel. Nein, tat sie nicht, dennoch nickte sie und hakte sich bei ihm unter.

Lorenz ging zielstrebig in den hinteren Bereich des Hauses und öffnete die Tür. Der Raum war völlig abgedunkelt, nur im flackernden Schein von ein paar Kerzen konnte Konstanze ihre Tante und ihren Onkel erkennen. Und Philippe, der direkt neben der aufgebahrten Pauline saß und mit geschlossenen Augen betete.

Als Konstanze den Blick auf ihre Schwester richtete, glaubte sie, in Ohnmacht zu fallen.

»Setz dich, Kind«, meinte Gunde, doch Konstanze schüttelte nur den Kopf und näherte sich mit langsamen Schritten dem Leichnam in der Mitte des Raums. Pauline sah aus, als würde sie schlafen, das Gesicht friedlich, die Hände auf dem Bauch gefaltet. Sie trug ihr dunkelgrünes Sommerkleid und eine schwarze Jacke darüber. Das Haar war ordentlich gekämmt und zu einem Zopf geflochten. Um den Hals trug sie eine Kette, die Konstanze nicht kannte – vielleicht ein Erbstück von Josette?

Paulchen, ich bin hier, sprach sie in Gedanken und legte ihre Hand auf die von Pauline. *Hätte ich gewusst, wie es um dich steht, wäre ich früher gekommen. Ich wäre gekommen, das weißt du, oder? Alles hätte ich getan, um das zu verhindern.*

Konstanze hörte ein verzweifeltes Schluchzen und war nicht sicher, ob es von ihr selbst oder von Tante Gunde kam.

Wir gehören doch zusammen!

Paulines Finger waren kalt, dennoch hatte Konstanze den Eindruck, dass noch Leben in ihnen war. Sie wusste nicht, wie lange sie so neben ihrer Schwester verharrt oder wie lange sie vergessen hatte, zu atmen. Es gab kein Wort, das ihre Gefühle beschreiben konnte.

»*Constance*«, flüsterte Philippe irgendwann und blickte hoch zu ihr.

Früher hätte sich ihr Herz bei seinem Anblick überschlagen, doch heute waren selbst die Empfindungen für den gut aussehenden Franzosen in die Dunkelheit entrückt.

Pauline war tot. Es gab keine Gerechtigkeit auf dieser Welt.

Kapitel 46

Jouques, Provence, im Dezember 1945

Martha drückte ihr eine dampfende Tasse Tee in die Hand. Die Küche war der wärmste Raum im Haus, dennoch fröstelte Konstanze und umklammerte die heiße Tasse mit beiden Händen.

»Warum hat sie das getan?«, fragte sie, doch Martha schüttelte nur leicht den Kopf, während sie Schinken für das Abendbrot aufschnitt.

»Es gibt da etwas, das ich dir geben muss«, flüsterte sie geheimnisvoll, legte Messer und Schinken beiseite und wischte sich die Hände an der Schürze sauber. Neugierig hob Konstanze den Kopf und beobachtete die Köchin, die ein Türchen öffnete und ganz hinten in einem Fach kramte, um etwas hervorzuholen. Martha wischte den Gegenstand mit einem sauberen Geschirrtuch ab und legte ihn dann vor Konstanze auf die Anrichte.

»Was ist das?« Konstanze blickte auf das Buch, dessen Einband mit eingetrockneten Blutflecken übersät war.

»Es gehörte deiner Schwester. Sie hatte es bei sich, als wir sie gefunden haben.« Martha schluckte und kämpfte sichtlich gegen die tragische Erinnerung an. »Ich habe es heimlich an mich genommen. Monsieur Durand brauchte es nicht zu sehen, er war auch so schon mitgenommen genug.«

Konstanze blätterte andächtig durch das Buch. Sie brauchte keine weitere Erläuterung von der Köchin, es war eindeutig, wer Pauline die getrockneten Blumen geschenkt hatte.

»Du wusstest von den beiden?«

»Wir wussten es alle.«

»Auch Philippe?«

Martha zuckte mit den Schultern und errötete leicht. »Ich denke schon«, gestand sie und legte die Hand auf den Mund, als hätte sie etwas Verbotenes ausgesprochen.

»Das fühlt sich alles so irreal an«, hauchte Konstanze und strich mit dem Finger über die getrocknete wilde Orchidee. Das Haus war so leer ohne Pauline. Ihr war, als müsste sie jeden Augenblick durch die Tür zu ihnen in die Küche stürmen, sich mit einem schelmischen Lächeln hinter Marthas Rücken einen Keks aus der Dose schnappen und genüsslich abbeißen.

»Wie geht es Bernard? Ich habe ihn noch gar nicht gesehen?«

»Éva kümmert sich den ganzen Tag um ihn. Sie sind bestimmt oben in seinem Zimmer und spielen oder lesen. Éva tut alles, um den Jungen von der Wahrheit fernzuhalten, während sein Vater Totenwache hält.«

Konstanze bedankte sich für den Tee und zog sich in ihr Gästezimmer zurück. Sie würde später nach Bernard und den anderen sehen. Sie brauchte jetzt einen Moment für sich. Nein, ein Moment würde vermutlich nicht genügen.

In ihrem Zimmer war sie umgeben von Paulines Duft – natürlich, Martha hatte erzählt, dass ihre Schwester in der letzten Zeit in diesem Raum geschlafen hatte. Konstanze stand wie erstarrt mitten im Zimmer, schloss die Augen und sog den zarten Geruch tief in sich auf. Sie meinte Pauline direkt neben sich zu spüren.

»Paulchen, warum hast du das nur getan?«, fragte Konstanze.

Das weißt du ganz genau, flüsterte ihr eine Stimme in ihrem Kopf zu. »Wir hätten eine Lösung gefunden, Paulchen, das hätten wir bestimmt.« Noch immer hielt sie die Augen geschlossen und gab sich dem Glauben hin, ihre Schwester stünde neben ihr. Was hätte sie dafür gegeben, Pauline jetzt zu umarmen und in ihr wunderhübsches Gesicht zu sehen, das an manchen Tagen wie eine frisch erblühte weiße Rose wirkte. Alles, was ihr von ihrer Schwester geblieben war, waren Erinnerungen, verlorene Träume und die Möglichkeit, einen Stock tiefer ihren Leichnam zu besuchen. Konstanze setzte sich auf das gemachte Bett und griff nach dem Kissen, auf dem Pauline noch vor ein paar Nächten geschlafen hatte. Sie drückte es an sich und fühlte zum ersten Mal seit der Schreckensnachricht Tränen in den Augen aufsteigen.

Die Vorstellung, dass Pauline sich auf diesem Kissen in den Schlaf geweint hatte, ohne dass sie davon gewusst hatte, zerriss sie innerlich. Der Gedanke, dass sie etwas hätte tun können, um das junge Leben ihrer Schwester zu retten, nahm ihr fast den Atem.

Was würde wohl Mama sagen, wenn sie wüsste, dass ihr kleines Mädchen den Kampf gegen das Leben nicht länger ertragen und den Weg in die ewige Dunkelheit gewählt hatte – so wie sie selbst vor vielen Jahren.

Konstanze stand auf, sie musste unbedingt noch einmal zu Pauline – vielleicht war sie durch den Blutverlust in eine Art Koma gefallen. Eilig lief sie durch den Flur und die Treppe hinab. Ja, vielleicht gab es noch Hoffnung, sie würde den besten Arzt rufen lassen. Irgendetwas musste sie doch tun können!

Sie hatte die Tür zum verdunkelten Zimmer noch nicht von innen geschlossen, da wurde ihr bewusst, wie dumm sie doch war. Es gab nichts mehr, das sie oder selbst der beste Arzt der Welt tun konnte. Ein krampfhaftes Schluchzen drang aus Konstanzes Kehle, als sie nach Paulines kalter Hand griff.

»Es tut mir so leid.«

Konstanze hob den Kopf und sah jetzt erst, dass Philippe in der dunklen Ecke saß, die Hände zum Gebet gefaltet, die Haut beinahe so blass wie die der Toten.

»Mir auch«, flüsterte sie. Als ihre Blicke sich im schwachen Licht der Kerzen trafen, spürte sie eine neue Art der Verbundenheit zu ihm. Sie war nicht allein mit ihrer Trauer, und das schenkte ihr für den Augenblick einen Funken Trost.

»Bleibst du die ganze Nacht hier?«, fragte Konstanze.

»Ja, bis wir sie morgen zu Grabe tragen.«

Zu Grabe ... Der Gedanke, dass man ihre kleine Schwester in eine tiefe Grube bettete, war unerträglich.

»Ich bleibe hier bei dir – bei *euch,* wenn ich darf.«

Philippe rückte einen weiteren Stuhl neben seinen. Dann nahmen sie wortlos Platz. Die Flammen der Kerzen flackerten und verliehen dem Raum eine schauerliche Atmosphäre. Als Philippe seine Hand auf Konstanzes legte, empfand sie das in keiner Weise als unpassend. Sie beide würden gemeinsam Totenwache halten, beten und hoffen, dass der Schmerz irgendwann ein Ende fand.

Am nächsten Morgen war sie erschöpft und gestärkt zugleich. Einerseits hatte sie die durchwachte Nacht sämtlicher Energien beraubt, andererseits war es eine tröstliche Erfahrung gewesen, so lange neben dem Leichnam ihrer Schwester zu trauern. Die Totenwache hatte ihr die Möglichkeit gegeben, den Tod von Pauline zu begreifen. Ihr Blick hatte beinahe die gesamte Zeit gebannt am leblosen Körper gehaftet. Das tanzende Licht der Kerzen hatte mehr als einmal Trugbilder erzeugt, als würde die Tote sich bewegen, ihr Brustkorb sich heben oder die Lippen sich leicht öffnen. Die Müdigkeit hatte Konstanze des Öfteren einen Streich gespielt, hatte sie das traurige Seufzen ihrer Schwester wahrnehmen oder einen kühlen Windhauch an der Wange spüren lassen.

Es war gut, dass Pauline noch heute die letzte Ruhe am Friedhof in Jouques fände – vielleicht würde dann auch sie zu innerem Frieden gelangen.

In den frühen Morgenstunden traten Onkel Ludwig und Lorenz in den abgedunkelten Raum und lösten Philippe und Konstanze ab. Konstanzes Körper schmerzte, als sie aufstand und gemeinsam mit Philippe schweigend ins Esszimmer ging, um sich bei einem kleinen Frühstück zu stärken.

Als sie am Esstisch Bernard erblickte, huschte ein Lächeln über ihr Gesicht. Er naschte gerade an einem Brötchen und wirkte dabei so fröhlich, als wäre seine Welt vollkommen in Ordnung. Konstanze rief sich Marthas Worte in Erinnerung, die gemeint hatte, dass der Großteil der Sorge für Bernard seit jeher bei Éva und Philippe gelegen hatte. Vermutlich war das der Grund, warum der Kleine nicht trauerte. Wie sehr er doch Pauline glich – das seidig blonde Haar, die ausdrucksstarken Augen und der herzförmige Mund. Auch wenn sie den Jungen kaum kannte, liebte sie ihn doch von ganzem Herzen. Die Tatsache, dass er ohne Mutter groß werden musste, berührte sie und weckte in ihr den Wunsch, ihn in ihre Arme zu schließen.

Philippe ging zu seinem Sohn und drückte ihm einen Kuss auf den Scheitel, bevor er Konstanze einen Platz direkt neben Bernard anbot.

Während sie an ihrem Tee nippte, musste sie an die bevorstehenden Stunden denken. Sie blickte hinüber zu Philippe und erkannte in seinem Blick dieselbe Sorge. Vielleicht wären sie beide erleichtert, wenn Paulines Begräbnis vorbei war.

»Wenn du möchtest, kann ich dir nach dem Frühstück beim Umkleiden helfen«, schlug Gunde vor und lächelte ihr warmherzig zu. Konstanze nickte und war froh, in diesen schweren Stunden nicht allein sein zu müssen.

»Es tut mir leid, dass du das durchmachen musst«, meinte Gunde wenig später im Gästezimmer, als sie Konstanzes Haar sorgfältig bürstete. »Du weißt, du bist für mich wie eine Tochter – das weißt du doch, oder?«

»Ja«, hauchte Konstanze, während ihr Blick auf ihrem farblosen Spiegelbild haftete. Es schien, als hätte die letzte Nacht auch sämtliches Leben aus ihrem Körper gesogen und nur noch eine kränklich wirkende Hülle hinterlassen. Ihre Augen waren dunkel umschattet und die Lippen ausgetrocknet und rissig.

»Vor dir werden in nächster Zeit einige schwere Entscheidungen liegen«, fuhr Gunde fort und steckte das rot schimmernde Haar ihrer Nichte hoch.

»Welche Entscheidungen? Wovon sprichst du?« Konstanzes Stimme war nur ein Flüstern.

»Nichts, ich habe nur laut gedacht. So, ich bin fertig, wie gefällst du dir?«

Konstanze starrte auf ihr Spiegelbild und war nicht sicher, ob Gunde ihre Frage ernst gemeint hatte, so schrecklich, wie sie aussah.

»Ich habe dir dein schwarzes Kleid und den passenden Mantel aufs Bett gelegt. Ebenso die dunklen Strümpfe und den Hut. Die Stiefel habe ich vom Dienstmädchen aufpolieren lassen, siehst du?«

Als ob Éva nicht schon genug zu tun hätte, dachte Konstanze und erhob sich vom Schminktisch.

Wenig später stand die Familie noch einmal versammelt um Pauline. Jeder bekam die Möglichkeit, sich zu verabschieden, bevor der Sarg verschlossen wurde, um ihn dann hinüber auf den Friedhof zu bringen. Gunde, Ludwig und Lorenz sowie das Personal bekreuzigten sich und sprachen ein kurzes Gebet. Philippe trug seinen Sohn auf dem Arm und drückte ihn eng an sich, während er neben dem Leichnam stand. Erst jetzt schien Bernard zu begreifen, dass seine Mutter nicht mehr lebte. Dicke Tränen perlten über seine rosigen Wangen, dann vergrub er sein Gesicht am Hals seines Vaters.

Als Konstanze an der Reihe war, fragte sie sich, wie man sich angemessen vom liebsten Menschen verabschiedete. Sie wusste es nicht. Alles, was sie vor ihrem inneren Auge sah, war das glückliche Lächeln eines Mädchens, dessen Zöpfe durch die Luft flogen, als es immer höher und höher schaukelte.

Konstanze beugte sich über ihre Schwester und hauchte ihr einen letzten Kuss auf die Wange. Und während sie über Pauline gebeugt am Sarg stand, legte sie ihr unauffällig das Buch von Henri unter die leblosen Hände. Das war der einzige Dienst, den sie ihrer Schwester noch erweisen konnte, dann winkte sie die Sargträger herbei, damit sie den Deckel auflegten, um Paulines wunderhübsches Antlitz für immer vor der Welt zu verhüllen.

Die Familie hatte es geschafft, den Selbstmord zu vertuschen, und so durfte Pauline neben Josette zur letzten Ruhe gebettet werden. Überraschend viele Dorfbewohner waren zur Beisetzung erschienen. *Kein Wunder,* dachte Konstanze, *keiner schaffte es, sich Paulines Charme zu entziehen.* Nachdem der Priester seinen Segen gesprochen hatte, nickte er den Sargträgern zu, welche andächtig ihre Position einnahmen und den Sarg mit Seilen ins Grab hinunterließen.

Konstanze ertrug den Anblick des hinabsinkenden Sarges nicht und schloss die Augen. Sie stellte sich vor, dass sie sich nicht am Friedhof befand, sondern an der Küste von Marseille. Die Wellen murmelten ein sanftes Lied und krochen den Strand empor, um ihre Zehen zu kitzeln. Pauline stand neben ihr und kicherte, während sie das rötliche schimmernde Haar ihrer Schwester zu einem Zopf flocht. Konstanze glaubte, Paulines zarte Finger auf der Kopfhaut und ihren Atem im Nacken zu fühlen. »Gleich bin ich fertig«, meinte sie und drückte Konstanze einen Kuss auf die Schulter. »Komm, lauf!«, rief Pauline dann und hüpfte so stürmisch ins Wasser, dass es Konstanze bis ins Gesicht spritzte.

»Ich komm ja schon, Paulchen«, erwiderte Konstanze und streckte die Hand nach ihr aus – kurz glaubte sie, Paulines ebenmäßig weiße Haut zu berühren, doch da war sie bereits im Wasser abgetaucht und hatte sie allein zurückgelassen.

Als Konstanze die Augen wieder öffnete, war der Sarg in der Grube verschwunden. Sie griff sich in den Nacken, wo sie eben noch Paulines Atem gespürt hatte. Dann begannen die Sargträger damit, Erde ins Grab zu schaufeln, und die Frauen aus dem Dorf sangen ein Klagelied.

Kapitel 47

Jouques, Provence, im Dezember 1945

Konstanze stand auf der Terrasse und blickte hoch zum funkelnden Lichtermeer der Sterne. Ein belebender Wind ließ die Äste der alten Magnolie ächzen und rief Konstanze Bilder ins Gedächtnis, auf denen sie gemeinsam mit ihrer Schwester im Schatten dieses Baumes auf einer Picknickdecke gelegen hatte. Vermutlich war es unmöglich, heute nicht an Pauline zu denken, und womöglich würde es keinen einzigen Tag mehr geben, an dem dies der Fall war – wenn sie Glück hatte.

Die Terrassentüre war nur einen Spalt angelehnt, leises Gemurmel der Familie drang zu ihr nach draußen und gab ihr das Gefühl, nicht allein zu sein. Onkel Ludwig hatte beim Abendessen auf eine baldige Heimfahrt gedrängt.

»Die Fabrik braucht mich«, hatte er gemeint und dann einen Löffel von Marthas vorzüglicher Bouillabaisse geschlürft.

»Was bist du doch für ein gefühlskalter Brocken«, hatte Gunde erwidert und ihrem Mann einen kräftigen Stoß mit dem Ellbogen verpasst. Lorenz hatte sich einer Meinung dazu enthalten, Konstanze vermutete allerdings, dass er so wenig wie möglich von seinem Studium verpassen wollte. Sie selbst hatte nicht gewusst, was sie sagen sollte. Zum einen wollte sie noch nicht weg von dem Ort, an dem sie die Nähe ihrer Schwester mit einer Intensität fühlen konnte, die sie beinahe zu Boden drückte. Andererseits wollte sie Philippes Gastfreundschaft nicht über Gebühr strapazieren. Vielleicht sehnte er sich angesichts des Schicksalsschlags nach Ruhe für sich und Bernard.

»*Constance?*«, fragte Philippe, der plötzlich neben ihr auf der Terrasse stand. »Wie geht es dir?«

Konstanze antwortete mit einem gequälten Lächeln. »Und dir?«, erwiderte sie.

Philippe zuckte mit den Schultern. »Ich hoffe, dass es Pauline dort, wo sie jetzt ist, gut geht und sie ihren Frieden gefunden hat.« Er griff nach Konstanzes Hand. Seine Berührung war mehr Trost als jedes gesprochene Wort. »Ich wollte immer nur, dass es ihr gut geht«, erzählte er in gebrochenem Deutsch. »Aber wir haben nie zusammengehört, Pauline und ich.« Als er sachte ihre Hand drückte, wusste Konstanze, was er ihr damit zu sagen versuchte. Ihr Herz, das bis vor wenigen Augenblicken noch von Trauer belastet gewesen war, pochte mit einem Mal wild. Sie wünschte sich nichts mehr, als sämtliche Bedenken über Bord werfen zu dürfen und in die Umarmung von Philippe zu sinken. Doch ihre Vernunft hielt sie davon ab – ihre Vernunft und die Tatsache, dass er in ihren Augen immer noch der Mann ihrer Schwester war.

»Verzeih«, meinte Philippe und gab ihre Hand frei. Auf ihrer Haut fühlte sie die Restwärme von Philippes Fingern und hatte plötzlich das Gefühl, ohne seine Berührung nackt zu sein. Sie brauchte ihn, das war seit jeher so gewesen. Sie musste sich nur endlich eingestehen, dass die Zeit gekommen war, in der Zurückhaltung nicht mehr nötig war. Ohne ihn anzusehen oder ein Wort zu sagen, griff sie nach seiner Hand und umschloss sie mit all ihrer Liebe und mit all ihren Wünschen für eine glückliche Zukunft.

Als Philippe sie ansah, verschwanden sämtliche Schatten, und sie wusste auf einmal, wo ihr Platz war – wo er letzten Endes schon immer gewesen war. Pauline und sie hatten vertauschte Leben geführt. Sie hatte die Provence verabscheut, Konstanze hingegen hatte hier von Anfang an ein Heimatgefühl verspürt. Was wäre wohl aus Pauline geworden, wenn sie an ihrer statt in München geblieben wäre? Hätte ein anderer Mann als Henri ihr Herz zum Klingen gebracht? Unwillkürlich dachte Konstanze an das Buch mit den gepressten Blumen, das in Paulines kalten Händen unter der Erde lag. Und sosehr in ihr das Glücksgefühl über Philippes Nähe wogte, so sehr fühlte sie sich verloren ohne ihre Schwester. Ob das immer so bliebe? Oder würde diese tiefe Wunde irgendwann ein bisschen heilen?

Mit den Fingerspitzen strich sie über Philippes raues Kinn und wusste, dass sie die Antworten nur erfahren würde, wenn sie den Sprung in ihr neues Leben wagte. Sein Blick sagte ihr, dass er sich nach ihr verzehrte, dennoch wagten sie es in dieser so stillen und finsteren Stunde nicht, einander noch näher zu kommen.

»Ich werde nicht mit euch nach München zurückfahren«, sagte Konstanze am nächsten Vormittag zu ihrer Tante, die sich gerade über ihren Koffer beugte und die Hemden ihres Mannes einpackte.

»Ich weiß«, antwortete Gunde, ohne sich von Ludwigs Kleidungsstücken abzuwenden.

Konstanze zögerte, während ihr Blick auf dem schmalen Rücken ihrer Tante ruhte. Sie trug eine dünne Baumwollbluse mit Spitzeneinsatz an den Schultern. Bestimmt fror sie ganz fürchterlich, dennoch würde sie nie im Leben eine Jacke überziehen.

»Ich werde auch nicht in ein paar Tagen mit dem Zug nachkommen«, fuhr Konstanze fort.

»Ich weiß«, wiederholte Gunde mit tränenerstickter Stimme. Sie richtete sich auf und bog ihren Rücken durch, der ihr seit Wochen Schmerzen verursachte.

»Woher …?«, hauchte Konstanze und fühlte schon jetzt den Abschiedsschmerz in sich aufsteigen.

Gunde wandte sich zu ihrer Nichte um. »Ich weiß es, weil … ich dich kenne.« Eine Träne bahnte sich ihren Weg über Gundes Wange, doch statt sie wegzutupfen, ließ sie ihrer Trauer ungewohnt freien Lauf. »Schau nur in dein Atelier: Alles, was man dort zu sehen bekommt, sind die Farben der Provence. Wenn du von den Besuchen bei Pauline erzählt hast, dann hattest du dieses besondere Strahlen. Manchmal glaubte ich, in deinen Augen spiegelten sich die Blüten der Pfirsichbäume.« Gunde lächelte wehmütig. »Es ist nur ... ich werde dich vermissen. Du bist für mich wie eine Tochter, das weißt du, oder?«

Konstanze nickte. Ja, sie wusste, dass sie für ihre Tante und ihren Onkel von Anfang an ein Mitglied der Familie gewesen war.

»Ich werde euch auch vermissen – ganz schrecklich sogar.«

Gunde kam auf sie zu und strich ihr über die Wange. »Ich will nur, dass du glücklich wirst.«

»Das werde ich ... irgendwann«, meinte sie.

Etwa eine Stunde später stand die ganze Familie vor dem Haus. Das Gepäck war bereits im Wagen verstaut, ebenso ein großes Paket mit frischem Gebäck von Martha.

»Grüßen Sie mir meine alte Heimat«, hatte sie gesagt und Gunde die ofenwarmen Madeleines und Croissants überreicht.

»Gleich morgen werde ich mich darum kümmern, dass das Landhaus einen Telefonanschluss bekommt, und dann können wir telefonieren, wann immer wir wollen«, meinte Konstanze, nachdem sie sich aus der Umarmung ihres Onkels gelöst hatte.

»*Wann immer wir wollen* klingt nicht gerade nach einem Schnäppchen.« Ihr Onkel zog die Nase kraus und drückte Konstanze einen Kuss auf die Stirn. »Du weißt, wie ich es meine, nicht wahr?«

»Und du hast dir das wirklich gut überlegt?«, fragte Lorenz, für den Konstanzes Entscheidung völlig überraschend gekommen war.

»Das habe ich«, antwortete sie und gestand sich ein, dass es eine Lüge war. In Wahrheit hatte sie keine einzige Sekunde überlegt, was sie Philippe antworten sollte, als er sie gebeten hatte, bei ihm zu bleiben. »Ja«, hatte sie geantwortet und gemerkt, wie ihr

Gesicht sich an einem Lächeln versucht hatte. Die ganze Nacht hatte sie wach gelegen und ihrem Herzschlag gelauscht. Sie wusste, dass ihre Entscheidung richtig war, sie war nur unsicher, ob der Zeitpunkt perfekt war. Schließlich hatten sie gerade erst ihre Schwester zu Grabe getragen, und nun hielt sie schon Einzug im Haus ihres Schwagers. Vermutlich würden alle glauben, dass sie Bernards wegen blieb, und das war auch gut so.

»Pass auf dich auf«, meinte Lorenz und drückte ihr einen Kuss auf die Wange.

Gundes Gesicht war tränenüberströmt, als sie an der Reihe war, sich zu verabschieden. Konstanze fragte sich, ob sie ihre Tante jemals derart verzweifelt gesehen hatte – beim Begräbnis von Mutter vielleicht.

»Ich danke dir für alles«, flüsterte Konstanze und drückte Gunde fest an sich. Ihr Haar roch nach Jasmin, so wie immer. Inmitten von all den Tränen und all dem Abschiedsschmerz war dieser vertraute Geruch eine Wohltat. Gunde löste sich aus der Umarmung. Konstanze konnte sehen, dass sie etwas zu sagen versuchte, aber nicht die richtigen Worte fand.

»Ich werde in den nächsten Wochen nach München kommen, um meine Sachen zu packen. In der Zwischenzeit kann ich einfach die Kleider von ...« Konstanze hielt erschrocken inne. Mit einem Mal fühlte sich ihr Entschluss doch seltsam an. Es war, als würde sie in Paulines Leben schlüpfen. Sie blickte hinüber zu Philippe, der Bernard im Arm hielt und ihr ein zärtliches Lächeln schenkte. Mit einem tiefen Seufzer verdrängte sie die aufkommende Unsicherheit. Sie war die Letzte, die den Tod ihrer Schwester gewollt hatte, sie würde den Rest ihrer Tage um sie trauern und sie vermissen. Dennoch würde sie die Liebe dieses Mannes nicht länger zurückweisen.

»Ich werde in der Zwischenzeit Paulines Kleider tragen«, sagte sie mit Nachdruck.

Gunde nickte und legte ihre Stirn an die ihrer Nichte. »Folge deinem Herzen, auch wenn es sich nicht immer richtig anfühlt«, sagte sie, dann verabschiedete sie sich mit einem gespielt fröhlichen Winken und ließ sich von Ludwig die Beifahrertür aufhalten.

Als der Wagen in der Einfahrt immer kleiner wurde, suchte Konstanze in sich nach einem Gefühl der Trauer. Immerhin war es ihre Familie, von der sie sich heute getrennt hatte. Doch das einzige Gefühl, das sie fand, war Liebe. Philippe stand so nahe neben ihr, dass sein herber Geruch sie umfing. Bernard winkte dem Wagen nach, obwohl er schon längst nicht mehr zu sehen war.

»Es ist kalt, gehen wir ins Haus«, meinte Philippe und legte sanft den Arm um ihre Taille.

Als Konstanze die schwere Eingangstür hinter sich schloss, wusste sie, welches ihr nächster Weg sein musste. Unter dem Vorwand, Tee in der Küche holen zu wollen, eilte sie zu Martha.

»Du musst mir so schnell wie möglich Französisch beibringen«, sagte sie geradeheraus, als sie vor der Köchin stand. Martha hob die Augenbrauen und musterte sie.

»Ich muss gar nichts«, brummte sie schließlich und widmete sich wieder ihrem Brotteig. Konstanze glaubte, ein Lächeln über das rotwangige Gesicht huschen zu sehen. »Deine Schwester war ein absolutes Sprachtalent, ich kann nur hoffen, dass deine Auffassungsgabe ebenso schnell ist.«

»Ich werde mich bemühen, Martha, ich verspreche es«, meinte Konstanze, holte sich den nächstbesten Stuhl heran und setzte sich aufrecht, als wäre sie in der Schule, vor ihre Lehrerin.

Kapitel 48

Jouques, Provence, im Januar 1946

Nirgendwo im Haus hatte man so gutes Licht wie in Josettes Zimmer. Bislang war der private Raum der ehemaligen Plantagenbesitzerin unangetastet geblieben, aber nun war es an der Zeit, das zu ändern – zumindest ein wenig. Konstanze stand in der Mitte des Schlafzimmers und ließ es auf sich wirken. Ja, hier wäre der ideale Platz für ihr künftiges Atelier. Lächelnd stellte sie sich vor, dass es bereits nach Aquarellfarben roch und die Wände vollgestellt waren mit ihren Werken. Gewiss fände Josette Gefallen daran, wenn in ihrem Zimmer die Farben der Provence verewigt würden. Sie hatte ihre Heimat geliebt wie kaum eine andere.

Konstanze konnte es kaum erwarten, dass in den nächsten Tagen ihre gesamte Habe von München nach Jouques übersiedelt wurde. Sie war vor wenigen Tagen in München gewesen, um sämtliche Gegenstände, welche in den Lastwagen mussten, zu markieren. Tante Gunde hatte ihre Gegenwart genossen und sie kaum aus den Augen gelassen. Auch Lorenz war über das Wiedersehen sichtlich erfreut gewesen und hatte sich Zeit genommen, um in Ruhe mit seiner Schwester über ihr neues Leben in Jouques zu sprechen und ihr von seinen Fortschritten im Studium zu berichten. Die Tage in München waren schön gewesen, und doch hatte sie sich eingestehen müssen, dass ihr Heimatland nicht mehr ihr Zuhause war. Der Abschied war ihr entsprechend leichtgefallen. Im Gegenteil, sie hatte es kaum erwarten können, in den Zug Richtung Frankreich zu steigen. Nun, da ihre Französischkenntnisse immer besser wurden, brauchte sie auch keine Angst mehr zu haben, als Deutsche entlarvt zu werden. Martha war sehr zufrieden mit ihren Fortschritten und betonte mehrmals, dass ihr Sprachtalent dem von Pauline in nichts nachstand.

Und nun stand sie hier, in Josettes Zimmer, und plante ihre Zukunft. Seltsam, seit ihrem Entschluss, in der Provence zu bleiben, hatte sie das Gefühl, nichts anderes zu tun, als an ihrer Zukunft zu feilen. Früher hatte sie in den Tag hineingelebt, doch nun war sie an einem Punkt angelangt, an dem es nicht mehr nur um das Heute ging, sondern auch um morgen und die Tage, Wochen und Monate danach. Dort drüben am Fenster würde sie ihren Arbeitsplatz einrichten. Hier hätte sie den gesamten Vormittag ideales Licht, das erst schwächer werden würde, wenn Bernard bereits von der Schule zurück wäre und sie sich um ihn und nicht mehr um ihre Malerei kümmerte. Sie würde die Stunden am Vormittag gut nutzen müssen, denn laut Gunde war die Nachfrage nach ihren Werken über Münchens Grenzen hinaus gewachsen. Galeristen aus Berlin, Köln und sogar Hamburg hatten ihr Interesse an einer Ausstellung an Gunde herangetragen. Konstanze seufzte erleichtert. Was war es doch für ein Segen, dass ihre Tante die Organisation rund um Vernissagen und Verkäufe quasi an sich gerissen hatte. Scheinbar war es genau die Aufgabe, auf die sie gewartet hatte. Am Telefon schnatterte sie oft stundenlang über die neuesten Kontakte, die sich aufgetan hatten.

»Ich mach dich weltberühmt«, hatte sie gesagt. »Sieh du nur zu, dass du für ausreichend Nachschub sorgst.« Ja, das würde sie, auch wenn sie zugeben musste, dass ihr neues Leben sie derart forderte, dass ihre Kreativität bislang gelitten hatte. Am meisten strengten sie die Gespräche in der Landessprache an. Es kostete immense Konzentration, sich mit Bernard oder Éva zu unterhalten. Manchmal wurde ihr regelrecht schwindlig, wenn Bernard neben ihr herlief und in einem fort plapperte. Sie liebte den Jungen und die Energie, die er versprühte. Ihr Neffe war das Beste an ihrem Alltag im Landhaus – neben Philippe natürlich. Anfangs hatten sie beide nicht gewusst, wie sie miteinander umgehen sollten. Sie waren einander sehr verhalten begegnet und hatten sich am Abend nach einem gemeinsamen Glas Wein am Kamin in die getrennten Schlafzimmer verabschiedet – schließlich war da auch noch die Trauer um Pauline, die den Raum zwischen ihnen ausfüllte. Die Silvesternacht allerdings sollte ihr Verhältnis endgültig verändern. Konstanze war bereits zu Bett gegangen und hatte schlaflos unter ihrer Decke gelegen, als sie plötzlich Schritte auf dem Flur gehört hatte. Für einen Moment hatte sie an Pauline gedacht, die früher des Nachts zu ihr ins Bett gekrochen war. Als die Türklinke sich bewegte, hatte sie den Atem angehalten. Erst als sie im Mondlicht Philippes Silhouette ausgemacht hatte, tat ihr Herz ein paar Freudensprünge.

»Darf ich?«, hatte er gefragt und sich dem Bett genähert.

Konstanze hatte genickt und die Decke für ihn angehoben.

»Ich muss immerzu an dich denken«, hatte er geflüstert und den Arm um ihre Taille gelegt.

»Und ich an dich«, hatte sie so leise geantwortet, dass sie nicht sicher war, ob er sie gehört hatte. Mit einer warmen Umarmung hatte er sie eng an sich gezogen und sie geküsst. Seine Lippen hatten ihren Körper erkundet und sie in einer Woge der Leidenschaft aufflammen lassen.

Mit einem Lächeln erinnerte Konstanze sich an diese Silvesternacht und an die Liebe, die sich nach so langer Zeit erfüllt hatte. Manchmal war sie nicht sicher, ob sie dieses Glück verdient hatte. Der Preis, den sie dafür bezahlt hatte, war unendlich hoch gewesen. Dennoch musste sie sich jeden Tag mehrmals daran erinnern, dass diese Schuld nicht sie zu tragen hatte. Sie durfte die Liebe, die ihr das Schicksal zugespielt hatte, mit beiden Händen fassen und so fest an sich drücken, dass es ihr die Luft zum Atmen raubte.

»Hier bist du also«, meinte Philippe und schloss die Tür hinter sich. Als er sich ihr näherte, schenkte er ihr dieses Lächeln, das sie immerzu erwidern musste. Direkt vor ihr blieb er stehen, legte seine Arme um ihre Taille und zog sie so eng an sich, dass seine Wärme sie umfing. »Du riechst so gut«, raunte er, nachdem er seine Nase in ihrem Haar vergraben hatte. Als sein Atem über ihren Hals strich, fühlte sie einen prickelnden Schauer, der durch ihren gesamten Körper zog. Sie legte den Kopf in den Nacken und schloss die Augen. Während seine Lippen die ihren umschlossen, begann er, die Knöpfe ihrer Bluse zu öffnen.

»Nicht hier«, hauchte Konstanze und ließ es dennoch zu. Wen sollte es schon stören, wenn sie einander in ihrem künftigen Atelier liebten? Bernard war in der Schule, Martha kochte, und Éva erledigte im Dorf ein paar Besorgungen. Die raue Haut seiner Wange elektrisierte ihren Hals, und sein Haar roch so sehr nach ihm, dass es ihr die Sinne raubte. Ja, Philippe war ihr Mann, sie liebte ihn – alles an ihm. Sie liebte es, wenn er genüsslich in sein knuspriges Baguette biss, wenn er Bernard morgens mit einem Kuss begrüßte, wenn er eine ihrer Haarsträhnen um seinen Finger wickelte und sie dabei ansah, als hätte er noch nie im Leben etwas vergleichbar Schönes gesehen. Sie würde noch eine Weile brauchen, bis sie sich an die Erfüllung ihres Glücks gewöhnt hatte, vielleicht würde dieser Zauber aber auch nie verklingen, dachte sie und ließ sich von Philippe zum ordentlich gemachten Bett ihrer längst verstorbenen Tante führen. Während er ihr zusah, wie sie die Seidenbluse über ihre Schultern gleiten ließ und ihren Rock über die Hüften schob, wurden seine Atemzüge schneller. »Ich liebe dich«, hauchte sie mit einem genüsslichen Lächeln und konnte es kaum erwarten, sich ganz und gar mit ihm zu vereinen.

»Bernard, was hältst du davon, wenn wir beide heute das Dorf erkunden?«, fragte Konstanze ein wenig unsicher. Seit ihrem Einzug im Dezember war sie noch nie drüben in Jouques gewesen.

Bisweilen hatte sie Angst gehabt, sich dort zu zeigen. Schließlich hatte sie keine Ahnung, wie man ihr begegnen würde. Der Hass auf die Deutschen war noch im ganzen Land präsent.

Aber heute wollte sie es wagen. Ihr Französisch war inzwischen recht passabel, wie sie fand, außerdem konnte sie es nicht erwarten, diesen letzten Schritt endlich hinter sich zu bringen.

Bernard nickte fröhlich und schlüpfte sogleich in Mantel und Schuhe.

»Mit Éva gehe ich immer zum Bäcker, dort bekomme ich ein paar Macarons«, meinte er mit großen Augen und einem breiten Lächeln. Sie kramte in ihrer Geldbörse nach ein paar Münzen und steckte sie in ihre Manteltasche, dann griff sie nach Bernards kleiner Hand und marschierte gut gelaunt mit ihm los. Konstanze blickte schmunzelnd auf Bernards Füße, die sich im doppelten Tempo bewegten wie ihre. Er hüpfte über jeden Stein, der im Weg lag, und balancierte über umgestürzte Bäume. Wo nahm ein Kind nur diese Energie her? Als sie in ihre Manteltasche griff, erinnerten sie die klimpernden Münzen daran, dass Bernard zum Bäcker gehen wollte. Würden Henris Eltern sie als Paulines Schwester wiedererkennen? Schließlich waren sie vor Jahren gemeinsam dort gewesen. Während sie durch die schmalen Gassen schlenderten, blickte Konstanze immer wieder hoch zu den Fenstern und prüfte nach, ob sie beobachtet wurden. Irgendetwas sagte ihr, dass es keine gute Idee gewesen war, ohne Philippe oder Éva ihren ersten Besuch im Dorf anzutreten, und dass ihre Französischkenntnisse sie nicht vor dem Hass auf die Deutschen bewahren würden. Dennoch war es unmöglich, jetzt kehrtzumachen. Bernard stimmte ein Kinderlied an und vertrieb mit der lustigen Melodie ein Stück weit ihre Sorge. Vermutlich irrte sie sich, und man würde sie rasch als neue Nachbarin akzeptieren.

»Da sind wir«, meinte Bernard und zog seine Tante kräftig am Mantelärmel. Konstanze blickte hoch zu dem Schild, das im Laufe der letzten Jahre unter der Witterung gelitten zu haben schien. Die Fenster des Ladens waren staubig, und die Farbe der Eingangstür blätterte großflächig ab. Einen Augenblick lang fragte sie sich, ob die Bäckerei überhaupt noch geöffnet hatte, erinnerte sich dann aber, dass Bernard von den frischen Macarons geschwärmt hatte. Zudem roch es verführerisch nach ofenwarmem Gebäck. Konstanze nickte ihrem Neffen zu und öffnete die Tür. Als sie eintrat, bimmelten über ihrem Kopf die Glöckchen eines Klangspiels. Obwohl das Licht der Wintersonne durch das Fenster schien, wirkte der Verkaufsraum trostlos und staubig. Hinter dem Tresen stand Henris Mutter und starrte ihnen mit leerem Blick entgegen.

»Sie wünschen?«, fragte sie kurz angebunden. Erst als sie Bernard erkannte, hellte sich ihre Miene ein wenig auf. »Ist das Paulines Sohn?«, fragte sie beinahe entrüstet und musterte Konstanze ein weiteres Mal.

»Ja, das ist der Sohn meiner Schwester Pauline«, antwortete Konstanze in unsicherem Französisch. In den Augen von Henris Mutter blitzte mit einem Mal etwas auf, das Konstanze nicht zuordnen konnte. Sie wich einen Schritt zurück, stellte sich hinter Bernard und legte beide Hände auf seine Schultern.

»Was wollen Sie hier? Hier sind Nazis unerwünscht«, fauchte Madame Bonnet und verwendete noch ein paar Ausdrücke, die Konstanze unbekannt waren.

»Wir wollen nur ein paar Macarons kaufen, Madame, sonst nichts.«

»Wir haben hier keine Macarons für Deutsche.« Die abfällige Art, mit der Henris Mutter sprach, verursachte Konstanzes großes Unbehagen.

»Ich bin ins Landhaus gezogen, um mich um meinen Neffen zu kümmern.«

»Monsieur Durand täte gut daran, sein Kind von einer Französin erziehen zu lassen, nicht dass aus ihm noch ein deutscher Massenmörder wird.« Madame Bonnets Blick war messerscharf.

»Ich bin ebenso wenig eine Mörderin, wie Pauline es war«, versuchte Konstanze sich zu verteidigen.

»Pauline war eine von uns, aber Sie sind eine von *denen!*«

Konstanze wusste, dass es keinen Sinn hatte, dieses Gespräch fortzuführen. Entmutigt nahm sie Bernard an der Hand und ging mit ihm wortlos zur Tür.

»Aber meine Macarons«, jammerte Bernard und wehrte sich dagegen, den Laden zu verlassen. Konstanze drehte sich um und blickte die Bäckerin Hilfe suchend an.

Mit raschen Schritten kam Madame Bonnet hinter der Ladentheke hervor und machte erst unmittelbar vor ihnen halt.

»Hier, mein Junge, deine Macarons«, sagte sie freundlich und strich Bernard über die Mütze, bevor sie ihm eine kleine Tüte in die Hand drückte. »Die magst du doch so gerne, nicht wahr?« Bernard nickte und schloss die Augen, als er genüsslich am Gebäck roch.

»Und jetzt ...«, die Bäckerin hob den Kopf, ihr Blick verfinsterte sich, und ihre Stirn legte sich in tiefe Falten, »... raus hier!«, fauchte sie.

Konstanze riss die Tür auf, griff nach Bernards Hand und zerrte ihn hinaus auf die Straße. Sie hatten die Kreuzung schon längst erreicht, da hörten sie noch immer das Gezeter der Bäckerin. Erst als sie den Hügel überquert und im Park des Landhauses angelangt waren, hielten sie inne und verschnauften. Als Konstanze in Bernards Gesicht blickte, überfielen sie schreckliche Gewissensbisse. Was hatte sie sich nur dabei gedacht, das Kind in eine solche Situation zu bringen?

»Geht es dir gut?«, fragte sie besorgt und fasste ihn zärtlich am Kinn. »Was hat sie denn gesagt?«

»Dass du eine deutsche Hexe bist und brennen sollst«, flüsterte

Bernard mit vor Angst geweiteten Augen. Konstanze kniete sich vor ihren Neffen auf den feuchtkalten Boden.

»Du weißt, dass das nicht stimmt, oder?«, fragte sie und suchte in seinem Blick nach der Antwort. »Ich bin keine Hexe, das war eine gemeine Lüge!«

»Madame Bonnet ist immer nett zu mir«, meinte er und entzog seine kleinen Finger Konstanzes Griff.

»Das bin ich auch«, versuchte sie die Situation zu retten. »Ich bin deine Tante, und ich habe dich lieb. Ich möchte nur, dass es dir gut geht.«

Die Papiertüte in seinen Händen raschelte und machte es ihm vermutlich noch schwerer, daran zu glauben, dass Madame Bonnet es nicht gut mit ihm meinte. Konstanze schwieg und gab dem Jungen Zeit, zu überlegen. Nach einem unerträglich langen Moment nickte er schließlich und meinte mit einem spitzbübischen Lächeln im Gesicht: »Stimmt, du warst immer nett zu mir.«

»Ja, und so wird es auch bleiben.« Konstanze lachte erleichtert und drückte Bernard fest an sich. »Aber jetzt lass uns nach Hause gehen. Martha soll uns warme Milch bringen, dann schmecken die Macarons gleich noch mal so gut.«

Während sie die letzten Schritte zum Haus spazierten, überlegte Konstanze, ob sie Philippe von diesem Vorfall erzählen sollte oder ihn damit nur unnötig beunruhigte. Letzten Endes nahm Bernard ihr die Entscheidung ab, als er sofort nach Betreten des Hauses und noch bevor er aus seinem Mantel geschlüpft war, durchs ganze Haus schrie, dass seine Tante Constance eine Hexe war.

»Mach dir deswegen keine Gedanken«, tröstete Philippe sie am Abend, als sie gemeinsam am Kamin saßen und ins prasselnde Feuer blickten. »Wir Franzosen sind eben ein sehr eigenes Völkchen.« Er schmunzelte und legte seine Hand auf ihre. Tatsächlich fiel bei dieser Berührung ein Teil der Last von ihr ab. »Wir brauchen eine Weile, bis wir jemanden in unsere Mitte aufnehmen. Der schreckliche Krieg, der hinter uns liegt, macht die Sache nicht einfacher.«

»Ich weiß«, erwiderte sie und verkniff sich die Frage, wie lange solch ein Aufnahmeritus in Frankreich wohl dauern konnte.

»Lass uns zu Bett gehen«, schlug er mit einem verschmitzten Lächeln vor und nahm sie an der Hand.

Als sie später im Dunkeln Philippes gleichmäßigem Atem lauschte und über den Wandel in ihrem Leben nachdachte, sah sie wieder Madame Bonnets graue, hasserfüllte Augen vor sich und spürte mit einem Mal eine unangenehme Last auf ihrer Brust. Gewiss teilten die anderen Dorfbewohner den Hass der Bäckerin und würden sie mit Verachtung strafen. Blieb nur zu hoffen, dass Philippe recht behielt und die Leute einfach eine Weile brauchten, um ihren Groll zu überwinden. Bestimmt würde es so kommen, dachte sie und sog Philippes herben Duft ein, bevor sie einschlief.

Ein klirrendes Geräusch ließ sie mitten in der Nacht hochschrecken. Sie starrte in die Dunkelheit des Raums und lauschte. Nichts. Hatte sie nur geträumt? Beunruhigt beschloss sie, nach unten zu gehen und nach dem Rechten zu sehen. Vorsichtig, um Philippe nicht zu wecken, kroch sie aus dem Bett und schlüpfte in ihren dünnen Morgenmantel. Als sie die Tür zum Flur öffnete, kam ihr der Geruch nach verbranntem Papier entgegen. Hatte Martha womöglich die Glut im Herd nicht ordentlich gelöscht? Konstanze ärgerte sich, weil sie die Köchin nicht längst zu einem Gasherd überredet hatte, und eilte raschen Schrittes die Stufen hinab. Unten wurde der Geruch nach Rauch immer intensiver. Aufgeregt hastete sie in die Küche, doch dort schien alles in Ordnung. Auch im Esszimmer nebenan war nichts Auffälliges zu entdecken. Als sie sich der Tür vom Arbeitszimmer näherte, wurde der Gestank beinahe unerträglich. Eine innere Stimme warnte sie, dass sie sofort kehrtmachen sollte, um Philippe zu holen, trotzdem drückte sie die Klinke herunter und öffnete die Tür. Und dann sah sie es: das Feuer, das an den Vorhängen nach oben kletterte und in immer höher werdenden Flammen über den Teppich wanderte.

»Hilfe, es brennt!«, rief sie in ihrer Muttersprache. Ohne auf Philippe zu warten, rannte sie ins Arbeitszimmer, griff nach einer Decke und schlug auf die züngelnden Flammennester ein. Doch sosehr sie sich auch mühte, das Feuer ließ sich von ihren Löschversuchen nicht beeindrucken und breitete sich weiter aus.

»Bernard!« Sie warf die Decke fort und eilte aus der Feuerhölle des Arbeitszimmers. »Hilfe!«, schrie sie so laut, dass ihre Stimme sich überschlug und die Kehle vor Schmerz brannte wie das Feuer im Zimmer nebenan. »Philippe, Martha, Éva!« Ohne auf Antwort zu warten, stürmte sie die Treppen hoch, riss die Tür zum Schlafzimmer auf und rüttelte an Philippes Schulter, bis er die Augen aufschlug. »Es brennt!«, rief sie und hastete weiter zum Kinderzimmer. Sie hob Bernard aus dem Bett, drückte ihn fest an sich und rannte, so schnell sie konnte, aus dem Haus. Draußen setzte sie den schlaftrunkenen Jungen unter einen Baum, strich ihm übers Haar und redete beruhigend auf ihn ein. In seinen weit aufgerissenen Augen spiegelten sich die Flammen, die bereits auf das nächste Zimmer übergegriffen hatten.

»Ich muss wieder hinein«, sagte sie in möglichst ruhigem Ton. »Es dauert nicht lange. Du bleibst hier, versprochen?« In seinem Blick erkannte sie, dass ihm der Gedanke, allein zu bleiben, Angst machte. Dennoch musste sie zurück. Vielleicht hatten Martha und Éva sie nicht gehört, oder Philippe brauchte ihre Hilfe. Noch bevor Bernard Einspruch erheben konnte, hauchte sie ihm einen Kuss auf die Stirn und rannte zum Haus zurück. Philippe und das Personal machten sich bereits im Arbeitszimmer und im Esszimmer zu schaffen. Tatsächlich hatte Konstanze den Eindruck, dass der Kampf der drei erste Erfolge verzeichnete. Rasch griff sie wieder nach einer Decke und schlug damit erneut auf die Brandherde ein. Schon nach kurzer Zeit schmerzten ihre Arme, und das Ringen nach Luft wurde zusehends anstrengender, dennoch würden sie keinesfalls aufgeben und das Landhaus dem Flammenmeer überlassen. Es war ihr Zuhause und Bernards Erbe. Martha hustete und bekam kaum noch Luft, trotzdem gab sie nicht auf. Zu viert kämpften sie gegen das Feuer, das sich nach und nach geschwächt zurückzog.

Nachdem Philippe die letzten Flammen im Esszimmer mit einem Eimer Wasser gelöscht hatte, konnte keiner von ihnen mehr sagen, wie lange ihr Kampf gegen das Feuer gedauert hatte. Völlig entkräftet standen sie an den weit geöffneten Fenstern, um unter krampfhaften Hustenanfällen frische Luft zu inhalieren.

»Was war hier eigentlich los?«, fragte Martha mit kratziger Stimme. Die Blicke aller Anwesenden waren auf Konstanze gerichtet.

»Da war ein klirrendes Geräusch, das mich geweckt hat, und dann war da dieses Feuer.« Mehr vermochte Konstanze nicht zu sagen. Alles war so schnell gegangen. Philippe ging in den Nebenraum und bestätigte, dass eine Fensterscheibe dort eingeschlagen war.

»Was sagtest du heute nach dem Besuch im Dorf? Madame Bonnet meinte, du seist eine Hexe und müsstest brennen?« Philippe wischte sich übers Gesicht. Mit jeder Bewegung wurden die Ärmel seines Schlafanzugs rußiger.

»Du glaubst doch nicht ...« Konstanze ließ den Satz unbeendet.

»Die alte Bonnet? Unmöglich, für die lege ich meine Hand ins Feuer«, meinte Martha und schien den Wortwitz ihrer Aussage nicht zu bemerken.

»Irgendjemand muss es aber gewesen sein«, sagte Éva.

»Es ist meine Schuld, ich hätte nicht ins Dorf gehen dürfen. Wir werden nie erfahren, wer den Brand gelegt hat«, flüsterte Konstanze und beschloss, nach draußen zu Bernard zu gehen.

»Willst du damit sagen, dass wir die Sache auf sich beruhen lassen sollen?« Der Blick von Philippe verfinsterte sich.

»Ich sage nur, dass wir froh sein müssen, alle unverletzt zu sein, und dass nur ein paar Räume eine Renovierung benötigen.« Nach diesen Worten wandte sie sich ab und ging hinaus zu Bernard. Erst jetzt bemerkte sie, dass ihre Knie heftig zitterten – vor Erschöpfung, vor Aufregung, vor Angst. Draußen dämmerte bereits der Morgen und tat sein Bestes, um die Schrecken der Nacht mit seinen ersten Sonnenstrahlen zu verscheuchen. Bernard lag zusammengerollt im Schutz einer hohen Pinie und schlief. Konstanze setzte sich neben ihn und legte eine Hand auf seinen Rücken. Der Ausblick, der sich ihr bot, stimmte sie traurig. Aus einigen Fenstern des stolzen Landhauses entwichen letzte Qualmwolken, die Außenmauer war großflächig verrußt, und die Fensterläden vom Arbeitszimmer hingen lose und verkohlt am unteren Scharnier. Fassungslos begutachtete Konstanze das Ausmaß des Feuerschadens. Wieder erinnerte sie sich an das klirrende Geräusch, das sie aus dem Schlaf gerissen hatte, und an die Worte von Madame Bonnet, die sie eine Hexe gescholten hatte. War es möglich, dass der Hass die Menschen von Jouques zu so einer Tat getrieben hatte?

Konstanze schloss die Augen und lehnte sich erschöpft an den dicken Baumstamm. Die Vögel zwitscherten und schenkten dem Morgen etwas wunderbar Friedliches. Was gäbe sie dafür, wenn sie genau jetzt Pauline an ihrer Seite wüsste. Rasch drückte sich Konstanze eine Hand auf den Mund, um Bernard nicht mit ihrem Schluchzen zu wecken. Er sollte schlafen, der arme Junge. Erst hatte er seine Mutter verloren, und nun hatte er mit ansehen müssen, wie sein Elternhaus in Gefahr war. Dabei wünschten sie sich doch nichts weiter als Frieden.

Philippe trat aus dem Haus und ging direkt auf sie zu. Seine Haltung wirkte kraftlos, den Kopf hielt er gesenkt. Wortlos ließ er sich neben Bernard ins Gras sinken und legte seine rußgeschwärzte Hand auf die von Konstanze. Das schlafende Kind zwischen ihnen, blickten sie einander in die Augen.

»Wir schaffen das schon«, flüsterte er so leise, dass sie die Worte von seinen Lippen ablesen musste. »Wir haben den Brand besiegt, nun schaffen wir auch den Rest.«

Konstanze wusste nicht, was genau er mit dem Rest meinte. Die Renovierung des Hauses? Den Hass der Dorfbewohner?

»Die Zimmer sind stark verkohlt und das Mobiliar zerstört. Aber da drin gibt es nichts, was nicht ersetzbar wäre«, meinte er und zeigte zum Haus hinüber.

»Wegen des Geldes mache ich mir keine Sorgen. Ich habe in Deutschland genug davon auf meinem Konto.«

»Ich hatte keine Ahnung, dass du eine so gute Partie bist«, sagte er mit einem aufmunternden Schmunzeln.

»Tja, eigentlich war das Geld für mein Leben mit Alphonse und Pierre an der Côte d'Azur vorgesehen«, antwortete sie und grinste.

»Ich bin so froh, dass euch beiden nichts passiert ist«, fuhr Philippe fort und drückte Konstanzes Hand.

»Wäre ich nicht hier, hätte es auch kein Feuer gegeben.«

Philippe schüttelte vehement den Kopf. »Solche Verrückten finden immer einen Grund, um Unfrieden zu stiften.« Mehr sagte er dazu nicht, dennoch verstand Konstanze und musste zugeben, dass er recht hatte. »Vor solchen Feiglingen, die durch die Nacht huschen, um Häuser in Brand zu stecken, und damit Familien in Lebensgefahr bringen, habe ich keine Angst. Und du solltest auch keine haben.«

»Hab ich nicht«, log sie.

Philippe nickte. »Es gibt keine Glutnester mehr, aber sicherheitshalber werde ich den Tag über immer ein Auge auf die ausgebrannten Räume haben.« Er schwieg eine Weile und schien nach den richtigen Worten zu suchen. »Obwohl ich am liebsten hinüberlaufen würde nach Jouques, um den hinterhältigen Brandstifter am Dorfplatz zu stellen und zum Reden zu bringen.«

»Bitte nicht«, entgegnete Konstanze. Ihr wäre es am liebsten, wenn sie die Sache mit dem Feuer für immer totschwiegen, wenn sie Gras darüber wachsen ließen und die Suche nach dem Schuldigen einfach abbliesen. Je mehr sie gegen den Hass ankämpften, desto schlimmer würde er ausarten. Wenn sie eines im Leben gelernt hatte, dann das: dass man Hass am besten mit Verständnis begegnete. Und so wollte sie es auch diesmal halten.

»Lass uns hineingehen, bevor Bernard sich erkältet.« Ihr Körper schmerzte, als sie sich aus der feuchten Wiese hochkämpfte.

»Du bist eine wunderbare Mutter«, sagte Philippe und hob seinen schlafenden Sohn auf. Ohne auf eine Antwort von Konstanze zu warten, marschierte er zurück zum Landhaus.

Kapitel 49

Jouques, Provence, im Februar 1946

Nachdem die Zimmer im Erdgeschoss alle einen neuen Anstrich erhalten hatten, war der beißende Geruch, den das Feuer hinterlassen hatte, langsam gewichen. Die Möbel hatten sie ausnahmslos entsorgen müssen, und auch von den Unterlagen im Arbeitszimmer waren nur noch verkohlte Reste übrig. Philippe nahm es leicht, er war der Meinung, dass er nun einen Neustart machen konnte und nicht mehr in Josettes Schatten stünde. Er hatte viele neue Pläne für die Pfirsichplantage, wollte sie erweitern und neue Sorten anbauen. Tatsächlich machte er den Eindruck, als hätte der Brand ihn mit Energie erfüllt. Dass er das Landhaus vor den Flammen gerettet hatte, schien ihn noch enger an die Plantage zu binden. Die Renovierung nutzten sie außerdem, um die Räume endlich nach ihren eigenen Vorstellungen auszustatten. Anstatt Josettes alter Stillleben hingen nun einige von Konstanzes Werken an den Wänden. Auch bei der Auswahl der Möbel hatten sie sich für einen helleren, moderneren Stil entschieden. Als Konstanze sich für reinweiße Vorhänge aussprach, schüttelte Éva den Kopf und murmelte etwas über den Aufwand, den man ihr zumutete. Konstanze musste schmunzeln, schließlich wusste sie, dass das Dienstmädchen es nicht böse meinte. Überhaupt hatte sie den Eindruck, dass der Brand sie alle noch enger zusammengeschweißt hatte. Nie hatte jemand ihr das Gefühl gegeben, gewissermaßen schuld an dem Brand zu sein. Vielmehr war Konstanze der Meinung, dass Martha und Éva sie ins Herz geschlossen hatten, weil sie Paulines Schwester war und sie sich jeden Tag um Bernards Wohlbefinden sorgte. Sie war keine Fremde, sondern gehörte zur Familie.

Nur eines gab es noch, das Konstanze auf der Seele brannte.

Und sie wusste, dass sie erst Frieden finden würde, wenn sie die Angelegenheit geklärt hatte. Bislang hatte es ihr dazu an Mut gefehlt, aber heute schien die Sonne mit solch einer Kraft vom Himmel, dass Konstanze es als Zeichen sah, diesen Weg anzutreten. Und zwar allein, ohne Philippe, der sie vermutlich mit allen Mitteln von ihrem Vorhaben abhielte.

Sie brachte Bernard zu Éva und verabschiedete sich unter dem Vorwand, einen kleinen Spaziergang durch den Park machen zu wollen. Das Dienstmädchen musterte sie mit einem durchdringenden Blick, der mehr als deutlich offenlegte, dass sie ihr nicht glaubte. Niemals würde Konstanze einen Spaziergang ohne Bernard machen. Dennoch nickte sie dienstbeflissen und nahm den Jungen mit sich.

Konstanze verzichtete auf einen ihrer maßgeschneiderten Mäntel oder einen Hut. Sie wollte so natürlich wie möglich wirken. Niemand sollte auf die Idee kommen, dass sie eine hochnäsige Deutsche wäre, die sich im Krieg an den Franzosen bereichert hatte. Als sie den Hügel hinter dem Park bestiegen hatte, blickte sie hinab auf das Dächermeer von Jouques, das sich im strahlenden Sonnenschein zu räkeln schien. Ihr Herz hämmerte in der Brust, und das lag mit Sicherheit nicht an dem flotten Tempo ihrer Schritte. Sie strich die weiße Bluse glatt und rückte ihren Rock in der Taille zurecht, dann ging sie bedächtigen Schrittes hinab ins Dorf. Schon von Weitem erkannte sie, dass die Straßen heute belebt waren, trotzdem wollte sie sich nicht von ihrem Vorhaben abbringen lassen. Sie hob ihr Kinn ein wenig an, nicht zu sehr, um nicht etwa eingebildet zu wirken, und doch genug, um eine gewisse Unantastbarkeit auszustrahlen. Sie spürte die Blicke der Dorfbewohner auf sich ruhen, hörte ihr Tuscheln hinter vorgehaltenen Händen und sah, wie sie die Köpfe verständnislos schüttelten. Konstanze zeigte keine Regung, sie würde erst haltmachen, wenn sie ihr Ziel erreicht hatte.

Sie war noch nicht oft in Jouques gewesen, aber der Weg zur Bäckerei war leicht zu finden – der Duft war einfach zu verführerisch. Das Bimmeln der Glöckchen über der Eingangstür übertönte das aufgeregte Pochen ihres Herzens. Als sie in das Gesicht von Madame Bonnet blickte, krallten sich ihre Finger an ihrem Rock fest.

»Du? Dich will ich hier nicht sehen, niemand will das«, grollte die alte Bäckerin mit finsterer Miene.

»Ich lasse mich nicht von einem Feuer vertreiben«, sagte sie entschlossen. Dass die Bäckerin nichts darauf erwiderte, war für Konstanze Geständnis genug. »Madame Bonnet, ich will nichts weiter, als mich in Frieden um meinen Neffen zu kümmern. Ich trage keine Schuld am Tod Ihres Sohnes und auch nicht an dem von Pauline.«

Der Blick der Bäckerin schärfte sich, ihre Züge vereisten und ließen nur schwer erkennen, ob Konstanze zu ihrem Gewissen vorgedrungen war.

»Pauline hat mir erzählt, wie sehr sie Henri geliebt hat. Es tut mir leid, dass die beiden keine Zukunft hatten.«

Madame Bonnets Blick wurde jetzt glasig, ihre Lippen bebten.

»Ich hätte ihnen dieses Glück so sehr gegönnt. Der Tod meiner Schwester hat mir das Herz gebrochen, Madame.« Konstanzes Stimme wurde brüchig. »Ich vermisse meine Pauline. Alles, was ich noch für sie tun kann, ist, mich um ihren Sohn zu kümmern – und zwar hier, in seinem Vaterland. Er gehört in die Provence. Eines Tages soll er die Pfirsichplantage übernehmen.« Bei dem Gedanken, dass aus Bernard in ferner Zukunft ein stolzer Plantagenbesitzer würde, musste sie lächeln. »Ich liebe Bernard und will das Beste für ihn.«

Madame Bonnet blickte betreten zu Boden und nickte kaum merklich.

»Ich will keine Schuldzuweisungen wegen des Feuers vornehmen. Bestimmt wollte niemand, dass einer von uns oder gar Bernard verletzt wird. Vielleicht war es sogar ein Unfall, wer weiß das schon.« Konstanze holte tief Luft. »Bitte, Madame Bonnet, helfen Sie mir dabei, dass ich in Frieden hier bei meinem Neffen leben kann. Ich möchte nicht, dass er jede Nacht Angst vor einem weiteren Feuer haben muss.«

Die Bäckerin griff nach einem Tuch und wischte damit die Theke sauber. Ihr Gesicht war in tiefe Falten gelegt, doch es waren keine Zornesfalten, es waren die Spuren, die die Trauer hinterlassen hatte.

»Wenn Pauline hier war, dann hat sie nicht nur irgendwelche Reden geschwungen, sondern auch etwas gekauft«, meinte die Bäckerin, ohne den Blick von ihrem Wischtuch zu wenden. Kurz herrschte Stille im Laden.

»Dann nehme ich zwei Baguettes, bitte«, sagte Konstanze, als wäre es bei ihrem Besuch in der Bäckerei nie um etwas anderes gegangen. »Und ein paar Macarons für Bernard.«

Die Bäckerin senkte den Kopf, dennoch glaubte Konstanze zu erkennen, dass sich Madame Bonnets Züge etwas entspannten. Die Bäckerin wickelte die gewünschte Ware in Papier und reichte sie über den Tresen. Der Blick, den sie ihr dabei schenkte, war mehr als ein Friedensangebot. Erleichtert griff Konstanze nach dem Gebäck und verabschiedete sich mit einem angedeuteten Kopfnicken.

Als sie die Bäckerei verlassen hatte, sog sie die frische Luft ein und schaute dankbar hoch zum Himmel. Leichten Schrittes spazierte sie nun durch die Straßen von Jouques, und es war ihr dabei völlig egal, wie viele Blicke auf ihr ruhten und welche Worte man hinter ihrem Rücken zischte. Sie wusste, dass das Gespräch mit Madame Bonnet ausschlaggebend war für ein friedvolles Miteinander. Vielleicht würde es noch eine Weile dauern, bis die Dorfbewohner ihr vertrauten, aber Konstanze wusste, der Tag würde kommen.

Als sie den Hügel zu ihrem Anwesen erklommen hatte, blickte sie zurück auf das Dächermeer von Jouques und fühlte sich dabei so leicht wie schon lange nicht mehr. Sie drückte das Gebäck an sich und lächelte. Es war ein guter Tag, und er würde sogar noch besser werden, wenn sie Bernard und Philippe von ihrem Gespräch mit Madame Bonnet erzählte.

Als sie durch den Park schlenderte, war sie einfach nur dankbar. Dies war jetzt ihr Zuhause, und sie liebte es. Jeden Baum im Park, jedes Kissen im Salon, den Duft von Lavendel und die Aussicht auf die endlos scheinenden Pfirsichfelder. Es würde kein Tag vergehen, an dem nicht Paulines Lachen in ihrer Erinnerung erwachte und sie ein Stück weit mit Wehmut erfüllte, dennoch wollte sie sich gestatten, dass das Glück überwog. Sie hatte eine lange Reise hinter sich und war nun endlich angekommen. Der Kies unter ihren Schuhen knirschte, das erste Grün auf den Bäumen raschelte sacht im Wind, irgendwo bellte ein Hund, und im Haus hörte sie Martha, die ein Lied summte. Konstanze fragte sich, wie man so viel Freude auf einmal ertragen konnte. Sie griff sich mit einer Hand an die Brust, die vor lauter Freude zu schmerzen begann. Vielleicht war das normal, dass Glück und Leid so nah beieinanderlagen. Sie wusste mit Gewissheit, dass sie den Rest ihres Lebens jede Nacht mit einem Lächeln im Gesicht in Philippes Armen einschlafen würde. Und sie wusste, dass die Wunde, die Paulines Verlust hinterlassen hatte, nie aufhören würde, zu bluten.

»*Constance?*« Es war Philippe, der drüben am Schuppen stand und mit Bernard spielte. Mit beiden Armen winkte er ihr kraftvoll zu und lächelte sie so strahlend an, als hätte er sie seit einer Ewigkeit nicht gesehen.

»Ich komme ja schon«, antwortete sie leise, nur für sich. Ja, es war Zeit zu gehen – der Zukunft entgegen.

Kapitel 50

Jouques, Provence, im Mai 1946

Ich habe heute mit Lorenz telefoniert. Es geht ihm gut, sagte er, sein Studium an der Hochschule fordert ihn, aber er macht große Fortschritte. Wenn er die Ausbildung abgeschlossen hat, möchte er sich eine kleine Wohnung in Wien mieten und endlich auf eigenen Beinen stehen. Vermutlich umsorgt Tante Gunde ihn Tag und Nacht wie ein Kleinkind – schließlich hat sie seit Charlottes Hochzeit sonst niemanden mehr zu bemuttern.« Konstanze reckte das Gesicht schmunzelnd der Sonne entgegen. »Ich habe dir frische Blumen mitgebracht. Die wilde Orchidee mochtest du doch immer so gern, oder?« Konstanze legte den gebundenen Strauß auf Paulines Grab und strich sanft über die weißen Blüten. »Ich vermisse dich ganz schrecklich«, flüsterte sie. »Beim Zubettgehen erzähle ich Bernard Geschichten von dir, damit er weiß, was für eine wunderbare Frau seine Mutter war.« Konstanze schwieg eine Weile und sah in Gedanken das Gesicht ihrer Schwester vor sich – die fein gezupften Augenbrauen, die blasse Haut, den herzförmigen Mund und den Blick, der seit jeher ein wenig schwermütig wirkte.

»Tante Gunde hat mir erzählt, dass meine Gemälde sich verkaufen wie geschnitten Brot, ich solle mir ja keine Pause genehmigen, sondern rund um die Uhr schuften – genau das waren ihre Worte.« Konstanze lachte auf. Sie liebte ihre Tante und konnte sich nur zu gut vorstellen, wie sie mit ihrer Umtriebigkeit täglich neue Kundschaft köderte. »Was Mama wohl sagen würde, wenn sie wüsste, dass ich mein Geld mit Malerei verdiene? Damit hat niemand gerechnet, was? Aber an erster Stelle steht für mich immer Bernard, sein Wohl ist mir wichtiger als alles Geld der Welt.

Vor ein paar Tagen äußerte er den Wunsch, unser Heimatland kennenzulernen, damit möchte ich allerdings noch etwas warten ... Frag mich nicht, worauf, ich bin einfach noch nicht so weit. Ich will nur hier sein und die Provence um mich haben. Madame Bonnet hat mir erzählt, dass man ihr einen Brief geschickt hat, in dem man sie über den Ort von Henris Grabstätte informiert hat. Vielleicht werde ich irgendwann hinfahren und ihm Blumen aus seiner Heimat bringen. Vielleicht ist das aber auch gar nicht wichtig und ihr beide seid ohnehin für immer verbunden, dort, wo ihr seid.« Konstanzes Kehle schwoll an und erschwerte ihr das Atmen. »Ich wünsche mir so sehr, dass es dir gut geht, liebstes Paulchen. Verzeih, ich wollte nicht schon wieder weinen, aber es will mir einfach nicht gelingen – noch nicht. Dabei gibt es auch gute Neuigkeiten«, sagte sie und strich sich zärtlich über den Leib. »Im Winter bekommt Bernard ein Geschwisterchen. Das muss aber vorerst unter uns bleiben, Philippe hat noch keine Ahnung davon. Ich weiß es erst seit gestern und wollte es zuallererst dir erzählen.« Konstanze lächelte. Philippe würde sie vor Freude durch die Luft wirbeln, wenn er vom Nachwuchs erfuhr. Vielleicht würde sie es ihm heute am Abend sagen, wenn Bernard im Bett war. »Ich muss jetzt nach Hause.« Sie hatte sich schon zum Gehen gewandt, da hielt sie noch einmal inne und drehte sich wieder zum blumengeschmückten Grab. »Paulchen?«, sagte sie und hielt einen kurzen Moment inne. »An manchen Tagen frage ich mich, was wohl deine letzten Gedanken waren, und dann bin ich einfach nur traurig, weil ich nicht bei dir war. Und doch überwiegen inzwischen die Tage, an denen ich mich freue, weil ich dich immer wieder in Bernards Gesicht entdecke und weiß, dass wir nie ganz voneinander getrennt sein werden. Verstehst du? Wir gehören zusammen, du und ich.«

Konstanze lächelte und warf dem Grab ihrer Schwester eine Kusshand zu. »Ich komme bald wieder, versprochen.«

Danksagung

Hinter diesem Roman steckt eine geballte Ladung Frauenpower, für die ich sehr dankbar bin und ohne die es meine *Pfirsichblütenschwestern* nie auf ihren Weg geschafft hätten ...

Allen voran danke ich meiner Agentin Claudia Wuttke, die in meiner Idee zu den *Pfirsichblütenschwestern* sofort mehr gesehen hat, als ich je zu träumen gewagt hätte. Ich danke dir, liebe Claudia, für deine Ehrlichkeit und dein unglaubliches Engagement.

Großer Dank geht auch an Christine Steffen-Reimann, die meinem Roman diese großartige Chance geboten hat – mit einer Veröffentlichung im Knaur Verlag erfüllt sich ein großer Traum.

Unglaublich dankbar bin ich Silvia Kuttny-Walser, die meinem Manuskript mit so viel Feingefühl den letzten Schliff verpasst hat. Ich hoffe, unsere Wege kreuzen sich bei dem ein oder anderen Projekt ein weiteres Mal.

Was wäre ich ohne meine lieben Autorenfreundinnen ... Danke, liebe H. C. Hope, liebe Eva Wagendorfer und liebe Claudia Romes. Schön, dass es euch gibt!

Und dann ist da noch meine liebe Freundin Viki, die sich vermutlich überhaupt nicht bewusst ist, wie viel Kraft ich aus unseren gemeinsamen Spaziergängen schöpfe. Ich danke dir für die unzähligen gemeinsamen Stunden und Gespräche!

Danke, liebe Eva und liebe andere Eva, ihr begleitet mich schon so viele Jahre durch die Höhen und Tiefen meines Lebens. Jede Zeit mit euch ist eine besondere.

Meine Mama darf ich natürlich nicht unerwähnt lassen – schließlich ist sie meine menschgewordene Werbetrommel. Danke! Du bist die Beste!

Liebe Ulrike Schachinger aus der wunderbaren Buchhandlung Schachinger in Schärding, dir danke ich von Herzen fürs Daumendrücken und Mitfiebern – ich denke, es hat sich gelohnt!

Und ich danke Ihnen, liebe Leserinnen und Leser. Ich freue mich über unsere gemeinsam verbrachte Zeit in der Provence und hoffe, der Duft von Pfirsich und Lavendel bleibt Ihnen noch eine Weile in guter Erinnerung …

Begleiten Sie die Familie Bruggmoser durch
Südtirols wechselhafte Geschichte

ANNA THALER

DAS LAND, VON DEM WIR TRÄUMEN

ROMAN

Der 1. Weltkrieg hat auch der Familie des Südtiroler Bauern Ludwig Bruggmoser tiefe Wunden geschlagen, denn zwei der vier Söhne sind gefallen. Als Ludwig den Vorgaben der neuen italienischen Regierung gemäß allzu bereitwillig den Namen der Familie in »Ponte« ändert, bringt er nicht nur seine Tochter Franziska gegen sich auf.

Ludwig ahnt nicht, dass Franziska einen gefährlichen Weg beschritten hat: Weil sie kein Italienisch spricht und deshalb nicht als Lehrerin arbeiten darf, gründet sie eine verbotene Katakombenschule, wo sie Deutschunterricht gibt. Unterstützung erhält sie dabei überraschend vom Knecht ihres Vaters, Wilhelm Leidinger. Doch auch Wilhelm verbirgt ein Geheimnis – und die Verhältnisse in Südtirol spitzen sich unaufhaltsam zu …

»Das Land, von dem wir träumen« ist der Auftakt der großen historischen Familiensaga »Die Südtirol-Saga«.

Wenn aus Geschwistern Gegner werden

ANNA THALER

DER DUFT VON ERDE NACH DEM REGEN

ROMAN

Wenige Jahre vor Ausbruch des 2. Weltkriegs ist Südtirol so tief gespalten wie nie zuvor. Auch die Geschwister Franziska und Leopold streiten leidenschaftlich darüber, ob es besser wäre, in Italien zu bleiben oder ins Deutsche Reich auszuwandern. Schließlich kommt es zum Bruch: Während Franziska sich trotz aller Schwierigkeiten und des Drucks der italienischen Regierung dazu entscheidet, den Apfelhof in Südtirol weiterzuführen, verlässt Leopold Heimat und Familie und schließt sich den Faschisten an.

Schon bald überschattet jedoch der drohende Krieg auch das Leben auf dem Apfelhof am Moos …

Im 2. Teil der ergreifenden historischen Familiensaga aus Südtirol wirft der 2. Weltkrieg seinen Schatten voraus.

Braucht wahre Liebe wirklich ein Happy End?

JANA BENNINGS
IN LIEBE, FÜR IMMER

ROMAN

Es ist mehr als Liebe auf den ersten Blick, als Juli und Richard sich 1979 in Hamburg begegnen: ein Gefühl so tief und wahr, wie Liebe nur sein kann. Trotzdem folgt auf einen leidenschaftlichen Sommer die erste Trennung.

Es wird nicht die letzte bleiben: Über vier Jahrzehnte wird das Leben Juli und Richard immer wieder zusammenführen, immer wieder wird sie da sein, diese eine, große Liebe – und immer wieder werden Missverständnisse und unglückliche Zufälle verhindern, dass Juli und Richard wirklich zusammenkommen. Doch wahre Liebe ist etwas fürs Leben, und das ist immer für eine Überraschung gut …

Mit viel Gefühl hat Jana Bennings einen ebenso ergreifenden wie lebensweisen Liebesroman für alle geschrieben, die wieder einmal ganz in einer großen Liebesgeschichte versinken wollen.